イレーナ、闇の先へ

マリア・V・スナイダー
宮崎真紀 訳

NIGHT STUDY
BY MARIA V. SNYDER
TRANSLATION BY MAKI MIYAZAKI

ハーパー
BOOKS

NIGHT STUDY
BY MARIA V. SNYDER

Published by K.K. HarperCollins Japan, 2018

イレーナ、闇の先へ

ある殺人を犯した罪で死刑囚となった、孤児院育ちのイレーナ。ついに死刑執行の日を迎えるも、そこで思わぬ選択肢を与えられる——今すぐ絞首刑か、イクシア領最高司令官の毒見役になるか。毒見役を選んだイレーナは、敵か味方かわからぬ上官ヴァレクの監視下に置かれ、死と背中合わせの日々を送ることに。やがてイレーナには“魔力”があり、幼き頃に隣国シティア領から拉致されてきたことが明らかになる。

祖国シティアへの帰還を果たしたイレーナは、自身の能力が〈霊魂の探しびと〉と呼ばれる、かつて世界を恐怖のどん底に突き落とした危ういものと知る。その事実に戸惑いながらも、心通わすようになったヴァレクや家族、仲間の助けを借り、自身の運命を受け入れていくイレーナ。ついにはイクシアとシティア両国にルーツを持つ者として、いがみ合う2つの国の架け橋となる連絡官になる。

あれから6年、ある夜何者かに毒矢で射られたイレーナは、直後にいっさいの魔力を失ってしまう。どうやらその裏には両国を揺るがす黒い陰謀が蠢いているようで——。

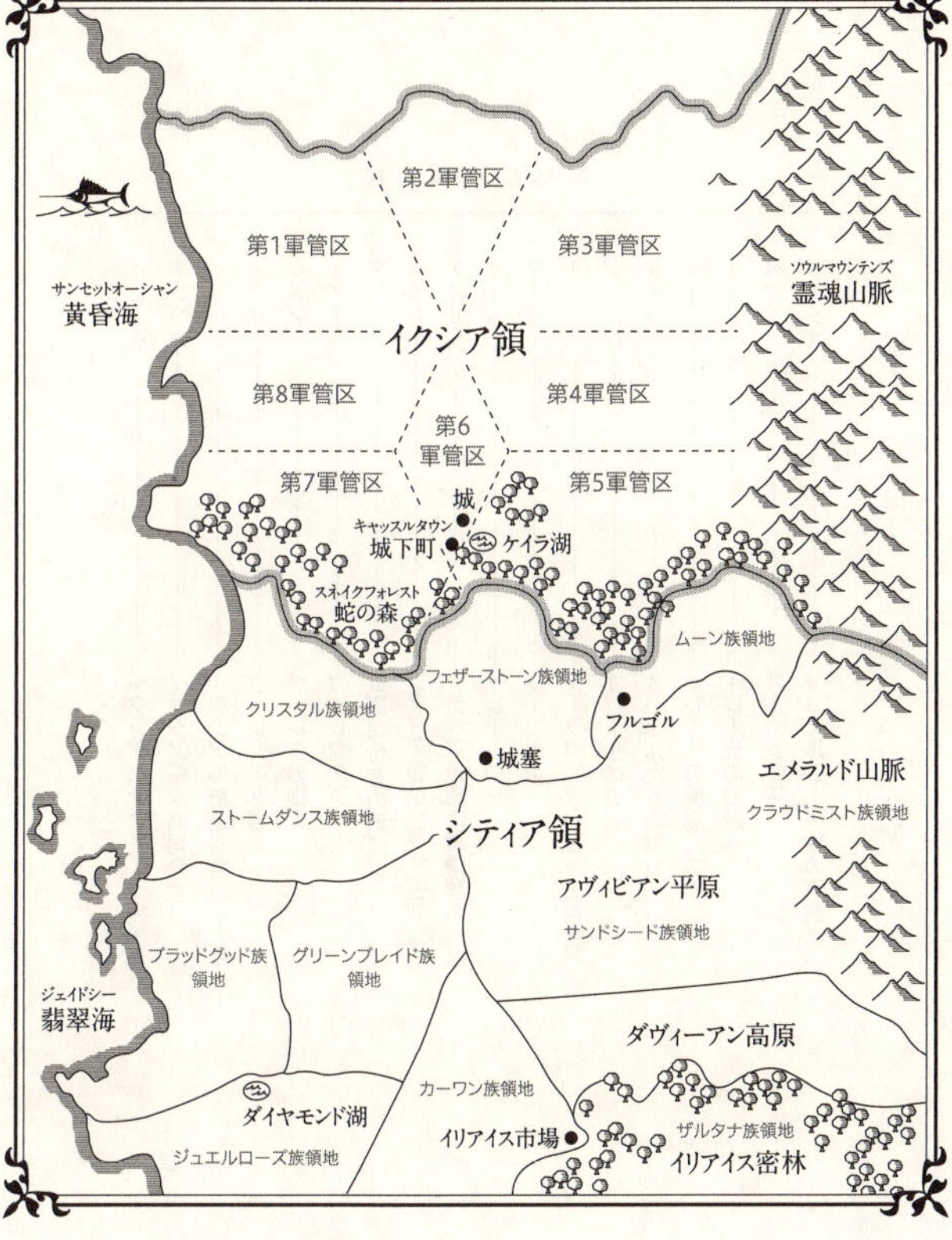
第2軍管区
第1軍管区
第3軍管区
黄昏海《サンセットオーシャン》
霊魂山脈《ソウルマウンテンズ》
イクシア領
第8軍管区
第4軍管区
第6
軍管区
第7軍管区
第5軍管区
城
城下町《キャッスルタウン》
ケイラ湖
蛇の森《スネイクフォレスト》
ムーン族領地
フェザーストーン族領地
クリスタル族領地
フルゴル
城塞
エメラルド山脈
クラウドミスト族領地
ストームダンス族領地
シティア領
アヴィビアン平原
サンドシード族領地
ブラッドグッド族
領地
グリーンブレイド族
領地
翡翠海《ジェイドシー》
ダヴィーアン高原
カーワン族領地
ダイヤモンド湖
イリアイス市場
ザルタナ族領地
イリアイス密林
ジュエルローズ族領地

おもな登場人物

イレーナ――イクシアとシティアの連絡官
アンブローズ――イクシア領最高司令官
ヴァレク――イクシア領防衛長官
アーリ――ヴァレクの副官
ジェンコ――ヴァレクの副官
オノーラ――ヴァレクの部下
マーレン――最高司令官の顧問官
ベイン――シティア領第一魔術師範
アイリス――シティア領第二魔術師範
リーフ――イレーナの兄
マーラ――リーフの妻
オパール――マーラの妹。ガラス工房経営
デヴレン――オパールの夫
リーマ――オパールたちの養女
キキ――イレーナの愛馬
オーエン――イレーナの旧敵
ベン――オーエンの弟
ブルンズ――ジュエルローズ族の実業家

1　イレーナ

ヴァレクは目をぱちくりさせた。「君が何だって？」

大きく息を吸い込み、わたしはムーン薬の入ったガラス瓶を見せた。手が震え、中の白い液体がかすかに揺れている。「妊娠した……と思う」

「さっそくお祝いしたいところだが、まずはそう思うわけを聞こうか」

パニックで頭がどうかしそうだったけれど、今のひと言に驚いて、ヴァレクをまじまじと見た。「お祝い？　こうならないように薬を飲んでいたのに？」

ヴァレクはガラス瓶を取り上げてベッドの上に置いた。それから指に指を絡め、わたしを胸に引き寄せた。「もちろんお祝いしなきゃ。と言っても、内輪のお祝いだが」ヴァレクは苦笑いした。ふたりにはあまりにも敵が多く、このことを世間にふれまわるのは得策とは言えない。ヴァレクの言葉を聞いて、不安が少しやわらいだ。

「それで、その薬と君の妊娠がどう結びつく？」ヴァレクが尋ねた。

「ヘイズ治療師から、次の月経のあとに飲むようにと言われたの。そうすれば一年間は避妊できると。でも、月経がずっとなくて、かれこれ……」わたしは頭の中で計算した。最後の月経からすでに六週間経《た》っている。「二週間遅れている」胃がぎゅっと縮こまる。妊娠するにしても最悪のタイミングだ。

「この四週間いろいろあったから、そのストレスで遅れているのかもしれないよ」

ヴァレクの言うことにも一理ある。これまでも試練が重なると遅れがちだった。このところ暗殺者の標的にされていたのだ。それも二度までも。最初は一カ月前に、弓矢で狙われた。おそらく、その矢に仕込まれていた毒がわたしの魔力を封じたのだ。いや、今まではそう思っていた。ふいにある考えが頭に浮かび、ヴァレクの手を握る手に力がこもった。

「魔力を失ったのは妊娠したせい、ってことはない？」

「妊娠にそんな副作用があるとしたら、アイリスが知っているはずじゃないか？　君の魔力が失われたと聞いたとき、彼女もベインも慌てていたんだろう？」

そのとおりだ。妊娠すると魔力が失われるのが普通なら、魔術師範たちが承知しているはずだ。一瞬芽生えた希望がたちまちしぼんだ。魔力を封じることができる物質をこの一カ月間ずっと探し続けていたが、まだ見つかっていなかった。

わたしの表情を正確に読んだヴァレクは手をぎゅっと握った。「でも可能性はあるよ。わたしには魔力耐性がある。息子は大好きな父親の能力を受け継いだのかもしれない」

〝息子〟のひと言はさらりと流して尋ねた。「だとしたら、わたしにも魔力耐性ができてるべきじゃない？」そんな能力があったとしたら、四日前にオーエン・ムーンに頭の中を切り刻まれそうになったとき、大助かりだったのに。生きろ、とヴァレクに励まされなかったら今頃心を失い、ただのでく人形になっていたに違いない。

　ヴァレクは肩をすくめた。「長年、それこそ数えきれないほど魔術の奇妙さを目にしてきた。これもそのひとつかもしれない」にやりと笑う。「時が経てばわかる。でもその間、君は安全だ。わたしがそばにいる限り、君をあえて狙おうとする暗殺者はいないよ」

　それよりも、オーエン・ムーンのことが心配だった。あの悪党は、わたしを襲ったあとまんまと逃げてしまった。奴《やつ》はガラスの温室でキュレア蔦《つた》を栽培していたのだ。キュレアを打たれた人は全身が麻痺《まひ》してしまう。呼吸はできるので死ぬことはないが、とても効果的な武器となる。

　四年前にオーエンがイクシアで捕らえられたとき、最高司令官は、シティア議会、ヴァレク、わたしの前で彼を処刑すると約束した。ところがオーエンは、イクシア軍のためにキュレアを製造することを条件に、最高司令官に命乞いをしたのだ。

　なかなかの名案だったが、欲をかいたのが運の尽きだった。オーエンがほかの人間にもキュレアを売り始めたことを知った最高司令官は激怒し、その密売組織を一網打尽にするべく、ヴァレクが派遣された。残念だったのは、密売組織の首謀者が誰か、最高司令官がヴァレクに伏せていたことだ。

この一週間、わたしたちはそれぞれに苦いショックに見舞われたのだ。

「もしオーエンが現れたら？」わたしは尋ねた。

ヴァレクの顎がこわばり、サファイアブルーの瞳に怒りの炎が燃え上がった。「オーエンのことは心配するな。ジェンコとオノーラもわれわれに同行する」

ヴァレクが腹を立てるのも無理はない。オーエンはヴァレクの弱点を知っていた。ヴァレクは魔力耐性があるため、周囲を零の盾で囲まれると、見えない檻《おり》に閉じこめられたかのように動けなくなってしまうのだ。その情報がほかの魔術師にも広まるのは時間の問題だった。零の盾の泡を作れる者なら誰でも、この悪名高きイクシアの暗殺者をいともたやすく無力化できるわけだ。

「それはそうと」わたしは場の空気を明るくしようとした。「明日の朝出発するつもりなら、お風呂に入っておきたいわ」ヴァレクは霊魂山脈《ソウルマウンテンズ》での任務に戻り、わたしもそれに同行する。アイリスにはその旨を伝令で伝えておいた。

ヴァレクの緊張がやわらいだ。「案内しよう」と言ってわたしの手を放す。

「あら、それはご親切に」

「お安いご用です」ふざけてこちらをちらりと見たものの、すぐに表情に物思わしげな影が差した。

わたしが清潔な服と石鹸《せっけん》をひとまとめにする間、ヴァレクはムーン薬の小瓶を手に取った。

「これはどうする？」

「もしストレスで遅れているだけなら、ヘイズ治療師の指示どおりにあとで飲んだほうがいいと思う」

ヴァレクは眉根を寄せた。「効果はどれくらい続く？」

「一年。でも、念のため、効き目が切れる前にいつも飲んでる」

「効果は絶対なのか？」

やけに気にするなと思ったけれど、調子を合わせた。「中には効かない人もいるみたい。けど、わたしは八年前から飲んでいて、まったく問題なかった」今までは。

「なるほど」彼は薬を鏡台の上に置いた。「すぐに子どもが欲しいと思ったときは？」

「この薬のこと、何にも知らないの？」

「ああ。イクシアでは違う薬を使うんだ」

「その場合、ムーン薬とは逆の効果を持つスターライトという薬を使う」

ヴァレクは動きを止めた。「どれくらいで効果が現れる？」

「数時間以内だと思うわ。はっきりとは知らない。どうしてそんなに気にするの？」

「ちょっと興味があってね」

ヴァレクの緊張感が伝わってきて、ただの興味本位の質問ではないとわかったが、それ以上追及しないことにした。四日間もベッドで休養し続けたあとでは、何よりお風呂に入りたかった。それに別の景色が見たい。わたしがいた寝室の内装は何の飾り気もない黄色の壁紙、ベッド、小卓、鏡台だけで、味気なかった。

ヴァレクに付き添われて一階に下りた。部屋数が多く、作戦基地として使うためにオーエンがこの農家を購入したのもそれが理由だろう。敷地内には厩舎《きゅうしゃ》や納屋など建物がいくつも並び、何が行われているか外からではわかりにくいし、好奇心旺盛な近隣の人々も金網の巨大な柵のおかげでそう簡単には立ち入れない。とはいえ、周辺にたいして人がいるわけではない。農場はムーン族領の北のはずれ、イクシアとの国境近くにあった。

「一番近い町はどこ?」とヴァレクに尋ねる。ここに連れてこられる間、縛られて防水布の下にいたので、敷石の上を馬車が走るときの振動音で町をいくつ通ったか数えていた。数えた限りでは、ラピアから町を三つ分東に行った場所だと思われた。

「すぐ西に壊れた橋《ブロークンブリッジ》がある」

わたしはヴァレクに目を向けた。「変わった名前ね」

「そのままの意味さ。サンワース川を渡る橋があったんだが、ずいぶん前に洪水で真っ二つに折れてしまったんだ。半分は川に流されたが、もう半分は向こう岸に残っている。町の本当の名前を覚えている者は誰もいない」

「よく知ってるわね」

ヴァレクはにやりとした。「地元民からあれこれ話を聞いたんだ。オーエンがいつからここにいて、近辺で見かけない顔はなかったか、オーエンが所有していそうな土地がほかにもないか、突き止めるために。町の噂話《うわさばなし》は意外といい情報源なんだ」

浴室に着くと、巨大な金属製の貯水槽の下で石炭が赤々と燃えているのを見てほっとため息をついた。蛇口をひねれば熱いお湯が出てくるというわけだ。石造りの浴室の中央に楕円形《だえんけい》の浴槽が置かれていた。壁際に長椅子があり、その上に留め具が並んでいる。横の棚にはタオルが積まれていた。

わたしが汗まみれのチュニックを脱ぐ間、ヴァレクが浴槽にお湯を張ってくれた。ひんやりした空気に触れたとたん、全身に鳥肌が立った。あと二週間で寒い季節が終わり、日に日に寒さがやわらいでいくが、それでも日中にマントがいらなくなるまでにはもう一カ月はかかる。暖かい季節になっても、しばらくの間、夜間は寒い。

残りの服もすぐに床のチュニックに加わった。身震いする暇もなく、ヴァレクがわたしを抱き寄せる。ぬくもりに包まれ、彼の目を見上げると、すぐに唇が下りてきた。身体《からだ》に熱が広がるにつれ、不安も溶けだした。

ヴァレクは思った以上に早く身を引き、残念そうな表情を浮かべた。「明日の出発前にいくつか片づけなければならないことがあるんだ」

「でも――」

彼はキスで抗議を封じた。「今夜。約束する」

ヴァレクが立ち去ると、ここぞとばかりに寒さが襲ってきた。タオルと入浴用具をつかんで浴槽に急ぎ、荷物を近くの台に置く。湯気の上がるお湯に首まで浸《つ》かったとたん、至福のひとときに思わずため息が出る。目を閉じ、しばらくぬくもりを心ゆくまで楽しんだが、しだいにまた不安が首をもたげ始めた。中でも最大の問題がその他を押しのけ、わたしは下腹部に両手をあてがった。

赤ちゃん。

いいえ、ヴァレクが正しい。ストレスとショックで月経のサイクルが狂ったのだ。ムーン薬を飲んでいたこの八年間、何の問題もなかった。今になって効能を疑うなんておかしい。

不安で胸がざわめいた。妊娠するわけにはいかない。今はまだ。今のわたしは暗殺者に狙われているだけでなく魔力を失い、やはりわたしを殺そうとしている強力な魔術師、オーエン・ムーンは逃亡中だ。そのうえ、オノーラという最近現れた女暗殺者は、ヴァレクのイクシア防衛長官の座を狙っている。それ以外にも彼には数えきれないほどの敵がいる。

でも考えてみれば、子どもを持つのに完璧なタイミングなんて、わたしたちにはないのかもしれない。ふたりの子どもはつねに危険にさらされることになるのだから。まあ、今すぐ結論に飛びつく必要はない。ヴァレクが言うように、時が経てばわかるだろう。

そしてやはり妊娠していなかったら……？　言うことなしだ。なのに、かすかな失望感が胸を刺した。ばかみたい。

お湯がぬるくなったので、石鹸を手に取った。手首や足首のロープの擦り傷や色とりどりの痣《あざ》には触れないように気をつけながら、汚れを落とす。腹部、胸部、脚、腕にいくつもの古傷がある。すでに一生分の戦闘をこの目で見てきた。一番新しいのは左の鎖骨のすぐ下にある円形の傷痕で、ちょうど一カ月前に一人目の暗殺者に襲われたときのものだ。

傷を撫《な》でながら、キキの背中から落ちたそのときの衝撃を思い出す。矢じりには正体不明の液状の毒が仕込まれていた。魔術でそのほとんどを排出したあと――少なくとも自分ではそう思った――傷を治した。魔術師が魔法を使うときに利用する、世界を覆う魔力の毛布から力を引き出したのはそのときが最後だ。怪我《けが》から回復すると、ヴァレクと休暇の残りを満喫し、やがて彼はイクシアに戻った。その朝、毒の影響が出始め、わたしは一日中、身体がかっと熱くなったかと思うと寒気で震えるという症状に苦しめられた。それが収まったとき、魔力を引き出す能力が消えていたのだ。

毒の症状が出るまでに時間がかかるというのはままあることだ。暗殺者は、殺人の容疑をかけられる前にできるだけ遠くまで逃げておきたいからだ。その割には、相手に矢を放つというのはかなりあからさまなやり方ではある。わたしは考えこんだ。矢の毒は魔力を失ったこととは関係がないのかもしれない。矢が心臓をはずれたときの保険としての毒薬だったとしたら？　わたしが魔力で毒を吸い取ったおかげで、本来命を落としていたはずが、一日ベッドで寝込む程度ですんだのだ。だとすれば、魔力を失った原因はほかにあるということだ。

やはり妊娠が原因？　タイミングは一致する。とはいえ、魔術師が妊娠で魔力をなくすのだとしたら、ヴァレクが言ったようにそんなことはとうに知られているはずだ。

身体を洗って石鹸を流すと、すばやく服を着た。お腹《なか》がぐうぐう鳴っていたので、食べ物を探しに行く。厨房《ちゅうぼう》の長いカウンターの前に兄のリーフが立ち、金属製の大きなボウルに手を突っこんでいるのを見ても、驚かなかった。リーフはいつも食べ物の近くにいる。兄が生地をこねるたび、力強い腕の筋肉が緊張する。背はわたしより十五センチは高く、その広い肩幅と角ばった顎からすると、ずいぶん大男に見える。でも、食べることにこれだけ執着しているくせに、茶色のチュニックの下にある身体はすべて筋肉なのだ。

「そうやって一日中そこに突っ立ってるつもりか？」リーフがこちらを見もせずに言った。兄は魔力によって、人が接近していることだけでなく、意図や気分、罪悪感などを感じ取ることができる。その力を活用して、シティア議会の犯罪捜査を手伝っているのだ。

「珍しく、食べるより料理？」

リーフはむっつりした。「この四日間、誰がおまえに食べさせてやったと思ってるんだ？」

　広々とした厨房に足を踏み入れた。奥の壁は石造りの巨大な炉で占拠されている。大きな白煉瓦《れんが》の竈《かま》の下では石炭が赤々と燃え、上にはさまざまな大きさの黒い鉄鍋がずらりと吊《つ》るされている。パンの焼ける匂いがあたりにたちこめていた。少なくとも二十人は座れる木製の長テーブルが部屋を二分している。

「《濡《ぬ》れ犬茶》とウサギのシチューが得意なのは知ってるけど、人が料理したものを食べるほうが好きだとばかり思ってた」

「コルガーヴィ茶っていうんだ。あれがなかったら、おまえは今も枕に涎《よだれ》を垂らしていたはずだぞ」

　そのとおりだ。匂いはひどいけれど、おかげで元気になれたのだ。わたしはリーフの横に立った。棚には台所道具、ボウル、調理器具など何でも揃《そろ》っている。

「それに、こんな台所が家にあったら、もっとしょっちゅう料理するさ」リーフがわたしの顔を覗《のぞ》き込んだ。「腹は減ったか？」

「ものすごく」

　兄はテーブル近くの長椅子を身ぶりで示した。「座れ」

　わたしが飛びこむようにして座ったので、リーフは笑った。一瞬、二十九歳という年齢よりはるかに若く見えた。兄はわたしより二歳上だ。深皿を手に取って竈の鍋の蓋を取ると、皿にたっぷり盛りつけてから、その湯気の立つ至福の品にスプーンを添えてわたしの前に置いた。

牛肉と野菜のスープを何口か頬張ったあと、オーエンがキュレア蔦を育てていたガラスの温室内にほかにも何か知っている植物はなかったか尋ねた。温室が作られる前は、キュレア蔦ははるか南方にある、一年中暖かくて湿気の多いイリアイス密林でしか育たなかった。生育地域が限定されていたおかげで、シティア議会はそれが世に出回るのを食い止めることができていたのだ。議会は、キュレアを武器として持たせる者を厳しく制限していた。水溶液も生産され、これは治療師が患者の痛み止めとして使っている。本来はそこにこそこの薬の利用価値があり、何年も前に父が密林でキュレア蔦を探したのもそれが理由だった。

「四種類しかわからなかった。残りの判定は父さんの到着を待たないと」リーフは別の皿に自分の分をよそい、正面に腰を下ろした。テーブルの上でスプーンをもてあそんでいる。

「どうしたの?」

「ラピアにあったあの工場についてずっと考えているんだ。あれだけ大量のキュレアを製造するには、あの手の温室がほかにもあるはずだ。もっとたくさん」

わたしも同じ疑いを持っていた。「そのうち見つかるわ。ベンの尋問は行われたの?」

オーエンの弟ベンは、ロリスとシリーのクラウドミストきょうだいとともに捕まった。べンはオーエンほどの力はないが、零の盾を作り、炎を熾《おこ》し、小さな物体を動かすことができる。クラウドミスト族のきょうだいには心で会話し、人の思考や記憶を操作する力があり、オーエンが自分の死を偽装できたのも彼らのおかげだった。

「いや。三人はラピアに連行され、零の盾で守られた監獄に繋《つな》がれた。当局が誰も彼らと接触させないから、デヴレンが再要請するため今朝出発した。警備隊長は、シティア議会からの指示を待っていると言うんだ」

わたしは心の中で悪態をついた。「隊長が辛抱強い人だといいけれど」議会は何を決めるにも時間がかかりすぎる。

「議会はきっと慌てふためいているんだ」リーフが言った。「キュレアを手に入れた今、最高司令官は躊躇《ちゅうちょ》なく使うだろう。こちらの兵士たちと違って、イクシアの兵士はみな、ただちにキュレアを詰めた矢を装備するはずだ。こうしている間にも、最高司令官はシティア侵略の準備を進めているかもしれない」

イクシアとシティアの連絡官であるわたしからすれば、その筋書きはありえないと思えた。とはいえ、最高司令官がヴァレクにさえ秘密を漏らさなかったことを考えると、考えが甘いのかもしれない。それでも……。「あるいは、わたしたちと同じスタートラインに立とうとしただけかもしれない。キュレアと魔術師の両方を擁していたシティアは、長年有利な立場にいたから」

リーフはスプーンを手に取った。「おかげで安心していられたんだ。今じゃ、征服されたらどんな制服を着ることになるのかとつい考えちまうよ」

最高司令官は、わたしを除くすべての魔術師にイクシアへの入国を禁じ、国内で見つかった者のほとんどは処刑した。だとすれば、リーフをはじめ魔術師はみな、よくても零の盾で囲まれた牢獄《ろうごく》に一生閉じこめられ、最悪の場合殺されるだろう。わざわざそう指摘して、これ以上リーフを不安にさせるのはやめておいた。「最高司令官はあなたの能力にぴったりの仕事を見つけてくれるわよ。厩番《うまやばん》の制服も似合いそうだし、おまる係の制服を着てもきっとかっこいいわ」

「そりゃおまえは笑っていられるよな。最高司令官に気に入られてるんだから。それに今のおまえは……」リーフは首をすくめ、目の前の皿に意識を戻した。

「何？　もう《霊魂の探しびと》じゃないから大歓迎されるとでも？」

リーフはわたしと目を合わせようとしない。「まあね」

「はっきり言えばいいでしょ？　もってまわった言い方も、腫れ物に触るような扱いも……〝わたしの身を守る〟という名目で牢に閉じこめられたりするのも、もううんざり」

「議会の指示だったんだ」リーフが言い返す。

守るどころか逆効果になったのだ。二人目の暗殺者がすぐにわたしを見つけた。「それがどういう結果になったかよく考えてみて」幸い、袖にいくつか武器を忍ばせていたおかげで命拾いした。

「悪かった。二度と同じ轍《てつ》は踏まない」

「ならいいけど」わたしは話題を変えた。「父さんが来るまでここにいるつもり？」

「ああ。十五日ほどで到着すると思う」

待つにはずいぶん長い。リーフのかわいい妻マーラはけっして文句は言わないだろうけれど、辛《つら》い思いをするはずだ。「その間何をするつもり？」

「ほかにも温室がないか、僕らで周囲の町や村を探ってみようと思ってる」

「僕ら？」

「デヴレンだよ。あいつは地元の人たちに顔が利くから、話を聞きだせる」

オーエンがまだ逃亡中なので、デヴレンの娘リーマは、安全が保障されるまで最高司令官の城にアーリと留《とど》まることになるだろう。オーエンはリーマを殺すと脅したのだ。

「ここに何か記録は残っていなかった？　そうすれば捜索がもっと楽になる」それはベンの取調べにしてもそうだ。当局がここになだれこんでくる前にヴァレクが彼と〝話〟をしなかっただろうか？

「ないようだ。ほかの温室を探したいのはそういう意味もある。あいつが情報を残していそうな場所を見つけたい」

「あるいは、本人を見つけ出すか」でも、兄たちふたりでオーエンを追うのかと思うと不安だった。リーフは以前オーエンに誘拐されたことがある。それに、デヴレンがいくら剣の達人でも、オーエンの魔力はリーフより強い。

「それができればなおいい」低い、どこか危険な声でリーフが言った。

これはまずい。「せめてヘイルを一緒に連れていって」今回の旅に、念のためにヘイルも同行を命じられていたのは幸運だった。

「ヘイルはもういない。城塞に戻れと命じられたんだ」

どういうこと？「でもあなたには指示は出なかった？」

「もちろん指示されたさ」

「ちょっと――」

「そういう非難がましい口調はやめてくれ」兄の緑色の瞳に憤りがひらめいた。「議会が何カ月も手をこまねいているうちにこういうことになった。それは僕同様おまえもよくわかっているはずだ。第一、オーエンはのうのうと逃げのびて――」

「リカ・ブラッドグッドとティエン・カーワンと一緒にね。ふたりとも強力な魔術師よ。つまり三人の強敵に、あなたとデヴレンで立ち向かわなければならない」

リーフは胸を張ってみせた。ザルタナ族は本当に強情だ。

わたしは別の作戦に出た。「オーエンは頭がいい。最高司令官と議会の両方に追われているとわかっているから、今後数カ月は身を隠して、その間に次の方針を練るつもりなのかもしれない」

「だからこそ、奴が〝行動に出る〟前に止めなきゃならないんだ」

リーフの言うとおりだ。わたしは状況を考えた。「じゃあ、一番効率的なのは、魔術を使ってベンたちの取調べをさせてほしいとシティア議会を説得することだわ」

リーフは呻《うめ》いたが、今の言葉で納得させられたかどうかはわからなかった。

わたしたちはスープの残りを黙って食べた。数分後、デヴレンが厨房に入ってきた。暗褐色の顔には深い皺《しわ》が刻まれ、がっしりした身体から緊張がひしひしと感じられる。

「また空振りか？」リーフが訊《き》いた。ベンから話を聞こうと、デヴレンは今日も当局に押しかけたのだ。

「イレーナ、ヴァレクはどこだ？」デヴレンはリーフを無視して尋ねた。

「いくつか片づけなければならないことがあると言ってた。どうして？」

デヴレンが悪態をついた。

「いったいどうした？」リーフが尋ねる。

「ベン、ロリス、シリーが三人とも殺された」

2 ヴァレク

ヴァレクは旅の準備をしながら、自分が父親になるということについて考えずにいられなかった。もちろん、まだそうと決まったわけではない。でも、赤ん坊のことを想像しただけで、若干の恐怖心とともにむず痒《がゆ》い幸福感が全身を駆け巡った。恋人と赤ん坊の両方を守りたいという強烈な衝動にまず駆られたのは言うまでもない。誰にも手が届かないよう、高い塔に閉じこめてしまいたいとさえ思う。

次に頭に浮かんだのは今後の行動計画だった。もちろんイレーナのそばを離れるつもりはなかった。ふたりで一緒に赤ん坊を育てるのだ。だがどこで暮らす？　最高司令官の城？　ありえない。フェザーストーン族領の小屋？　それもだめだ。人に知られすぎている。第一、最高司令官から任務を与えられたらどうする？

ヴァレクは次々に頭に浮かぶばかげた考えを無理に打ち消した。ひとりで決めることじゃない。イレーナの意見も聞かなければ。それに事実をはっきりさせる必要がある。

荷物をまとめ終えると、オノーラを捜しに行った。自分が馬の準備をすると申し出てきたのだ。厩舎の脇に寄りかかり、オニキスにブラシをかけるオノーラを観察した。黒い馬は素直に脚を順に上げ、蹄《ひづめ》の裏を確認させている。キキとマダムは近くで牧草を食《は》んでいた。どちらの毛並みもつやつやしている。

東に向かう準備がおおむね整った。夜明け前には出発し、できるだけ急いで、すでに目的地に到着している密偵たちに追いつかなければならない。最高司令官は任務の遅れを喜ばないだろう。立ち上がりながら、むらむらと怒りが沸き上がるのを感じた。事前に事情をすべて打ち明けておいてくれれば、そもそもこんな騒ぎは起きなかったし、イレーナが危ない目に遭うこともなかったのだ。だが最高司令官は、ヴァレクの後任になろうと目論《もくろ》んでいるわずか二十歳の暗殺者、オノーラにのみ計画を話した。

今ならこんな仕事、喜んで明け渡せる。最高司令官はこの一カ月、オノーラを利用して、ヴァレクの忠誠心を試そうとしてきたのだ。最初は、直接命令にヴァレクが従うかどうかを見るためにイレーナをわざと襲わせ、そのあと自分を暗殺しようとする芝居を打たせた。そして今度は、重要な情報を隠したまま、新たな密輸ルートを封鎖せよと命じてきた。もうたくさんだ。

ヴァレクはこみ上げる怒りをなだめるため深呼吸した。今エネルギーを浪費するのはばかげている。帰国したあかつきには、最高司令官と対決するつもりだった。それまでにひとつ重要なことを、このジェンコが呼ぶところの〝かわいい殺し屋さん〟に確認しておかなければならない。

ヴァレクが近づいてくるのに気づき、オノーラは顔を上げた。無表情を装ってオニキスの尾にブラシをかけ続けてはいるが、灰色の瞳に兆す用心深い色は隠せない。寒いのにやはり裸足《はだし》で、長い茶色の髪をまとめて小さな顔を露《あら》わにしていた。美人だがめったに物に動じず、表情から考えを読むのは難しい。

「馬の準備はだいたい完了したよ」キキを指さした。「彼女、どうしても蹄鉄《ていてつ》をつけさせてくれないんだ」

「キキはサンドシードの馬だ。蹄鉄が嫌いなんだよ」

「うん、そうみたいだね」オノーラは右腕の袖をまくり、真っ赤な馬の歯形を見せた。

ヴァレクはかろうじて笑いをこらえた。「それは蹄鉄が理由じゃない。サンドシードの馬は匂いに敏感だ。おまえがイレーナに矢を放った仕返しだよ。ついでに側頭部も蹴ってやろうとキキが思わなかったのは、不幸中の幸いだ」

キキがそのとおりと言わんばかりに鼻を鳴らした。オノーラはオニキスの後躯からそっと離れた。緊張しているのがわかる。ヴァレクの口調から、ここに来たのは馬のことを話すためではないと察したのだろう。イレーナとジェンコをオーエンのもとから救出するのに手を貸してくれたのはありがたかったし、イレーナに矢を放ったのも最高司令官の命令に従ったまでだろう。最高司令官に忠誠を誓う利点と欠点は、ほかの誰より知っている。

とはいえ、オノーラがまだいくつか嘘をついていると疑っていることも事実だった。

つかつかと詰め寄ると尋ねた。「あの矢をおまえに渡したのは最高司令官ではないな？」

オノーラはとっさに毛梳き櫛《すぐし》を放ってナイフに手を伸ばしたが、すでにヴァレクが小刀をその首に押しつけていた。オノーラは動きを止めた。なかなか賢明だ。

「おまえが自分で矢軸にスターライトを詰めたんだ。イレーナを妊娠させ、家庭を持ったのにわたしが職を辞すのを期待して」

オノーラは否定しなかった。

「そこまでしてわたしの跡を継ぎたいのか？」

「ああ」

「見せろ」

オノーラはためらった。

「見せないならチュニックを切り裂くぞ」

オノーラはヴァレクをねめつけながら服の襟をぐいっと引き下げた。胸に最高司令官の頭文字が刻まれ、紫色の傷になっている。自分のときの経過から推察して、六カ月ほど前につけられた傷だろう。ちょうどオノーラが最高司令官のもとで働き始めたころだ。身体の奥でさまざまな感情が沸き立ち、裏切られたという苦い思いと安堵感《あんどかん》がせめぎ合う。最高司令官はヴァレクに相談もなく、いや、報告すらせずに、別の人間にこの傷を与えた。

だが、オノーラが最高司令官に近づくたびにはらはらする必要はこれでなくなった。オノーラ自身、命を懸けて最高司令官を守る側にまわったのだ。オノーラはヴァレクの反応を待って身構えた。

「その傷もわたしから身を守る役には立たない。二度とわたしに嘘をつくな。わかったな」

「ああ」

ヴァレクはオノーラの首に押しつけた小刀に力をこめた。鋭い刃の下に血が滲《にじ》みだす。

「承知しました」

「おい、何やってるんだ！」リーフの声が響いた。

ヴァレクはすぐさま小刀を鞘《さや》に戻し、オノーラから離れた。リーフ、デヴレン、イレーナが駆けつける。イレーナの顔色もだいぶよくなったようだ。この数日の死人のような青白さと比べたらはるかにましだ。もちろん、こんなふうに険しい表情でなければもっとよかったのだが。

「まだ殺し足りないのか」リーフがヴァレクを睨《にら》み、それからハンカチを引っぱり出して、オノーラの喉の血を拭った。「浅い傷だが、用心のために絆創膏《ばんそうこう》を貼っておいたほうがいいだろう」

オノーラがリーフの手を払う。「平気だよ」

なぜそんなに敵意を剥《む》き出《だ》しにされるのかわからず、リーフの言葉の意味を考えた。

「誰か死んだのか?」

「しらばっくれるな。イレーナの身を心配するあまり、わが恋人を傷つける者は皆殺しだと突っ走ったんだろうが、連中はオーエンに繋がる重要な情報を持ってたかもしれないんだぞ!」

なるほど。「三人ともか?」

リーフが言葉を継ごうとしたが、イレーナが制した。「そう。ベン、ロリス、シリー」

奴らが死んでも悲しくも何ともないが、もっと〝話し合う〟時間がなかったのは返す返すも残念だ。自白剤を使って脱出用トンネルの出口の場所を聞き出しはしたものの、オーエンを追い、捕らえ損ねて戻ったときには、すでにシティア当局がベンたちを拘束していた。

ヴァレクはついオノーラのほうに目を向けそうになったがこらえた。オノーラの仕業か? だとしたら、自分の意思か、それとも最高司令官の命令か? だが今は問いただすタイミングではない。「どんなふうに殺されてた?」代わりにそう尋ねる。

リーフはふざけるなと言いたげに鼻を鳴らしたが、デヴレンが答えた。「血管に刺傷があった。全員出血多量で死んでいたようだ」

イレーナが首をさすった。彼女の母親も、不安になるとよく同じしぐさをする。

ヴァレクの知る暗殺者の中にそんな殺し方をする者はいない。「覚えがあるか?」とイレーナに訊く。

「わたしを襲ったとき、蚊《モスキート》はアイスピックで首を狙ってきた。もし成功していたら、わたしも同じ死に方をしたかも」

必ずそいつを捜し出して叩《たた》きのめしてやる。だがまずは……。「ブルンズ・ジュエルローズが雇って、君を狙わせたんだろう?」そのブルンズとも少々話をせねばなるまい。小刀の切っ先を突きつけて、何もかも吐かせてやるつもりだ。

イレーナはまだ首をさすっていた。「そう。ベンたちも、ブルンズの命令でモスキートが殺したの?」

「確かに。だが殺し屋というのは、特定の雇い主のためだけに仕事をするわけじゃない。ベンたちが議会であれこれ白状すれば、一番困るのはオーエンだ。それにオーエンにはモスキートを雇う資金もある」ヴァレクは推理した。

「だからって実の弟を殺すとは思えない」リーフが反論する。「そもそもベンをウィラル監獄から助け出したのはオーエンだ」

「そのせいで当局が目を光らせ始めた」

「それに、ベンがイレーナに復讐《ふくしゅう》しようとしなければ、当局はみすみす逃がしていたはずだ」デヴレンが付け加えた。

イレーナがリーフを見て言った。「きょうだい同士って意外と揉《も》めるし、勝手な思い込みから間違った結論に飛びつきやすいのよ。リーフ、ヴァレクに謝って」

腕組みをしたリーフの頬がかっと赤くなった。「結論に飛びついてなんかいない。完璧に理にかなった推察だ。おまえだってそう思ったくせに」

「僕もヴァレクを疑った」リーフより十五センチは背が高いデヴレンの青い目に後悔が滲んでいる。

「謝る必要はない」ヴァレクは考え込んだ。「現場を調べたいと訴えたら、許可してもらえないだろうか」

「あんたは……やめておいたほうがいい」デヴレンが答えた。「僕さえ近寄れなかったし、遺体も見せてもらえなかった」

つまり、ラピア警備隊のフレミング隊長はヴァレクを疑っており、容疑者扱いされるおそれがあるということだ。「今夜発《た》ったほうがいいだろうか」ヴァレクは言った。

「いいえ」イレーナが言った。「議会はぐずぐずしてるから、あなたを逮捕するかどうか結論が出るころにはわたしたちはもうイクシアに到着しているはず」事務的な口調だが、まなざしには熱がこもっている。さっきの約束を忘れていないのだ。

胸に熱いものが広がっていく。イレーナと今夜ひと晩ふたりきりになれるなら、逮捕されたっていい。いや、命さえ捧《ささ》げよう。ひとたび出発すれば、ふたりで過ごす時間などもはや期待できない。

とはいえ必要もないのに危ない橋を渡るのは無意味だ。逮捕されるおそれがあるなら、今夜は見張りを立てたほうがいいだろう。そうすれば逃げる余裕ができる。「よし、計画どおりに進めよう。オノーラ、ジェンコはどこだ？　馬の世話を手伝っていたとばかり思っていたが」

オノーラは左側にある二階建ての納屋を身ぶりで示した。「あっちで拗《す》ねてる」

理由を訊く気にもなれなかったが、イレーナが役目を買って出た。「どうして？」

イレーナからもらった林檎をキキがおいしそうに食べるのを眺めながら、オノーラは右腕を撫でた。「連れていく馬に、あいつが子どものころ大切にしてたウサギの縫いぐるみと同じ〝ビーチバニー〟って名前をつけようとしたから、そんなの馬らしくないって反対したら、俺が乗るんだから好きな名前をつけさせろって言い返してきてさ。マダムのほうが乗りやすいからそっちに乗ったらって勧めたら――」

「プライドを傷つけられて、ぷいっとあっちに行っちゃった」イレーナが引き取った。

「そのとおり」

イレーナがキキのお気に入りの場所を掻《か》いてやる間に、ヴァレクはオノーラに来いと顎をしゃくった。納屋のそばに行き、白い縁取りのある緑の大扉の前で足を止める。

「今夜の見張り番の順番を決めろとジェンコに伝えろ。わたしが最後を務める」

「イレーナも含める？」

「いや。休息が必要だ」

オノーラは唇を噛《か》み、喉元まで出かかった疑問を抑え込んだように見えた――イレーナは妊娠してる？　ヴァレクは何も言わずに歩き去った。今話すのは時期尚早だし、そもそもオノーラにだけは明かしたくない。わずか二十歳の娘がそこまで野心を剥き出しにして策を弄したことに感心したが、今すぐ首を絞めてやりたいと思っている自分もいた。だが、最高司令官はヴァレクの後継者としてオノーラを選んだ。その事実を受け入れるかどうかはヴァレク次第だった。


イレーナを怖がらせないように、ヴァレクはわざと音をたててドアを開けた。イレーナはベッドで本を読んでいたが、ヴァレクが室内に入るとすぐに顔を上げた。読んでいた本は、イレーナの父親から渡された植物図鑑だった。

「ずいぶん時間がかかったのね」イレーナが小卓に本を放ったので、角灯《ランタン》の細い炎がゆらりと揺れた。

周辺をまわって門がすべて施錠され、建物内にも異常がないかどうか確かめてきたのだ。ジェンコには周囲の森を確認させた。「逮捕状を持ったフレミング隊長が門で待ち構えていたりしたらまずいと思ってね」

「問題なさそうでよかった」イレーナがベッドカバーをめくる。「来て」

心臓が跳ね上がったが、すぐには飛び込まない。オノーラとスターライトのことをまずは伝えなければ。

「どうしたの？」

「話があるんだ――」

イレーナはまたベッドカバーを引き上げた。「わかった。何？」

ブーツを脱いで寝そべると、イレーナが身を寄せてきて肩に頭をのせた。ヴァレクはその身体に腕をまわし、オノーラの卑劣な策略について話した。

「あの子の首をへし折ってやる」一部始終を聞いたあと、イレーナがつぶやいた。

「挑戦する価値はある。近づけるかどうか疑問だが」

「だからオノーラの喉に小刀を突きつけてたのね？」

「今度わたしに嘘をついたらどうなるか思い知らせる必要があった。それに、今の防衛長官は誰かということも」

「最高司令官が交代を命じるまでは」

「そのとおり」

「そうなったら、オノーラの命令に従う？」

「いや、そうなるころには、別の女性の命令に従っていそうな気がする」

イレーナが顔を上げ、ヴァレクの目をじっと見た。「へえ、どんな命令?」

「いやらしいことを考えてるだろう?　わたしが考えていたのは、おむつを替えたり赤ん坊をあやしたり、その手のことなのに」

「はらはらしどおしの暗殺者の毎日はどこへやら」

「危険もどこへやらだ。それに、子どもが十代になればまたはらはらする毎日が始まるさ。わが子には誰にも、指一本触れさせない」

イレーナが笑う。「いじめっ子や、娘にキスしたがる男の子たちの命を狙ってはだめよ」

「それは残念」

イレーナはちらりと笑ってから物思いに沈んだ。「スターライトを打たれたのだとしたら、いよいよ妊娠してる可能性が高まった。これからどうしよう?」

「みんなと同じようにすればいい。家庭を作るんだ」

「言うのは簡単よ」

「必ずなんとかする。約束するよ」ヴァレクはイレーナをきつく抱きしめた。

イレーナはさらにヴァレクに身を寄せ、眠ってしまった。胸が規則正しく上下する様子を眺めて平穏なひとときを味わっていたが、たちまち見張り番の交代時間が来てしまった。

イレーナから身体をそっと離してブーツを履き、ジェンコを捜しに向かう。

半月の明かりのおかげで、切り株につまずいたりぶつかったりする心配はなかった。ジエンコは温室の近くにいた。板ガラスの内側は結露でびっしり覆われている。温室内では石炭が燃え、水の入った容器があちこちに置かれているせいで湿度がかなり高くなっている。父親が到着するまでは植物を枯らさないよう、リーフが装置を維持しているのだ。温室を作って密林以外の場所でキュレア蔦を育てるという計画には、正直感心した。考えたのはオーエンだろうか？　それとも最高司令官が思いつき、オーエンが実現させたのか？

「何かあったのか？」ヴァレクは尋ねた。

ジェンコは右耳の耳たぶがあった場所を撫でている。「ちょっと考え事をしてました」

「それはまずい」

「笑えませんよ。ここにある植物が全部イリアイス密林のものなら、誰が持ってきたのかって考えてたんです」

「オーエンは三年以上前から研究を続けてきたんだ」

「ええ、わかってます。でもザルタナ族はよそ者が密林を掘り返していたことに気づかなかったんでしょうか？　キュレア蔦は特定の区画でのみ栽培されてるんでしょう？　それに、キュレアを生産しているのはイレーナの父親だけじゃないんですか？」ジェンコはガラスを軽く叩いた。「ここにある植物は種から育てた苗とはとても思えない。第一、これだけの植物について知識がある人間がどれだけいるのか？　密林の外にはそういないはずです」

どの指摘も的を射ている。「ティエン・カーワンなら、育った場所によっては、知識があるかもしれない」密林は、カーワン族領の南東および南の領境と接している。

「あるいは、ザルタナ族の誰かがオーエンに協力しているのかも」

仕事柄、嘘や裏切りには慣れているが、イレーナの一族の人間がオーエンを手伝ったり、違法行為に手を染めたりするとは思えなかった。ただし、騙《だま》されていたとしたら話は別だ。

「出発する前にリーフに調べてもらおう。専門家が見つかったら、その人物がほかの温室のある場所を教えてくれるかもしれない」

ジェンコがにっこりした。「ほら、俺だってたまにはいいことを思いつくでしょう?」

「否定した覚えはないぞ」

「でも肯定したこともない」

「その必要がないからだ。おまえは自分で自分を褒めるのがうまい」

ジェンコは得意げだった。

「少し眠っておけ。二時間もすれば夜明けだ」

夜明けという言葉でジェンコが肩を落とした。「出発するなら午後三時ごろが理想的なんですけどね」ぶつぶつ言いながら建物のほうに向かう。

敷地内を一周して鍵を調べ、いじった形跡などないか確認した。異常がないことに安堵して、厩舎で足を止める。キキも、リーフの馬のルサルカも、それぞれの馬房ですやすやと眠っている。サンドシードの馬は信用できる。嗅ぎ覚えのない匂いがすると、すぐに騒いで教えてくれるのだ。

空が白み始めると、建物に戻った。ベーコンの焼ける匂いが漂ってきた。いい匂いをたどって厨房に着くと、リーフが皿にパンケーキやベーコン、卵、トーストを盛りつけていた。すでに全員、食卓についている。

イレーナが目の前の山盛りの朝食をもりもり食べているのを見てほっとした。ヴァレクも、会話の邪魔をしないようにしながら、みんなの仲間入りをした。

「こんな食事が待ってるなら、毎朝夜明けとともに起きるよ」ジェンコはそう言って、パンケーキの山からまたお代わりをした。顎鬚《あごひげ》がすでにシロップでべたべただ。

「そんなに食べたらお腹を壊すわよ」イレーナがからかう。

「まさか」

「せいぜい味わうんだな」リーフが言った。「明日からは、干し肉やら黴《かび》臭いパンやら硬くなったチーズやらを食べるしかないんだから」

ジェンコが呻く。「底意地が悪いぞ、リーフ」

ヴァレクはリーフに向き直り、密林の植物の専門家がほかにいるか尋ねた。

リーフは口をもぐもぐ動かしながら考えた。「父さんに訊いてみるよ。シティアのほかの連中に比べたら、ザルタナ族は全員が専門家だ。だが、植物を接ぎ木するには、もっと高度な知識が必要だ。それに……見かけない植物の一部は交配種かもしれない。そうか、だから僕にもわからないんだ！」

「交配種？」

「ある植物に別の植物を接ぎ木すると、新種ができることがあるんだ。すると、いよいよ珍しい特別な品種になる」リーフは大真面目な顔で言った。

「珍しいって、どれくらい？」

リーフのきつく結んだ口を見る限り、そう簡単には答えを引き出せそうにないとわかる。

「それができる者は何人ぐらいいる？」ヴァレクは尋ねた。

「数人だ」リーフはぼやかした。

「ふたりよ」イレーナが答えた。

リーフが妹をじろりと睨む。

「名前がわかるか？」

「いとこのナッティ・パーム・ザルタナとバヴォル・カカオ・ザルタナ議員」

3　リーフ

ついかっとなり、リーフは椅子から立ち上がった。「どちらもオーエンに協力なんかするはずがない！」

「直接協力しているわけではないかもしれない」裏切り者の妹が言った。

「いや、ありえない。ふたりともキュレアがどんなに危険かよく知っているはずだ」誰であろうと、ふたりを疑うなどもってのほかだ。

「では証明することだ」ヴァレクが言った。「ふたりの容疑が晴れたらほかを当たろう」

ほかを当たるにしろ専門家は全員ザルタナ族だ。リーフは食欲をなくし皿を押しのけた。

ジェンコがせっせと卵を口に運びながら言った。「お得意の、嘘つきを見破る魔法を使えば簡単じゃないか」

イレーナが顔をしかめる。「相手を犯罪者だと疑う理由がない限り、使えないの。魔術師の『倫理規範』に反する」

「『倫理規範』に従ってるのか？」ジェンコが驚いたように言った。「そんなもの無視してるんだとばかり思ってた」

「魔術師は全員邪悪で腐敗しているから？」

「全員じゃない。ふたり例外はいる」ジェンコはイレーナとリーフのほうに顎をしゃくった。「もし俺に魔力があったらきっと無視するから、そう思ったまでさ」

「どうして魔力がないってわかるのさ」オノーラがその朝初めて言葉を発した。

「あるわけないだろ」ジェンコがむっとして言い返す。

「でも魔力を察知できる」

「おまえだって寒気が来ればそう感じるだろうが、それでおまえが雪男……じゃない、雪女ってことにはならない」

　ふたりが魔術師の定義について議論するのをよそに、リーフは空いた皿を集めて流しに運んだ。一族の人間を調査するなんて、考えただけで気が重い。挨拶がてら家に寄る程度でいいだろう。だが、バヴォルが本当に無実かというと、ふいに自信がなくなった。イレーナと一緒に家を訪ねたとき、質問してもバヴォルは答えを避けた。あのときバヴォルは嘘をついているとわかったが、それはイレーナが魔力を失ったことを議会が知っているかどうかについてだとばかり思ったのだ。

　全員の朝食が終わると、みんなで厩舎に向かった。朝日は地平線から顔を出していたが、冷気がチュニックを通して身体に突き刺さった。リーフはイレーナに、使い方を書いた紙と一緒に薬草の入った小袋を渡した。その重さに、イレーナが眉を吊り上げる。

「万が一、何か厄介事に巻き込まれたときのためだ」

「ふたりの暗殺者と剣の達人と一緒なのに？　どんな厄介事に巻き込まれるわけ？」

リーフは無言で妹を見た。

「ああ、わかった、わかった」イレーナは小袋を手に取って開けた。「そのとおりよね。眩暈《めまい》に効くショウガ茶は入ってる？」

「何袋か。まだ気分が悪いのか？」

「そんなことはないけど」イレーナは薬を鞍嚢《あんのう》にしまった。

かすかな甘草の香りが妹を取り巻いている。ジェンコが言うリーフお得意の魔法によれば、それは何か隠しているということだ。「ほんとか？」

「ええ、元気いっぱい」

甘い真実の香り。「よかった。とはいえ、ジェンコが料理する番になったら、そのお茶が必要になるかもしれない」

「聞こえてるぞ」ジェンコが言ってよこし、ビーチバニーの背にさっと跨《また》がると、勝ち誇ったようにオノーラに目をやった。

無口なオノーラはかろうじてジェンコの挑発を無視し、マダムに鞍《くら》をつけた。キキは、馬房の中のルサルカと頭を寄せ合っている。ルサルカの様子を見れば、キキたちと一緒に行きたがっているのがありありとわかる。リーフはその首を撫で、ペパーミントを与えた。

出発直前、リーフは妹を抱き、気をつけるんだぞと声をかけた。

「あなたが気をつけるならね」イレーナが言った。「たとえオーエンの隠れ家を見つけても、デヴレンとふたりで追うような真似《まね》はしないで。アイリスと少なくとももうひとりは魔術師を連れ、援護の兵士を五、六人は引き連れていくこと。いい？」リーフがすぐに返事をしないので、付け加える。「わたしじゃなく、マーラのために」

マーラを心配させるかと思うと、本当に辛くなる。義理の弟であるデヴレンの身に何かあれば、マーラはさらに悲しむだろう。デヴレンの妻のオパールやその子どもたちは言うまでもない。「ああ、わかったよ。約束する」

「よかった。状況をその都度教えて」

「おまえがそうするなら」

「じゃあ決まり」イレーナがキキに跨がった。

リーフはヴァレクのほうを見た。悪名高き暗殺者はリーフの花婿付添い人まで務めたが、いまだに謎多き男だ。とはいえ、イレーナを必ず守るという意志に疑念の余地はない。リーフの胸中を読んだかのようにヴァレクはうなずき、オニキスを促して正門に向かわせた。

四人が出発するのを見送るうちに、身体の奥に不安が渦巻いた。イレーナと別れるたびに子ども時代の辛い記憶が蘇《よみがえ》り、胸が塞いだ。去っていく妹の姿を見るといつも、イレーナが誘拐されるところを目撃しながら何もしなかった、あの恥辱と罪悪感を改めて味わう。十四年後にイレーナは帰郷して最終的には許してくれたが、リーフとしては、当時は怯《おび》えた八歳の少年だったとはいえ、完全にはおのれを許せなかった。とりあえずは、あのとき取った行動と折り合いをつけたし、イレーナと別れるたびにもう二度と会えないかもしれないと不安に駆られる自分も受け入れるようにしていた。

「馬に餌をやらないと」デヴレンの言葉で現実に引き戻された。

デヴレンは、空になった馬房の掃除をした。ルサルカのほかに残っている馬は二頭。一頭はデヴレンが使い、もう一頭はマダムの代わりに厩舎《賢いキツネ》に進呈する予定だった。物に動じないマダムは、今では立派な仲間だった。

リーフは桶《おけ》に穀物を満たし、デヴレンは水を運んできた。それからふたりで残りの馬房の掃除をした。リーフはデヴレンに、みんなに同行してリーマがいる最高司令官の城に行けばいいと勧めたのだが、リーフの捜査を手伝ったほうが役に立てるとデヴレンは主張して、勧めを断ったのだ。

「次は？」デヴレンが尋ねた。

「温室の燃料を確認しないと」それから、未知の植物を作った目的を知るため、何と何を接ぎ木したのか調べなければならない。そう、必ず目的があるはずだ。でなければ、もっとキュレア蔦を育てる代わりになぜわざわざそんなものを？　操業停止にしたラピアのキユレア工場には、この温室で栽培されている蔦の二十倍の量を加工できる能力があった。

リーフに続いてデヴレンも温室にやってきた。デヴレンが容器に水を満たし、リーフは赤々と輝く石炭の燃え殻をシャベルで広げた。高価な白石炭を補給すると、どっと煙が上がり、目が痛んだ。黒い一般的な石炭と比べて煤《すす》が少なく、高温になるのだ。その匂いを嗅ぐとマーラの顔が脳裏に蘇り、思わず目をつぶってさらに匂いを吸い込む。養成所のガラス工房で一日過ごして帰ってくると、その甘い匂いがいつも服にまつわりついていた。

「煙はどこから排出されてるんだろう？」背の高いデヴレンが天井をじっと見た。

「板ガラスの継ぎ目からじゃないか？」

デヴレンが手を伸ばして結露に指を走らせると、くっきりと跡が残った。「ガラスに小さな穴がいくつも開いている」

リーフは呻いた。植物ばかり気にしていたので、温室の構造には考えが至らなかった。デヴレンも悔しそうに顔を歪《ゆが》めている。彼は六カ月前からフルゴルにあるガラス工場でオパールとともに仕事をしているのだ。

リーフもデヴレンも、板ガラスに穴を開けるには、硬くなってからでは壊れてしまうが、熔融《ようゆう》ガラスならいくらでもできるとそれぞれの妻から教わっていた。この板ガラスは温室用に特別に作られたものだ。製造者が見つかれば、ほかの温室の場所はおろか、オーエンの隠れ家さえ教えてもらえるかもしれない。

「マーラとオパールには秘密だ。いいな?」リーフが告げた。

「了解」

4　イレーナ

ヴァレクの定めたペースが速かったので、キキがなるべく振動の少ない走法に替えてくれたにもかかわらず、数時間も乗っていると、落ちないようにキキの赤銅色のたてがみにしがみつかなければならなかった。思ったほど体力が回復していなかったらしい。寝不足も原因のひとつだった。

午前中ずっと、サンワース川に平行に東へと進みながら、川沿いの小さな町を見つけるたびに足を止めた。ジェンコとヴァレクは馬から降りて周辺を見回り、魔術の気配を、いやもっとはっきり言うと、リカ・ブラッドグッドの幻影魔術を探した。その陰に三人の犯罪者が隠れている可能性があるからだ。オノーラとわたしは地元当局を訪ね、何かおかしな出来事や奇妙なガラス製の建物はないか尋ねた。

そうこうするうちに、いったいいくつの町に立ち寄ったかわからなくなった。とうとう探索を中断し、比較的大きな町で一泊することにした。《錨《いかり》荘》という宿屋に部屋を取ると、部屋のドアを閉じたとたんベッドに倒れ込んだ。

すぐにヴァレクが駆け寄ってきた。「疲れたならそう言えばいいのに」

「大丈夫、ただ眠いだけ。心配するなら、同じ部屋で寝ることになったジェンコとオノーラのほうよ。朝までにどちらかが相手の息の根を止めかねない」

「ジェンコはオノーラを挑発しているんだ」

「もしオノーラの堪忍袋の緒が切れたら？」

「ジェンコは痣と傷ついた自尊心の両方を癒《いや》さなきゃならないだろうな」

「ほんとにその程度ですむ？」オノーラは任務に忠実だとヴァレクは請け合うものの、あの娘はやはり信用できない。スターライト入りの矢をわたしに放ったのが彼女だと知った今、一発殴ってやりたかった。じれったくて仕方がない。魔力さえあれば、あの子の霊魂を調べ、どんなに危険な奴か暴いてやれるのに。

「オノーラがジェンコに危害を加えることはない。そんなことをすればわたしが黙っていない。今はまだ、わたしを恐れているからな」

「じゃあ、怖がらなくなったら？」

「もっと面白くなるだろう」

ヴァレクらしい虚勢。わたしにその体力があったら、反論するところだ。

ヴァレクはわたしが不機嫌になったことに気づいたらしい。「一方的に決めつけずに、オノーラともっと話をしてみたらいい。君と同様、彼女にも襲われてレイプされた過去がある。だが君と違って、まだ悪夢を退治できていない」

「おみごとね」オノーラに仕返しを考えたことが急に後ろめたくなる。

「おみごと？」

「おかげで複雑な気分。これまではただ彼女を嫌っていた。そのほうが楽だったわ。今は、なんとかして助けてあげたい。魔力さえあれば――」

「魔力は必ずしも必要ない。魔術を使わなくても君は困難を乗り越えてきた。オノーラにだってできるはずだ。ともかく、信頼できる友人ができれば彼女にとってもプラスだ」

「どうしてそんなことを言うの？　オノーラはあなたの地位を狙ってるのよ？」

「今までだって、この仕事を狙う者は大勢いた。それにもう何年も前から、弟子を採れと最高司令官に言われてるんだ。オノーラはそれに適《かな》う力量を持つ初めての候補者だ。もっと力がつけば、まさに適任だよ」

ヴァレクの顔をじっと見る。そこには後悔も悲しみもうかがえず、わたしはほっとして枕に頭を戻した。ヴァレクはわたしに毛布を掛けたあと、地元の噂話を仕入れるために立ち去った。わたしはふたりの将来を夢見ながら眠りに落ちた。

朝日に眠りを邪魔された。呻いて、起きようとするヴァレクにしがみつく。

「あともう三分」とつぶやく。

「昨夜手がかりを見つけたんだ」ヴァレクは身体に絡みつくわたしの手を引き剥がした。いきなり目が覚めて起き上がる。「オーエンの行方がわかったの？」

「落ち着いて、愛《いと》しい人。そんな簡単な話じゃないんだ。ガラスでできた妙な建物を知っているという男に会ったんだよ」

「それで、調べに行ってきたの？」

「いや。もう一度その建物まで行くには弟に手伝ってもらわないと、と言うんだ。今朝その弟を連れてきて、案内してくれるそうだ。もちろん謝礼は払う」

「典型的な罠《わな》って感じ」約束の場所に行くと、敵が待ち伏せているというわけだ。

「確かに。だが男の話を聞いていると、オーエンに記憶を消されたせいで場所がわからなくなり、弟の手助けが必要になったようにも思える」

「それでも怪しい」

ヴァレクは微笑《ほほえ》んだ。「こっちは四人いる」

「もしこれが罠なら、相手は三人の魔術師よ」毛布を押しのけて背嚢の中を探った。「投げ矢全部に必ずキュレアを詰めて」

「承知いたしました」

わたしたちは着替えたあと、ジェンコとオノーラとともに急いで朝食をすませた。男とは厩舎で合流した。肩幅の広い四十代の男で、緊張はしているが、気はよさそうに見える。

名前をテックスといった。体格と影を比べてみる限り、魔術で変装しているおそれはなさそうだ。腰に短剣をさげているが、服やブーツにもっと武器を隠している可能性はある。わたしはリーマの外套《がいとう》の前をきつくかき合わせた。リーマをイクシアの城に送り出したとき、外套を交換したのだ。

テックスの弟はジャックスといった。胸板の厚い筋肉質の男で、アーリのように大柄だ。やはり体格と影は一致している。丸めた馬用の鞭《むち》をベルトに差し込んでいて、それを見たジェンコは身震いし、腕をさすった。

ヴァレクは互いを紹介した。ジェンコとオノーラのことは本名で呼んだが、わたしと自分については偽名を使った。兄弟はそれぞれ馬を持参していて、ジャックスはいかにもたくましい灰色の馬、テックスは暗褐色の牡馬《ぼば》だ。

テックスがキキを見た。「それ、サンドシードの馬かい？」

嘘をついても仕方がない。「ええ」

「普通の馬の二倍の速さだって、本当なのか？」

「アヴィビアン平原を走るときは。それ以外では同じよ」

「へえ、平原に入ったら誰でも迷子になるんだと思ってた」

「そのとおり。でもサンドシードの馬はけっして迷子にならないの」

テックスたちに案内されて南に向かいながら、馬についてあれこれ話した。ジェンコは魔術の気配を探っているらしく、周囲につねに気を配っている。ヴァレクは、兄弟とのおしゃべりはわたしに任せて黙っていた。オノーラは退屈しているようだが、動きがぎくしゃくしているところを見るとそうでもなさそうだ。ジャックスからできるだけ距離を置こうとしていることから察するに、自分を襲った男と似た体格なのだろう。

本人が言ったように、兄のほうは農地や森を抜けるうちに道がわからなくなったようだ。途中で、兄弟が正しい方向を巡って喧嘩《けんか》を始めた。前回はどうやってそこに行ったのかとわたしは尋ねた。

「俺たちはずっと川で仕事をしてる」テックスが言った。「艀《はしけ》の荷の積み降ろしさ。前の季節に、あんたたちが興味津々のそのガラスの建物から蔦の束を川まで運ぶため、ある男に雇われた。でも、その建物から蔦を回収したときのことが思い出せないんだ。弟は、建物にすっかり感心したんでよく覚えてるらしい。運搬は一度だけで、賃金はもらったがあんまり安いんで、確かすぐに辞めた」

「雇い主はどんな風貌だった？」ヴァレクが尋ねた。

「それも覚えてない。弟はそいつには会ってないから、結局男のことはあまりわからない。妙な話だよな」

確かにそうだが、オーエンがテックスの記憶を消し、弟の存在は知らずにそのままにしたのだとすれば、納得できる。

数時間後、丘の頂上に着いたところで足を止めた。見下ろす谷の真ん中に、巨大なガラスの温室が見えた。午後の日差しが屋根に反射している。隣には納屋のような建物があった。人影は見えない。

「近くに……庭師がいるはずだ」弟のほうがつぶやいた。「確か……」テックスがおずおずと言う。「別の仕事があるからもう戻らないと。あとはあんたただけで行けるか？　ここはアヴィビアン平原じゃないが」不安そうに眉をひそめる。

この態度は本物だろうか？　それとも名演技？　「ええ、ありがとう。サンドシードの馬は、場所がどこでも方向感覚が優れているから大丈夫」

ヴァレクはテックスに礼金を弾んだ。男はにっこり微笑み、すぐ後ろにいた弟と引き返していった。

ジェンコは顔をしかめて顎鬚を撫でた。「やっぱりおかしい。そう思いませんか？」

「何が？」ヴァレクが訊き返す。

「あのふたりですよ。奴ら……」

「親切だったわ」わたしがあとを引き取った。「あなた、悪人にしか会ったことないんじゃない？」

「そういう仕事なんでね。あそこで待ち伏せされてるってほうに誰か賭ける奴はいないか？」ジェンコは谷を身ぶりで示した。

「魔術の気配を感じるのか?」ヴァレクが尋ねる。

「いいえ。ちょっと遠すぎます。あなたは?」

「何も感じない」

ちくりと胸が痛んだ。もし魔力があれば、罠かどうかなんてすぐにわかるのに。

「どういう手順で進む?」オノーラがヴァレクに尋ねた。

「おまえとジェンコは左側から森を突っ切り、敵の気配がないか確認してくれ。わたしは右側から行く。終わったらまたここで落ち合おう」ヴァレクが馬から降りた。

「わたしは?」とヴァレクに訊く。

「馬たちの番をしていてくれ」

むっとした。「馬の番ならキキがしてくれる。あなたと行くわ」許可を待たずにキキの背中から降り、外套を脱いで、鞍につけた入れ物からボウを引っぱり出した。

わたしをじっと見ているヴァレクに、さらに言い返そうとした。ところがヴァレクはうなずいた。「よし、行こう」灰色の短マントをはずし、オニキスの鞍に掛けた。

オノーラとジェンコは森に消え、わたしは、周囲の森に溶け込みやすい黄褐色のチュニックと茶色のズボンというシティアの服装のヴァレクに続いた。樹木や藪《やぶ》はまだ裸だが、枝にいくつも芽が出ており、暖かくなるのはもうすぐだと教えてくれている。

下生えの中を音もなく走るヴァレクの動きは優雅で、軽業師さながらに無駄がない。反面、わたしはカサコソと音をたてて続いた。訓練を怠っていたので、森での移動がすっかり下手になってしまった。魔術を使えばどこにどんな生き物がいるか事前にわかり、忍び歩きの必要がなかったのだ。魔力をなくした今、あれこれ鍛え直さなければならない。

止まれ、待て、進めと伝えるのに、ヴァレクは手の合図を使った。誰にも会わなかったし、足跡や折れた枝など、ここに人がいた痕跡も何もない。

馬たちのもとに戻ると、すぐに現れたジェンコとオノーラも同様の報告をした。待ち伏せの気配はなし。わたしたちは馬にまた跨がり、谷に下りた。温室に近づいたところで、幻影魔術を感じるかとヴァレクがジェンコに尋ねた。

「いいえ。気づいたらすぐに知らせます」ジェンコが答えた。

納屋まで十五メートルほどのところでヴァレクが止まれと合図した。待てと伝えたあと馬を降り、周囲を一巡りした。わたしは温室の中を透かし見た。板ガラスに結露はなく、緑も見えない。ここから見る限り、中は空っぽのようだ。

ふたたびヴァレクが姿を現した。「人の気配はないし、納屋の扉には鍵がかかっている」

「お任せあれ」ジェンコがにやりと笑った。馬から飛び降りると、納屋に走った。

「ここにいる人間は全員開錠できるとわかってるくせにね」わたしもジェンコから鍵開けの技術を教わり、複雑に結い上げた髪にいつもピックを一セット隠している。

「ここのは一癖ある錠なんだ」ヴァレクは剣を抜いた。「行くぞ」

オノーラとわたしはヴァレクに続いて建物をぐるりとまわった。ジェンコが大きなドアの横にひざまずき、まだぴかぴかしている南京錠《なんきんじょう》に取り組んでいた。背後で待っていたわたしたちに、やったという小さな声が聞こえた。錠をはずして振り返ったジェンコに、ヴァレクが開けろと手で合図する。

ジェンコが一気にドアを引き開けた。飛び出してくるかもしれない敵に全員が身構えたものの、何も起きなかった。代わりに押し寄せてきたのは、胸の悪くなるような腐臭だった。紛れもない、死の臭いだ。

険しい表情でヴァレクが納屋の中に足を踏み入れ、しばらくして戻ってきた。「安全だ」

チュニックの襟元で鼻を覆いながら列になって入る。引っくり返った椅子や散らばったゴミからすると、慌てて出ていったようだ。ヴァレクは喉を掻き切られた男の死体の横にしゃがんだ。

「庭師？」わたしは尋ねた。

「たぶん。爪が土で汚れている。防御傷がないから、襲撃者は知り合いだったんだろう」

「あるいは魔術で拘束されていたか」ジェンコが付け加えた。「死後どれくらいです？」

「三、四日だろう」ヴァレクは立ち上がった。「屋内を捜索しろ。何か残していったかもしれない」

わたしたちは思い思いに散った。奥の壁沿いに小ぶりのベッドと小卓が並び、近くのドアに園芸道具が下がっている。暖炉の灰をつつくと、焼け残った紙片が出てきた。引っぱり出して皺を伸ばしたところ、ホベット草の絵と栽培方法の説明書きだった。

つい鼻を覆っていた服を下ろしてしまい、たちまち腐臭が鼻孔を満たした。胃が引っくり返り、慌ててドアに走る。外に出て新鮮な空気を吸うと、徐々に吐き気は収まった。寒さで身震いし、キキの背に掛けておいた外套にくるまる。ほっとしたところで今度は温室に近づき、ガラスの壁越しに中を覗いてみた。土の床に葉や折れた茎が散らばっている。植物はみな根こそぎにされたようだった。混乱の中、中央に何か白いものが落ちているのに気づいた。

出入口の横に荷馬車の車輪の跡がある。温室内にあったものをとにかく詰め込んで、鍵もかけずに逃げたのだろう。ドアノブは何の抵抗もなくまわり、わたしは中に入った。屋内のほうがむしろ寒い。ぬかるみになっているところには足跡も残っていた。

白いものは二つ折りになった紙片だった。拾い上げたとたんパンッと大きな音がして、わたしは思わず身体を起こした。板ガラスに稲妻でも走ったかのように無数のひびが入り、恐怖が心臓を貫いた。

「イレーナ！」ヴァレクの声が、遠く戸口のほうから聞こえた。

とっさに頭巾をかぶって地面に伏せた。土に額を押しつけて亀のように丸まり、首の後ろで手を組む。その瞬間、大音響を響かせて、ガラスが粉々に砕けた。

5 ヴァレク

ガラスの壁や天井が一気に爆発したかのように壊れた。イレーナに駆け寄る暇はなく、ヴァレクは鋭い破片やぎざぎざしたかけらが身体を丸めた彼女に降り注ぐのをぞっとしながら眺めた。落下の衝撃で、ガラスが方々に飛び散った。顔を手で覆い、よろめきながら後ずさりする。脚や腕、身体にちくちくと痛みが走る。

「何てこった！」ジェンコが隣でわめいた。

音がやむと、ヴァレクはガラスを振り払った。建物の側面に沿って走り、割れたガラスの山に埋もれたイレーナを捜す。灰色の外套が垣間見えたが、流れる血を目にしたとたん、心臓が凍りついた。躊躇ひとつせず中に足を踏み入れる。ブーツを踏み出すたび、下でガラスがきしんだ。

「気をつけて」ジェンコが言い、あとに続いた。

イレーナはガラスに埋まっていた。大きな破片を抜き取り、できる限りかけらを払う。

イレーナは動こうとしたが、外套がガラスの破片で地面に釘《くぎ》づけにされていた。

るから」

「落ち着いて」イレーナに意識があるとわかってほっとした。「まず君を動けるようにす

イレーナは動かない。無数の銀色のかけらで背中が血に染まっているが、一番心配なのは、左側のあばらのすぐ下から突き出している巨大な三角形の破片だった。ジェンコがそれを指さし、引っこ抜くしぐさをしたが、ヴァレクは首を横に振った。危険なので、刺った場所をきちんと確かめてからにしたほうがいい。ジェンコと一緒に残りのガラスを取り除いていき、終わったときには、無数にできた切り傷でふたりの手は血まみれだった。

「立てるか?」イレーナに尋ねる。

「ええ」彼女はまず座ってみせたが、顔色が真っ青だ。「ちょっと……無理みたい。傷はどれくらい――」そこで脇腹の破片に気づいた。

「まずここから出よう」ヴァレクはイレーナを支えて立ち上がらせ、ガラスででこぼこした床を踏みしめながら外に向かった。

キキの鞍から救急箱をはずして持ってきたオノーラが待ち構えていた。建物から充分遠ざかったところで外套をはずしたとたん、イレーナは地面に倒れ込んだ。ヴァレクがチュニックを切り裂き、最大の傷を露わにした。相当深そうなので、ひょっとすると内臓に達しているかもしれない。少なくとも、赤ん坊の位置からは離れている――もし本当に妊娠していたら、の話だが。

イレーナは自分で怪我の具合を調べた。「かけらを抜いても出血はしないと思うけど、傷を塞がないと」

幸い救急箱には、最高司令官の料理人だった今は亡きランドが発明した糊《のり》が入っている。ランドはケーキ用にその食べられる糊を開発したのだが、皮膚にも使えるのだ。

「軽い怪我のほうを先に手当しよう。背中に医療用キュレアを塗るか？」ヴァレクは尋ねた。こういう不慮の事故のために、希釈したキュレアをイレーナの父親に持たされている。

手に唯一傷のないオノーラが、イレーナの背中や後頭部からピンセットで破片を取り除いた。作業を進めながらイレーナのチュニックを脱がせていったが、覗き込むジェンコが邪魔だった。

「あたりを調べてこい」とヴァレクは命じた。「安全だとわかったら、ここで野営する」

「承知しました」ジェンコは走り去った。

「ありがとう」そう言うオノーラの脇には、血まみれのガラスの山が築かれていった。

「この程度ですんでよかった。外套の生地が盾になってくれたんだ」引き続きイレーナの皮膚や髪からガラスを取り除いていく。

傷ついたイレーナを見るのは辛かった。自分の無力さに怒りを覚え、こんな真似をした奴を殺してやりたいという思いがふつふつとこみ上げた。もしイレーナが魔力を取り戻したら、今後はその治療魔術をもっとありがたく思わなければ。

「ヴァレク、自分の傷の手当をしなよ」オノーラは彼を追い払おうとした。「そんな血だらけの手じゃ、ここにいても何もできやしない」

言い返そうとしたがこらえた。オノーラの言うとおりだ。それに、指摘されたとたん痛みがぶり返してきた。全身がちくちくし、服は血で汚れている。ヴァレクは刺さった破片を取り除き、手を洗って、一番大きな傷のある右の手のひらに包帯を巻いた。糊はイレーナのために残しておきたかった。

オノーラの作業が終わると、ヴァレクはイレーナの横にひざまずいた。「覚悟はいい？」

イレーナがうなずくと、ヴァレクは三角形の破片を一気に引き抜いた。怪我をしていないほうの脇を下にして横たわったまま、イレーナが息を呑《の》む。ヴァレクは流れ出した血に包帯を押し当て、血を止めようとした。出血が落ち着いたところでキュレアを患部の周囲や内側に塗り、状態を調べた。心配したほど深くない。安堵して、ランドの糊で傷を塞ぎ、そのあとほかの傷の手当もした。

戻ってきたジェンコが火を熾す間に、傷はすべて消毒されて包帯を巻かれ、着替えもすんだ。イレーナはいやがったが、ヴァレクは彼女を寝袋に寝かせた。無理にでも休ませなければ。太陽はすでに丘の頂にかかり、谷が闇に包まれるのもまもなくだった。

リーフのお茶を淹《い》れるために、ジェンコが湯を沸かした。「あの兄弟め、よからぬことを企《たくら》んでいると思ったんだ。立ち去ったふりをして戻ってきたに違いない」

「ふたりを見かけたのか?」ヴァレクが尋ねた。

「いいえ、俺が偵察したときにはもういなくなってました。クロスボウはどこか近くに隠してあったんでしょう」

「クロスボウ?」オノーラが問いかける。

「そうとも、クロスボウに決まってる。そうでなきゃ、離れた場所からガラスを壊すことなんかできない。太矢で射たんだ」

そう考えれば納得できるが、ガラスが割れる直前に魔術の気配を感じたのも事実だ。

「わたしは魔術だと思う」ヴァレクは言った。

「でも、ご自分で確認したんですよね?」ジェンコが言う。

「そのとおりだ」建物のまわりを一周しただけでなく、魔術警報が設置されていないかどうか確認するため、ガラスの壁に触れさえした。

「仕掛けを使った罠だったのよ」イレーナが片肘をついて身体を起こした。

「スイッチは?」ジェンコが尋ねる。

イレーナは考え込むように炎を見つめた。「地面に紙切れが落ちていたの。それを拾ったとたんガラスにひびが入った。あれがきっと引き金だったと思う」

「魔術の罠?」ジェンコが悪態をついた。「最高だな。知れば知るほど魔術が嫌いになる」

ヴァレクも首をひねった。「その紙に何かメッセージでも?」

「中身を見る時間はなかった。まだ温室内にあるんじゃないかな」イレーナは答えた。

ジェンコがさっと立ち上がった。「取ってくる」

ガラスの破片のきしむ音を聞けば、ジェンコがあちこち歩きまわっているのがわかる。しばらくして畳んだ紙片を手に戻ってきたとき、その顔には憎々しい表情が浮かんでいた。

ジェンコは紙をヴァレクに渡した。「見てください」

紙片を開くと、黒いインクでこうひと言。〝引っかかった！〟

ヴァレクの胸に怒りが燃え上がった。次に会ったとき、オーエンは必ずこの報いを受けるだろう。零の盾でみすみす囲ませるような失態はけっして犯すものか。オーエンには、死の危険が迫っていることを知らせるつもりはない。メモさえ残さない。

「見せて」イレーナが差し出した手には小さな切り傷が数えきれないほどあった。読んで鼻を鳴らす。「いかにもオーエンらしい」

「なぜそうわかる？」オノーラが尋ねた。

「こんな罠を仕掛けられる魔術師はあいつぐらいよ。リカは幻影魔術しかできないし、テイエンは物を動かすだけ」

「オーエンはほかにどんなことができる？」オノーラはティーカップにお湯を注《つ》ぎ、イレーナに渡した。

イレーナはお茶の匂いを嗅いで鼻に皺を寄せた。不快なのは匂いか、それとも今の話題なのかはわからないが。「いろいろな力があるわ。まず、ほかの魔術師と心で会話ができる。そのこと自体は珍しくないけれど、心の会話で嘘をつける魔術師はめったにいない」

「それに、零の盾であっという間に人を取り囲むことができる」ジェンコが続けた。「零の盾は魔力を遮断できるが、それで物や人が動けなくなるわけじゃない。ただし――」

「零の盾の効果なら知ってる」オノーラはそう言ってヴァレクをちらりと見た。

ほうと思ったが、顔には出さないようにした。オノーラはヴァレクを心配したのだ。

「オーエンは人の記憶を消すこともできる。人の心をずたずたにして、でく人形にしてしまうことも」イレーナは額を撫でた。オーエンの攻撃を思い出しているに違いない。

「それで全部？」オノーラが尋ねる。

「あと、物を熱することもできる。一度、あいつの首にナイフを突きつけたことがあるんだけど、柄がすごく熱くなって、思わず取り落としてしまったの。だから火を熾す能力もあると思う。それに罠を仕掛けることもできるみたいね。その力については今日初めて知った。つまり、ほかにも隠れた力があるのかもしれない」

「なんとまあ優秀な奴だ」ジェンコの言葉には皮肉が滲んでいた。「魔術師範にさえなれそうだな」

イレーナがお茶を飲んだ。「そこまで強力ではないけれど、かなり近いとは思う。もしかすると師範試験を受けて落ちたのかも。そう考えると、オーエンのひねくれ方や反社会的な行動も説明がつく。容赦のない試験だから」そう言って、カップで表情を隠した。

「受けたことがあるの？」オノーラが尋ねる。

「いいえ、正式には受けてない」イレーナは焚《た》き火《び》の上を舞う火の粉に目を向けた。

相棒のコウモリの姿を捜しているのかもしれない。いつもは必ずそばにいるが、暖かい季節になるまで冬眠しているのだ。イレーナが魔力を失った今、はたしてコウモリは彼女を捜すだろうか？　ひょっとして、見つけたくても見つけられないのでは？　あの小さな生き物がイレーナを見捨てたりしないといいのだが。

コウモリが現れたのは、イレーナが炎の世界に初めて向かった直後だ。《編み機《ワーパー》》との戦いの後に彼女が炎の世界に消えたときには心底打ちのめされた。何カ月も戻ってこなかったのだ。あのままもしイレーナがリーフと連絡を取らなかったら……自分も死んで炎の世界に行くつもりだった。

「炎の世界から戻った時点で師範試験に受かったんだとアイリスは言ってたぞ」ジェンコが言った。

「でも、魔術師範に必要な条件をすべて満たしたわけじゃない。もしかしたらと思っていたことが証明されただけ。自分が《霊魂の探しびと》で、迷子の霊魂を探し、生前の行いから判断して空か炎の世界に案内するのが仕事なんだとわかったの」

ジェンコは胸を叩いた。「俺は絶対に炎の世界に行く。いい道連れもいそうだし」そう言って、オノーラとヴァレクに目を向けた。

イレーナは眉をひそめた。「冗談にするようなことじゃないわ。痛み、絶望、悲惨さに満ちた、恐ろしい場所よ。それにあなたは炎の世界には行かない」

「どうして？　俺は嘘をつき、人を騙し、物を盗んだ。人を殺しもした」

「人を救いもしたわ。自分を犠牲にし、世界を支配しようとした本当に邪悪な連中を食い止め、平和を維持する手伝いをした。基準になるのは行動そのものじゃなく、目的が何で、どういう選択をしたか」イレーナはヴァレクと目を合わせた。「バランスの問題よ。たとえ悪いことをしたとしても、善行を重ねてそちらの比重が大きくなれば空に導かれる」

ありがたい言葉だが、プロの殺し屋だった年月を相殺するには何十年も善行を積まなければならないだろう。すべてはイクシア国王を暗殺するためだった。確かに国王は邪悪で腐敗していたとはいえ、当時殺したほかの人々はみな単なる標的だった。国王の名のもとに兄たちの命を奪った連中はまた別だ。奴らは死んで当然だった。

ヴァレクはそこで話題を変えた。「オノーラ、最初の見張りはおまえだ。ジェンコが二番目、わたしが最後を務める」

「つまり、わたしが三番目ってことね」イレーナの口調は、もし反対するならただではすまないと言わんばかりだった。

「わかった。朝になったら一番近い町に立ち寄って、罠に気をつけろとリーフに伝言を送ろう」

「すべての温室に罠を仕掛ける時間がオーエンにあったでしょうか?」ジェンコが尋ねてきた。

「奴は六日早く出発したし、われわれに追跡されていることも知っている。それにキュレアほど貴重な薬を残していくのは忍びないから、できる限り回収したはずだ。次の作戦を実行する資金も必要だし」

最高司令官に裏切りを許してもらえる、いい手土産があるとオーエンは豪語していた。はったりかもしれないが、必ずしもそうとは思えなかった。

「死体はどうします?」ジェンコは親指をそちらに向けた。

「明朝、地元当局に知らせて対処してもらおう」

「オーエンが庭師を殺したのは妙だと思わない?」イレーナが疑問を口にした。

「いや。庭師はいろいろと知りすぎていたんだろう。口を封じたほうが利口だ」

「ええ、でも……」イレーナはティーバッグの紐《ひも》をもてあそんでいる。

「オーエンは弟や仲間まで殺したんだぞ」ジェンコが口を挟んだ。

「誰がベンたちを殺したかまだわからないけど、黒幕がオーエンだとしたら、暗殺者を雇ったんだと思う。それは大きな違いよ」イレーナはカップの中の液体を見つめている。

「わたしにはオーエンのしわざとは思えない。オーエンとは何度も顔を合わせたけど、あいつは人殺しを好まない。たとえば、わたしをフルゴルから追い払うのに、わざわざリーマを誘拐するふりをした。わたしたちを捕らえたときでさえ、記憶を消すという策を使った。喉を掻き切って埋めてしまえば簡単なのに」

「おまえを殺すと、ヴァレクに八つ裂きにされるからだろう」ジェンコが言う。

そのとおりだ。イレーナが傷つけられると思っただけで、剣を抜きたくて指がうずく。

だが、イレーナが言ったことも一理ある。三人を殺したのはオノーラではないかとイレーナも疑っているのか？「オーエンが犯人でないなら誰なんだ？」ヴァレクは尋ねた。

「ただの推論だし、あなたは気に入らないと思う」

それでもうわかった。確かに気に入らないが、じつは同じことを考えていたのだ。「最高司令官か」

「オーエンは、四年前に彼を処刑すると最高司令官がシティア議会に嘘をついた、証拠そのものだわ。最高司令官としては、あいつとの繋がりが世間に知れるような情報はすべて消したかった。オーエンの共犯者も含めて」

ジェンコが火にもう一本薪《まき》をくべた。「でも、シティア人はオーエンが生きていて、最高司令官のためにキュレアを製造しているととっくに知っているぞ」

「最高司令官がキュレアを持っているという証拠はないし、本人が捕まらなければ、オーエンは生きていると主張しているのはわたしたちだけよ」

「それで充分じゃないか」ジェンコが胸を張る。

「ベンとオーエンを見間違えたんだと最高司令官は主張するかもしれない。あなたとヴァレク、オノーラには口をつぐんでおけと命令できる。政治の世界では、紛れもない証拠がない限り、議会は何もできない」

なるほど。「最高司令官が暗殺者を雇ってベンたちを殺させた、そう言いたいのか？」ヴァレクはイレーナに尋ねた。やはりオノーラのことを疑っているのか？　本人の前でそうほのめかしたわけでも、そちらに視線を向けたわけでもないが。

「ただの推測よ。でも、イクシアとシティアの友好関係を保ちたいなら、最高司令官としてはオーエンに消えてもらわないと」

「キュレアを手に入れるためにここまで手間をかけたんだ」ジェンコが言う。「シティアとの友好関係なんて、最高司令官は気にしちゃいないさ」

その晩は何事もなく過ぎた。イレーナが見張り番を交代するためにヴァレクを起こしに来た。顔が苦しげに歪んでいる。

心配になってとっさに跳ね起きる。「どうした？　痛み止めが必要か？」仲間たちを起こさないように小声で尋ねた。

「リーフのありがたいお茶をもう試したわ」イレーナも囁《ささや》く。

も う遅い。イレーナのことを心配せずにいられるわけがない。

「そんなに辛いのか？」

イレーナは手を振ってみせたが、本当は辛いが心配させたくないと思っているのだ。も

う遅い。イレーナのことを心配せずにいられるわけがない。

イレーナが横に腰を下ろした。「オーエンのことを考えてたの。キュレア蔦を温室から川へ運ばせるために地元民を雇うなんて、やっぱりオーエンらしくない。地元民は好奇心旺盛だし、あれこれ質問しては酒場で噂話をする。オーエンが一番避けてきたことよ。そうでなければ、キュレア蔦のことはとっくにわたしたちの耳に入っていたはず」

「奴があの兄弟に金を払って、われわれをここにおびき寄せたってことか。何も覚えていないふりをさせて」

「そう」

確かに合点がいく。「ふたりの話を鵜呑《うの》みにするのは危険かもしれないとわかっていた」

イレーナもうなずいたが、何かが引っかかって、彼女をじっと見る。動きがぎこちないし、動いたら壊れるとでもいうようにできるだけじっとしている。自分の傷もずきずきするのだから、イレーナはもっと痛むだろう。だが、ほかにも問題がありそうだった。

「ふたりのことを気に入っていたんだな」

イレーナは力なく笑った。「ええ。完全には信用していなかったにしろ、気を許し、ふたりの言葉は本物だと思おうとした。あなたは？」

「疑ってはいたが、温室が見つかるなら危険に飛び込む価値はあると思った」

「誰も信じてはいけないとわかってはいるけれど……そういうのに疲れてしまって」

それが気落ちの原因か。「相手の人となりを知るのに、君は魔術に頼ってきた。だが魔力を失った今、どうしていいかわからず、自分の判断に自信が持てないんだ。違うか？」

イレーナはうなずいた。

「じゃあ、しぐさの読み方を教えよう。大抵の人間は嘘をつくとき、それが態度に出る」

「大抵の人間？」

「わたしに嘘をつきおおせた者は数人しかいない」そのうち見破ってしまうのだが、当初は信じさせられたことも何度かある。

「それは誰？」

「最高司令官にオノーラ、ほかは全員……もういない」

イレーナの眉が吊り上がる。「もういない？」

「こけにされるのが嫌いでね」

「じゃあ最高司令官は？」

ヴァレクはオノーラのほうを見た。横向きになって身体を丸め、眠っているように見える。「最高司令官に嘘をつかれたのは……最近のことだ」

「オーエンのこともあなたに話さなかった」

「ああ、話を伏せられていたことはこれまでもあったが、目を見て嘘をつかれたのは初めてだった」

「何が変わったのかな？」

本当に、何が変わったのか？「ここでは話せない。ジェンコには、夢を見るよりわれわれの会話のほうがはるかに面白いだろう」

「そんなことないですよ」聞き耳を立てていたことがばれても、ジェンコはちっとも悪びれない。「第一、俺が見るのはただの夢ではなく、悪夢です」

ジェンコが詳しく話し始める前に、ヴァレクが遮った。「では悪夢の世界に戻ったらどうだ？」立ち上がって、イレーナに場所と毛布を譲った。

ヴァレクの半マントをはおっていたイレーナがそれを返してくれた。イレーナにはイクシアまでの道中で使う外套を新調しなければならないだろう。到着したら彼女の外套をリーマから返してもらい、リーマには新しいほうをあげればいい。イレーナがあの外套を着ていなかったのは残念だった。特別に耐久性に優れた生地のおかげで、小さなガラスの破片などものともしなかったはずだ。

消えかけていた焚き火に薪をいくつかくべる。外気はかなり冷え込んでいる。やがて火明かりから離れ、闇に目を慣らした。周囲を偵察して、近くに人気がないことを確認すると、野営地を見渡せる場所に腰を下ろし、夜明けを待った。

日が昇ると、仲間たちを起こした。ジェンコはぶつぶつ文句を言い、オノーラはいつものように無口だ。イレーナは起き上がったとたん顔をしかめ、脇腹に手を押し当てた。リーフの濡れ犬茶を飲めと強く勧め、水で薄めたキュレアを数滴傷口に塗ったあと、新しい包帯に取り換えた。

「自分でできるのに」イレーナが言った。

「いや、無理だ」抗議しようとした彼女を遮る。「この先、長い一日なんだ」

荷物をまとめると、またサンワース川に沿って北東をめざした。最初にたどりついた中程度の大きさの町で、ヴァレクは魔術の罠について警告する伝言をリーフに送り、イレーナは地元警備隊に庭師の遺体のことを通報した。

そのまま東に向かい、やがてジェンコが尋ねてきた。「例の温室をもっと探すんですか？」

「いや。おそらくオーエンはすべて撤収させただろう。温室の捜索はリーフとデヴレンに任せ、こちらはわたしの特殊部隊と合流して、イクシアに通じるもうひとつのトンネルを見つけなければ」本来ならとっくにそこに到着していなければならなかったし、まわり道をしたことをいずれは最高司令官に報告するべきだろう。少なくとも、ラピア近くに隠されていたトンネルのほうは破壊した。オーエンは、その秘密の通路を使う密輸人たちから通行料を取り、かなり儲《もう》けていたようだ。犯罪者が欲をかき始めるのはいい兆候だ。はるかに尻尾をつかみやすくなる。

「じゃあ、川の北岸に渡ったほうがいい」ジェンコが提案した。「もうひとつのトンネルはそちら側の国境近くにあった」

「アーリたちは、霊魂山脈の麓まで密輸人たちを追跡したらしい。だが、森を抜けるより道路を使ったほうが早い」ヴァレクは考え込んだ。アーリとその部下たちはトンネルのだいたいの場所を特定しただけだ。ジェンコはラピアのトンネルを偶然発見したが、だとすれば、もっとたくさんある可能性が高い。サンワース川の北岸地域を思い出そうとする。川は、ヴァレクたちがいるところからそう遠くない地点で南東方向に曲がり、霊魂山脈近くで実際の国境となる。その一帯には橋がひとつもない。そのうえ川岸から三十メートルのあたりまで木が切り払われているため、国境を越えようとしてもイクシアの国境警備兵にやすやすと見つかってしまう。だからトンネルが活躍するのだ。

クーデターのあと最高司令官は国境を封鎖し、西は黄昏海《サンセットオーシャン》から東は霊魂山脈まで、国境付近の障害物をすべて取り除いた。オーエンがトンネルを作るとしたら、国境を挟んだ開けた土地や、川の下を掘るとはとても思えない。とすれば、残るは霊魂山脈の麓しかない。「道沿いに移動しよう」ヴァレクは言った。「今何より大事なのはスピードだ」

「それにベッドも」ジェンコが付け加えた。

ヴァレクがじろりと睨む。

「まっとうな意見でしょう?」ジェンコはどんと胸を叩いた。「よく眠れば、危険にもすばやく対処できる。トンネルの中で何が待っているかわからないんですから」

「ジェンコの肩は持ちたくないけど、そのとおりだと思う」胸を張ってみせるジェンコにイレーナが顔をしかめた。「あなたがトンネルを探していることはオーエンも知っている。温室に罠を仕掛けたくらいだから、トンネルにも何かあると考えたほうが賢明よ」イレーナはジェンコのほうを示した。「ジェンコを先に行かせるのはどうかな? なにしろ幻影魔術発見の達人だから」

膨らんでいたジェンコの胸からしゅうっと空気が抜ける。「俺が?」

「そう。まさか、あれはただのはったりだった——」

ヴァレクはオニキスに踵《かかと》を当てて襲歩《ギャロップ》させた。ジェンコをからかうエネルギーがあるなら、イレーナももう二、三時間は大丈夫だろう。このぶんなら夜になる前に次の町に着けそうだ。

二日後、イクシアに入って一キロほどのところにある霊魂山脈麓の鉱山用野営地で、特殊部隊と合流した。少人数の部隊は、ヴァレクを待つ間トンネルを探し続けていたが、まだ見つかっていなかった。

「ほかの班から連絡は?」ヴァレクは、部隊長のアイヴォンに尋ねた。

針金のような体形の男はすかさず気をつけの姿勢を取った。「はい、閣下。四日前にカムラから伝言が送られてきました。彼女の班は、第五軍管区で密輸人が使っていた倉庫を二カ所発見し、命令どおり焼き払ったとのことです」

なるほど。アーリは一カ所しか見つけられなかったというのに。「それで、カムラの調査結果は？」

「伝言を送った時点では、ウーテ将軍が密輸について知っているか、あるいはかかわっているかまでは確認できなかったようです。今後も調査を続行するとのことです」

「よろしい」

ヴァレクの顔を見つめるアイヴォンの鉄灰色の瞳はいっさい揺るがない。この男に気づかれずに何かをするのはまず無理だろう。「あまりお役に立てず申し訳ありません、閣下」

「謝る必要はない。車輪の跡がどこで終わっていたか示せ」

「承知しました」アイヴォンは、アーリが確認した地点に印がつけられた地図を広げ、ヴァレクに渡した。

アイヴォンが示したのはそこから一・五キロほど東にある地点だった。地図にはアイヴォンの班が調べた場所も記されている。イレーナには、オノーラの護衛つきで野営地に残ってもらうつもりだった。緑の目の下に疲労の隈《くま》ができている。ここまで急いで来たせいで、回復が思わしくないのだ。

とはいえ、イレーナを納得させるには、慎重に言葉を選ばなければならない。「全員でうろつく必要はないだろう。ジェンコとわたしは馬車の轍《わだち》や出入口を隠している幻影魔術を集中的に探し、もし見つけたらすぐに戻ってくる。それから作戦を考えよう」

「作戦と言っても二種類しかない」ジェンコが言った。「中に入るか、入口を岩で塞ぐか。率直に言って、塞ぐだけにしたほうがいいと思いますよ。中に入る意味がない」

「そこにオーエンが隠れていない限りは」イレーナが口を挟んだ。

「なら、なおさら塞いじまったほうがいい」

「あたしたちが捜してると知ってて、わざわざ中に隠れたりする?」オノーラが指摘した。

「いかにもって場所に隠れたほうがいいこともある」イレーナが答えた。「オーエンは頭がいい。トンネルを封鎖しろとヴァレクから命令が発せられていることを彼は知っている。それには入口を塞ぐのが一番簡単だわ。そんなとき、わざわざ中を覗く?　それにティエンは魔術で岩を動かせる」

「おみごと」ジェンコは右耳のかつて耳たぶがあった場所を掻いた。「で、連中がそこに身を潜めていたらどうなるか?　オーエンはヴァレクを身動きが取れないようにし、リカは幻影で俺たちを惑わし、ティエンは岩を投げてくる……全然かなわないじゃないか」

確かに。だが……。「要は相手に気づかれなければいい」

「でも、具体的にはどうすれば?」ジェンコが尋ねた。

「慎重さが肝心、ということだ。さあ、時間がないぞ。日没までにできるだけ広い範囲を調べてしまいたい」ヴァレクは地図を眺めた。

「わが班はどんな協力をすればいいですか？」アイヴォンが尋ねた。

「地元民や鉱山労働者から話を聞いてくれ。手がかりになるようなことを耳にしたり、気づいたりした者がいるかもしれない」

「承知しました」アイヴォンが部下を呼んだ。

「あたしたちは？」オノーラが訊く。

「野営地内に馬を繋いでおける、拠点となる場所を見つけてくれ」

「それは大仕事ね」イレーナが言った。「あなたの思惑はわかってる」

「思惑？」

「しらばっくれないで」と言って手を振る。「心配ないわ。一緒に行くと駄々《だだ》をこねるようなことはしないから。確かにわたしはこの作戦には役立たずよね」

「そういうことじゃない」説明しようとしたが、イレーナは背を向けさっさと立ち去った。

オノーラは残っていた。「ちゃんと見張っておくよ」

「頼む」

オノーラは急いでイレーナのあとを追った。

ジェンコがそれを目で追った。「あいつを信用してるんですか？」

今のところは。「なぜそんなことを尋ねる?」

「ベン・ムーンたちが殺されたことをふと思い出して」

ヴァレクは待った。

ジェンコはどこかが痛むかのように顔をぎゅっとしかめた。「最高司令官はあなたに、オーエンの策略をすべて叩きつぶせと命じた。かの優秀な新人暗殺者にも同様に命令を徹底させたとしても不思議じゃない。モスキートが犯人であるように見せかけるのは、オノーラにとっては朝飯前でしょう。あなただって全部承知の上だ。違いますか?」

無表情を装ったが、内心感心していた。「頭脳派はアーリのほうだと思っていた」

「まあ、あいつがいないんで、仕方なく自分の頭を回転させました。好きでやったわけじゃない。今はひどい頭痛がしてますよ」

ヴァレクとジェンコはその日ずっと、おなじみの魔力のべたべたした感覚を求めて山の麓を探索した。野営地に戻ったのも遅かったが、翌朝も早くから作業を再開した。そうして丸二日が経過したあと、探索の途中でジェンコがふいにビーチバニーを止めた。

右耳を手で押さえる。「ちくしょう!」

「また頭を使ってるんじゃないだろうな?」ヴァレクはオニキスの足を止めさせ、ジェンコに近づいた。

「冗談を言ってる場合じゃない。超強力な幻影魔術です」

ヴァレクは馬を降りた。「どっちだ?」

ジェンコは右のほうを指さした。何も異常はないように見える。寒い季節が終わって二週間が経つというのに、いまだに雪の匂いのする冷たい北風に吹かれ、木々の裸の枝が大きく揺れている。空高く浮かぶ薄雲から日差しが漏れている。

ヴァレクは剣を抜いた。ジェンコもビーチバニーから滑り降り、鞘から剣を抜く。枯れ葉のそよぐ音があたりを満たしている。この森は、霊魂山脈の麓のなだらかな傾斜地にぽつんとある。東に目を向けると、太陽に向かって背伸びをする巨大なトウモロコシが林立するかのように、雪をかぶった険しい峰々が高くそびえている。

山脈の名は古い伝説からついた。空に昇る途中で山の頂に引っかかってしまった霊魂が頂上付近の凍土に取り憑き、樹木限界線を越えてまで登ってくる者の命を吸い取って暮らしているという。山頂をめざした者が誰ひとり戻ってこないことからできた伝説にすぎないとヴァレクは思う。実際は、単に酸素が薄くなって呼吸できなくなっただけだ。とはいえ、山脈の向こう側には謎の種族が住んでいて、みずからの存在を秘密にしておくため頂付近をつねに巡回し、そちら側に入ろうとする者を阻んでいるのだと信じる者もいる。

ばかばかしい。ヴァレクは目の前の任務に意識を集中した。こんな高い場所にトンネルがあるとは思えなかったが、人が寄りつかないという意味では理想的だ。

ジェンコは、何の変哲もない木立のほうに近づき、痛えっとつぶやきながら木々の中に姿を消した。ヴァレクも急いで続き、やがて魔術と遭遇した。目に見えない圧迫感を肌に覚え、泥の中を泳ぐように無理やり先に進む。幻影の向こう側でジェンコがこめかみを押さえていた。何か危険はないか、あたりを見透かす。今のところは問題なし。

斜面の横に巨大な岩が積まれていた。一見、転がり落ちてきた自然の岩のようだが、近づいてよく調べると、積み方が整然としすぎている。トンネルの入口を塞いでいるのだ。

「先を越されたようだな」ヴァレクは言った。

「いいえ」ジェンコは無理に声を絞り出している。「もっと近くに来てください」

そのとおりにすると、また空気が濃厚になった。この岩も幻影魔術なのだ。「賢いな」密売人は使うのをあきらめるだろうが、実際に塞がれるのは防げるから、ゆくゆくオーエンがまた必要になればすぐに使える。

「罠かもしれませんよ」

「確かに」ヴァレクは剣を持つ手に力をこめつつ、もう一方の手に小刀も握った。「本当にこの裏にトンネルがあるかどうか確かめるだけだ」

ジェンコは身体を起こした。「じゃあ俺もお供しますよ、万が一のために」

一歩踏み出すごとに圧迫感が強くなる。いかにも本物らしく見える岩のところまで来たときには、ジェンコの顔は真っ青になっていた。幻だとわかっていても、岩に突っ込んでいくときは思わず身を硬くし、だがそのまま突破する。

待ち伏せしている者はいなかった。トンネルの入口には何もない。数メートル進んで、奥に人がいる気配はないかと耳を澄ましたが、濃密な暗闇からは何も聞こえてこない。

入口を少し入ったあたりの地面は、馬車の轍ででこぼこしていた。ジェンコは大きく深呼吸した。やっと緊張が解けたのか表情も緩み、しゃがみ込んで滑らかな溝に指を走らせて、車輪の跡を調べている。

「どれくらい前のものだ？」ヴァレクは尋ねた。

「八日から十日というところです」

「リカが幻影魔術をかける前に通った最後の密輸人のものだろう」

「これからどうします？」

「野営地に戻って、対策を考える」

「シティアの地元当局に報告して対処させてはどうです？　魔術には魔術を、だ」

「それも一案だ」

ふたりは馬に跨がり、野営地に戻った。到着するころにはすでに午後も遅い時間になっていた。ヴァレクはオニキスの速度を緩めた。野営地のまわりに人が大勢、いや、思った以上に大勢集まっている。イレーナのことが心配になり、アイヴォンに気づくと近づいた。

「報告しろ」と告げる。

「ほかの鉱山用野営地をまわって話を聞いていたんです。備蓄からかなりの食料を盗まれたと訴えた者がふたりいました」

「それが今回のこととどんな関係がある？」

アイヴォンが指を鳴らすと、部下のひとりが走り去った。「犯人を見た者がいるんです」

いやな予感がした。ヴァレクはジェンコと目を見合わせた。

「まずいな」ジェンコがつぶやく。

アイヴォンの部下が、鉱夫用の破れたつなぎを着た汚らしい少年を連れてきた。黒い生地のつなぎで、両袖に緑色のダイヤ模様が並んでいるところを見ると、第五軍管区に所属しているらしい。

「わたしに話したことをヴァレク顧問官にもお伝えしろ」アイヴォンが少年に命じた。

少年の埃《ほこり》だらけの顔から血の気が引いた。「これから自分を食べようとするドラゴンの口を覗き込むかのようにヴァレクを凝視する。「ええと……ある真夜中のこと、べ、便所に行こうとしたんです」少年はしどろもどろだ。「すると、び、備品倉庫の近くで言い争う声がして……そっと近づいてみたんですが……誰も見当たらなかった」そして袖で顎を擦《こす》った。「でも、見えない幽霊がふたりそこにいるみたいに、声は聞こえていたんです」

どうかしていると責められるとでも思ったのか、周囲を見回す。

誰も何も言わなかった。不安が針と化し、ヴァレクの内臓をちくちくと突く。「続けろ」

と少年を促す。

「最近このあたりでは、い、いろんな事件やおかしな出来事があって……だから野営地の端のほうまで声をたどりました。そうしたら……」少年が身震いする。「三人組が空中からふっと現れたんです。その後ろに膨らんだ袋がふわふわ浮いていました。連中は森の中に入っていき、西に向かいました。あとで、倉庫が襲われたと知ったんです」

またジェンコと目を見交わした。

「どんな奴らだったか説明できるか？」ヴァレクは尋ねた。

「はい、閣下。男がふたりと女がひとりでした」

オニキスの手綱を強く握る。「顔は見たか？」

「はい」少年は泥棒の顔を描写した。

ジェンコが小声で悪態をついた。

「ほかには？」いいえという答えが返ってくるとばかり思っていた。

少年はブーツを地面に擦りつけた。「はい、奴らの制服なんですが……最高司令官の色の組み合わせでした」

ジェンコが言葉を呑み込んだのがわかった。きっと「くそったれ」と言いたかったのだろう。オーエン、リカ、ティエンの居場所がわかったのはよかったが、残念ながら連中はすでにイクシアにいて、最高司令官の城に向かっているようだった。

6　リーフ

「いいや、こんなの見たことがない。お引き取りを」年配のガラス職人はリーフを店から追いたて、さっさとドアを閉めた。

少なくともドアを鼻先に叩きつけられはしなかった、と思う。眉に落ちてきた汗を手の甲で拭う。ガラス工場の煉瓦の壁から伝わってくる熱といつになく強い午後の日差しで、チュニックが汗まみれだ。リーフは、小さな穴が複数開いたガラスのかけらを背嚢に戻した。ガラス職人に見せるため持ち歩けるよう、自分とデヴレン用にひとつずつ、温室の天井から切り取ったのだ。

ホワイトストーンの町の狭い市街地で通りを見渡したが、工場や店の前を歩く人はまばらだ。この九日間、オーエンの農場を中心にしだいに範囲を広げながら、あらゆるガラス工場や工房を調査してきた。農場にはもう四日間戻っておらず、この町を調べ終わったらいったん引き返す予定だった。イレーナから何の連絡もなく、それが心配だった。ホワイトストーンは農場から南東に二日の距離、クラウドミスト族領との領境からは約半日の距離だ。

デヴレンが角を曲がって姿を現した。背の高いサンドシード族は、色白のムーン族の中にいるとよく目立つ。

「収穫あったか?」近づいてくる義理の弟に尋ねる。

「いや。あんたは?」

「ひょっとすると」

「へえ?」

「あそこの店の男は、僕がアップルパイを一切れ食べるより早くドアを閉めた」

「それはかなりの速さだ」デヴレンも同意した。

「それに黒甘草の匂いがした」

「あんたの嫌いな匂いだ」

「そのとおり」昔から毛嫌いしている。あの薬草は恐怖と嘘の匂いがする。

「もう一度訪ねてみるか?」デヴレンが尋ねた。

「訊くまでもない」

ふたりはむっとする空気の中に入っていった。五台の炉で火が轟音《ごうおん》をあげて燃え盛り、竿《さお》の先に集めた熔融ガラスを成形する音もかき消されている。助手たちがあたふたと走りまわって、道具を手渡したり、できた製品を竿から切り離したり、温度をゆっくりと冷ます焼きなまし用の炉に完成品を入れたりしている。窓は開いているが、熱気を追い出す役には立っていない。

さっきリーフが話をした老人が現場を監督していたが、リーフたち二人に気づくと顔をしかめて近づいてきた。リーフの鼻を赤唐辛子の匂いが刺激した。男の中のさっきまでの恐怖心が怒りに変わったのだ。

「出ていけ」男はしっしっと手を振った。「戯言《たわごと》に付き合う暇はない。注文が溜《た》まってるんだ」

「そう時間は取らせません」デヴレンが騒音に負けじと声を張り上げた。「あなたの事務所で」男がためらっているので、デヴレンは近づいて耳元で告げた。「今」

男は怯えたようにそそくさと左側のドアに向かった。よかった。だから、一見して迫力のあるデヴレンを待つことにしたのだ。ふたりは男にすぐに続き、リーフがドアを閉めて騒音を締め出した。

事務所はよく整頓されて機能的だが、個性はなかった。壁に絵はないし、棚にガラス製の装飾品が並んでいるでもない。

デヴレンが机の上にガラスの四角いかけらを置いた。

ガラス職人がそれを指さす。「だからさっきも言っただろう――」

「よく見てください。今度はもっと近くで」リーフが言う。

男は鼻を鳴らしてそれを手に取り、調べるふりをした。黒甘草の匂いがどっと迫ってきて、リーフは喉が詰まりそうになった。男は怯えている。

「これを注文した人物を怖がる必要はもうありません」言葉に魔術をまぶしながら、できるだけ相手を安心させようとした。「われわれが奴の企みをすでにつぶし、今はそれがどこまで広がっていたのか見極めようとしているところなんです」

「われわれとは、おまえたちふたりのことか？」

「はい。僕はリーフ・ザルタナ、そして同僚のデヴレン・サンドシードです」

男の恐怖がやわらいだのは一瞬だけだった。悔しいけれど、自分もオーエンと対決したことがあるから、あの魔術師がどれだけ人を怯えさせるかよく知っている。そして、あれだけ大規模に事業を展開させていたことを考えれば、すべての関係者の記憶を消すことはできなかっただろう。かかわっていた人間が多すぎる。

「それにシティア議会と魔術師範も」リーフは付け加えた。

「奴を逮捕したのか？」男は尋ねた。

「いいえ、まだです。逃亡中ですが、シティア中の町に手配されているので捕まるのはまもなくでしょう」そう望んでいた。

「じゃあ、まだ危険は残ってるってことだ」

「地元警備隊にあなたを見張らせて――」

「わたしはいい。問題は家族だ」

オーエンらしい。少なくとも奴のやり方は一貫している。「ではあなたの家族を」

「引き換えに何をすればいい？」

「この特殊な板ガラスを届けた場所のリストを」

沈黙が続き、さまざまな感情が感じ取れたが、恐怖の苦味が大部分を占めていた。

とうとう男は引き出しを開け、紙ばさみの中身を探ると紙束をリーフに渡した。内容を調べたところ、納品された板ガラスの数から考えて、少なくとも十棟は温室が建設できたと思われた。納品の日付と場所は順番どおりに書かれている。一番近いところは西方向に一日移動すれば到着できる。ほかはサンワース川を北限として、北や東に散らばっている。

「預からせてもらっていいですか？」リーフは尋ねた。

「ああ」

「ありがとう。警備隊にすぐに状況を知らせておきます。今朝隊長と話をした限り、この一帯でオーエンの風貌と一致するような人間は見つかっていないそうです」

安堵したのか、すがすがしい匂いに変わった。「よかった」

ふたりは帰りに警備隊に立ち寄った。隊長はさらに情報を集めるためガラス工場に隊員を送った。

リーフは空を見た。「一番近い温室でも今日中に到着するのは無理だが、今発てば夕食の時間にはマーブルアーチの町にたどりつける」

「さては、ほかでは味わえないようなうまい料理を出す宿があるんだろう」

「知ったような口を利くな。大はずれだ。宿じゃなくて居酒屋さ」

ふたりは警備隊の納屋に馬を繋いでいた。デヴレンは、たてがみと尻尾が暗褐色で身体はクリーム色のがっしりした馬を選んでいた。美しい赤褐色の目はデヴレンの一挙手一投足を追っている。一目惚《ひとめぼ》れだなとリーフはからかった。デヴレンはその馬にサンファイアと名づけた。ビーチバニーよりはるかにいい。

ふたりは馬に乗って東をめざし、予定どおり《研磨の日々亭》の隅のテーブルについた。

「ここには石工が大勢来るんだ」リーフが酒場の名前について説明した。「ムーン族領のこのあたり全域が大理石や花崗岩《かこうがん》なんだ。みんな、石を切り出したり加工したりして生計を立てている」

リーフはデヴレンと相談もせずに、近づいてきた給仕に注文を始めた。料理を待つ間、ガラス職人から受け取った書類を広げ、すべての温室の場所について地図に印をつけた。

「父さんが農場に来るまでにだいたい五日かかる」リーフは指で道をたどった。「戻る道すがら、三軒は確認できると思う」

遅い朝の日光が温室のガラスに反射して光っている。リーフは近づく前にルサルカを止めた。もし誰かいた場合、こちらの存在をわざわざ知らせるのはばかげている。細長い温室は空き地の真ん中にあり、その横に木製の小屋がある。空き地の周囲は森に囲まれていた。戻る前に調べようとしている三軒の温室のうち、そこが一軒目だった。

その位置から見る限り、あたりに人気はない。温室内にも植物は見当たらず、一時間観察したが、誰も現れなかった。

偵察から戻ってきたデヴレンが言った。「何もない。まったく静かだ」

「怪しい静けさ?」

「いや、打ち捨てられた静けさだ」

ふたりで近づいてみる。リーフは過去の誰かの思惑や感情が残っていないかと、風を思いきり吸い込んだ。木々の枝がざわめき、ルサルカの蹄が枯れ草を踏む音が聞こえる。それを除けばあたりは静まり返っている。

ガラス越しに中を覗いてみると、やはり植物は何もないことがはっきりした。温室内の中央に、いろいろな道具が入った木箱がひとつ置かれている。

「あの箱に何か手がかりが残っているかもしれない」デヴレンが隣で言い、入口に向かった。リーフもそれに続く。デヴレンが扉を開けると、黴臭い匂いが漂ってきた。

「大急ぎで植物を引っこ抜いたらしい」中に入ったリーフは土をつかんで調べた。残っていた根っこの土を払う。すでに乾燥して脆《もろ》くなっている。「放棄されて二週間は経ってる」

「事件の経過と一致する」デヴレンが木箱の横にしゃがみ込んだ。

「何か……おかしい」リーフが言った。は手の土を拭った。

デヴレンの動きが止まった。リーフ「おかしい?」

「はっきりとは言えないんだが……かすかに感じる」リーフは義理の弟に近づいた。「何

「何か面白そうなものは入ってないか?」

デヴレンが箱に手を伸ばした。

「邪悪の気配」リーフが言った。「感じるのはそれだ。空気が邪悪さで汚れている」

「オーエンがここにいたなら、それも当然だ」デヴレンは壊れたシャベルをまず引っぱり出し、脇に放った。それから中身を全部出した。ほとんどは使い古しの園芸道具だ。

「隣の建物を調べてみよう」そう言って、リーフは温室を出た。

大きな小屋の扉はわずかに開いていた。

リーフは足を止めた。「死の臭いがする。それもはっきりと」

「僕にも臭う」

ふたりは目を見交わした。リーフはベルトから山刀《マチエテ》を抜き、デヴレンは偃月刀《えんげつとう》を振りかざした。デヴレンがそっと扉を押し開けて合図すると、リーフが呼吸をこらえて中に踏み込み、デヴレンもすぐに続いた。汚れた窓からうっすらと日差しが漏れている。広い部屋の中には椅子とテーブル、園芸用品、そして死体がひとつ転がっていた。

リーフは悪態をつき、とたんに腐臭で息を詰まらせた。「確認しよう」と言って室内を見回す。「大急ぎで」手で鼻を覆いながら左に向かい、デヴレンは右に足を向けた。たいして何もなかった。椅子が二脚に机がひとつ。ただ、机の上に積まれた紙ばさみには何か情報が残っているかもしれない。リーフは山刀を鞘に収め、最初の一冊を開いた。ポンという大きな音がした。死の腐臭を切り裂くように、悪意の刺激臭が鼻につんと来た。紙ばさみの中には小さな紙切れがひとつ。

「逃げろ！」リーフが叫んだ瞬間、シューッという音が空気を震わせた。

小屋の壁という壁が一気に火を噴いた。四方で燃え上がった炎がふたりをたちまち取り囲んだ。

7 イレーナ

ヴァレクのこわばった表情を見たとたん、悪い知らせに身構えた。残念ながら、予想は当たった。「本当にオーエンたちだったの？ 暗かったし、目撃者は小さい男の子だったんでしょう？」オーエンがイクシアにいるかと思うと、恐怖が蛇のように身体の奥でとぐろを巻いた。

オノーラと焚き火のそばでのんびりしていたときに、ヴァレクとジェンコが捜索から戻ってきたのだ。トンネルは見つかり、野営地の食料庫に泥棒が入った日に空中からふいに現れた三人組を目撃したという少年の話も聞いたという。

「絶対ではないが、そう考えればしっくりくる」ヴァレクはそう言ってわたしの横に腰を下ろした。両手を炎にかざして温めている。

「どうしてその少年に奴らが見えたんだ？」ジェンコはわたしとオノーラの間に座った。「リカとかいう魔術師は幻影魔術で三人の姿をずっと隠してたんだろう？ 俺だったらそうするよ」

「対象が動いていると、幻影を維持するのが難しいのよ。まわりの風景に合わせるため、つねに調整を続けなければならない。すごく体力を消耗するの。たとえばトンネルの出入口を幻影の岩で覆うみたいに、静止しているものならずっと簡単」

「でも、どうやって魔術を維持するのさ？」オノーラは、鉱山用野営地の料理人が持ってきてくれたビーフシチューを温めるため、鍋を火にかけた。「魔術師がいなくなれば、幻影も消えるんじゃない？」

「たいていはそう」わたしは答えた。「でも、魔術を魔力の毛布にまた戻す力を持つ魔術師もいるの。すると魔力の毛布と魔術の間で円環運動が生まれて、幻影が維持される。温室に仕掛けられていた罠も同じような仕組みだと思う。ただし、こちらは引き金が引かれると、それで魔力の毛布と繋がって罠が発動されて終わる。円環運動はない」

「なるほどね、じつに興味深い話だ」ジェンコは言った。「だが、どうしてオーエンはわざわざイクシアに？　欲をかいたあいつに、最高司令官はお冠なんだろう？　シティアでじっと身を潜めているほうが利口だ」

「最高司令官が許す気になるような手土産があるとオーエンは言っていた」オーエンのいかにも得意げな口調が蘇ってきた。そう考えれば……。「ヴァレクより先に最高司令官に会いたがったのは、だからだわ。自分に有利になるよう、好きに話を作ることができる」

「あるいはあくどい魔術を使って、最高司令官を思いどおりにする」ジェンコは指をゆらゆらと動かした。

魔術を使うときにそんなことはしないが、ジェンコの言うとおりだった。わたしはヴァレクを見た。「三人が目撃されたのはいつ？」

「三晩前だ。連中は徒歩だった」

人目を引きたくなければ、馬に乗るのは避けるだろう。イクシアでは将軍や高位の顧問官しか馬を使わない。商人は貨車を引かせるために使うが、ほかは誰もが歩いて移動する。

「今出発すれば、楽に追いつける」わたしは近くで草を食んでいるキキたちを示した。

「ああ、だが俺たちに奴らを止められるのか？」ジェンコは耳の傷を撫で、不快そうに顔を歪ませた。「魔術から身を守る零の盾とやらを作れるリーフはここにはいないぞ」

「キュレアも投げ矢も吹き矢もある。近くにいると知られない限り、奴らを動けなくするのは簡単だ」ヴァレクが言った。

「でも、そもそもあいつらを見つけられる？」オノーラが尋ねた。

ジェンコは鼻を鳴らした。「当然だ。足跡を幻影で隠しても、ヴァレクと俺が魔術を嗅ぎつけるし、隠されてなければたどるのは簡単だ。問題は連中に気づかれることだ」

「オーエンに気配を察知する能力はない。でも、リカとティエンにはあるかもしれない」わたしは言った。「能力を全部は人に見せない魔術師は多い。そのほうが有利だから」

「へっちゃらだって、イレーナ」とジェンコ。

「オーエンはいつだってあたしたちの先手を取ってきた」オノーラが言った。

「六日も出発が早かったんだ、当たり前じゃないか」ジェンコがぴしゃりとはねつけた。

オノーラは口を結び、ジェンコを睨みつけた。オノーラは当たり前のことをわざわざ指摘するような人間ではない。もっと言いたいことがあるのだ。

「あなたの考えは？」わたしは促した。

「あいつらは食料を盗むとき、せっかく幻影で隠れているのに、わざわざ喧嘩をした。ばかげてるよ。オーエンは邪悪な奴だけど、ばかじゃない」

ヴァレクもうなずいた。「わざと子どもに目撃させたというのか？」

「うん。そうやって、あたしたちを別の罠に導こうとした」

オーエンがやりそうなことだ。「あいつが落としたパンくずをたどるか、急いで先回りしてこっちが罠を仕掛けてやるか」

「どれくらい先回りする？」ヴァレクが尋ねた。

「城で？」ジェンコが提案した。

「それじゃ最高司令官に近すぎて危険だ」オノーラが反論した。

「ああ。だが俺たちの庭だ。城を俺たちほど知ってる者はいない」ジェンコは胸をどんと叩いた。「それに、最高司令官を守る衛兵が山ほどいる」

「奴らが城に行くと思い込んでるようだけど、赤と黒の制服は引っかけかもしれないよ」

オノーラが言った。

みんなが選択肢について話し合う間、あれこれ考えた。なぜオーエンはわざわざイクシアに？　シティア当局から身を隠すためだろう。だが、イクシアの住民管理は厳重だから、溶け込むのはたやすいことではない。それでも一度は死刑を免れたオーエンは、また同じことができると信じて、あえてイクシアに向かっているに違いない。オーエンのことを誰よりよく知っているわたしは、本人になったつもりで考えてみた。

「オーエンは城に向かっていると思う」そう告げて、議論を終わらせた。

「じゃあ城でやっつけなきゃな」ジェンコが言う。

「奴らは徒歩よね。城までどれくらいかかる？」とジェンコに尋ねる。

「ここからならだいたい十日だな」

「向こうは先に出発しているから、七日後に到着するだろう」ヴァレクが言った。

「こちらは馬を使うから到着するのは五日後ね。二日あれば準備できる？」

「充分だろう。それに、連中がそこここに罠を設置し、魔術で足跡を消して存在が露見しないようにしているとしたら、七日では着かないかもしれない」ヴァレクは鍋の蓋を開けて、シチューをスプーンでかきまぜた。

おいしそうな匂いが湯気とともに漂ってきて、たちまちお腹が鳴った。たまにこうして食欲が湧くのでありがたいけれど、またいつ気分が悪くなるかわからない。急に吐き気が襲ってきては去りをくり返しているとはいえ、幸い実際に吐いたことはない。敏感な胃を無視するのが日ごとに難しくなっている。

　ヴァレクがシチューを深皿によそい、焚き火を囲む全員に配った。この二日間はずっと休息しているので、ストレスのせいにするわけにもいかなくなってきた。もし妊娠だとはっきりしたら、どうすればいいのだろう？

　城に着くまでは、くよくよ思い悩むのはやめにした。到着したら医者を訪ねて助言してもらおう。いろいろとたっぷり。

「いつ出発します？」とジェンコがヴァレクに尋ねる。

「夜明けに」

　食事の間は誰もしゃべらず、食べ終わると早めに就寝の準備をした。ヴァレクが傷の確認をすると言うので、見てもらった。触れるとまだ痛いし、急に動かすとずきんと疼《うず》いたが、膿《う》んではいないようだ。ヴァレクは包帯を交換して、寝袋を指さした。無言の命令だ。

　トンネル捜索の間、野営地に置いてきぼりにされて不本意だったものの、その休息時間のおかげで体力が回復したのも確かだった。なにしろこれから五日間ずっと馬で移動しなければならないのだ。わたしは焚き火に顔を向けて横になった。

「見張りの順番は？」オノーラが尋ねる。

「アイヴォンとその部下たちに警邏《けいら》を頼んだ。今夜は全員ゆっくり寝よう」ヴァレクはわたしの隣に横たわった。

わたしはヴァレクに身を寄せた。「アイヴォンの部隊はわたしたちがここを発ったらどうするの？」

「オーエン一行が魔術で封鎖する前にトンネルを使っていた密輸人の捜査を続ける」

それは名案だが、もし予想外のものと遭遇したら？ オーエンの言いなりになってしまったテックスとジャックスの兄弟のことを思い出す。あの目撃者の少年も同じだったら？

「オーエンがまだ近くにいる可能性は？」毛布をつかんでヴァレクに囁く。アイヴォンの部隊は三人の魔術師を前にして手も足も出ないだろう。

「ありえない。あんまり考えすぎないほうがいい」ヴァレクも声を低めて言った。

言うのは簡単だ。「誰にも傷ついてほしくないの」

「残念だが、それは無理だ。でもそれは君のせいでもわたしのせいでもない。悪いのはオーエンだ」

頭ではわかるけれど、気持ちがついていかない。

ヴァレクはわたしの顔にかかった髪を払いのけた。「本当は何が心配なんだ？」

「わたしたちにはあいつを止められないかもしれない。あいつは最高司令官と手を組んで……」恐ろしい可能性はいろいろあるが、中でもぞっとするのは……。「わたしを殺せとあなたに命令するかも」八年前に最高司令官がわたしの死刑を宣告したとき、執行人にはヴァレクではない者を選んだ。もし命じられていたら、ヴァレクは間違いなくわたしを殺しただろう。最高司令官に対する忠誠は絶対だから。わたしもそれを理解し、受け入れた。

「ありえない」

わたしはヴァレクに顔を向けた。「でも絶対じゃない」

彼の視線は揺るがなかった。「そのときは、直接命令に初めて背くことになるだろう」

それは誓いの言葉だった。

胸にぬくもりが広がった。それは焚き火のせいではなかった。


三日間ひたすら移動して、やっと旅小屋にたどりついた。ペース配分は馬に任せ、到着したのは真夜中過ぎ。予定より半日早かった。キキの赤銅色の毛並みは汗で覆われ、全力を出したせいで呼吸が荒い。道中は走法を工夫して、わたしになるべく負担をかけないようにしてくれた。魔力による繋がりがなくても、キキは一足駆けるたびにわたしの脇腹に痛みが走ることに気づいていた。

オノーラとわたしは、火照った身体を冷やすために馬たちを歩かせ、ヴァレクとジェンコは魔術の罠が仕掛けられていないか、木製の小屋の周囲を確認した。異常なしと合図を送ってから建物の中に入る。

ふたりはすぐに戻ってきた。

「すっかり静まり返っている。第二軍管区から来た旅行者がふたり眠っているが、周辺に魔術の気配はない」とヴァレクは言った。

旅小屋の三方は蛇の森《スネイクフォレスト》で囲まれ、一方は綿花と亜麻の広大な畑に面していた。肥沃な土地と暖かな気候が両作物の栽培に適しており、第五軍管区は羊も多いことから、イクシア内のあらゆる糸を製造し、染色を行っている。糸巻きはその後第三軍管区に送られ、布地に織り上げられる。

「馬の世話をしてから少し睡眠をとろう。わたしが最初の見張り番をする。二番目はオノーラ、三番目がジェンコだ」ヴァレクが命じた。

「じゃあわたしが四番目ね」

ヴァレクはわたしを見て眉をひそめたが、何も言わなかった。

旅小屋の脇の厩舎には馬六頭分の場所があった。藁《わら》は黴臭く、中に虫が巣くっていないのを祈るばかりだ。井戸で汲《く》んできた水で桶を満たし、馬具をはずし、馬たちの身体にブラシをかける。しゃべる気力の残っている者はひとりもおらず、誰もが黙りこくっていた。

作業が終わると小屋に向かった。部屋はひとつで、左側に二段ベッドが二列並び、右側には大きな石造りの暖炉とそれを囲むように椅子が置かれている。暖炉に近い寝床ふたつには先客がいたので、そこからは離れた、それぞれが隣接する三つのベッドを確保した。

ヴァレクはベッドの縁に腰かけ、わたしを寝かせて毛布を掛けた。いつも過保護だが、今回の旅ではいつにも増して心配性だ。オーエンと最高司令官のことを不安に思うわたしの気持ちが伝染しているのかもしれない。今は疲れすぎていて、尋ねる気力もなかった。

でも、おやすみのキスをしようとかがみ込んできたヴァレクの首に腕を巻きつけ、離すまいとする。せっかくだからその心配性を利用させてもらうことにして、キスを深める。

ヴァレクが顔を引いた。「ずるいぞ」

わたしはしらばっくれた。「これから冷たい夜気の中で見張りをするんだから、少しでもぬくもりを分けてあげようと思って」

「冷たい夜気の中で寂しい、、見張りをするってこと？」

「見張りの順番を決めたのはあなたよ」

見張りの順番が来たとき、眠ってからまだ数分しか経っていないような気がした。ヴァレクが毛布にそっと滑り込んできたかすかな記憶はあったけれど、ジェンコに肩をつかれるまで熟睡していた。はっと目が覚めると同時に、ヴァレクが小刀を振りかざした。

「俺です」ジェンコが飛びすさって囁いた。

「悪かった」ヴァレクはつぶやき、毛布を引っぱりながら寝返りを打った。小刀はまだ手に持っている。

吹き込んできた冷たい空気に震え、国境近くのシティアの市場で買った灰色の外套を手探りした。

外に出てジェンコに合流する。「何か変わったことは?」

「何も。静かなもんだった」

闇に目を向けたけれど、思ったほど暗くない。夜明け前の光が世界の隅から染み出していた。「起こすのが遅かったんじゃない?」

ジェンコは肩をすくめた。「夜空がきれいだったから、時間を忘れちまってね」

「もしかしてヴァレクが命じて――」

「いや違う。だが、見張りをやるなら、やたらと反応が早くて超眠りの浅い完全武装の男と添い寝するのはやめてくれ」

「焼いてるのね」

「ああ、そうともそうとも。さて、悪いがゆっくり寝かせてもらうよ」ジェンコは建物内に戻った。

わたしは馬の様子を確認した。おのおのの馬房で穏やかに眠っている。いい兆候だ。建物の周囲を歩き、近くに誰か潜んでいないか、罠が仕掛けられていないか調べた。とはいえ、落ち葉を踏む音で、付近一キロ以内にいる人はみな警戒したはずだ。今までは魔力に頼りすぎていた。あたりに意識を飛ばせばよかったころは、見張り番も楽なものだった。

落ち込んでも仕方がない。生き物を怖がらせずに森の中を歩く方法を覚えること、ただそれだけだ。そして、歩きまわらなくても、動きを監視し音に耳を澄ますことができるうってつけの場所を見つけた。

夜が明けたので馬たちに餌をやり、傷や腫れがないかどうか調べた。キキはわたしの耳に鼻面を擦りつけ、編んだ髪を引っぱった。何を望んでいるかは心が繋がっていなくてもすぐにわかる。「もうあんまり残ってないし、ほかの馬たちとも分け合わなきゃだめ」

キキはわたしを馬具室へと押しやろうとする。

「わかった、わかった」鞍嚢を探り、オーツ麦の袋を取り出した。「わがままな子ね」

キキは一口で自分の分を平らげてしまった。ほかの馬たちもおのおの食べている。養成所の厩舎長にキキ好みのご馳走《ちそう》の作り方を教わっておいてよかった。いつまでイクシアにいることになるかわからない。季節をいくつもまたぐ可能性もある。アイリスはもう返事を送ってくれただろうか？　ヴァレクとイクシアに向かうという伝言は先週には届いたはずだ。ヴァレクと行動をともにするのは、わたしが怯えているからだと思っただろうか？あるいは、アイリスを信頼しきれず、シティアにいては危険だとわたしが判断したからだと？　返事を見れば答えがわかるだろうか？

シティアがわたしを必要としているときに、なぜヴァレクについていくことにしたのだろう？　議会は、キュレアが最高司令官の手に渡ったと聞いて、たぶん大騒ぎしているだろう。いや、たぶんじゃなく、絶対にだ。

ではなぜ急いで城塞に駆けつけ、二国間の関係を取り持つという任務を全うしないのか？　問題はオーエンだった。あいつを止めるにはどうすればいい？　実際、シティアにいたほうが安全なのだ。

今までだってヴァレクがいなくても数々の危険を乗り越えてきた。でも今のわたしは……あまりに無力だ。レヤードの実験材料になっていたとき以来の無力さ。

生きるか死ぬかの瀬戸際には、必ずヴァレクが助けてくれた。必ずしもその場にいなくても、声が聞こえただけで、オーエンに抵抗する力が湧いた。炎の世界に囚《とら》われたときも、ヴァレクにもう一度会いたいという執念から解決策を見つけたのだ。

いいじゃない、たまにはわがままになっても。連絡官はわたしでなくてもいい。ほかの誰かが暗殺者の標的になればいいのだ。わたしはただヴァレクと一緒にいたいだけ。

ただ……やはりそんなことはできない。たとえ魔力を失っていても、わたしは両国を繋ぐ立場にあり、イクシアとシティアの戦争だけはどうしても避けたい。お腹に子どもがいるかもしれない今はとりわけ。やはりいずれはシティアに戻らなければならないだろう。

いつの間にか勇気が落ち葉のように地面に散ってしまっていた。それをひとつひとつ集め、心に戻していく。ひとつ増えるごとに、魔力なしに苦難に立ち向かう方法を学ぼうという気力が湧いた。幸い、完璧な指南役になりそうな人がわたしの恋人だ。

小屋の扉がきしむ音がして、振り返る。ヴァレクが日差しの中に現れた。寝癖のついた黒髪をかき上げているが、目は油断なく周囲を警戒している。馬たちのそばにいるわたしに気づくと、緊張が緩んだ。

「異常はなかったか?」

「ええ」

「よかった」

「ほかにも誰か起きてる?」

「第二軍管区の連中は荷造りをしているよ。オノーラとジェンコはまだ眠ってる。予定より早くここに着いたから、地元の警邏兵にオーエンを見かけなかったか訊いてこよう。キキを借りてもいいか?」

キキなら魔術の罠が仕掛けられていても気づく。「本人に訊いて。それから、オート麦入りミルクを賄賂に使ったほうがいいと思う」

ヴァレクは微笑んだ。「君の兄さんみたいだ」

ヴァレクがキキに賄賂を与えるのを見ながら、リーフのことを考えた。オーエンたちがイクシアにいてよかったことのひとつは、リーフが連中と出くわす心配がないことだ。魔術の罠について知らせるヴァレクの伝言を受け取っているといいけれど。

もし受け取っていなかったら?

粉々になったガラスが全身に刺さった兄の姿が一瞬目に浮かぶ。とたんに胃が締めつけられた。ごくりと唾を呑み込み、恐ろしい想像を振り払う。考えすぎだ。リーフならすぐに罠の匂いを嗅ぎつけ、わたしみたいに串刺しになったりはしない。そう願った。

キキはヴァレクが鞍をつけるのを許した。ヴァレクは出発前にわたしを引き寄せて尋ねた。「どうした？」

「リーフのことが心配で」

「大丈夫、自分の身は自分で守れるさ。それにデヴレンもついてる」

「わかってるけど……」わたしは両手を拳に握った。

「けど？」

「魔力をなくして四十日が経った。やっと慣れたと思ったときや、魔力なしで暮らす勇気を奮い起こせたときに限って、何か起きて、また不安がぶり返すの。すると、失ったものの大きさを思い知って、またふりだしに戻る。魔力をなくしたと気づいた朝の、あの身を切られるような辛さがまざまざと蘇るのよ」

ヴァレクはわたしを抱きしめた。彼の胸に頭を預け、男らしい香りを吸い込む。

「ストレスが溜まってるんだ。そうなるのも当然だよ。ふたりでひとつひとつ解決しよう。いつだってそうしてきたじゃないか」

「でも――」

「未解決の謎があるならひとつでいいから言ってみて」

思いつかないので降参しようとしたとき、ひとつ頭に浮かんだ。「オノーラは味方？　それとも敵？」そして、口にはしないがもうひとつ――わたしは妊娠しているの？　でも答えはもうわかっているような気がした。

「その謎はまだ解こうとしている最中だが、そのうち解決すると信じている。君自身の問題と同じように。明日わかるかもしれないし、季節をいくつもまたがないとだめかもしれない。だが、必ず解決する」

ヴァレクに強く抱きしめられていると、信じる気になった。不安はまたいつか戻ってくるだろう。でも今は希望と彼のぬくもりが身体の芯まで染みていくのを味わった。

思ったより早くヴァレクは身を引いた。わたしのほつれ毛を耳にかける。「すぐに戻る」それからキスして、キキに跨がった。キキは鼻面でわたしの頰をつついてから去った。

小屋に入ると、オノーラが暖炉の前でかがみ、灰の中の熾《お》き火をつついていた。小さな炎があがったところに薪をくべるうちに、赤々と火が躍り始める。オノーラは鍋に水を注いで火の近くに置いた。そばにティーバッグ入りのカップがある。

「わたしの影響でお茶が好きになった？」ジェンコがまだ眠っているので小声で尋ねた。

「あんたに淹れようとしてるんだ。毎朝ショウガ茶を飲んでるみたいだから……」

「親切ね。ありがとう」本当に親切？　自分の計画がうまくいったか、確認したいだけじゃない？　つわりでむかむかする胃をなだめるためにお茶が必要なのでは、と。オノーラにだけは最後まで教えたくない。

オノーラがチーズとパンを薄切りにして朝食の用意までしてくれたので、さっき頭の中でつぶやいた辛辣な言葉を少し後悔した。ヴァレクとジェンコがトンネルを捜索している間、オノーラがわたしを世話し、体力が回復するようゆっくり寝かせておいてくれたのだ。罪悪感から？　オノーラが相手では何とも言えない。口数が少なく、おしゃべりもほとんどしないが、オノーラはそのほうが快適そうだった。ジェンコがうるさくつきまとうのもうなずけた。ふたりの様子を想像しただけでにんまりしてしまう。

「何がおかしいのさ？」オノーラがカップにお湯を注ぎながら尋ねた。

「ジェンコのこと。わざとあなたを困らせようとしてる」

「作戦成功だよ。何度もいらいらさせられた」と言ってカップを差し出す。

「構ってほしいのよ。あなたはまるで、物に動じないあのマダムって馬みたい。そういうのがジェンコには我慢できないの。だから、あなたをなんとか動揺させようと必死」

オノーラが微笑んだ。初めて見る本物の笑顔だ。灰色の瞳も笑い、たちまち別人に変身した。その屈託のない表情に、悲劇に見舞われ人生がねじ曲げられる前の娘が一瞬現れた。

「そして無視されることがジェンコにとっては最大の侮辱」オノーラが言った。

なるほど、よくわかっている。「だから無視してるのね」

「そのとおり」また無表情になる。「それにあたしは殺し屋だから、何時間も黙ってじっとしているのも仕事のうちなんだ」

「そうね」もっと言いたいことがありそうだったので、あえて踏み込んでみた。「なぜ殺し屋になろうと思ったの？」

ふたりの目が合う。オノーラの表情がこわばったが、瞳の奥に迷いが見えた。どう話そうか、真実か、適当に思いつきを並べるか、逡巡《しゅんじゅん》している。

オノーラは声を低くした。「もうびくびくしたくなかったんだ」

その気持ちはわかる。「うまくいった？」

「今では誰も寄せつけない」

答えになっていなかった。オノーラの過去について、まだ悪夢を完全には断ち切れていないことについて、ヴァレクからは聞かされていた。

「その恐怖と正面から向き合ったの？」

オノーラは鼻を鳴らした。「恐れていたそのろくでなしを殺したかってこと？」

「いいえ。相手を殺しても問題の解決にならないのはわかってる」

「悪いけど、あたしは意見が違う。死がすべてを解決するんだ」

「じゃあ、あなたはわたしより幸運なのね」

「幸運だって？」オノーラの声が怒気をはらんで大きくなった。

「そう。レヤードを殺しても問題は消えなかった。あいつはわたしに取り憑いたの」

「それはあんたが《霊魂の探しびと》だからだ」

「当時はまだ違った。わたしは怯えた十九歳の少女で、霊魂を奪われてずっと虐げられて生きていくのかと思うと怖かった。その迷いは、正面から恐怖と向き合うまでなくならなかった。今も、逃げているだけじゃ何も解決しないと日々学んでる」

「あんたはそうでも、あたしは違う」オノーラは立ち上がった。「まわりを確認してくる」

オノーラは小屋を出ていった。

痛いところを突いたようだ。興味深い。

ジェンコが物陰からそっと現れた。「なかなか口を開けようとしない頑固な貝みたいな奴だ。でもいざ開けば、中には真珠が潜んでると思う」

なるほど。でも、内側に宝石が隠れているかどうかはまだわからない。

ヴァレクとキキは朝食後に戻ってきた。わたしたちは厩舎で落ち合った。「どうでした？」前置きもなしにジェンコが尋ねる。

「オーエンが通った跡はどこにもない」ヴァレクは馬から降りた。

「喜んでいいのか悪いのか？」ジェンコが尋ねる。

「どっちだと思う？」

ジェンコは一瞬口をつぐんだ。「喜べない。連中がどこにいるのか見当もつきませんからね。地元の警邏兵のほうは？」

「ここ二日は特に異常はないらしい」

とはいえ、わたしたちもこの三日間、警邏兵に出くわしていない。「オーエンはまだここまで来てないのかも」

「その可能性はある」ヴァレクも同意した。「出発の準備はいいか？」

わたしたちは荷物をまとめて馬に跨がった。移動しながら、オーエンが通った痕跡がない理由を考える。もしかすると警邏兵たちの記憶を魔術で消したのかもしれない。そういえばオーエンに囚われたとき、偽の記憶を植えつけられたことがあった。

だからオーエンはあの鉱山で少年に姿を見られても平気だったのでは？　少年の記憶をあえて消さなかった理由は？

ぴんと来た。「大変！」

ほかの三人が馬の速度を落とし、わたしのほうを向いた。

慌てて説明する。「あの鉱山の少年は、わたしたちに話をした三晩前にオーエンを見たと言った。もしオーエンが別の記憶を植えつけて、実際は三晩ではなく、もっと前だったら？　三人は今頃もう城に到着しているかも」

8 ヴァレク

ヴァレクは驚いてオニキスを止めた。オーエンたちがすでに最高司令官と会っているとしたら……心臓を氷の手でつかまれたような衝撃だった。「まさに、大変だ」

「ただの憶測だよ」オノーラが言う。

「イレーナはオーエンという人間をよく知っている」

キキがオニキスに近づき、イレーナはヴァレクの肩に手を置いた。「ごめんなさい。オーエンに別の記憶を植えつける能力があることをもっと早く思い出せなくて」

ヴァレクはその手を握った。「どうやって敵を出し抜くか、それを考えるのが楽しいんだ」

イレーナは微笑んだものの、目の下の隈やこけた頬を隠す役には立たなかった。食事も睡眠もろくにとれていないのだ。でも城に到着しさえすれば、どちらもたっぷり与えられる。

「最高司令官の城をめざして、キキ。できるだけ早く。お願い」イレーナが言う。

ヴァレクはオニキスに踵を当て、キキに続かせた。ジェンコとオノーラもすぐに追ってきた。馬で行く場合、止まって睡眠をとれば丸二日、とらなければ一日半かかる。決めるのはキキだった。人間たちが急ぎたがっていることを理解してはいるが、馬たちを疲れさせたり怪我をさせたりしてはいけないともわかっていた。

キキは真夜中近くに水を飲むため足を止めた。数時間でも眠ったほうがいいとヴァレクは判断した。城に着いたときに疲れすぎていては使い物にならない。

「西に警邏兵がいるはずだ」ヴァレクはみんなに言った。「合流して野営しよう。彼らに見張りを任せれば、ゆっくり眠れる」

「やったー」ジェンコは拳を突き上げた。

一時間後、キキは警邏隊を見つけた。事前に何の連絡もなくヴァレクたちが現れたことで大騒ぎになり、隊を率いる若い中尉に事情を説明しなければならず、寝袋を広げるまでにさらにもう一時間かかってしまった。

傍らではイレーナが眠り、ジェンコとオノーラは小声で喧嘩をしている。ヴァレクはその穏やかなひとときを満喫していた。城に到着したら最後、こんな夜はもう期待できないような気がしていた。

城の東門の衛兵は、過去二週間に特に変わったことはありませんと報告した。驚くことではない。もしオーエンが魔術を使って城に入り込んだなら、誰も気づかなかったはずだ。

一日中走ったので、馬たちを手入れしてやらなければならない。イレーナとジェンコが馬を厩舎に連れていき、ヴァレクはオノーラとともに最高司令官の様子を確かめることにした。もう遅い時間なので自室に戻っているかもしれないが、構いやしない。

ふたりは最高司令官の居住区に急いだ。扉の前に親衛隊がふたり立っている。

「ずっと静かです」二等兵が言った。「でもまだ起きていらっしゃると思います」

ヴァレクはオノーラと目を見交わした。オノーラは短剣に手を伸ばしている。ヴァレクがドアをノックすると、「入れ」という声がかすかに聞こえた。必要なら戦う構えで、ふたりは中に入った。

最高司令官は暖炉のそばの肘掛け椅子に座り、全身黒の制服を着たままブランデーを飲んでいた。膝に本が伏せてある。ほかには誰もいなかった。

アンブローズはグラスを置き、金色の瞳でふたりを見据えた。「緊急事態はどこだ?」

「ここでないことを祈っています」室内につかつかと入り、魔術と侵入者の気配を探る。

「何か異常はありませんでしたか?　誰も来ていませんか?　侵入しようとした者は?」

「何も心配はない。異常なしだ」

ヴァレクは足を止めて最高司令官のほうを見た。「それでもできれば――」

「その必要はない。山ほど報告があるだろうが、もう遅いし、聞く気分ではない。明日の朝一番に作戦司令室に来い」アンブローズはオノーラに目を向けた。「おまえだけだ、ヴァレク。ふたりとも下がれ」

　ヴァレクの任務にまったく興味を示さないこともだが、何も心配はないという言葉も気になった。最高司令官が〝異常なし〟と言うこと自体ありえない。一瞬でも警戒を解けばたちまち敵につけこまれるというのが信念だった。だが今は指摘するわけにいかない。ここにはオノーラもいるのだから。

「承知しました」ヴァレクは告げた。

　部屋を出てドアを閉めた。ヴァレクは廊下に立ったまま次の行動を思案した。

「魔術の気配？」オノーラが心配そうに尋ねる。

「感じなかった」

「じゃあ何が問題？」

「何もかもだ」

　ヴァレクはオノーラには馬の世話を手伝わせ、ジェンコには城周辺の保安確認を徹底させた。兵舎、厩舎、犬舎、訓練場も含め、魔術の気配の有無を確かめるのが目的だ。オーエンが城内にいるなら、リカの幻影の陰に隠れているだろう。自分は城内の各部屋や廊下に意識を集中させた。城は奇妙な形の建物なので、隠れ場所なら迷宮より多いくらいだ。

地下牢から始めて順に上階へとのぼりながら、例のべたべたした感触を探した。

どこも異常はなかったが、部下たちが使う部屋に近づくと、うっすらと何かを感じた。べたつきをたどって廊下を進む。角灯がひとつだけついていて、灰色の石壁に弱々しい黄色の光を投げかけている。扉がいきなりばたんと開いたので、とっさに小刀を抜いた。

アーリの身長百九十三センチの大きな身体がそこに現れた。剣を振りかざしていたが、ヴァレクだと知ると緊張を緩めた。「いや、驚いたな。言うとおりだった」

「何も言ってないぞ」

「いえ、あなたではないんです」アーリは脇によけた。「リーマですよ。あなたがこのあたりを這《は》いまわってると言うんです」

アーリの背後からリーマがひょいと顔を出した。ブロンドの巻き毛がライオンのたてがみのように顔のまわりに広がっている。だから魔力を感じたのか。誰も、魔術師範さえも、リーマの魔力を感じ取ることができないが、ヴァレクもオパールもリーマは魔術を使っているのではないかと疑っていた。でも、こんなに強い魔術を？　かつては、リーマのすぐそばにいないと魔力を感じ取れなかった。

「這いまわってはいない。侵入者がいないか確認してたんだ」

アーリが気をつけの体勢になる。「お手伝いしましょうか」

「リーマに付き添っていてくれ」

アーリはぎゅっと唇を結んだが、何も言わなかった。

「ほかのみんなも戻ってきたの?」リーマが尋ねた。「パパやジェンコも?」

「ジェンコとイレーナおばさんは馬と一緒にいる」ヴァレクはしゃがんでリーマと目線を合わせた。「パパは来なかった。リーフおじさんとシティアにいる。君にはもう少しここにいてもらう」

「そう」リーマはつかのまヴァレクを見つめた。「つまり、イレーナおばさんを狙ってる悪者はまだ捕まってないってことね?」

ヴァレクはアーリに目を向けた。

「僕は何も言ってません」アーリは言った。

リーマが鼻を鳴らす。「あたしだってばかじゃないのよ」

そのとおりだ。「君の言うとおりだよ。ここにいたほうが安全なんだ。だからパパは君にここに残ってほしがってる」これで納得してくれるといいのだが。

「イレーナおばさんに会える?」

「明日なら。今はベッドに戻って」アーリとジェンコの居住区画に入っていくリーマに続く。そこには寝室がふたつと、ソファ、肘掛け椅子、テーブル、机が置かれた広い居間がある。もちろん、書類や本、紙ばさみであふれているほうがジェンコの寝室だ。

アーリの寝室のドアが開いていて、リーマはそちらに入っていった。ヴァレクは視線でアーリに質《ただ》した。

「目を離すなとの命令でしたので、ベッドをひとつ入れてもらったんです」

「なるほど。何か異常はなかったか？」

アーリはでっぷりした手で短いブロンドの巻き毛をかき上げた。「今夜以外に、ですよね？　何も。なぜです？」

「単なる確認だ」

「それはないでしょう。相手は僕なんですから。何があったんですか？」

「今はだめだ。午後に執務室で報告会をする」

「それじゃあ、ジェンコの……独特の視点から見た話を先に聞かされることになる。いいんですか？」

ヴァレクはにやりとした。「疲れきっていて話もできないさ」

アーリが笑った。「あいつはどんなに疲れていても話だけはしますよ」

城内の捜索が終わった。顧問官や上級士官たちの睡眠を邪魔したくなかったので、室内は見なかった。来客棟のほうは静まり返っていて、念のため各部屋のドアにも触れてみたものの、べたつきは感じられなかった。そのまま廊下をそっと歩きまわったが、気になるものは何も見つからない。

　執務室の外でジェンコが待っていた。かわいそうに、床に座り込み、硬いドアに寄りかかって眠りこけている。ブーツの爪先でつついて起こした。

　はっと目を覚まして、剣の柄を握る。「何だ？　ああ」柄から手を離し、よろよろと立ち上がった。

「何か見つかったか？」ヴァレクは尋ねた。

「いいえ。幻影魔術も、あのむずむずする感じもありませんでした」大きく伸びをして、あくびした。「何かおかしなものを見たり、声を聞いたりした衛兵もいません。ただ、見たくないものを見ちまいましたがね。兵舎の裏でふたりの軍曹がよろしくやってた」

「少し眠れ。午後にここで打ち合わせだ」

「承知しました」ジェンコはふらふらと立ち去った。

　廊下のつきあたりにある窓に目をやる。夜明けまで約一時間。最高司令官の居住区画から廊下を隔てた向かいにある自室に向かう。親衛隊がまだ見張りに立っていた。

「イレーナ連絡官が中でお待ちです」見張り役が言った。

「ありがとう」中に入り、ドアを閉めた。

　イレーナは、居間を囲んでいる角灯をつけてくれていた。本人はソファで横になり、ぐっすり眠っている。抱き上げて二階の寝室に運ぶ。何も持っていないかのように軽い。途中で何か寝言をつぶやき、ベッドに横たえたときには少しだけ目を覚ました。

「何か見つかった……？」

「眠って、愛しい人。オーエンの気配はなかった」

イレーナが隣を軽く叩く。

「できればそうしたいが」毛布を引き上げてやり、午後に打ち合わせをすると告げた。

「遅めの朝食を厨房の誰かに運ばせるよ。全部食べること、いいね？」

「わかりました、愛しい人」

「それはわたしの決まり文句だ。別のを考えてくれ」そう言ってキスし、立ち去った。

疲労がびしょ濡れの外套のように身体にまつわりついている。ヴァレクは厨房に寄って軽食を注文し、イレーナの朝食も頼んでおいた。料理長のサミーは、山盛りのパンケーキを運ばせると約束した。

食べ物と、浴室で冷たい水を浴びたおかげで生き返った。清潔な制服に着替え、髪を梳《と》かす。濡れた髪は肩より下まで届き、ヴァレクはそれを革紐できつく結んだ。女に変装することもあるからと説明すると、最高司令官も髪の長さを指摘しなくなった。髪結いのヴァルマを演じたおかげでイクシア国王に接近し、殺すことができたのだ。男性士官や顧問官は短髪にするのが決まりだったが、ヴァレクについては最高司令官も大目に見ていた。

日が昇ると同時に作戦司令室の前に到着した。最高司令官のほうが先にそこにいたとしても驚くことではない。アンブローズはせいぜい三、四時間しか眠らないのだ。ふたりの衛兵はうなずいたが、黙りこくっている。

口論は避けられないと覚悟しながら、ドアをノックして中に入った。

最高司令官は巨大な木製の会議用テーブルの上座に座り、朝食をとっていた。制服には襟に本物のダイヤモンドがふたつ縫いつけてあり、皺ひとつない。

しだいに明るくなっていく朝日が東の窓のステンドグラス越しに差し込み、天井を色とりどりに染めている。この円形の部屋の四分の三は細長い窓で囲まれており、最高司令官のお気に入りの場所だ。ヴァレクは気をつけの姿勢を取った。

「座れ」最高司令官は左側のテーブルの椅子二、三脚分、離れた場所を示した。「報告しろ」

木製の椅子に浅く腰かけ、密輸団をつぶす任務について説明し始める。もちろん、ラピアの北にもうひとつトンネルがあるとマーレンに知らされ、シティアに立ち寄ったこと、オーエンが国境を越えてイクシアに入ったことも話した。「オーエンはここに向かっていると思われますが、その痕跡は見当たりませんでした」

最高司令官のまなざしが遠くなった。ヴァレクは口をつぐみ、最高司令官が情報を咀嚼《そしゃく》するのを待った。まもなく質問攻めにされるだろう。そのあとこちらもそうするつもりだ。

「なぜオーエンがわたしに危害を加えると決めつける？　キュレアより有効な魔術師対策

があるというなら、わたしが興味を持つのは当然ではないか」

ヴァレクはぞっとした。「オーエンは貪欲な魔術師で、けっして信用できません。古い記憶を消して新しいものを植えつける能力もあります。奴を近づけるなど、狂気の沙汰です。その魔術を使えば、あなたの決断を左右することもできるでしょう。あなたを辞任させ、自分を後継者に選ばせることさえ。オーエンは、あなたが魔術師を嫌う理由が形になったようなものです」

最高司令官はヴァレクの歯に衣着《きぬ》せぬ厳しい言葉を聞いても特に反応せず、こう言っただけだった。「オパールから贈られた魔術探知器があれば――」

「身を守る役には立ちません。魔術が使われているかどうかわかるだけです」

最高司令官の金色の瞳にいらだちが浮かんだ。彼は話を遮られるのが嫌いなのだ。「わかっている。それに、零の盾があれば防御できるということも。だからわたしのすべての制服に零の盾が織り込まれているのだ」

それには驚いた。「いつ？　どうやって？」

「イレーナの兄が細工してくれたのだが、他言無用と言い含めた。おまえの表情からすると、リーフは妹にも話してないようだな」

またその話か。「イレーナとわたしは、極秘事項は互いにけっしてしゃべりません」

反応なし。

「あなたの身の安全を脅かすようなことをわたしがするはずがない。予防措置が取られていると知ってほっとしているんです。提案しようかとも考えましたが、魔術を身につけるようなことをするのは不本意かと思い……」

最高司令官は制服の袖を手で払った。「今はいろいろと危険も多いからな」

「そのとおりです」そして、まさにその危険をヴァレクは冒そうとしていた。ゆっくり息を吸い込んで自分を落ち着かせようとする。「だからこそ、わたしもすべてを知っておく必要があるんです。なぜ教えてくれなかったんですか、オーエンにキュレアを研究させていたことを？」

「なぜわたしの直接命令に背いた？」質問に質問で返された。

ヴァレクは虚を衝《つ》かれ、記憶を探った。「命令というと？」

「ベン・ムーンの脱獄事件にはかかわるなと命じたはずだ。マーレンに出くわす前、おまえはイレーナを助けようとシティアに向かっていた」

「どうして――」

「どうやって知ったかは問題ではない。重要なのは、おまえが無断で行動予定を変えたことだ」

「イレーナは暗殺者に狙われていたんです」

「それこそが、おまえの最初の質問に対する答えだ。なぜオーエンのことをおまえに黙っていたか？　イレーナのことがあるからだ」

「わたしはけっして――」

「イレーナに話さなかった？　本当か？　オーエンは危険な魔術師で、奴が捕まったのも、弟のベンが監獄行きになったのもイレーナのせいだ。それでも警告しなかったと？」

今度黙るのはヴァレクのほうだった。

「おまえの忠誠心は二分されている」

「ええ、そのとおりです。しかし、あなたのテストにはすべて合格したはずです。イレーナがオノーラに弓で撃たれたあとでさえ城に戻った。命令どおり密輸団を見つけて操業を停止させた。イレーナ救出のためにシティアに向かわなければ、あれほどうまくいったかどうか」

「だがそんなことは、出かけるときにはわからなかったはずだ。それにオーエンは結局逃亡した」

言い返したかったがこらえた。そもそもオーエンのことを知らされていれば、密輸騒動など起きなかっただろう。「今までは、わたしの判断を全面的に信頼してくれていました」

最高司令官は椅子の背に身体をもたせた。「今まではな」

「気持ちが変わったのは何がきっかけですか？　たかが零の盾で身動きが取れなくなるということを、わたしが黙っていたからですか？」

「違う。すべてが変わったのは、暗殺者がわたしの部屋の窓から忍び込んできたときだ」

「オノーラですか？」

「そうだ」

だがあのときは自分もそこにいた。ただし……オノーラは六カ月前から最高司令官のもとで働いていると言っていた。「彼女が最初に忍び込んだときですね？　わたしもその場にいた二度目のときではなく。あれも結局はあなたのテストだった」

「そうだ。初回も二度目とほとんど同じ経過をたどった。だが違いは、二度目ではおまえとオノーラが戦ったが、初回ではわたしが彼女を雇った点だ。おまえのときと同様にな」

その証拠にオノーラにも胸に傷があった。自分と同じように。「恐れたんですね」

「ああそうとも、怖かった。オノーラはあんなにやすやすと城に忍び込み、おまえはシティアでイレーナやシティア議会を手伝っていた。わたしが危険にさらされているというのに、友人たちの問題解決を助けていたんだ」

正確な指摘ではないが、反論するほど愚かではない。「すべてあなたの許可をいただきました」

「関係ない。今後はシティアで何があってもいっさい手を貸してはならない。おまえはイクシアでイクシアの問題に取り組め。もしシティアで反乱が起き、勝者がイクシアを攻撃してきたら、そのときは全力で防衛する。わが軍は極めて優秀であり、腕試しをしたくてうずうずしている若い兵士たちは大喜びするだろう。今後は勝手に密偵に任務を与えて送り出すことを禁じる。何をするにもまずわたしの許可をとること。いいな?」

最高司令官の言葉はナイフのようにヴァレクを切り刻んだ。長年ともに手を携えてきた。喧嘩もしたが、最高司令官がヴァレクにこんなにべもない口調を使ったことは一度もなかった。ひょっとして、オーエンに操られているのか? それは、リーフがいつ零の盾を制服に編み込んだかによるだろう。

じっとしていられなくなり、ヴァレクは立ち上がった。「つまり、もはやわたしを信頼していないということですね」

「信頼されたいなら忠誠を証明してみせろ。わたしの命令には無条件で従うということを確かめる必要がある」

恐怖が胸で渦巻いた。でく人形の兵士になれと最高司令官に言われたことは一度もない。

「あなたの命令に疑問を持つことがわれわれの関係の核でした。ふたりで問題について話し合い、一番ふさわしい解決法を見つけることで、この国はうまくいっていた。わたしが顧問官を務めているのはそのためでもある。あなたはそれを壊す――」

その瞬間最高司令官がすっくと立ち上がり、こちらに近づいてきたかと思うと、いきなりナイフを抜いて胸に突きつけてきた。しかし、ヴァレクはその場を動かなかった。最高司令官のこわばった全身の筋肉から怒りが発散されている。言いすぎてしまったらしい。

「分をわきまえろ、ヴァレク。おまえはわたしのものだ。生きるも死ぬも、わたし次第」最高司令官はヴァレクのシャツを切り裂き、胸にある二十七年前の傷をナイフでなぞった。鋭い切っ先が皮膚をやすやすと裂き、焼けるような痛みが走ったが、ヴァレクはけっして声を漏らさなかった。

「昔、あの路地でおまえがわたしに何を誓ったか覚えているか？」最高司令官が尋ねた。

「忠誠です」

「そのとおり。二度と信頼を裏切るな」

「承知しました」

「よし」

ヴァレクは正面を見据えたまま視線をそらさなかった。「オーエン・ムーンに関する命令は？」

「オーエンとその仲間に構うな。捜査はもう打ち切りだ。オーエンのすることを邪魔するな。彼はわたしの客人であり、来客棟に滞在する。わたしが打ち切りを命じるまでは、オーエンにはわたしの下で働いてもらう。いいな？」

「承知しました」怒りと屈辱、そして一抹の恐怖を感じた。イレーナに警告しなければ。

「よし。ほかには何かあるか？」

「あなたを殺すためにオノーラを雇ったのは誰ですか？」

「調査中だ」

つまりオノーラはヘッダから依頼主の名を聞き出せなかったということだ。だから恩師を殺したと考えれば筋が通る。「オノーラに関する命令は？」

「変更はない。オノーラは依然としておまえの弟子だ」

「オノーラはわたしの命令に従いますか？」

「先にわたしが認めれば。毎朝夜明けに、そして再度夕食後に、ここでおまえの任務について話し合う」

「承知しました」

「下がれ」

ヴァレクは部屋を出た。裂けたシャツをまとめて右手で握り、胸の傷に押しつける。痛みが走ったが、渦巻く思いで頭がいっぱいだった。最高司令官がなぜあんな態度をとるのか、さまざまな可能性が浮かぶ。オノーラに襲われたことがそんなにショックだったのか？　それともオーエンのせいか？　自分もジェンコも魔力を感じなかったのは無理もない。客人として招き入れられたのなら、幻影で目くらましをする必要などないのだ。オーエンがどれくらい最高司令官に影響を及ぼしているのか調べることもできたが、そうすればまた直接命令に背くこととなり、ふたりの関係をさらに悪化させるおそれがある。

混乱と怒りがせめぎ合い、ふいに恐怖に変わったかと思うと、また激しい怒りが燃え上がる。もはやどう考えていいのか、何を信じていいのかわからなかった。いつだって、何をすべきか心得ていた。それが今はどうだ。あまりにもいろいろなことが起きすぎた。ただ、ひとつだけ変わらないものがある。イレーナだ。何としても彼女を守り、忠誠心が二分されることはもうけっしてないとわかってもらわなければ。

居住区までどうやってたどりついたか記憶になかった。イレーナはテーブルに座っていた。一部分だけ書類をどかし、そこで朝食を食べている。ヴァレクが目に入ったとたん、パンケーキをのせたフォークが宙で止まった。

取り落としたフォークが皿に落ちてカランと音をたてた。「どうしたの？　何があったの？」

ヴァレクはイレーナにつかつかと近づき、横でひざまずいた。「最高司令官に忠誠の誓いを再確認させられた」そしてシャツを握っていた手を開いた。

イレーナは息を呑み、ヴァレクに手を伸ばした。「いったい――」

彼女の手首をつかみ、言葉を遮る。「頼む、聞いてくれ。最高司令官に何が起きているのかはわからない。だが、わたしの心と魂を捧げる相手は君だけだ。そしてこれは――」胸の傷を指さす。「もはや最高司令官への忠誠の証《あかし》ではない」小刀を抜き、傷を加えてハートを思わせる形にした。「君ただひとりへの愛、忠誠、敬意、信頼を誓う印だ。イレーナ、結婚してくれないか？」

9　リーフ

　熱気と煙があたりに充満していた。リーフは周囲を囲む炎に目を凝らし、小屋からの脱出経路を探した。炎の雄たけびが耳にこだまし、胸の鼓動が激しい。

「……君の炎の魔術は？」デヴレンの顔が汗で光っている。

「火をつけることはできるが、消すことはできない」リーフは袖で口を覆って咳《せき》をした。

「何かアイデアは？」

「窓だ」リーフは低くかがみ、一番近い窓まで走った。

　木製の窓枠は熱く燃えているが、窓ガラスは無事だ。腕で顔を守りながら窓を蹴る。ブーツの底越しにガラスの振動が伝わってきた。もう一度蹴ると、今度はガラスが割れ、残った破片を踵で窓枠からはずした。頭上でゴオッと炎が上がる音が垂木を揺るがしている。屋根が落ちる！　恐怖に背中を押された。

「行こう」リーフは叫んで、窓で躍っている炎に飛び込んだ。そのまま地面に身体を叩きつけられ、衝撃で息が止まったが、デヴレンとぶつからないよう、すぐに横にどいた。そのまま転がって服についた火を消しながら必死に呼吸する。

ドスンと着地する音と悪態が左側から聞こえてきた。デヴレンも地面を転がり、チュニックの火を消している。またぞっとするようなきしみが響いた。

「走れ！」慌てて立ち上がり、一目散に駆けだした。

デヴレンも続き、ふたりは燃える建物から必死に逃げたが、途中で屋根が崩れ落ちた。熱風が背後から襲いかかってきて、燃えさしや鋭い木片をふたりの背中に次々に浴びせた。よろめいたリーフの腕をデヴレンがつかみ、支える。

さらに十五メートルほど走ったところで草地に倒れ込んだ。ふたりは、火はついていないかと身体を見回して調べた。

「いったい……何だったんだ？」デヴレンはまだ息を切らしている。

「罠だ」

「ほんとに？」

「間違いない。オーエンは、われわれが温室を探していることを知っていた。部屋の真ん中に紙ばさみが積んであったら、調べないわけがない。てっぺんの一冊を開いたとたん、引き金が引かれた。あいつめ、メモも残していた」

「何て書いてあった？」

「〝引っかかった！〟」

ふたりがかろうじて脱出した直後、馬たちも追ってきた。怪我の状態を調べ合う。リーフはやけどのための塗り薬を調合した。窓ガラスでできた脚の切り傷に包帯を巻き、デヴレンの背中に刺さった破片を取り除く。それから水の入った革袋を半分まで飲み干し、煤だらけの袖で口を拭った。焼けた小屋からは黒い煙がもくもくとあがっている。ところが誰も調べにも、助けにも来ない。妙だ。

「オーエンは一帯の人々を近寄らせないように脅してたんだろう」デヴレンが言った。

やっと出発できるようになったときには、建物は焼け焦げた材木の山と化していた。上空の空気が熱で揺らめき、奥のほうでは朱色の炎がまだ激しく燃えている。近くに水源もないので、消火もできない。仕方なく近くの町まで行き、当局に報告した。

状況を説明したあと、地元の宿屋に部屋を取った。風呂に入り、たっぷり食事をとると、ぼろぼろの身体をなんとか部屋まで引きずり、たちまちベッドに倒れ込んだ。デヴレンももうひとつのほうに腰を下ろす。重みでベッドがきしんだ。

軟膏を塗ったとはいえ、右脚がひどく疼いた。赤剝けになった場所はじくじくしていたし、喉も痛い。串刺しにされて火で炙《あぶ》られた豚になった気分だった。二度と豚肉なんか食べるもんか……まあ、少なくとも二、三日は。

「ほかの温室もまだ調べるか？」デヴレンが尋ねた。

「いや、あんな罠を止める力は僕にはないし、何が引き金になるかもわからない」リーフは考え込んだ。「明日、各温室の場所をアイリスに報告する。罠を発動させずに停止できるのは彼女かベインぐらいだからね」

残念だった。オーエンの居所をつかむ手がかりを見つけてやろうと思っていたのだ。魔術師範がお出ましになるまでには、少なくとも季節半分ぐらいはかかるだろう。

「十カ所全部に罠を仕掛ける時間がオーエンにあったと思うか？」

奴はわれわれより六日早く出発した。「可能だったと思う。どれも大惨事を引き起こすものばかりだろうな」そして、オーエンにその時間があったなら、逃亡計画を漏らすような資料も全部破棄してしまっただろう。くそっ。

「どこかの地元当局が調べてみようと思い立ったらどうする？」

「各地の警備隊に、魔術師範が罠を解除するまで近づくなと通達を出しておこう」

翌朝リーフはデヴレンに温室に近い各町に伝言を送らせ、自分は高感度通信器でアイリスに連絡を入れた。まず、ガラスの内側の黒ダイヤに蓄えられた膨大な魔力と接触し、その力を借りてアイリスと心で繋がるのだ。相手が心の防御壁を下ろしたところで、リーフは魔術の罠について説明した。

〝ベインもわたしもここを離れられるかどうかわからない〟アイリスが言った。〝議会は今も、最高司令官の手にキュレアが渡ったおそれがあるという知らせに動揺している〟

リーフはいらだちを隠さなかった。〝最高司令官は確かにキュレアを持っています。けっして憶測ではありません〟

〝わかっているが、証拠がない〟

かっとなって思わず反論した。〝工場も、栽培されたキュレア蔦もこの目で見ました。しかもキュレア製造を最高司令官との取引材料にしたと、オーエンはイレーナにはっきり言ったんです。ほかにどんな証拠がいるんですか？〟

〝物証だよ、リーフ。伝聞ではなく〟

〝伝聞？　イレーナの言葉が信じられないんですか？〟怒りが燃え上がる。

〝イレーナは魔力を失ったうえ、何度も暗殺者に襲われるという苦境にあった。そんな状態でまともな判断ができたかどうか。だから議会は本人からじかに話が聞きたかったんだ。ところがあいつはイクシアに行ってしまった。みんなが疑うのも当然だろう〟

残念ながら、議会の立場も理解できた。確たる証拠もなしに最高司令官を非難するわけにはいかないのだ。ベン、ロリス、シリーが殺されたのもまずかった。オーエンの共犯者から話が聞ければ、いろいろなことがはっきりしたはずだ。

〝オーエンの捜索はどうなってるんですか？　ムーン族の警備隊と協力していると聞きましたが？〟

〝捜索隊など組織されていない。イレーナを除けば、生きたオーエンを目撃したと訴えているのは全員イクシア人だ〟

〝つまりシティア議会は基本的に何もしていないということですね〟

〝最高司令官が本当にキュレアを手に入れたとすれば、どんな軍備が必要かという話し合いは行っている。第一段階についてはすでに決定され、テオブロマを大量生産する方法を見つけるということで合意した〟

テオブロマはキュレアの解毒剤だが、それを使うと一般人は魔術の影響を受けやすくなり、魔術師は心の防御壁を剥ぎ取られてしまう。ただ、イクシアと戦う分にはテオブロマの使用が問題を起こすことはないだろう。困るのは、テオブロマの主原料の豆ができる樹木をどうやって大量に栽培するかだ。樹木はイリアイス密林でしか生育せず、しかも豆ができるまでに三年から五年かかる。例の温室でなら栽培できるかもしれないが、それでも軍備として供給するには何年もの月日が必要だろう。

〝テオブロマの問題に取り組んでいるのは誰ですか？〟

〝バヴォル・カカオ・ザルタナがみずから手を挙げた〟

なるほど。ザルタナ族の族長を信じていいものか、今となってはわからなかった。しかし、直感以外に証拠もないのに、安易に糾弾するわけにもいかない。

〝オーエンは生きていて、反逆行為をしたという証拠を見つけろ。そうすれば議会を説得

してオーエンの捜索が始められる〃
言うは易《やす》く、行うは難し。〃オーエンの首を銀の皿にのせて差し出しては？〃
〃もちろんそれでも構わない〃
〃山刀をせいぜい研いでおきますよ〃
〃必ずキュレアを塗り、慎重に慎重を期すことだ。オーエンはおまえより強い〃
そういえば、イレーナも同じ心配をしていた。それで思い出した。〃イレーナから便りはありましたか？〃
〃イクシアへ発ったあとは何も。おまえはどうだ？〃
急に心配になってきた。〃いいえ〃
〃もし連絡があったら、わたしにも知らせてくれ〃
〃わかりました。あなたにあったら、僕にも知らせてください〃
〃もちろんだ〃
〃会えなくて寂しい、早く帰りたいとマーラに伝えてください〃急に妻が恋しくなって胸が震えた。寂しい、では言葉が弱すぎる。
〃わかった。進捗状況をその都度報告するように〃
〃承知しました《イエス・サー》〃
アイリスは笑った。〃イクシア人との付き合いが長くなりすぎたようだな〃

　リーフとデヴレンは、アイリスと話をした二日後に、オーエンの本拠地だった農場に戻ってきた。階段に若者が座っていたが、ふたりに気づくと慌てて立ち上がり、厩舎についてきた。若者が近づいてくるのを見て、リーフは山刀の柄に手をかけた。

「リーフ・リアナ・ザルタナさんですか？」

「そうだ」

「やっと会えた！　あなたに伝言です」若者は封をされた便箋を差し出すと、走って立ち去った。

　デヴレンも近づいてきた。「伝言か？」

「あるいは次の罠か」匂いを嗅ぎ、送り手の意図を探る。いらだちと退屈の匂いがしたが、たぶん伝令のものだろう。悪意や魔術の気配はない。

　リーフは封を開けて中身を読み、大笑いした。「温室に近づくなという警告だ。どうやら妹も引っかかったらしい」

「怪我人は？」デヴレンは心配している。

「切り傷だけで、心配はないらしい」イレーナの場合と比べたら、火事などたいしたことではない。鋭いガラスのかけらが頭上に降ってくるよりはるかにましだ。

「オーエンの居場所については何か書いてないのか？」

「痕跡はいっさい見当たらないらしい」自分とデヴレンの努力も何にもならなかった。くそ。今ではオーエンは、どこへなりともまんまと逃げおおせたあとだろう。

デヴレンはフルゴルに戻ることにした。「リーマはイクシアにいれば安全だ。僕は僕で、仲間たちのネットワークに情報を募ろうと思う。彼らは警備隊員には手に入れられない情報を提供してくれる。オーエンに繋がる手がかりを何か持っているかもしれない」

「試す価値はあるな。それにオパールとも三週間は会ってないんだし」

デヴレンはにんまりした。「久しぶりにわが家に帰るのはいつも楽しみだよ」

「わかるよ、きょうだい」

翌日デヴレンが発つとき、やはり少し羨ましかった。わが家を離れてもう三十五日だし、いつ戻れるかもわからない。ただ、旅の一番いいところは、妻のマーラとの再会を楽しめることだ。久しぶりに見るマーラはいつも記憶より美しかった。美しいだけでなく、思いやりがあって優しく、辛抱強い――完璧だ。リーフの内側に空いた穴を埋め、はるかに善良で強い男にしてくれる。

イーザウは三日後に農場に到着した。イーザウがリーフの父親だということは一目ですぐわかる。どちらも肩幅が広く、大柄だが筋肉質だ。双子と言っても通りそうだが、イーザウの額には年輪が刻まれ、笑うと目尻に皺ができる。肌の色も父のほうがやや濃く、ミルクなしの紅茶の色に近い。

馬を降りるやいなや、イーザウはリーフをぎゅっと抱きしめた。「で、その温室はどこなんだ？」

「まずは着替えたら？」父の服は埃だらけだったし、肩までの長さの白髪は脂じみていた。

父は手を振った。「それはあとでいい。この十五日間、その発明について想像ばかりしていたんだ」

リーフは父をガラス製の建物に案内した。

周囲を一巡りしながら、感心してしきりに声をあげている。「すばらしい。自分で考えついていればなあ。これなら密林がどこでも再現できる。みごとだ」そしてふいに生真面目な表情になり、うなだれた。「キュレアを育てるために使われたことは残念だ。人に害を及ぼすあんな蔦、見つけなきゃよかった」

おなじみの話題にリーフはため息をついた。「副作用より有効利用できることのほうが大事なんだよ、父さん。わかってるだろう？」苦しんでいる人をキュレアがどれだけ助けたかリーフとイレーナが例を挙げて説明しても、父はお気に入りの毛布にしがみつく子どものように罪悪感を引きずっている。

ふたりで中に入るとイーザウが足を止め、大きく息を吸い込んだ。「密林とは匂いがだいぶ違うな。この甘い香りは何だ？」

「白石炭を焚いて室内の温度を保ってるんだ」

「天才だ！」イーザウは植物の間を歩きまわって、ひとつひとつ名指しした。

エメラルド色のハート形の葉が特徴のキュレア蔦が、温室中をくねくねと這っている。草木が茂る天蓋の下で栽培されているのはテオブロマの木だ。灰褐色の細い幹は、長い楕円形の葉ともども背景とすっかりなじみ、白い小さな花が樹皮にくっつくようにして開いている。受粉すると莢《さや》がつき、その中に詰まった豆を乾燥させ、発酵させてから炒《い》るとテオブロマができるのだ。

「医療用植物もあるようでよかった」イーザウは地面に鼻を擦りつけるようにして藪を這いまわっている。

父の密林探索に同行したときの記憶が蘇る。蒸し暑さの中、汗をかきながら藪をかき分け、木に登り、標本を集める、疲れ知らずの父のあとを追ったものだ。父は見つけた植物の名前や用法についていちいち尋ね、リーフに答えさせた。自分はといえば、あちこち虫に刺されて身体を掻きむしりながら、暑いよ、疲れたよ、と文句をこぼすばかりだった。ただのガキだったのだ。

さまざまな治療薬の調合法を教えてもらったことについては、今となっては感謝の気持ちしかなかった。高い効能を持つお茶や貼り薬のおかげで大勢の命を救い、苦痛を癒すことができた。中でも有用な大発見のひとつをみんなが《濡れ犬茶》と呼んでいることは、父には内緒だ。

まもなくイーザウは交配種の植物を見つけた。「妙だ。じつに妙だ」とつぶやく。そして葉を一枚ちぎり、匂いを嗅いだあと先端を少し齧《かじ》った。

「何と何を交配したものかわかる？　連中は何をしようとしてたんだろう？」

「まだわからん。もう少し時間がかかる」

「じゃあ、馬の様子を見て、それから何か食べる物を調達してくるよ」

「ああ……すまんな」イーザウは幹を爪で引っかき、できた傷を観察した。

調査は父に任せて、リーフは馬の手入れをし、水と餌の桶を満たし、馬具の確認をした。果物と肉をのせた盆を持って戻ると、イーザウは温室の真ん中で脚を組んで座り込んでいた。手に持った枝を、目を丸くして見つめている。

リーフは思わず駆け寄った。「どうした？」

「これを見ろ」父は枝を差し出した。「キュレア蔦とテオブロマの木が交配されている」

理解するのに少し時間がかかった。「つまり――」

「奴らはテオブロマ耐性を持つキュレアを作ろうとしてたんだ」

10 イレーナ

驚きのあまり言葉をなくし、血の滲んだヴァレクの胸をただ見つめていた。ヴァレクの言葉が頭の中を転がりまわり、落ち着く場所を探している。ヴァレクみずからが作ったハート形の深い傷は、わたしへの愛の証だった。ヴァレクは最高司令官ではなく、わたしを選んだのだ。熱い想いが身体を突き抜け、心が溶けだす。

「イレーナ?」声がかすれている。まだ膝をつき、わたしの答えを待っていた。

ヴァレクの顔は蒼白《そうはく》だった。こんなに弱々しい彼を見たのは初めてだ。

椅子から滑り下り、ヴァレクの前にひざまずく。まだ血で濡れたナイフをその手からもぎ取り、自分のチュニックを切り裂くと、胸の中央に切っ先を押しつけた。うるさいハエのように痛みが皮膚につきまとう。それを無視して、鼓動する心臓の真上、乳房の間に拳大のハートの形を刻んだ。「はい。あなたと結婚します」

ヴァレクの硬い表情がたちまち緩み、瞳が輝いた。わたしを強く抱き寄せ、唇に唇を重ねる。

思いがけないほど早くヴァレクが身体を引き、中断に抗議する間もなく、わたしの胸に自分の胸を押しつけた。触れ合ったとたん痛みが走り、ふたりの血が混じり合う。

「死がふたりを分かつまで愛を誓う」ヴァレクが耳元で囁いた。

「死がふたりを分かっても、愛を誓う」わたしは言った。

ヴァレクは身を引いてわたしと目を合わせた。「われわれは永遠にひとつだ」

「わたしたちは永遠にひとつ」わたしも告げた。

今度のキスは魂の芯まで震わせた。誓いの言葉がふたりをそれまで以上に固く結び、もはや絆《きずな》は何をもってしても断ち切れはしない。

もう呼吸さえ気にならない。ふたりでゆっくりと床に身を横たえる間に、ヴァレクの香りや感触で満たされる。彼との絆は何物にも換えがたかった。今や、わたしたちはふたりでひとつだった。


動きを感じて目覚め、本当なら隠さなければならない身体の部分に冷たい空気が触れた。抗議するように呻く。

ヴァレクは片肘をついた。「ごめん。でも……」

「でも、何？」胸の傷がずきずきするけれど、生まれて初めて痛みを楽しんでいた。それだけこの傷には意味がある。

「君に話さなければならないことがある――」

「最高司令官とのこと？」最悪の会合だったに違いない。部屋に戻ってきたときのヴァレクは打ちのめされていた。あんな姿を見たのは初めてだ。最高司令官がわたしを処刑せよという命令書に署名し、それをヴァレクに差し出したときでさえ、もっとましだった。

「そうだ」

わたしは待ち、ヴァレクはどこから話を始めようかと思案するように遠くを見つめた。

「なぜ最高司令官はあなたに忠誠の誓いを再確認させたの？」ヴァレクが話しやすいように水を向ける。

「あれこれ理由を並べていたが、結局のところ、オーエンは客人であり、彼らが城にいる間はけっして手を出すなということらしい」

「嘘」頭の中でいろいろな考えが渦巻いた。何より恐怖とパニックが大部分を占めていた。オーエンが最高司令官の心を操っているに違いない。イクシアとシティアはどちらも追い詰められ……何もかもおしまいだ。その恐怖はとてもやり過ごせなかった。

「イレーナ、今日の午後にもここを発ってほしい。シティアに戻ったほうが安全だ。すべてが終わったら連絡する」

「だめよ。わたしたちはたった今誓いを交わし、血を混ぜ合わせた。あなたをここに置いていくのは、身をふたつに切られるのと同じ。一緒に考えましょう。いつだってそうしてきた、そうでしょう?」

ヴァレクは返答を必死に探している。ヴァレクがわたしをここに連れてきたときの言葉をそのまま使ったから、反論するには自分の論拠を引っくり返さなければならないだろう。

「そんなに得意そうな顔をするな。じゃあ、リーマはどうする?」ヴァレクが尋ねる。

それは簡単だ。「武装した護衛をつけて家に帰せばいい。オパールとデヴレンはとても恋しがっているはずよ」

ヴァレクは肩を落とした。「もし君に何かあったら……」

彼の身体を抱く。「ふたりでいたほうが強い。これからはずっと」そう口にしたとたん、心が躍った。

ヴァレクが身を引く。「わたしたちのことは当分秘密にしておこう。知ったら、君の家族はきっとお祝いしたがるだろうし」

「そうね。お祝いできなかったらがっかりすると思う」

「オーエンのことが解決したら大々的に披露宴をして、正式に結婚しよう」

「すてきな計画ね」

「オーエンについてもこんなふうに簡単に解決策が見つかればいいんだが」

わたしは思案した。「オーエンもあからさまに何かするようなことはないと思う。少なくとも今はまだ。当分は客人だもの。まずは、本当に奴が最高司令官の心を操っているのか確かめないと。何を企んでいるか探り、相手が行動に出る前に止める」

「今日の午後、アーリとジェンコとも今後のことを話し合おう」

「マーレンは？」

ヴァレクは眉をひそめた。「オーエンと最高司令官の取引について知っているかどうかによるな」

「オノーラは？」

「信じていいか、まだ決めかねている」

「わたしが話してみるわ」

「それなら、オノーラの過去についてもう少し知っておいたほうがいい」

風呂に入り、お互いの傷に絆創膏を貼りながら、ヴァレクはオノーラの話をした。わたしは清潔なチュニックを見つけて着替えた。

「つまり、自分をレイプしたそのティメル大尉が今地下牢にいることを、オノーラは知らないのね？」

「今はまだ。話をする時間がなかった」

「知ったらどうすると思う？」

「殺すだろうな」

「それはないと思う」

「なぜ？　君は自分を犯し、苦しめた男を殺した。わたしも、兄たちを殺した連中と国王を暗殺したとき、心から達成感を味わった」

「レヤードを殺したのは、ほかの子にも魔の手が伸びるのを止めたかったから。殺しても気は晴れなかったわ。自尊心を取り戻し、自分は被害者だと考えないようになるまで苦労した」

ヴァレクはわたしの肩に手を置き、ぎゅっとつかんだ。「それなら君が話したほうがいいだろう。オノーラを信じていいと思えたら知らせてくれ」

「それでいいの？　今は魔術も使えないし、うまくいかないかもしれない」

「君ならうまくいく」


その日の午後にヴァレクの執務室に到着したとき、つい戸口で足を止めた。会議用テーブルのまわりに何人か思いがけない人が座っていた。少なくとも、ヴァレクはテーブルから物をどかしはしたようだが、片づけたわけではなかった。本や紙ばさみの山は近くの床に積まれていた。

ヴァレクとマーレンは奥の壁の近くの、彼の机の横に立っていた。ふたりとも難しい顔で小声で言葉を交わしているところを見ると、オーエンと最高司令官の取引について腹を割って話をしているようだ。

ジェンコがこっちこっちと手を振っている。わたしより寝不足なはずなのに、元気いっぱいに見える。ジェンコとオノーラの間に座り、テーブルの向こうを見ると、正面にもうひとり見たことのない男性が座っていた。アーリと同じくらい大柄で、明るい茶色の瞳を好奇心で輝かせてこちらを見ている。

わたしはジェンコの脇腹をつついた。

「何だよ……ああイレーナ、こいつは下っ端軍曹だ。下っ端、こちらはイレーナ連絡官で、《霊魂の探しびと》でヴァレクの恋人でもある。だから余計なことはしないほうがいいぞ」

彼に手を差し出す。「無視していいから」わたしたちは握手した。「本当の名前は？」

「ゲーリック軍曹です、閣下」

〝閣下〟と呼ばれるのも悪くない。わたしはジェンコのほうを向いた。「アーリはどこ？」

「あいつは――」

「イレーナおばさん！」リーマが部屋に飛び込んできた。

立ち上がったところで飛びつかれ、椅子に押し戻された。「わたしも会えて嬉《うれ》しいわ」

リーマがぎゅっと抱きついてきた。「息が……できないよ」

やっと離れながらリーマが笑う。「首飾り蛇の技よ。首を絞め上げて、相手を気絶させるの。気に入った？」

「すごい技ね」

リーマがにんまりする。

「自分で編み出したの？　それとも――」

「ラコールに教えてもらったの。あたしは小さいから、格闘するときは相手にしがみついて離さないのが一番なんだって」

「死のハグ。なかなかいいじゃないか」とジェンコ。

「だから誰もあんたと付き合いたがらないんだ」オノーラがぼそりと言った。

言い返そうとするジェンコを止めて、リーマに尋ねた。「ラコール？　格闘？」

「ラコール中尉だよ。中尉とアーリに戦い方を教えてもらってるの」

「へえ」わたしは声に動揺を出すまいとしたが、ジェンコはそれに気づいた。

「おいアーリ、まずいことになってるぞ」

急いで部屋に入ってきたアーリは、リーマを睨みつけた。「僕より先に行ったらだめだって何度言った？　必ず目の届く範囲にいろと言い聞かせただろう？」

リーマは肩をすくめた。「のろのろしてるんだもん」

「城の廊下は駆けっこをする場所じゃない。そばにいなきゃだめだ」

リーマはちっとも懲りた様子がない。「キキに乗って走ってきてもいい？」とわたしに尋ねる。

「遠乗りならあとで一緒に行こう。まずは先月ここで何をしていたか話して」と言ってアーリに目をやった。

「僕は命令に従ってただけだぞ」アーリは予防線を張り、ゲーリックの隣に腰を下ろした。

「ありがとう、アーリ。今度はわたしがまずいことになったようだ」テーブルにやってきたヴァレクが言った。

マーレンが音をたてて椅子を引き、腰を下ろした。ブロンドの長い髪をひとつにまとめ、ポニーテールにしている。色白なので、顧問官の黒い制服を着ていると顔が際立って見える。わたしに会釈して言った。「おや、ゲロ吐き。久しぶりだね。ちょっとふっくらしたんじゃないか？」

わたしはにやりとした。「ずいぶん挑発するわね」

「その気になってくれたなら嬉しいね。しばらくボウで真剣勝負をしてないからさ」

「わたしもあなたが恋しかったわ」

マーレンがからからと笑い、声が室内に響き渡った。

「リーマ」戸口で女兵士が呼んだ。「準備はいいか？」

「ラコール！」じゃあねと言って、リーマは部屋から駆け出していった。「今日はもっとナイフで戦う？」

わたしがアーリを睨むと、アーリはヴァレクを指さし、そのヴァレクはリーマが外に出たところでドアを閉めた。

「このことはあとで話し合いましょう」とふたりに釘を刺す。

「こいつは面白くなりそうだ」ジェンコは揉み手をした。「待ち遠しいな」

戻ってきたヴァレクは楕円形のテーブルの上座に立った。どうやらオノーラとマーレンに対する考えを変えたようだ。アーリ、マーレン、ゲーリックにシティアでオーエンが何をしていたか伝え、連中が今は最高司令官の賓客としてここにいるという驚きの事実を打ち明けた。

ヴァレクに倣って、一同の表情をじっとうかがう。オノーラは相変わらず無表情。ジェンコとアーリは今にも人を殺しそうな表情だ。ゲーリックは不安げだが、マーレンは、まるでそんなことはとうに知っていたかのように、動じていない。

「少なくともこれで奴らの居場所がわかった」ジェンコが言った。「いつ攻撃にかかる?」

「攻撃はしない」ヴァレクは最高司令官の命令について説明した。

「そんな……」ジェンコは言葉を失った。

「ひどい?」アーリが引き継いだ。

ジェンコが首を振る。「ひどいどころじゃない。大惨事だよ。そんな命令には従えない。オーエンは最高司令官に魔術をかけたのかもしれない」

「命令どおりにする。オーエンには構うな」ヴァレクは問答無用とばかりに言った。「マーレン、さっきわたしに話したことを全員に伝えろ」

マーレンは身を乗り出した。「わたしがラピアのキュレア工場に潜入していたとき、首領……つまりオーエンは、〝庭師長〟と呼ばれる人物と秘密計画に取り組んでた。情報を探したけど、わたしは最高司令官から遣わされて製造過程を監督する役目では、と疑われてたから、難しくてね。ガサ入れの混乱に乗じて、残ったキュレアの在庫を馬車に詰め込んでたとき、オーエンが部下にハーマンの苗木をすべて集めろと命じているのを小耳に挟んだんだ」

答えを期待して全員がわたしを見た。

「そのハーマンという木が何に使われるのか、わたしは知らない。父ならわかるかもしれないけれど。庭師長の名前を知らない？　あるいは顔を見たことがあるとか？」とマーレンに尋ねる。

「いや。結局、温室にあった交配種を作ったのはその人物ではないだろうか？　温室でのキュレア蔦の栽培を主導したのがその庭師長だってことしかわからなかった」

「おまえやリーフなら、そういう知識や技術を持つザルタナ人に心当たりがあるんじゃないか？」ジェンコが尋ねる。

「そうね、族長のバヴォルといとこのナッティならできる。誰かほかにいるなら、父が知ってると思う」

「お父さんにもその知識がありそうだな」ゲーリックが言う。

「口に気をつけろ」アーリが噛みついた。

「いいのよ、アーリ。彼の指摘は正しい。もし父がかかわっているなら、騙されたか、記憶を書き換えられたんだと思う。ナッティとバヴォルについてもそうだと信じたい」裏切り者ではと疑うよりはるかに気が楽だ。

「魔術で記憶が改変されているかどうか、リーフならわかるか？」ヴァレクが尋ねてきた。

「かもしれない。その庭師長のこととオーエンの居場所について、リーフに伝言を送っておくわ。今頃父も到着しているはずだし」

「われわれはどうしますか？」アーリがヴァレクに訊いた。

「おまえとジェンコ、マーレンはこの付近に新しい建築物ができてないか監視してくれ。もしオーエンがハーマンの苗木とキュレア蔦を持ってきているとしたら、また温室を建てようと考えるはずだ。それに、変わった資財や備品が運び込まれていないかにも注意してほしい」

アーリはうなずいた。「リーマはどうします？」

「護衛の手配ができたらすぐに帰宅させる。ゲーリック、おまえはまた最高司令官の親衛隊に入れ。オーエンたちについて何か見聞きしたら報告しろ」

「承知しました」

「オノーラ、おまえは日中最高司令官に付き添え。最高司令官は魔術探知器を持っている。

それが光ったら魔術が使われているということだ。そのときは直感には従わず、自分の考えを疑わねばならない。操られている可能性がある」

「夜はどうする?」オノーラが訊く。

「わたしが担当する」

ベッドにひとりかと思うと寂しかったけれど、気持ちを押し殺す。

「最高司令官が付き添いに難色を示したら?」オノーラが畳みかける。

「それはないはずだ。重要な会議のときは追い出されるかもしれないが、その場合は扉のそばにいろ」

「承知しました」

打ち合わせは終わった。全員が部屋を出るのを待ってヴァレクに尋ねる。「なぜマーレンとオノーラを信じることにしたの?」

「マーレンはオーエンが生きていると知らなかったらしい。それは確かだ。ゲーリックとオノーラはジェンコと一緒に現れた。ふたりだけ下がらせたら妙な勘繰りをされてしまいそうだった」ヴァレクは机に近づいた。

「だからあなたやわたしの計画について詳しくは説明しなかったのね」

ヴァレクは何か言いたげに間を置き、それから席に着いた。「君はリーフに伝言を送り、オノーラと話をしてくれ」

「それから？」

「オーエンにはけっして近づかないこと。君は奴のお気に入りとはとても言えない」

「わかった。ほかには？」

「訓練を始めること」

ああ。「密偵の訓練？」

「そうだ。魔術に代わる技術を身につける必要がある」

気の滅入《めい》る課題だ。「何年もかかりそう」

「そんなことはない。君は頭が切れるし、飲み込みが早い。それに、すでに経験豊富だ」

「だめよ、わたしなんて――」

「では今日の会議で、オーエンがここにいると知って驚いていたのは誰だ？」

「あなたの意図はわかってるわ」

「質問に答えろ」

むっとしながらも、テーブルを囲んでいた面々のさまざまな表情や態度を思い出す。

「アーリ、ジェンコ、ゲーリック」

「けっこう。反応はなかったのに、オノーラの様子によく気づいたな」

「じゃないかと思っただけ。オノーラはどうしてオーエンのことを知ってたの？」

「推理してごらん」

ジェンコ流の皮肉を返そうとも考えたが、思い留まった。「最高司令官が伝えた。たぶん、あなたと会ったあとに。なぜなら、オーエンに構うなとあなたが最高司令官に命じられたと聞いても、オノーラは動揺しなかった」

「同感だ」

「なるほど、わたしも完璧な素人じゃないようね。密偵の訓練はいつ始める?」

「明日の午後から」

それなら今日の残りは暇だ。せいぜい有効活用しなければ。まずキキの様子を見に行こう。それでリーマとの約束を思い出した。

「なぜリーマは戦闘訓練してるの?」

「ここを発つとき、アーリにそう提案したかもしれない」

わたしはヴァレクが先を続けるのを待った。

「何もすることがないと、アーリはあの子を持て余していただろう」

「リーマはずっと学校を休んでいる。読み書きや算数、歴史を学ぶ手伝いだってできたはずなのに……」ため息をつく。それでもアーリはリーマを持て余しただろう。「オパールを怒らせたら、あなたのせいにするから」

「どうぞご自由に。だが、訓練のおかげであの子の魔力も伸びたと思うがね」

「リーマに魔力があるかどうか、まだ誰も確認してないわ」

「魔術師は確認していないかもしれないが、隣にいればわたしにはわかるし、昨夜は廊下でも感じられた」

「オーエンの魔力じゃないの？　あの子はまだ思春期に入ってないわ」

「魔術がどれほど奇妙でありえない状況を引き起こすか、経験談を全部並べようか？」

「けっこうよ」いくら時間があっても足りない。「もしあの子が金の卵なら、標的になるかもしれない。わたしはただリーマを守りたいだけ」

「それなら護身術を知っておくのはけっして悪いことじゃない」

思わず鼻を鳴らした。「せっかく理屈の通らない過保護な母親役を楽しんでるのに、理詰めで対抗しないで」

「これでわたしの気持ちもわかっただろう」

「あなたが理屈の通らない人間ってこと？　どこが？」

ヴァレクに手をつかまれて引き寄せられ、気づくと膝に座っていた。さらに抱き寄せられ、彼の胸に頭を休める。

「愛は理屈を負かす。君のこととなれば、愛しい人、わたしはいくらでも理屈の通らない人間になれる」

「そうなの？　たとえば？」

「そうだな、こんなときに結婚を申し込んで、君をとんでもない危険にさらしてしまった。

もし敵が結婚のこと、それからすでに噂は広がりつつあるが、君の魔力のことを知ったら、またとないチャンスとばかりに君を狙うはずだ。できれば一時的なことだと思いたいがね。理屈で考えれば、結婚するなら君の魔力が戻り、オーエンが死んでからにすべきだ」

「理想的なタイミングを見つけるのはまず無理よ」

「いつかは平穏な日々が訪れると信じたい。でもそれまで待つのは拷問だ。君なしでは空っぽなんだ」

ふとシャツの陰に隠れた絆創膏に頬が触れた。危険なのはわたしだけではない。ヴァレクが傷の形を変えたことを最高司令官が知れば、反逆罪で死刑を命じるかもしれない。六年前にあの小屋の火事でヴァレクが死んだと思ったとき、本当に胸が張り裂けそうだった。あんな思いはもうしたくない。二度と。

ヴァレクの執務室を出て、キキの様子を見に行った。厩舎脇の小さな牧場で牧草を食べていたが、わたしに気づくとすぐに柵まで駆けてきた。毛並みがつやつやと光っている。首を撫でながら言う。「お気に入りの厩番の男の子がお風呂に入れてくれたみたいね。あの子が尻尾を編んでくれたの？」

キキは横を向いてさっと尻尾を振った。無数の三つ編みに色とりどりのリボンまで結んである。

「かわいい」肩をぽんぽんと叩いてやる。「あとでリーマと一緒に遠乗りしたいんだけど、もう充分休んだ？」

キキは一度だけこくりと首を縦に振り、それから厩舎のほうを見た。承諾の合図だ。意思の疎通ができたことが嬉しかったとはいえ、本当はヴァレクとの結婚の誓いについて話したくてたまらなかった。幸福感がふつふつと沸き立ち、外に飛び出したがっている。でも声に出して伝えるのは危険すぎた。

ポケットに鼻を近づけて嗅いでくるのでペパーミントを与え、それからリーマを捜しに行った。北東の訓練場でラコールと練習に励んでいるのを見つけた。長い巻き毛をポニーテールにし、若い女中尉とゴム製のナイフでやり合っている。アーリが柵に寄りかかってふたりを見守っていた。隣に立つと、はっと身を硬くするのがわかった。

「落ち着いて。別に叱り飛ばす気はないから。この一カ月、リーマの世話で手いっぱいだったでしょうね」

アーリの広い肩がすぼんだ。「あんなにいらいらさせられる子は初めてだよ。そんなに子どもを大勢知ってるわけじゃないが、まるで小型ジェンコだ。だが集中力はもっとある。頭がいいし、信じられないくらい覚えが早い。あれほど飲み込みのいい人間をほかに知らないよ。ほら、見て」アーリはリーマのほうを手ぶりで示した。「すでにラコールは防戦一方だ。でも、ふたりがナイフの訓練を始めたのは先週なんだ。あの子は天才だよ。相手のしぐさを読むことにかけてはプロだ。そのうえ頑固でおそれを知らず、人を巧みに操る。急に泣きだして四歳児みたいにふるまったかと思うと、例の第六感らしきもので人の気持ちの裏を読む。嘘をついているとか、虚勢を張っているとか、廊下を誰かが忍び足で歩いてるとか、みんなわかるんだ」

「へえ」急にリーマを見る目が変わった。

一心不乱のリーマはラコールの弱点を容赦なく突く。中尉は、どこかジェンコを髣髴《ほうふつ》とさせる身軽なリーマの攻撃をよけるので必死だ。

「わたし、オパールに殺されるわね」そう言って身震いした。

「だがヴァレクが――」

「あの子を危険にさらしたのはわたしだし、ここに来させたのもわたし。責任はわたしにある」

「何の責任？」ジェンコもやってきた。

「リーマが新しく身につけた技術のこと」と言って試合を指さした。

ジェンコの目が輝いた。「こりゃすげえ！　あの身のこなしを見ろよ。俺も一丁加わってくる」そして木製の柵をひらりと飛び越えた。

ラコールに練習用の武器を渡されたジェンコは、にやりと笑ってリーマと向き合った。

「リーマのプライドがまた傷つくな」アーリがつぶやく。

「負けると機嫌が悪くなるの？」アーリに尋ねた。

「二、三時間はふくれているが、それで俄然《がぜん》負けん気に火がついて、下手すると一晩中でも練習を続けるものだから、途中で引きずってきてベッドに押し込まなきゃならない」

集中力のある小型ジェンコというアーリの表現に、それで合点がいった。ぶつぶつ文句を垂れてはいるが、アーリがリーマを大切に思っているのが伝わってくる。

「あの子が恋しくなるわね」

アーリはしばらく黙り込んだ。「ああ、そうだな。それはラコールも一緒だ。訓練以外でもずいぶん手伝ってもらった。ほら、やっぱり女性の目が必要なときがあるだろう？たとえばお風呂とか」アーリは頬を赤らめた。

照れているアーリを見て噴き出しそうになったがこらえた。ジェンコはリーマのまわりをぐるぐるまわっているが、リーマの戦術にはわたしも感心した。

「君も加わって少し練習したらどうだ？」アーリが言う。

「今はやめておく。リーマを遠乗りに連れていくと約束したの。それに、訓練を始める前に少し休んでおかないと」

アーリが心配そうな顔でこちらを見た。「訓練？」

彼の表情をうかがう。「ジェンコに聞いてない？」

「あいつに聞かされたのは、かわいい殺し屋さんとくそったれオーエンについての愚痴だけだ。情報交換する時間がまだなくてね。どうした？　何かあったのか？」

アーリには相棒から話してもらえばいいとも思ったが、やはりちゃんと自分の口で説明する義務がある。だから、魔力の源と繋がれなくなった朝のことを話した。

アーリの眉間に深い皺が寄った。「だが、ヴァレクみたいな魔力耐性はない？」

「ないわ。みんなと同じように魔力の影響を受ける」

「残念だよ、イレーナ。それで、いつか魔力は戻るのか？」

「消えた理由さえわかれば取り戻せると思う。そう願ってるわ」

「僕にできることなら何でもするよ。頼りにしてくれ」

「ありがとう」

アーリは遠くを見ながら何にともなく顔をしかめた。「そうか、だからヴァレクは、リーフなら魔術で記憶が改変されているかどうかわかるかと君に訊いていたのか。《霊魂の探しびと》なんだから君に頼めばいいのにと、不思議に思ったんだ。だが、その手の質問をヴァレクにしたければふたりきりのときにしたほうがいいからね」

どういうことだろう。「もっと壮大な計画が頭にあるかもしれないから？」

「ああ。ヴァレクはいつだって壮大な計画を温めている。少なくとも僕は、ヴァレクがオーエン対策としてどんな計画を考えているのか早く知りたくてならない」アーリは手のひらに拳を打ちつけた。

リーマが訓練を終わらせて身体を拭くと、キキに乗って城下町《キヤッスルタウン》のほうに向かった。町に立ち寄ってリーフに急ぎ伝言を送る。日没まであと一時間しかなく、周囲の農場に馬を走らせるうちに空気が冷たくなってきた。

前に座っているリーマは、ジェンコとの練習試合を終えた興奮がまだ冷めやらない様子だった。ジェンコにこてんぱんにされてもなぜか怒る気になれないのだが、それはリーマも同じらしい。

ところが、そろそろ家に帰れるよと告げたとたん、リーマの上機嫌はたちまちしぼんだ。

「パパとママが恋しくないの？」むっつりしているリーマに尋ねる。

「恋しいよ。でも……」

ここで大勢友達ができたのだ。「今度はアーリとラコールが恋しくなる？」

「まあね」

「訓練も？」

「うん。それに……大人として扱われることも」

「でも、あなたはまだ――」

「もういい。どうせおばさんにはわかんないよ。わかってくれるのはティーガンやフィスクだけ。それに、仕方ないよ。家に帰りたくないなんて言えないもん」

だ。


「おうちのほうが安全よ」

「でもつまんない」

そうか、それが本音なのだ。わかってくれるのは兄とフィスクだけというのはどういう意味だろうと思った。リーマは生まれてからずっと路地裏で暮らしてきた。最初は母親とティーガンとともに、母親が死ぬとティーガンとふたりだけで。フィスクも物乞いをしながら通りで育った。生きることで精いっぱいだったから、彼らに子ども時代はなかったのだ。

「大人として扱ってほしければ、大人らしくふるまわなきゃ。パパとママと取引するの」

リーマが首を大きく横に振ったので、ポニーテールが揺れた。

「いいから聞いて。訓練を続けさせてもらう代わりに、文句を言わずに学校に行き、いい成績をとるの」

リーマが振り返り、わたしを見た。「それ、うまくいきそう！」

「そんなにはしゃがないで。リーマ、ひとつ約束して」

興奮が少し消える。「どうかな」

「お友達を作って、ときには遊んで。子どもっぽくてばかみたいな遊びを」

「リーフおじさんとパイを盗むのは勘定に入る？」

「いいえ、同じ年頃の友達を作らなきゃ。ティーガンやフィスク以外に。約束できる？」

リーマは唇を噛んでうなずいた。「わかった。約束する」

「よし」

わたしたちは暗くなってから城に帰った。城内に入る前にキキの世話をして、リーマもそれを手伝ってくれた。アーリとジェンコの居住区画にリーマを連れていくと、ふたりが猫について言い合いをしていた。リーマは即座にジェンコの味方についた。どうしてと視線で尋ねると、唇の動きで〝子どもっぽくてばかみたいな遊び〟と答えた。わたしは思わず笑い、白熱する議論をあとにした。

ヴァレクの居住区画に戻る途中、急に疲れが押し寄せてきた。壁に寄りかかり、今日一日を振り返る。消耗するようなことは何もしていないのに。でも考えてみれば、朝起きてから何も食べていない。めったにお腹は空《す》かないし、食べ物のことを考えると今度は吐き気がした。

あえて考えることも、無視することも避けてきたけれど、やはり医者に診てもらわなければと覚悟を決めた。

城の一階にある診療所は城内の居住者を分け隔てなく診察をする。兵舎にもうひとつ救護室があり、兵士は普通そちらに行くが、重傷の場合はこちらに担ぎ込まれる。長方形の室内には長辺に沿ってベッドが二列並び、壁の留め金からは角灯が下がっている。中央通路を歩きながら、寝ている患者と目が合うたびに会釈した。わたしの知らない医師が男性患者の熱を測っている。

親しみをこめてママとも呼ばれている診療所の担当医師チャナ先生は、近づいてくるわたしに気づくと、部屋の奥の隅にある机から弾《はじ》かれたように立ち上がった。診察台は反対側の隅にある。天井のレールから白いカーテンが下がっているので、それを引けばふたりきりになれる。

先生は驚きながらも心配するように、ほっそりした顔に皺を寄せた。「ゆうべ来たと風の噂で聞いたけど、こんなに早く会えるとは思ってなかったわ」

わたしは笑った。どうせすぐに姿を見せると思っていたわけだ。イクシアにいるときは、アーリ、ジェンコ、マーレンと訓練して怪我をしても魔術で治すのは避け、診療所に来ていた。魔術で傷が消えるのを見るとイクシア人は気味悪がるし、ジェンコは鳥肌を立てる。

先生は短い髪を耳にかけた。「どうしたの？」

近くのベッドに目をやり、声を低くした。「人に聞かれない場所で話せますか？」

「いいわよ。わたしの部屋に来て」

「でも……」と言って、先生の机を身ぶりで示す。

「あの机は、診察の当番の間に書類仕事ができるように置いてあるだけ」

先生は机の上の角灯を持って診療所を出た。廊下を半分ほど進んだところで足を止め、左側のドアを開ける。狭い室内には医療器具、本、椅子二脚が所狭しと詰め込まれていた。机は物の置き所もない。先生は木箱の上に角灯を置いた。

椅子のひとつに積まれた書類をどかしながら先生は腰を下ろした。「ここにはそんなに来ないのよ。ほとんど物置になってる。それで、どうしたの？」

わたしは椅子に浅く腰かけた。「患者の情報は秘密にしてもらえるんですよね？」

「もちろん。犯罪が絡むときは別だけど、それはもう知っているわよね」先生はわたしの顔をじっと観察した。「あなたの妊娠のこと、わたしが人にしゃべると思う？」

頬をはたかれでもしたかのようにぎょっとした。「どうして……自分でもまだわからなかったのに！」

先生はわたしの手を取った。「城内で生まれたすべての赤ん坊を取り上げてきたのよ、イレーナ。兆候があればすぐに気づく」

「でも今までずっと移動続きで、しかもふたりの暗殺者に狙われていて寝不足なんです。ストレスのせいかもしれません」

「そうかもね」先生は専門家らしく可能性を否定はしなかったが、本心ではないだろう。「もしよければ血液検査をしてあげる。結果が出ればはっきりするわ。もちろん、時間が経てばいやでもはっきりすると思うけど」

わたしは躊躇した。

「ちゃんと確かめたほうがいい。そうすれば、健康な赤ん坊を産むために身体に必要な配慮ができる」

つまり先生は、わたしの無責任さを非難しているのだ。仕方なく、先生がわたしの指に針を刺し、ガラスの小瓶に血を数滴集めるのを黙って眺めた。先生は黄色い粉をそこに加えて混ぜた。

「十分待って、青く変わるかどうか確認しましょう。青なら妊娠してるってこと」先生は小瓶を引き出しにしまった。「光線が結果に影響を与えるの」そして椅子の背に身体を預けた。「それにしても暗殺者がふたり？　いくらあなたが相手でもやりすぎじゃない？」

「その暗殺者たちのことも、今妊娠するわけにいかない理由のひとつです。危険すぎる」

「ヴァレクが恋人なら、危険じゃないときなんて永遠に来ないわ」

「ええ、そのとおり」

「子どもが欲しくないの？」

あなたには関係ないととっさに言い返しそうになってこらえた。ここに来た理由を考えれば、きちんと答えるべきだ。「欲しいけど、今じゃない。避妊の方法をここでこんこんと説明される前に言っておきますが、スターライト入りの矢を射られたんです。そのときはスターライトだったなんて知らなかったけど」

「あらまあ」先生は足をトンと踏み鳴らした。「今までにいろいろと言い訳は聞いてきたけど、それは初めてだわ」

ありがたいお言葉。

「本当に欲しくなければ、方法はある――」

「いやです」考える前に言葉が飛び出していた。「それはできない。その選択をする人もいるかもしれませんが、わたしは……」考えただけで心が縮んだ。この会話自体、気持ちのいいものではなかったので、話題を変えた。「わたしがイクシアにいるといつ聞きました？」

「今朝助手から教えてもらったわ。彼は、厨房係から。あなたのためにパンケーキを作ってほしいとヴァレクに頼まれたって」

噂話はヴァレクの諜報網《ちょうほうもう》より速い。最高司令官の脱走訓練に参加したとき、わたしが捕まるまでにどれくらいかかるか、みんなが賭けをしていたことを思い出した。当時の料理人だったランドが、使用人の娯楽は賭け事と噂話くらいだと言っていた。

今度ばかりは噂話が役立つ情報をもたらしてくれるかも。「その厨房係は、最高司令官の新しい客人について話していませんでした？」

「ああ、その話でもちきりよ」

「それで？」

先生は抜け目なくわたしをじろりと見た。「そしてわたしは噂話を広めたりはしない。

わたしがぺらぺらおしゃべりしていたら、患者は誰も信用してくれなくなるわ」

「そうですね」

それでも厨房係や使用人たちの口は塞げない。すぐに厨房を訪ねたほうがよさそうだ。そもそも、一日何も食べていないのだから。でも、先生が引き出しを開ける音でたちまち食欲が失《う》せた。

期待と恐怖と興奮が一緒くたになり、指先がむずむずした。先生は小瓶をつまんで角灯の明かりにかざした。

わたしは中の液体を見つめた。

色は青。

11

ヴァレク

イレーナが執務室を去ったあと、ヴァレクは報告書の山に集中しようとしたが、つい恋人のことばかり考えてしまった。いや、恋人ではなくもう妻だ。胸の絆創膏に触れながら、つい数時間前に自分を引き裂いたあの強烈な感情を思い出す。心の混乱と最高司令官の裏切りの渦に揉みくちゃにされながら、ひとつだけ確かなものがあった。

イレーナだ。

ほかはどうでもいい。大事なのはイレーナだ。そう考えると心が解放され、同時に恐ろしくなった。もし断られていたら……。いや、そんなことは考えるまい。受け入れられた歓喜が今もまだ全身の血流を震わせている。そしてイレーナを守りたいという強烈な思い。だがそれは今の状況では相当困難だ。

あの招かれざる客三人をここから永遠に追い出さなければならない。だがどうやって？　オーエンもしばらくはおとなしくしているだろうというイレーナの意見に同感だった。だから、武装した衛兵を彼女に張りつけることにこだわらなかったのだ。もちろんそうしようとしてもイレーナは拒んだだろうし、第一オーエンが本気で襲ってきたら衛兵などひとたまりもない。自分だって守りきれるかどうかわからない。なにしろ零の盾で囲まれれば終わりなのだ。

報告書を放り出し、階下に下りた。最高司令官の毒見役だったときにイレーナが、アーリ、ジェンコ、マーレンと訓練するのに使っていた倉庫を確認する。分厚く埃が積もっているだけで、誰も入った形跡はない。あとで雑巾を借りて自分たちで掃除をしよう。できればイレーナの新たな訓練のことは秘密にしておきたい。

それから命令されたとおり、最高司令官の執務室に向かった。執務室は謁見室の奥にある。イクシアの政権を手中にしたとき、最高司令官は緻密に織られたタペストリーや宝石で飾られた贅沢《ぜいたく》な玉座、高価な室内装飾をすべて破棄し、代わりに士官や顧問官のための机や椅子、書類棚を入れた。

開いたドアの外で親衛隊ふたりと一緒にオノーラが立っていた。

オノーラが親指を立てて室内を指した。「毒見役が今食事を運んだところだ」

「何か問題でも？」

「不機嫌だということを除けば何も」

「けっこう。下がっていい。夜明けの打ち合わせで報告しろ」

「承知しました」オノーラは立ち去った。

毒見役も去ると、ヴァレクはドアをノックして入室の許可が出るのを待った。ふたりの関係が変化してから、いや、壊れてから始まった新しい習慣だ。無言を通す最高司令官を眺めながら、必死に感情を押し殺そうとした。入れと声がかかったのは二十分後だった。机に近づいて直立不動で立つ間、よく片づいた机上を眺める。魔術探知器である本物そっくりのガラスの猫が角灯の黄褐色の光を受けて輝いていたが、中身は光っていない。ほっとしながらも、最高司令官のためにヴァレクが彫った黒い雪豹《ゆきひょう》はもうそこにないと気づいた。表情は変えなかったが、本当は顔を平手打ちされたようなショックを受けていた。

「報告しろ」最高司令官が命じた。

ヴァレクは新たな情報をいくつか伝えた。第一軍管区で嵐に乗じて盗みを働く泥棒について、第五軍管区への増員要求。ほかはすべて、普段なら最高司令官を煩わすまでもない瑣末《さまつ》事だ。

静寂がしばらく続いた。ようやく最高司令官が尋ねた。「その〝嵐の盗賊団〟は捕らえられたのか?」

「いいえ、今のところ逃亡を続けています」

「魔術が使われていると思うか?」

「可能性はあります」

「ではおまえがじきじきに捜査しろ」

「そうなると、海岸地方に向かわなければなりません」

「そうしろ。第一軍管区への移動を許可する。だが、オノーラを護衛役に任じるのは許可できない。それではオノーラの時間を無駄にする。オノーラは、おまえの任務をすべておまえと兼任するが、海岸地方へ行くのはおまえひとりだ。つまり、おまえの不在中はオノーラに防衛長官を務めてもらうことになる。いいな?」

「承知しました」ヴァレクは両手を拳に握った。オノーラには荷が重すぎるが、反論はできない。あまりの仕打ちだった。

「それに、わたしの客人をこそこそ調べるような真似も許さない」書類が音をたてる。

「なぜティメル大尉が城の地下牢にいる?」

「性的暴行を行っていたことが発覚しました」ヴァレクはオノーラやウィロナのことを説明した。「大尉がここにいることをオノーラに伝えるつもりでいます」

「当然だ。公開処刑をオノーラに認めてやれ。全兵士に参加を命じよう。そういう不埒《ふらち》な行為をわたしはけっして許さないと周知させる必要がある」

「承知しました」しかしオノーラはその命令に従うのを渋るような気がした。

「ケブ大佐に、ティメルの処刑を火祭《ファイア・フェスティバル》の期間に行うと伝えろ」

つまり六カ月後だ。祭りは毎年、城下町で開催される。祭り期間中に処刑が行われれば、最高司令官の意図は兵士たちに徹底的に叩き込まれるだろう。「承知しました」

「それから、おまえの密偵に、オーエンとキュレアに関する〝噂〟にシティア議会がどう反応しているか、情報を集めるよう命じろ。イクシアへの攻撃が議題に挙がってはいないか知りたいのだ。議員の近くに潜り込んでいる密偵はまだいるか？」

「いいえ。アイリス・ジュエルローズ魔術師範に見抜かれ、イクシアに送還されました」

「零の盾が手に入るようになる前の話か？」

「はい、そうです」

「別の密偵を議会に潜入させ、零の盾で身を守らせろ。日報が欲しい」

「承知しました」イレーナの耳には入れたくなかった。彼女は連絡官として、イクシアとシティアが互いに敬意を持って穏やかに交流する関係を築くべく、力を尽くしてきたのだ。

「イレーナはいつシティアに戻る？」

どういう意味だ？「未定です」

「イレーナはシティア人で魔術師でもある。イクシアでは歓迎できない人間だ。あのシティア人の少女と一緒に送り返せ」

ヴァレクは驚いて目を上げた。オーエンとその仲間たちだって同じだと訴えたかったが、最高司令官の冷ややかなまなざしがそれをさせなかった。正気なのか？　それともオーエンに操られているのか？　魔術探知器は光っていない。それでもやはりオーエンの命令のような気がしてならなかった。

崖っぷちに追い詰められてかろうじて踏んばっている気分だった。「申しあげてもよろしいですか、閣下?」

「もちろん」

「イレーナは今、魔術が使えません。帰国すれば標的になるおそれがあります」

「なぜ今朝そう言わなかった?」

ついに崖っぷちから落ち、泥沼のど真ん中に着地した。最高司令官はイレーナのことをすでに知っており、ヴァレクを試したのに違いない。「あのときはオーエンについてあなたに警告するのが先だと思いました。そのあと話す機会を失いました」

「なるほど。魔力は戻るのか?」

「不明です」

「イレーナと結婚するつもりか?」

藪から棒ではないか?「はい」

最高司令官は机を指でトントン叩いている。「もしイレーナが結婚を承諾してここに残るなら、シティアとの関係をすべて絶ち、わたしの顧問官にならねばならない。それができない場合、あるいは魔力が戻った場合、ただちに国を退去すること。いいな?」

厳しすぎる。イレーナがシティアとの関係を絶つはずがない。「承知しました」

「よろしい。下がれ」

ヴァレクは踵《きびす》を返し、ドアに向かった。そこで最高司令官に呼び止められた。「ヴァレク、今後重要な報告をしそびれるようなことがあれば、おまえの名をケブ大佐の処刑リストに加える。わかったか？」

「承知しました」ヴァレクは立ち去った。

謁見室の中を歩く間、さまざまな考えが頭の中で渦巻いた。今のは、命令に背いたり、勝手な真似をしたとわかったら命はないという脅しだ。なぜそこまで厳格な態度を？　オーエンの影響下にあるに違いないが、魔術探知器は光らなかった。脅されたとはいえ、調べないわけにはいかない。見つからないように気をつければいいのだ。

とはいえ、体裁は保っておかなければ。その後の二時間はその体裁を繕うために費やし、ゲーリックとオノーラを呼んで、オーエンについての先ほどの命令を撤回すると告げた。

「おまえの訓練を始めるので、朝わたしの執務室に来るように」オノーラに言う。「ゲーリック、おまえは最高司令官の親衛隊として残れ」

それから若い女兵士の一団にボウの教練をしているマーレンを見つけた。新たな動き方に入ったところだったので、声をかけて説明した。

「調査は中止だ。いいな？」

「何があったんです？」

「最高司令官の命令だ」

マーレンは顎を指で叩いた。「かわいい殺し屋さんが告げ口したんですかね？」

かもしれない、とも思う。「シティア議会に潜入できる密偵を探してもらいたい」

「それは超難題です。議員はみんな新顔に警戒している。いつごろ配置したいとお考えで？」

「早ければ早いほどいい」

「ますます難題だ。内部の人間に賄賂をつかませる程度のことしかできないかも」

「情報が正確なら構わない。今夜わたしの執務室に来て、候補を何人か提案してくれ」

「承知しました」マーレンは生徒のところに戻っていった。

それからリーマの護衛を手配した。あの子がイクシアを出国するまで安心はできない。最強の双子を捜すと、食堂でリーマとカードゲームをしていた。リーマの前に積まれたコインとふたりの呻き声から考えて、おてんば娘がかなりリードしているらしい。

ジェンコがうんざりした様子でカードを放った。「ここまでだ！　俺は降参」

リーマがにやりとして、またコインをかき集めた。「ヴァレクおじさんもやる？」

「わざわざ破産するために？　遠慮しておこう」

「ちぇっ、つまんないの」

「家に帰れると、イレーナから聞いたか？」

とたんにリーマがしょげた。「うん」

「一番信頼できる部下をふたり護衛につける」

リーマの顔がぱっと明るくなった。「アーリとジェンコね！」

「残念だが違う。ふたりは必要なんだ」これからもずっと。

またリーマが肩を落とす。

「朝出発だ。移動には馬を使ってもらう。そのほうが早いからね」ヴァレクはリーマの機嫌を取ろうとした。

「馬に乗るのは楽しいぞ」とジェンコ。

「だろうね」リーマはコインをいじっている。

「ビーチバニーを貸してやろうか？　乗りこなせばすごく楽しい馬だし、ジャンプが好きなんだ」

「ほんと？」リーマの目が輝く。

「ああ」ジェンコは答えた。「丸太や小川なんかも跳び越すぞ」

ジャンプは控えさせることになるだろうが、ヴァレクはとりあえず口を挟まなかった。目的はとにかくリーマを無事に家に送り届けることなのだ。

ラコール中尉が現れて、風呂の時間だと告げた。

「やだ」リーマが腕組みをする。「今日はお風呂はいい」

「身体が汚いし、臭い。おまけにチュニックは馬の毛だらけだ」アーリが言った。「ちゃんと入らないと、ジェンコと僕からのお別れのプレゼントをやらないぞ」

「承知しました！」リーマは椅子から飛び下り、儲けをポケットに詰め込んだ。「行くよ、ラコール」中尉の手をつかむと、ぐいぐい引っぱって行ってしまった。

「まさか、ナイフを一本見繕ったなんて言うなよ」ヴァレクがつぶやく。

ジェンコは鼻を鳴らした。「一本？　俺たちを誰だと思ってるんです？　二、三本は調達しました」

ヴァレクは椅子に沈み込んだ。最高司令官の処刑命令を心配する必要はなさそうだ。その前にオパールに殺される。

アーリはヴァレクの表情をうかがった。「何かあったんですか？」

ほとんど人気のない食堂内を見回す。そして声を低めて話した。「今朝の命令はすべて撤回する。オーエンのことは見て見ぬふりをし、調査もいっさいしない」

ジェンコが笑った。「ああ、なるほど」

「大真面目な話だ。命令に従わない場合は反逆罪と見なし、死刑に処すと最高司令官ははっきり言った」

「オーエンが陰で糸を引いてるんだ」ジェンコは言った。「何もかも胡散臭《うさんくさ》い」

「危険だから、おまえたちふたりは命令に従え」ヴァレクは有無を言わせなかった。

「僕らとあなたの間柄じゃないですか」アーリは訴えた。「あなたひとりに全部背負わせるわけにはいきませんよ」

ふたりはヴァレクを知りすぎていた。「おまえたちに頼むわけには――」

「頼まれてなどいません。自主参加です」

「ああ、そうだとも」ジェンコも加わる。「表向きはちゃんといい子にしてますよ。誰にも疑われっこない」

「おまえがいい子にしてたためしがあるか？　急に行動を改めたら、むしろみんなが疑い始める」アーリが指摘する。

「はいはい。とにかく、俺の言いたいことはわかるだろ？」

「ほかに誰が計画に加わるんです？」アーリが尋ねた。「マーレン？　イレーナ？」

ヴァレクは胸に触れた。「イレーナは加わるが、マーレンは除外する。彼女が誰に忠誠を誓うつもりか確かめるまでは」

「ああ、例のキュレア工場とオーエンの一件があるからな。あいつは何か隠してる」ジェンコは右耳の傷痕を撫でた。「なんか怪しい」

「おまえたちには、最高司令官認定のいつもの仕事を割り当てる」ヴァレクは告げた。「職務外の活動は個人の時間に行うこと。いいな？」

「承知しました」ふたりは口を揃えた。

それからヴァレクはイレーナに関する最高司令官の指示について説明した。

「厳しすぎる」アーリはつぶやいた。「イレーナが顧問官として残るのもありえない」

「だが、シティアにも戻れないぞ」ジェンコが慌てて言う。「あの〝蜂〟とか何とか言う殺し屋にまだ狙われているんだから」

わざわざジェンコの間違いを訂正する気はなかった。「例の盗賊たちの捜査で海岸地方に行くときに一緒に連れていく。最高司令官に知らせる必要はない」

「ずいぶんと危険な橋だ」アーリがぼそりと言う。

そのとおりだが、ほかにどうしようもない。

一日中感情を激しく揺さぶられ、寝不足も重なって疲れきり、執務室には行かずに寝室に直行することにした。そのときふと、マーレンに執務室に来るように告げたことを思い出し、方向転換した。

執務室に続く廊下を曲がったところで歩調を緩めた。火が入っている角灯はふたつだけで、ほかは消えている。つけ忘れたのか、消されたのか？　執務室のドアの前は闇に沈んでいる。いやな予感がして小刀を抜き、もう一方の手でベルトからキュレア入りの投げ矢を出して構えた。魔術のべたつきは感じない。

ドアに近づく。だが何も起きない。前で立ち止まって待ち、暗闇に目を慣らす。影の中に人が隠れている気配はない。三つの錠前も異常なし。矢を口にくわえて鍵に手を伸ばす。

突然、闇の中から襲いかかってきた目に見えない力に叩きのめされた。ヴァレクはとっさに仰向けになったが、力に身体を締めつけられ、闇の奥へと引きずられていく。ふいに動きが止まったが、身体は床に釘づけだった。するとまた締めつけが始まった。小刀を取り落とし、呼吸も難しくなっていく。

近づいてきた黒い影がオーエンに姿を変えた。リカとティエンも背後に立っている。零の盾に囚われたのだ。怒りが沸き上がったが、どうすることもできない。かろうじて息を吸い込むものの、とても足りなかった。頭がぼんやりして、目の前がちかちかし始める。抱擁による死。呼吸さえできれば大笑いしていたところだ。

オーエンが横にかがみ込み、つかのま胸の圧迫が緩んだ。「やけに素直な返事だったが、おまえは最高司令官の命令に従う気がない。それはいただけない。だから事故に遭ってもらう。かわいそうなヴァレクは、来客棟近くの城壁をよじ登っていたときに落下する。次に目を覚ましたときには、宙を飛んでいるというわけだ。空中散歩をせいぜい楽しめ」

零の盾が胸を押しつぶし、肺から空気が搾り取られていく。イレーナの顔が一瞬頭に浮かぶ。最後の力を振り絞り、くわえていた矢をオーエンに向かって吹いた。魔術師は悪態をつきながら身体を後ろにそらした。ふいに力が弱まり、ヴァレクはあえぎながら動こうとしたが、やはり無理だった。

「はずれ」オーエンは言い、また圧迫してきた。

遠のく意識にしがみつくヴァレクの心に後悔がのしかかる。ごめんよ、愛しい人。

そのとき石の床にブーツの足音が響き、マーレンが近づいてきた。三人の魔術師が凍りつき、ふたたび圧力が弱まって、ヴァレクはかろうじて息をついたが、マーレンに警戒を呼びかける力はなかった。

使用人の落ち度だねとぶつぶつ言いながら、マーレンは明かりの灯《とも》った角灯を使って、ヴァレクの執務室に近いところにあるひとつに火を移した。

「リカ」オーエンが囁く。

リカは目をつぶった。「完了」

幻影魔術で自分たちの姿を隠したのだろう。零の盾が魔術を阻んでいるため、べたべたする感触はない。

マーレンはドアを何度かノックした。返事がないのでため息をつき、壁に寄りかかる。

三人の魔術師は顔を見合わせ、やがてオーエンがマーレンを凝視した。

マーレンはあくびをしたかと思うと、まぶたが閉じ始めた。うーんと呻いて首を振り、伸びをする。しかしまもなくずるずると座り込んでしまった。抱えた膝に額をもたせて眠るマーレンを眺めながら、彼女を殺すつもりはないのだと知り、ヴァレクはほっとした。

「おい、何の用だ」ジェンコが廊下の反対側で声をあげ、近づいてきた。「なんで俺を呼んだのかわからんが。ヴァレクはおまえの判断を信頼し……おい、寝てるのか？」

「うん？」マーレンはなんとか首を持ち上げたが、ひどく重そうだ。

「どうした？……おや」ジェンコは右耳を押さえた。

こっちを見るな、こっちを見るなとヴァレクは心の中で唱えた。幻影に気づけば、ジェンコとマーレンの命も危ない。しかしジェンコは振り返って闇に目を凝らし、剣の柄を手探りした。もう一方の手は右耳の傷をさすっている。

やめろ、こっちを見るな。

ジェンコはマーレンに目を向けた。「使用人たちは今夜は早めに仕事を切り上げたようだな」そう言ってマーレンを立たせた。「来いよ。ヴァレクもう寝てるんだ」

「そんなことない」マーレンが抵抗する。「執務室に来いと言われたんだ」

「わかったよ。だがヴァレクは昨夜寝てないんだ。朝になってから話せばいい。第一、暗い廊下は気味が悪い」

ジェンコはマーレンを連れて立ち去った。よかった。

「また誰か来る前に行こう」オーエンが言った。「ティエン、こいつを担げ。魔術は使うな。リカが幻影でわれわれを隠す」

「意識がまだありますよ」ティエンが指摘した。

「だがどうせ動けない。急げ」

大男に背負われて城内を移動しながら、ヴァレクは目の前に迫った自分の未来を想像した。意識のあるまま窓から投げ落とされるのと、落下中に目覚めるのとではどちらが辛いか？　やはり前者だ。いともたやすく捕まってしまったことをくよくよ考える時間がある。さすがのオーエンもしばらくは手を出さないだろうと勝手に思い込んだ自分がばかだった。わたしが死んだらイレーナはどんなにショックを受けるか。永遠の愛を約束したのに、それが一日ともたなかったのだ。死ぬときは戦いの最中だとずっと信じてきた。こんなふうに零の盾に囚われて何も手出しができず、人形のようにひとでなしの肩に担がれて投げ捨てられるとは。オーエンを呪うことも、怒りをぶつけることもできない。いや、呪うなら、そもそもこの忌々しい零の盾の作り方を魔術師たちに教えたサンドシード族だ。

心の中でさまざまな感情が渦巻き、眩暈がした。それとも酸欠のせいだろうか？

来客棟に到着するまで必要以上に時間がかかった。オーエンたちは何度も道に迷い、口論して時間を無駄にしたからだ。戦うなら勝手知ったる自陣のほうが有利だとジェンコが話していたのを思い出したが、この状態ではそれも無意味だった。やっと来客棟に着くと、オーエンは急いで室内に入った。リカがドアを閉め、鍵をかける。

「窓よ開け」オーエンが命じる。すると掛け金がはずれ、窓が石壁にもろにぶつかって、冷気が一気に流れ込んできた。

ヴァレクは窓の桟にのせられた。地面までは四階分の距離がある。心臓が三拍子のリズムで収縮し、麻痺した身体に勢いよく恐怖を送り出す。

オーエンの両手が肩に置かれると、胸の締めつけがやわらいだ。突き落とされる覚悟を決めたそのとき、オーエンが尋ねてきた。「最後に言っておきたいことは？」

ああ、数えきれないほどある。すべてイレーナへの遺言だ。

「さらばだ、ヴァレク。ああ、残されたわずかな時間にもう少し考える材料をやろう。次はイレーナの番だ」

12

ジェンコ

「何をそんなに慌ててるんだよ」マーレンが尋ねた。

ジェンコは城内の廊下を走りながら彼女を急《せ》かした。「何かおかしい」

「何の話？」

「ヴァレクの執務室の外だよ。あの闇は……妙だった。強烈な魔力を感じた。それにヴァレクの小刀が床に落ちていた。見なかったのか？」

「うん。わたし――」

「おねんねするのに忙しかったか。それだって妙だ」

「ああ、確かに」マーレンはしばらく口をつぐんでいた。「ヴァレクの身に何かあったってこと？」

そうなのか？　手がかりをひとつひとつ考える。「そうだ」

「でもヴァレクには魔力耐性がある」

ヴァレクが零の盾に弱いということをマーレンに説明するのを忘れていた。今説明している暇はない。「まあな、だがキュレアの矢を射られた可能性もある」

「どこに向かってるの?」

「アーリのところだ。あいつは吹き矢の達人だ。キュレアは魔術師にも効く」

「でも、男の魔術師は物を動かせるんじゃなかった? 矢をそらすことができるよ」

ジェンコは急停止した。「ああ、くそ」

「それに、今頃もうあそこにはいないと思う」

こちらが準備を整えて戻るまで、連中が待つわけがない。どうしたらいい? ジェンコは目を閉じた。こんがらがった考えを頭から追い出し、論理的思考に集中する。オーエンがヴァレクを殺せば最高司令官は激怒するだろう。だが、行方不明なら……。でも、死体を隠すのは難しい。二、三日もすれば腐臭が漏れ出す。幻影魔術で隠して城外にこっそり運び出す? 危険すぎる。どこかに監禁するつもりかもしれない。だがどこに? 第一、ヴァレクならいくらでも脱走できそうだ。やっぱり違う。

だめだ、結論が出ない。別の角度から考えよう。近寄るなと最高司令官が言った場所は? 来客棟だ! ジェンコはぱちっと目を開いた。

マーレンは腕組みして待っていた。「天才君、何か名案が浮かんだ?」

皮肉は無視した。「来い」マーレンがついてきているかどうかも確認せずに走りだす。居住区画にジェンコが駆け込むと、アーリがびくっと飛び上がった。

「リーマ、そこで待ってろ。アーリ、来い」

「武器は？」アーリが尋ねる。

「全部持ってけ。行くぞ！」

マーレンは廊下で待っていた。ジェンコがその横をすっ飛んでいき、一番近い階段に突進した。マーレンとアーリの足音がそのあとを追う。

「どういうことか説明する気はあるか？」アーリが尋ねた。

「ヴァレクがまずいことになっていると思ってるみたい」マーレンが代わりに答えた。

「思ってる？」

ヴァレクの執務室の前で起きた妙な出来事についてマーレンが話した。アーリもすぐに同じ結論を出した。

「三人の魔術師相手じゃ、われわれ三人では対抗できない」アーリが言う。

ジェンコは階段を二段飛ばしで上がっていった。四階にたどりついたところで立ち止まり、片手を上げて、静かにと合図した。廊下を覗いてみたが、誰もいない。

マーレンとアーリに待てと合図してから廊下を忍び足で進み、来客棟に続く角で止まる。すばやく向こう側を見た限り、物陰に人が潜んでいる様子はなかった。だが肌がぞくぞくした。近くで魔力の気配がする。けっこう。少なくとも、幻影で感じる鋭い痛みはない。

ジェンコは友人たちのもとに戻り、行動計画について小声で説明すると、七つ道具の入った袋に手を突っ込んだ。

ジェンコから吹き矢筒と吹き矢を渡されると、アーリは眉を吊り上げた。

「いざというときのために」次にジェンコはマーレンに最も重要な道具を渡した。「できるだけ現場に近づいてからにしてくれ」

「もし現場なんてなかったら？」

「そのときは見つけるまでだ」アーリが言った。「ヴァレクの身の安全が確認できるまで突き進む」

ジェンコは相棒ににやりと笑った。マーレンはまだ半信半疑でも、アーリは完全にその気になっている。

三人は無言で廊下をそろそろと進んだ。来客棟の扉の前にたどりつくと、ジェンコは膝をついてドアノブをひねってみた。鍵がかかっている。錠破り用のピックを取り出し、鏡つきのものを扉の下から中に差し入れて、見張りがいないことを確認した。冷風が手に吹きつけ、奥からくぐもった声が聞こえる。

「窓が開いている」ジェンコは囁いた。「急ごう」

ダイヤモンド製ピックを差し入れてレンチで固定し、記録破りの速さでピンを揃えるとゆっくりシリンダーをまわした。急ぎたい衝動を必死にこらえ、静かにドアを開ける。こんなにのろのろ動かなければならないなんて、じれったくて死にそうだ。

オーエン、ティエン、リカがこちらに背を向けて窓の前に立ち、何か話している。妙な話だが、こっちにとっては幸いだ。だがヴァレクはどこだ？　ジェンコは室内を見渡した。

「……ヴァレク」オーエンが言った。

瞬時に視線をそちらに戻したとき、ティエンとリカの間から上官の姿が見えた。ヴァレクは窓の桟に腰かけていて、オーエンがその肩をつかんで話しかけている。ジェンコは扉を押し開け、アーリとマーレンについてこいと合図した。

「……次はイレーナの番だ」オーエンが言った。

「今だ！」ジェンコはマーレンに叫んだ。

三人の魔術師が振り向いたのと、マーレンがガラス玉をその足元に投げたのがほぼ同時だった。ガラス玉は砕け、催眠ガスが噴き出して、視界が真っ白になる。だが、窓から吹き込む風ですぐに雲散霧消しそうだった。そうなれば、そこに残るのは激怒した三人の魔術師だけだ。

オーエンたちはよろめいて床に倒れた。ジェンコが彼らを指さして怒鳴る。「アーリ、キュレアだ！」

しかしアーリは霧を貫いて窓に駆け寄った。窓辺に誰もいない！　恐怖で胃が縮こまる。ジェンコは息を呑んでアーリに続いた。

相棒が窓から身を乗り出した。何てこった。ジェンコは最悪の事態を予想してアーリに合流した。

アーリが宙にぶらさがったヴァレクの腕をつかんでいた。相棒の腕の筋肉が硬直している。ジェンコはヴァレクのもう一方の腕をつかみ、ふたりで力を合わせて上官を部屋に引き上げた。

「奴らが復活するよ！」マーレンが声を張り上げた。

「行くぞ」ヴァレクが命じた。

四人は扉に突進し、ヴァレクの居住区画に到着するまで止まらなかった。ヴァレクがドアの鍵を開けようとしたが、手が震えて思うに任せない。アーリがヴァレクの代わりを務めた。使用人が角灯をつけておいてくれたようだが、居間には誰もいない。

ヴァレクはイレーナを呼んだ。階段を駆け上がり、数分後に半狂乱の様子で戻ってきた。

「イレーナがいない。次はイレーナの番だとオーエンは言っていた。城内を捜索しないと！」

アーリがそれを止めた。「イレーナを捕らえる罠を仕掛ける時間は、オーエンにはありませんでしたよ」

「だが、今捜している最中かもしれない」強行突破しようとしたが、アーリに肩をつかまれた。

「さすがに、人前で捕まえるようなことはしませんよ。きっと何か計画を立てているはずです。一呼吸置いて考えましょう」アーリはヴァレクをソファに導いた。

ヴァレクはたちまちソファに崩れ落ちた。呆然《ぼうぜん》とした上官の表情を見て心配になり、ジェンコは部屋の隅の戸棚を漁《あさ》った。四個のグラスにウィスキーをたっぷり注ぐ間、誰もが無言だった。全員にひとつずつ渡し、カチンとグラスを合わせたあと一気に飲み干した。

炎が喉を焼き、胃を温めた。全員のグラスに二杯目を注ぐ。

ヴァレクは琥珀色《こはくいろ》の液体をまわしながらグラスを見つめた。「もう少しでわたしは……」大きく息を吸い込み、全員に向かってグラスを掲げた。「ありがとう」

「ありがとう、ジェンコ」マーレンが言った。「あそこだと見当をつけたのはあんただ」

「まあな。だが、おまえとアーリがいなかったら何もできなかった」

「僕たちはチームだ。力を合わせることが大事なんだ」アーリが言った。

みんなが酒を飲み、ジェンコも自分のグラスに口をつけた。

「さて、イレーナをどうやって見つけるか考えよう」アーリが言った。「リーマとの遠乗りから戻ってきてから、誰かイレーナを見かけたか？」

誰も見ていなかった。

「城内を何区画かに区切って、ひとりひとつずつ捜索しよう」ヴァレクが提案する。

「それではまずい」ジェンコは反対した。「ひとりでオーエンたちと鉢合わせしたら太刀打ちできない」と言って顎鬚を掻く。「全員で固まったほうがいい。イレーナがいそうな場所を選ぼう」窓に目を向けると、もう暗くなっている。「夕食の時間は終わってる。風呂は？」

「あるいは、リーマに別れの挨拶をしに行ったが、ほかに誰もいなかった、とか」とアーリ。

ヴァレクが立ち上がった。ウィスキーのおかげで気持ちが落ち着いたらしい。「行こう」

居住区画を出てまず風呂場に向かう途中、ジェンコはヴァレクに尋ねた。「襲撃されたことを最高司令官に報告するんですか？」

「いや。オーエンがきっと話をねじ曲げて、わたしが部屋に忍び込もうとしたと非難するだろう」

「しかし、俺たちははっきり見た――」

「正確には何を？」

ジェンコはさっきの場面を思い出した。「奴はあなたの肩に手をかけていた」

「助けようとしていたと主張するはずだ。わたしが拉致される場面は見ていないだろう？暗い廊下で妙な感じがしたことだけが根拠だ。だめだ、最高司令官に報告しても意味がない」

「いったいどうして捕まったりしたんです？」マーレンが尋ねた。

ヴァレクとアーリが目を見交わし、アーリがうなずいたので、ヴァレクは零の盾について説明した。

マーレンはすぐに、それがどんなに危険な弱点か察した。「つまり、奴はいつどこででもあなたを捕らえられるってことですか？」

「残念ながら。そして、いつでもわたしを窒息させられる」ヴァレクは足を速めた。

ウィスキーを持ってくればよかったとジェンコは思いながら、まず風呂場を、次に自分たちの居住区画を確認した。リーマは椅子の上で丸まって眠っていた。厩舎、犬舎、さらには友人の裁縫師ディラナのところにも立ち寄った。しかしイレーナはどこにも見つからず、ジェンコの不安はどんどん膨らんでいった。

もしやと思い、ヴァレクの執務室に行く。彼の小刀がまだ廊下に落ちていた。それを拾い上げたヴァレクの顔が憎々しげに歪んだ。もしそこにオーエンが立っていたら、その真っ黒な心臓にすぐにでも刃を突き立てただろう。

ほかにも捜すところはあったが、イレーナがそうした場所に行く理由がなかった。

「オーエンに捕まったんだ」ヴァレクが憎しみの滴る低い声でつぶやいた。「あいつ、殺してやる」

13 イレーナ

青かった。先生が手にしたガラス瓶の中の液体は、赤ん坊がお腹にいることを示す青色。どこに向かうでもなく、城内の廊下をふらふらと歩く。角灯に火が灯り、灰色の石壁に青い影を投げかけている。わたしは、赤ん坊の健やかな成長を促す食べ物や飲み物のリストを握りしめた。それも青いインクで書かれていた。

事実を知っても、それは単なる確認で、本当のところはたいしてショックを受けたわけではない。それでも、無意識に打ち消したがっているもうひとりの自分が、頭の中でその秘密を何度も大声で叫びまわっていた。

タイミングがよかろうと悪かろうと過去は変えられない。自分の計算と先生の経験から考えると、赤ん坊は涼しい季節の半ばに生まれてくる。できればそれまでには、オーエンのことは記憶の一ページに、懐かしい昔話になっていればいいのだが。

なんて一日だろう。この知らせをヴァレクが今聞いても、まだお祝いする気になるだろうか。最初に妊娠を疑ってから、あまりにもいろいろなことが起きすぎた。

赤ちゃん。

明るい青の瞳と黒髪の少年を想像する。腕白坊主はきっとあちこちで騒動を起こすだろう。すぐにジェンコがお気に入りのおじさんになり、着替えより早くナイフ投げを覚えるに違いない。あるいは、黒い巻き毛の少女かもしれない。やっぱりいつも騒ぎを巻き起こし、ヴァレクは愛娘《まなむすめ》に振りまわされ通しだろう。アーリは徹底的に甘やかしそうだ。そしてやはり、読み書きより先に錠前破りを覚えるはずだ。

いつしか厨房に来ていた。両開きの扉の向こうから笑い声や皿のぶつかり合う音が響いてくる。刺激的なロースト肉の匂いに誘われて、つい足が向いてしまった。お湯の入った盥《たらい》から湯気が上がり、職員たちは鍋を洗っている。医者に診てもらう間に夕食を食べそびれていた。

料理長のサミーが、扉のところで逡巡しているわたしに気づき、手招きした。仕事場はぴかぴかに磨き込まれていたが、真っ白な制服には肉汁や何かのはねが点々と散っている。

「挨拶しに寄ったのか、それとも食い物を漁りに来たのか?」サミーは尋ねた。

「両方よ。それから、おいしいパンケーキをありがとう。今までで最高の出来だった。何か新しい材料を加えたんじゃない?」わたしは腰掛けに座った。

「大当たり。何だと思う?」若いサミーの顔にいたずらっぽい笑みが浮かんだ。まだ二十歳で、最高司令官の料理長としてはこれまでで最年少だ。かつての料理長ランドのことを思い出し、胸がちくりと痛んだ。わたしを裏切り、そして救ってくれた大切な友人だった。

「レモン果汁？」

「なんだ、ちっとも面白くない」ふくれっ面をしてみせる。

「じゃあ、毒見役の訓練を受けてない相手を見つけて訊くことね。なぜレモン果汁を？」

「レモンはふくらし粉と反応してバターを泡立たせ、生地をふわっとさせて口当たりを軽くするんだ」

「で、もっとおいしくなる」わたしは微笑んだ。「ところで、夕食の残り物はある？」

サミーは、厨房の中央にでんと腰を据えている巨大な炉の上の石造りの竈を開けた。鍋つかみを手にして平鍋を引っぱり出すと、思わず涎が湧く蒸し煮にした牛肉の匂いが漂い出した。大ぶりの匙《さじ》で二杯分皿によそい、ひとつをフォークと一緒にわたしの前に滑らせる。「付き合ってくれる相手がいると、食事も楽しい」

「ありがとう。いつもこんなに遅い夕食なの？」

「まあね。そうすれば、誰も食いっぱぐれてないか確認したあとで、人に邪魔されずにゆっくり食事できる」

肉はほろほろと崩れ、口の中で溶けた。わたしが淑女には似つかわしくない呻き声を漏らすと、サミーが笑った。

「最高ね。何かのお祝い？」

サミーは真顔になった。「最高司令官の客人の要望だよ」

オーエンは普通の食事では飽き足らないのだろう。これをきっかけに、噂話について探りを入れてみる。「最高司令官はいつもそうして客人の要望どおりの料理を作らせるの？」

「いいや。いつもは特別な場合でもない限り、僕に献立を考えさせてくれる。それを見て最高司令官が選ぶんだ。でも、あの三人組にはずっと辟易《へきえき》させられてる。文句ばかり並べてさ。肉が熱い、冷たい、パンが多すぎる、チーズが少ない。しかも使用人泣かせなんだ」

「どうして？」

「来客棟を全部占領して、一部の部屋には使用人を入らせようとしない。そのくせベッドを整えるのが遅いとか、おまるをいつまでも片づけないとか、ぶつくさ言う」

「誰か最高司令官に苦情を訴えたのかな？」

「たとえどんな要求でも、連中の言うとおりにしろと最高司令官に命じられてるんだ。こんなことは今までなかったよ。たとえ将軍が滞在したときでも」

オーエンが最高司令官を操っているのだとすれば、驚くことではない。でも、最高司令官の制服には零の盾が織り込まれているはずでは？　リーフが処置したのはいつのことなのだろう？　イクシアで最初に捕らえられた四年半前に、オーエンはもう最高司令官に魔術をかけていたのか？　リーフに訊かなければならないが、回答がすぐに返ってくるかどうか。以前なら高感度通信器を使えばすぐに連絡できたけれど、今では伝言のやりとりに少なくとも一週間はかかる。もし魔力が戻ったら、能力を持っていることにもっと感謝しよう。

「客人たちについて、ほかにも何か変わったことは？」

サミーは食べながら考え込んだ。「使用人の桶を山ほど持ち込んで、それに土を詰めたらしい。おまけに薪をがんがん燃やしている。だが、自分たちの部屋でじゃない。暖炉にそれほど灰が残ってないそうだ」

「土を詰めた桶？」

サミーは肩をすくめた。「使用人を入れようとしない部屋じゃないかな」

サミーから聞いた噂話で、オーエンが屋内で何やら栽培をしていることは裏づけられた。シティアの気温に近づけるために薪を燃やしているのだとしたらうなずける。実際の温室を作るには何週間もかかるだろう。

使用人の誰と誰がくっついただの別れただのという話を聞きながら、ヴァレクなら来客棟に忍び込んでその苗木を盗んでこられないだろうかと考える。やがてサミーの噂話も終わり、あくびが始まった。サミーの一日は夜明け前から始まるのだ。わたしはおやすみを告げ、ヴァレクの居住区画に向かった。

廊下を行き交う人はまばらだった。思ったより遅くなってしまったらしい。使用人棟を抜ける近道にたどりつくころには、廊下には人気がなくなった。

「イレーナ！」背後からヴァレクに呼ばれた。ほっとしたような口調だ。振り返ると、彼が走ってきた。「今までどこにいたんだ？」

「厨房でサミーとおしゃべりしてたの。どうして？　何かあった？」

「方々捜したんだぞ」

質問の答えになっていない。「最高司令官の護衛をすることになってたんじゃないの？」

「余計な護衛はいらないと言われた」

「じゃあいったい――」

「来てくれ」ヴァレクはわたしの手首をつかみ、反対側に引っぱっていく。「ジェンコとアーリが来客棟で面白いものを見つけて、君に見せたがっている」

「桶に植えられた木？」

ヴァレクの手に力がこもった。「なぜ知ってる？」

感心したというより責めるような口調だ。おかしい。「噂話で。だから厨房に行ったの」

「なるほど。さあ、これで近くで観察できるぞ」

わたしを引きずるようにして、ヴァレクは長い廊下を急いだ。つまずいて、引っぱり上げられたときに爪が皮膚に食い込んだ。「痛い、ヴァレク。もっとゆっくり」

「時間がない」

　傷になっていないかと腕に目をやったとき、またつまずきそうになった。手首をつかんでいる細長い指はヴァレクではなく、女性のものだ。それでも全身を見るとやはりヴァレクに見え、それはつまり……。

　幻影魔術だ！　そしてイクシア国内にいる人物でその能力があるのはリカだけだ。

　一瞬パニックになったが、すぐに冷静になった。幻影が人を傷つけることはない。リカに隠れた才能でもない限り、このままおめおめと仲間たちのところに連れていかれるつもりはなかった。目的地に到着してしまったが最後、人数ではとても勝てるわけがない。わたしは踏んばって立ち止まった。

「来るんだ」リカが言った。

　護身術の訓練を思い出し、手を振り払う。それから横様に相手のあばらを蹴った。リカは吹っ飛び、わたしは一目散に駆けだした。叫び声が聞こえたが、無視した。ところが廊下のつきあたりにオーエンとティエンが姿を見せ、通せんぼをしている。恐怖に駆られ、心臓が喉から飛び出しそうになる。

　背後を振り返ると、リカが脇腹を押さえながらこちらを見据えていた。必ず最後まで抵抗してやる。走るスピードを上げ、ふたりの男の間をめざした。勢いでそのまま突破できれば、と期待して。

ところがなんと、ふたりとも幻影だった。横をすり抜けたわたしは奥の壁に激突した。肩に激痛が走ったもののスピードを緩めず、後ろも振り返らず、ヴァレクと最高司令官の居住区画の入口までひた走る。ヴァレクの部屋はわたしにとってはどこより安全だった。

わたしに気づくと、衛兵たちは武器に手を伸ばした。わたしは立ち止まり、肩で息をした。こんなに走ったのは久しぶりだ。訓練計画にはランニングも加えなければ。

誰も追ってこないとわかると、幻影について説明した。「たとえ見かけや声がヴァレクや最高司令官に似ていても、鍵についているダイヤモンドの紋章を確認するまでここを通さないで。わかった？」

「承知しました」

「それはわたしも同じ」そう言って、ポケットから鍵を出し、平らな丸い持ち手の部分に埋め込まれたダイヤモンドの列を見せる。最高司令官の異常なほどの用心深さがときには役に立つ。リカもこんなことまでは知らないはずだ。

「承知しました」

「最高司令官はもう部屋に下がっているの？」

「はい」

「ヴァレクは一緒？」

「いいえ」

「今夜ヴァレクを見た？」

「はい。こちらで副官たちと少しの間、ご一緒でした。しかしそのあと戻っていらっしゃいません」

「ありがとう」ヴァレクを捜そうかとも思ったが、単独行動は危険だと思い直した。そのうち戻ってくるだろう。

　中に入ると、空のグラスとウィスキーの瓶に目が留まった。自分用にも注ごうかと思ったものの、アルコールは避けなさいと先生に注意されたことを思い出した。残念。

　代わりに消えかけていた暖炉の火を熾し、ティーポットに水を入れた。ただ待つのは焦れるばかりだったので、ヴァレクの本の山を漁り、ヘッダ・バブサル著『嘘をつく技術』という、うまい嘘のつき方や見破り方を指南する本を見つけた。これは役に立ちそうだ。湯気の立つ温かいお茶を一方の手に、もう一方に本を持ってソファでくつろぎ、外套を毛布代わりにした。リーマが着るには丈も長いし重すぎたので、すぐに返してくれた。わたしが買ってあげた新しい外套はぴったりで、本人も気に入ったようだ。

　内容は面白いのに、すぐにまぶたが重くなって単語がかすみ出し、まもなく首がこくりこくりと船を漕《こ》ぎ始めた。あきらめて本を置き、ソファに横になる。先生からも充分休息をとるようにと助言された。本を読むのはあとにしよう。

　物音ではっと目覚め、背筋を戦慄が走った。ヴァレクはこんなふうに音をたてたりしない。外套をかぶったまま脚に留めてある飛び出しナイフに手を伸ばし、薄目を開けた。暖炉の炎は消え、熾き火が残っているだけだ。二時間は眠っていたらしい。もう音はせず、室内はしんと静まり返っていた。攻撃を待って身構えたが、何も起こらない。

それ以上じっとしていられず、飛び起きてナイフを振りかざす。室内は空っぽに思えた。

そのときヴァレクがわたしの名を小声で呼んだ。戸口に立ち、暗褐色の木材の色に溶け込んでいる。こちらに駆け寄ってきたが、わたしはとっさに飛びのいて防御の姿勢を取った。ヴァレクのほっとした表情が曇り、一メートルほど手前で立ち止まる。

「どうした?」

「リーフの結婚式で、ナプキンをどんな形に折った?」わたしは尋ねた。

「いったい何を――」

「いいから答えて」

合点がいったのか、ヴァレクの表情が緩んだ。「白鳥だ。だが、なんなら花も折れるから、われわれの結婚式ではどちらを選ぶ?」

ほっとして緊張を解いた。飛び出しナイフを閉じ、ヴァレクの腕に飛び込む。彼はわたしをぎゅっと抱いて、しばらく何も言わなかった。

「幻影魔術で惑わされそうになったんだな?」やがて、身体を離しながら尋ねた。

「そうなの」それからリカとの出来事を説明した。

「逃げられてよかった。オーエンがわれわれを攻撃してくるのはもう少し先だと思っていたが、甘かったようだ」

今の言葉に引っかかり、尋ねる。「われわれ？」

「ああ。こちらも一問着《ひともんちゃく》あった」奇襲され、命を落としかけたことをヴァレクも話した。

「一悶着どころじゃない！　殺されるところだったのよ？」

ヴァレクは否定もしなければ、いつものように平気なふりもせず、わたしはますます不安になった。「だから戸口でしばらく立っていたのね？　寝ているわたしがまた罠かもしれないと思って」

「違う」ヴァレクはそこで口をつぐんだ。「一呼吸置く必要があったんだ。君が中にいると衛兵に聞かされたが、この目で見るまでは信じられなかった。そうしたら……」彼はわたしを抱き寄せた。「よかった。ほとんど城中を捜したんだ。オーエンに捕まったのかと思った」

「あいつを追わなかったなんて、むしろ驚いた」そしてほっとした。

「追いかけたかったが、アーリに止められた」

「押さえつけられた？」からかうと、ヴァレクの顔に笑みが浮かんだ。

「いや。説得されたよ」

「よかった」

「君が無事だとみんなに伝えなければ。衛兵たちと待ってるんだ」

「衛兵たちと？」

「ああ。頼むから待っていてくれと無理を言った。アーリもジェンコもわたしをひとりにしようとしないんだ」

「そのほうがいい。力を合わせたほうが強い、そうでしょう？」

ヴァレクは一瞬ためらったが、結局うなずいた。「おまえが正しかったとアーリに告げる必要があるな」

「最悪の事態になっていたかもしれないのよ。正しかったのはジェンコかも」

「ああ。それこそ最悪の事態だ」

アーリとジェンコはわたしが無事だと知って喜び、わたしはヴァレクを救ってくれたお礼にふたりをぎゅっと抱きしめた。

マーレンはハグを拒んだ。「そういうめめしいのは恋人のために取っておけ」

嬉しそうなにやにや笑いを必死に抑えようとするアーリを見て、ジェンコは虫唾《むしず》が走っているようだ。「無駄だ、おまえにハグなんかしても無駄なんだ！」

相棒を無視して、アーリが言った。「明け方にまた戻って、最高司令官と打ち合わせするときにあなたに付き添います。そのあと、ふたりが出発するまでそばを離れませんから」

「ふたりが出発する？」わたしは鋭くヴァレクに尋ねた。

「聞かされてなかったのか？」ジェンコが訊いてきた。

「その時間がなかった」ヴァレクは彼を睨んだ。

「今のは失礼する時間だという合図だな」ジェンコは言い、アーリとマーレンを引っぱって出ていった。

わたしはヴァレクを見つめて待った。

「明日一緒に城を発つ」

「どうして？　ほかに何があったの？」今ではおなじみとなった恐怖が胸を締めつける。

「最高司令官が君に選択肢を提示してきた」ヴァレクが顛末《てんまつ》を説明した。

「そんなの選択肢じゃないわ」最高司令官の顧問官になるために、シティアや家族との縁を切るわけにはいかない。

「それに、君を殺すというオーエンの言葉を考えれば、わたしといたほうが安全だ。だから、〝嵐の盗賊団〟の捜査に一緒についてきてもらう」

しゃべろうとして息を吸い込んだものの、ヴァレクにキスで唇を塞がれた。

「今は眠りたい。長い一日だったから」ヴァレクが言った。

「そんなにひどい日だった？」

ヴァレクがわたしの胸の傷の上に手を重ねた。「あのときの喜びを除けば、本当にひどかった」

わたしは彼の手に手を重ね、腹部へとそのままいざなった。「これはどう?」

ヴァレクがまじまじとこちらを見る。「確かなのか?」

「ママ先生がそう診断した」

ヴァレクはにっこり笑った。「気が変わった。今日は人生最高の日だ! 予定日は?」

「涼しい季節の真ん中ごろ」

ヴァレクはわたしを抱き上げ、笑いながら一回転した。「家族ができるんだ!」

ふたりでベッドに横たわり、その日手に入った情報を交換し、最高司令官の命令について話し合った。すべてを考え合わせてみると、いくつか矛盾点があることに気づいた。

「もしオーエンが最高司令官を操っているのだとしたら、なぜあなたを海岸地方に行かせ、わたしをシティアに送り返そうとするの? オーエンはわたしたちふたりを亡き者にしたがっている。城に置いておいたほうが始末しやすいわ」

「だが、オーエンの企みは失敗した。計画を遂行するのに、われわれに邪魔されたくないのかもしれないな」ヴァレクはあくびを押し殺した。

「でも、最高司令官から命令されたのは、オーエンに襲撃される前でしょう?」

ヴァレクは片肘をついて身体を起こした。「確かに。最高司令官はオーエンに操られてはいないと思ってるのか？」

「そういうわけじゃないけれど。最高司令官の行動には一貫性がない。でも……」そこにどんな意味が隠されているのか必死に考える。最高司令官はヴァレクにわざと辛く当たり、遠ざけようとしているようにも見える。「〝嵐の盗賊団〟について彼に報告したのはあなた？」

「ああ」

それでヴァレクをよそに行かせる口実ができたのだ！「最高司令官はわたしたちを守ろうとしてるのかも」

「ごめん、疲れすぎていて、君の考えについていけない。何から守るんだ、いったい？」

「オーエンから。それに、最高司令官自身から」

「だがオーエンに気づかれて、食い止められるのでは？」

ヴァレクの言うことにも一理ある。わたしは推理をさらに進めた。魔力をなくした今、できることはそれくらいだ。「オーエンはまだ完全には最高司令官を操れていないのかも。自分が魔力にすっかり屈してしまう前に、わたしたちを助けようとしたとか」

ヴァレクはまた横になった。「〝かも〟が多すぎる。できれば君が言うとおりだと思いたいが。そのほうがはるかに気が楽だ」

同感だ。ふたりとも疲れきっていて、たちまち眠りに落ちたが、あっという間に夜が明けた。ヴァレクは最高司令官との会合に向かい、わたしはわずかな荷物をまとめにかかったが、すぐに終わってしまった。あれこれ思い悩んでいても仕方がないので、ソファに座り、『嘘をつく技術』の続きを読み始めた。そこには、相手が嘘つきだということを暴露するわずかなしぐさや顔のひくつきといった、ボディランゲージの読み取り方も書かれていた。

突然鎧戸《よろいど》が大きくきしんだ。とっさに立ち上がって飛び出しナイフを出す。オノーラが窓をよじ登って部屋に入ってきた。幻影ではありませんように。

オノーラは腕を大きく広げ、丸腰だということを強調した。「びっくりさせてごめん。でも、衛兵が中に入れてくれないんだ」

「待てなかったの？」

「あんたが出発する前に、ふたりきりで話がしたかった」

「わかった。だけど先に質問させて。ジェンコが嫌いなものをひとつ挙げるとしたら？」

オノーラは笑った。「ジェンコが嫌いなものはたくさんあるけど、まず砂を毛嫌いしてる。それから魔術と蟻《あり》。これで合格？」

さすがのオーエンもここまでジェンコのことを知らないだろう。「合格」ソファを示してから尋ねた。「お茶はどう？」

「いいね」オノーラは反対側の端に腰を下ろした。「幻影のことで用心してるのはわかるけど、リカだろうと誰だろうと、壁をよじ登って窓から入ってこられるはずないよ」

「そんなに難しい？」ティーポットに水を足す。

「うん。ヴァレクの奴、なかなかしゃれた罠をいくつか仕掛けててさ」オノーラは袖を引き上げて、腕の切り傷を見せた。「たとえば、偽の壁石の下に隠したナイフとか」手首まで血がだらだらと流れている。

「絆創膏を取ってくるわ」

「いらない。たいした傷じゃない」わたしが触れようとするのを避けるように、袖を下ろして傷を隠した。

オノーラが着ているのは身体にぴったり張りつく黒装束で、ヴァレクのそれに似ているが頭巾はない。それに手足や顔も覆われていない。開いた窓から朝日が差し込んでいた。

「こんな明るい時間じゃ、城壁をよじ登っているところを見つかっていたかもしれない」

わたしは言った。

「それはどうかな。人は意外に上を見ないものだよ」

「そうね」でもヴァレクのことだから、密偵に城壁を見張らせている可能性もある。

ふたつのティーカップにお茶を注ぎ、ひとつをオノーラに渡した。「それで、話って？」

オノーラはお茶を飲んだ。目を伏せて、膝を見つめている。「今朝ヴァレクから言われたんだ。ティメル大尉がここの地下牢にいて、火祭のときに全軍の前であたしが処刑する名誉を得た、と」

そのティメルこそがレイプ魔で、最高司令官は見せしめにしようとしているのだろう。

「なぜあなたが？」

オノーラの片脚が、喜んでいる子犬の尻尾みたいに前後に激しく揺れている。「一年前に殺しておくべきだった奴なんだ」

「どうして殺さなかったの？」

「あたし……くそ」大きな音をたててティーカップを皿に置き、勢いよく立ち上がった。「殺そうとはしたんだ。でも、何度近くに行っても……できなかった。失敗したら、ってそればかり考えてしまって。奴を殺しさえすれば何もかもすっきりすると思ってたんだ。でも、けっしてそんなことはないってあんたも言った。それで……」

わたしは待った。

オノーラは炎に木の枝を突っ込んだ。火花がぱっと散り、灰が舞う。「あたしはあせった。もし奴を殺せなかったら？　もしこれが……」拳で胸を叩く。「内側にずっとあるこのこわばりが、奴が死んでも消えなかったら？　むしろ広がって、全身が石みたいに硬く冷たくなってしまったら？」

なるほど。わたしはお茶を飲み、今の言葉をじっくり考えた。「わたしに言われなくても、死は何も解決しないとあなたにはわかっていた。だから殺せなかったのよ」

「でも、あいつは死ぬべきだ！」枝を力任せに炎に突っ込みながら、〝死ぬべき〟というところを強調した。薪がごろりと奥に転がった。怒りを発散したあと、オノーラは床にどすんと座り込んで胡坐《あぐら》をかいた。

「最高司令官も同意見ね。あなた自身によって、あるいはほかの誰かによってティメルは処刑され、職権を濫用すればどうなるか、兵士たちは思い知らされる。だけど、ティメルが死んでもあなたの心の結び目はほぐれない。自分が何を恐れているのか見定め、正面から向き合う必要があるのよ」わたしはカップを持ち上げた。「わかってる、言うのは簡単よね。わたしに魔力があって、あなたが許してくれたら、今すぐその結び目をほぐしてあげられたかもしれない」

オノーラは、揺れ動く炎をじっと眺めている。

恐怖をなんとか克服したときの記憶が蘇ってきた。今はもうその記憶に恐怖や痛みがつきまとうことはなく、むしろ力をもらっている。わたしが同じ経験をしたということをオノーラに知ってほしくて、過去の拷問やレイプのことを打ち明けた。「レヤードは、悪いのはおまえだとわたしを責めた。もっと耳を澄まし、もがけば、あんなに苦しまずにすんだと思う。わたしはもはや人間ではなく、人に利用されるだけの抜け殻だと思わされていたの。あいつの喉を掻き切ったのも、自分のためではなく、一緒に孤児として育った女の子たちのためだった。わたしと同じ目に遭わせたくなかったの。レヤードを殺せば城の地下牢に入れられ、ゆくゆくは処刑されるとわかっていたけど、むしろ歓迎した」

「それだけのことをどうやって克服したの?」オノーラが静かに尋ねた。

「自分の人生と身体は、あいつのものではなく自分のものだと気づいたから。恐怖に支配されたまま生きるのはやめよう、そう思ったの。それに、友人たちに助けてもらった。ヴァレクからも力をもらった。それは今もそう」

「あたしにはそんな――」

「あなたにだって友達がいる。ジェンコはうるさいかもしれないけど、あなたを助けるためならすべてを放り出しても駆けつけるはずよ。アーリもわたしも、ゲーリックだっている。彼は、表には出さなくても、とてもあなたを大切に思っているんじゃないかな。それにヴァレクだって、いまだにあなたを殺さないところを見ると、けっこう希望が持てる」

オノーラは笑った。「ジェンコの言葉を借りるなら〝胸がじんわり温かくなる〟な」それから真面目な顔になった。「ティメルのこと、どうしたらいいと思う?」

「火祭は六カ月後だから、それまでに決めればいい。その間に大尉に会いに行ってみたら?」オノーラが何か言う前に続ける。「あなたが去ったあとでティメルの被害に遭った子たちと話をしてみるのもいい。ヴァレクが名前を全部知っているから、わたしたちが出発する前に教えてもらうことね」

オノーラは不本意そうにむっつりした表情を浮かべたが、結局「わかったよ」と答えた。

「よかった。今度会ったとき、どうなったか聞かせて」

「シティアに向かうと聞いたけど、つまり最高司令官の顧問官にはならないってこと？」

なるほど。ヴァレクはやはりオノーラを信じず、わたしの本当の行き先を教えなかったのだ。アーリとジェンコ以外に、ほかに誰が本当のことを知っているのだろう？「ええ。驚くことではないと思うけど」

「そうだね」

わたしたちは微笑み合った。それから訊いてみた。「わたしたちがここに着いてから、最高司令官に変化があったと思う？」

「うん。前より厳しくなったし、あたしにもほかの顧問官にも、助言を求めなくなった。それに、オーエンが何を計画しているかについても、あたしに教えようとしない」

「もしわかったら、わたしたちに報告してくれる？」

「他言無用と最高司令官に命じられなければね」

「もちろん。オーエンが最高司令官を魔術で操っているとわかったら、そのときは教えてほしい」

「ほんとにそうだと証明してくれれば、最高司令官を救うために教えるよ」

「よかった。残念ながら今のところわかっているのは、オーエンが来客棟で植物を育ててるってことだけ――たぶんマーレンが言ってたあの、ハーマンとかいう苗木だと思うんだけど、目的も、それがどういう木かもわからない」

「その植物の枝を取ってくれれば、あんたの役に立つ？」

「ええ。でも危険すぎるとヴァレクに言われてる。まわりに魔術で結界が張られていて、人が触れたら警報が鳴ると思う」

「あんたたちがいなくなれば、連中は警戒を解くかな？」

「そうは思わない。だめよ、危ない真似をしちゃ。わたしが自分で父さんに訊いてみる」

しかしオノーラは思案顔のままだ。時間を割いてくれたうえお茶までありがとうと言ったあと、オノーラは立ち去った。保安手順をきちんと踏まなかったことを正面入口の衛兵に咎《とが》められたが、まるで無視していた。

正午近くになって居住区画に戻ってきたヴァレクは、制服の山を持っていた。最高司令官との会合について尋ねると、こう答えた。「話をすればするほど、オーエンに操られていると思えてくる」

「魔術探知器を持っているのに？」

「探知器が零の盾で覆われていたら？」

なるほど。「魔力が使われても光らないでしょうね。でも、最初にオーエンが零の盾で覆ったときに光ったはずよ?」

「その瞬間、最高司令官の注意をそらしたのかもしれない。オーエンには一瞬で零の盾を作る力がある」ヴァレクは眉をひそめた。

「最高司令官の制服には零の盾が織り込まれているんじゃなかったの?」

「それで頭部も守られるのか?」

「ええ」

「盾は全身の肌に張りついて効果を表す?」

「わたしにもよくわからない。リーフがいろいろ実験をしていると思う。それに、ガラス魔術が使えるクインはガラスのペンダントに零の盾を張りつけることができる」

わたしに制服を手渡しながらも、ヴァレクはうわの空だった。「零の盾が織り込まれた服を着ているときに、オーエンにじかに触れられたらどうなる?」

わたしは考えた。「オーエンの指が盾を通り抜けてしまったら、相手に魔力を及ぼせるのでは、ってこと?」

「そうだ。零の盾は魔術を遮断するが、物理的に何かを阻むわけじゃない」

そして、零の盾の泡の中で魔術を使ったとき、泡の外に向けたものでない限り、魔術は有効だ。「魔力を指先を通じて相手に届かせなければならないでしょうね。難しいけど、できなくはない。その場合、盾は手に浸透するのではなく、目に見えない水みたいにまわりを流れるのかもしれない」

「リーフなら知っているだろうか？」

「もしリーフが知らないなら、真相を知るのは難しいかも」

ヴァレクは袖を下ろし、カフスボタンを留めようとした。「ところで手の話だが、リカが君を幻影魔術で騙そうとしたとき、わたしの指ではないとどうしてわかったんだ？　接触したせいで魔術の効果が消えたのか？」

あまりにいろいろな出来事があったので、そんなことは忘れていた。「だとしたら、手だけじゃなくて全身が見えたと思う」

「だが、君と直接接触していたのは手だけだ。もしかすると、君の魔力を遮断しているものが、他者の魔力も遮断するのかもしれない」

それはなかなか興味深い。魔力が使えない今の状態にも役に立つ一面があるのだろうか？「シティアに戻ったら実験してみる」触れただけでオーエンを無力化させられるなら最高だ。でもその前に……。「〝嵐の盗賊団〟の一件を解決したあとはどうするの？　シティアに向かう？」

ヴァレクの表情が硬くなった。「イクシアを離れたら、わたしは反逆罪に問われる」

「でも、最高司令官はオーエンに操られているんでしょう？」

「そう思うが、できれば最高司令官との関係を修復したいんだ」ヴァレクはこちらに近づいてきて、わたしの頬を手で包んだ。「もはや今までどおりとはいかないが、退任するなら、やはり円満に辞めたい」

「退任？」そんな話は初耳だった。

「君が世界を変えようとしているとき、誰かが赤ん坊のおむつを替えなきゃ」

赤ん坊とわたしのために引退まで考えてくれているなんて。嬉しくて胸がはち切れそうだった。

「まもなくアーリとジェンコが来て、厩舎までわれわれを送ってくれる」ヴァレクはわたしに渡した服を指さした。「城を出たあとイクシア人に紛れるために顧問官の制服に着替えてくれ」ヴァレクは自分の荷物を確認し始めた。

折り目のぴんとついた黒いズボンと襟に赤いダイヤ模様がふたつついたシャツを背嚢に詰めながら、今の会話について考える。「わたしはそのあとどうすればいい？　城には戻れないし、イクシアのどこかで身を隠しながら悶々とするなんてごめんよ」

ヴァレクは答えなかった。そして、なぜ答えないのかわたしも悟った。

「海岸地方の任務に、じつはわたしなんて必要ないのね。だったらシティアに向かったほうが有意義だわ。シティアに行けば実験ができるし、リーフや父に相談できる――」

「だめだ。危険すぎる」

「オーエンに計画を実行する時間を与えるほうがはるかに危険よ」

「こっちには時間がある」

「なぜわかるの？」

ヴァレクは潜入用の黒装束を畳んだ。「火祭までまだ間がある」驚くほどたくさんのナイフを集めてきて制服や背嚢の隠しポケットに滑り込ませる。「最高司令官は処刑を公開して人々をあっと驚かせたいわけじゃない。職権を濫用した者を絞首刑にすれば、それだけで抑止力になる。噂はゆくゆくはるか彼方《かなた》まで広がるだろう」

身体の奥で不安が頭をもたげる。「最高司令官が火祭のときに全兵士を一堂に集めることには別の目的があるというの？」

ヴァレクと目が合った。「そのとおり」

「その目的にはオーエンもかかわっている？」

「ああ」

イクシアの城下町はシティア城塞にとても近い場所にある――そう思い至ったとき、不安がますます膨らんだ。「彼らはシティア侵略を目論んでいるのね」

14

ヴァレク

「シティアに知らせないと」イレーナが言った。

「何を？　われわれの直感について？　証拠はどこにもないんだ」

「でも、イクシア軍に侵攻されるかもしれないのよ？」

「しないかもしれない。第一、攻撃についてシティアに警告したりすれば、わたしは反逆罪で死刑だ」

「わたしなら死刑にはならない」

「反逆罪には問われないとしても、最高司令官は君をイクシアの敵と見なし、刺客を放つだろう。火祭の前にオーエンの計画をつぶすことが最優先だ」

「でも、どうやって？　まずは、リーフと父に例のハーマンの苗木と零の盾について訊かなくちゃ」

眉根を寄せて考え込むイレーナの顔が好きだ。唇を寄せて眉間の皺を消したくなる。

「熟練した忠実な密偵がいる。君の伝言をリーフに届け、返事は第一軍管区にいるわれわれのところに運ばせよう」

イレーナは顔をしかめた。「第一軍管区のどこ？」

「北の海岸地方だ」

「遠すぎる。オーエンがイクシアにいるとリーフが知ったら、すぐに城塞に戻るはずよ。たとえあなたの密偵がイクシアに早馬を飛ばしたとしても、それだけの距離を移動するには十二日間はかかる。それに伝言じゃ、もし内容にわからないところがあってリーフがこちらに尋ねても、答えが手に入るまでに二十四日も待たなければならなくなる。あなただって、みんなで考えを持ち寄って意見を闘わせることもできない」

「だめだ」その言葉がとっさに口から飛び出した。身体の奥深くで声が叫んでいる。君はわたしと一緒にいるんだ！

「わたしのほうが理屈が通っているとわかっているはずよ」

理屈などくそくらえ。「われわれは一緒にいたほうが強い。自分でそう言ったじゃないか」ほら、この事実は理屈で崩せっこない。

「確かに、オーエンが相手なら。でも盗賊団では話が別よ。わたしは邪魔なだけ」

「わかった。じゃあ君と一緒にシティアに行く」

「それはだめ」

「変装すればいい」

「第一軍管区から盗賊団について報告が舞い込み続けたらどうするの？」

ヴァレクは腕組みをして、イレーナの指摘を認めまいとした。

代わりにイレーナが答える。「あなたが命令に背いたと最高司令官にもすぐにわかる」

「そのままシティアに残ればいい」

「そしてオーエンにみすみす意のままにさせるわけね」

ヴァレクは黙り込んだ。

「わかった。オーエンの思いどおりにさせて、やがて最高司令官は奴に操られてシティアを侵略する。あなたとわたしと赤ん坊が住んでいるシティアをね。シティアがいつまでもつと思う？　まあ、びくびくしながら、変装して隠れて生きていくことはできるかもしれない。子育てには理想的な環境ね」それは皮肉以外の何物でもなかった。「そして、最高司令官がわたしたちを狩りだすのは時間の問題よ」

くそっ！　ヴァレクは抑えようのない怒りに駆られ、悪態を吐《つ》いた。今この瞬間は理屈を憎んでいた。小刀を取り出し、その冷酷で計算高い心臓を一突きにしたかった。どうして今ぐらい、理不尽かつ自分勝手になれないのか？

「わたしだって行きたくて行くわけじゃない。でもすぐに戻るわ」イレーナがそっと言った。「どこかで合流して一緒に城に戻りましょう」

「君を狙っている暗殺者がいるんだぞ？」

「魔術師養成所に直行する。あそこなら安全よ」

「それならアーリとジェンコを連れていってくれ。頼む」

「わたしがなんとかする」ヴァレクはイレーナを抱き寄せ、仕方なく事態を受け入れた。

「最高司令官が許す?」

「君にさよならを告げるのはこれが最後だ」

「何言ってるの。これから何度だってさよならとこんにちはをくり返すことになるわ」

「どこにも行かないよう高い塔に君を閉じこめるなんてできない、ってことか?」

イレーナがこちらを見上げた。「ずっと一緒にいたいけど……そう、できない」

「いつも以上に警戒すると約束してほしい」

「もちろん」

ふたりが荷造りをちょうど終えたころ、衛兵がドアをノックして、アーリとジェンコが到着したと告げた。ヴァレクは自分の背嚢を背負い、イレーナのもつかんだ。

「何が入ってるんだ? 石か?」と呻く。

「本よ。それに、そんなに急に過保護にならないで」イレーナが持ち手をひったくった。

「自分で運べるわ」

ヴァレクは持ち手をつかんだまま離さず、イレーナが内扉を開けるのを待った。「何の本?」

「密偵になるには、とかそのたぐいの入門書」

「実地訓練が一番だぞ」

「わかってる。でも、新しい技もいくつか覚えたわ」

「技?」正面入口から出てきたふたりを見て、ジェンコが尋ねた。

「そうだ。おまえにももっと技を覚えてもらわなければ」ヴァレクが言った。「おまえもだ、アーリ」

「なぜですか?」ふたりが同時に尋ねた。

ヴァレクは新たな任務について説明した。「とにかくイレーナを守ること、それだけだ」

「言うのは簡単ですが」ジェンコはつぶやき、イレーナににっこり笑った。「最高司令官はどうするんです?」

「おまえたちの荷造りが終わったら最高司令官の執務室に寄り、許可をもらう。彼も、イレーナを無事にシティアに送り届けたいはずだ。もはや連絡官ではないかもしれないが、いらぬ外交問題を起こしてはまずい。少なくとも今はまだ」そう願うばかりだ。

ふたりの居住区画に向かう道すがら、ヴァレクはリーマについてアーリに尋ねた。

「今朝発ちました」

「プレゼントがえらく気に入ったらしくて」ジェンコが口を挟む。

「プレゼントって?」イレーナが尋ねた。

ふたりがさまざまな武器を並べ上げるのを聞いて、ヴァレクは息を呑んだ。

「あなた、オパールに殺されるわよ」イレーナが言った。

「俺じゃない」ジェンコが言い返す。「買ったのはアーリだ。俺は錠前破りのピックを一組贈っただけだよ」

「シティアのナイフはお粗末だ。もっと質のいいものが一揃い必要になるはずだ」とアーリは答えた。

「何のために？　十一歳の同級生たちから身を守るため？」イレーナの口調はきつい。

アーリが肩をすぼめた。「君を捕らえるためにあの子を利用しようとする連中から身を守るためさ」

リーマが城に来たのはそもそもそれが理由だった。イレーナは口をつぐみ、それからため息をついた。「あなたが正しい。ごめんなさい、アーリ」

「それにリーマが将来、われらが家業《ファミリービジネス》の一翼を担うのは確実だ」ジェンコが言う。

「ファミリー？」イレーナは無意識にお腹を触った。

まわりが誰もそれに気づかないうちに、ヴァレクはその手を取り、指を絡めた。赤ん坊の存在が嬉しくて鼓動が速くなる一方で、不安が心の奥で低音を奏でている。なるべく無表情を保とうとする。

「そう、ほら……」ジェンコはそこにいる全員を身ぶりで示した。「俺たち全員のことさ。

リーマは次世代の密偵だよ」と言ってにやりと笑う。「将来の犯罪者たちがかわいそうにさえなる。連中は何に射られたかすら気づかないだろうな」

「僕らはみんな密偵か」アーリがつぶやく。

「密偵でも防衛隊でも英雄でも黒幕でも、一筋縄ではいかない野郎どもでも何でもいい。人を利用して富や権力をわがものにしようとする連中をひっ捕らえるためなら何でもする――それが俺たちだ」

「家業か」イレーナがにっこりした。「うまい言いまわしね」

ヴァレクは同感というように彼女の手を握った。今度ばかりはジェンコも得意にはならなかった。

ふたりは記録的な速さで荷造りをした。最高司令官の執務室でも、それに負けない速さで許可が出ればいいのだが、とヴァレクは思った。やがて入室の許しが出て、こちらの要望について説明した。

最高司令官は椅子をきしませてふんぞり返り、ヴァレクをじっと見つめた。「了解した。帰国する前に議会について情報収集させろ」

「大部分の議員はふたりの顔を知っています」ヴァレクは答えた。

「それでも議会の雰囲気はわかるだろうし、攻撃の兆候を探すことぐらいできるだろう。密偵を中に忍び込ませる方法を探すんだ。議員の中に新しい顧問を探している者がいるかもしれない」

「承知しました」

最高司令官の執務室を出ると、ジェンコとアーリはほっとした表情を浮かべた。

「許可が出ないと思ったのか？」

「はい、じつは」アーリが言った。「シティアから戻って以来、あなたへの態度がおかしかったので」

「ああ、だが俺たちがいなくなれば、オーエンを邪魔する数少ない障害物がふたつ減ることになるしな」

そのとおりだが、ヴァレクはあえて口に出さなかった。ジェンコをわざわざ得意がらせる必要もない。「おまえたちも、シティアにいたほうが安全かもしれない」

「どうですかね」ジェンコがつぶやく。

そのときイレーナがふざけてジェンコの左耳を弾き、にやりとした。

「痛っ！」

「悪ふざけはやめるんだ」ヴァレクはたしなめたが、恋人の身を案じる気持ちが少しだけやわらいだ。ジェンコとアーリなら全力でイレーナを守ってくれるだろう。

四人は城を出て厩舎に向かった。マーレンとオノーラはそこで待っている。途中、合流地点を決め、いつごろそこに集合するか当たりをつけた。

「わたしの付き添いなしに城にはけっして戻るな」ヴァレクが命じた。

「それはあなたも」イレーナが言い返す。

マーレンとオノーラの姿が見えると、イレーナは言った。「一家のメンバーがあそこにもうふたり」

ふたりは入口近くに積まれた俵の上に座っていた。キキとオニキスにはすでに鞍がつけられ、遠出のための備品もまとめられている。ヴァレクはマーレンを見た。

彼女は肩をすくめた。「暇だったんです。どこに行ってたんです？」

ヴァレクは計画の変更について説明した。「これからはオノーラがわたしの代行だ。最高司令官は一日二回の報告を求めている」

驚いてかすかに身をすくめたところを見ると、オノーラも予想外だったようだ。

「マーレンに頻繁に教えを仰ぐこと」と付け加える。

「承知しました」

アーリとジェンコが馬を借りるために厩舎長を捜しに行くと、ヴァレクはオノーラを脇へと引っぱった。「最高司令官から目を離すな。許される限り近くで監視しろ。もし何かおかしなことが起きたら、わたしに伝言をよこせ。本人やイクシアの安全にかかわる出来事が起きたときもだ」

「承知しました」

「イレーナと話ができたか？」

オノーラが弾かれたようにこちらを見た。「イレーナから聞いたのか？」

「いや。城壁をよじ登る間おまえの背中をクロスボウで狙っていた密偵から聞いた」

「なぜ撃たなかった？」

「おまえだとわかったし、窓にたどりついたとき、幻影ではないとはっきりしたからだ」

オノーラは自分の腕に触れた。袖から白い絆創膏が覗いている。

「医者には診てもらったのか？」

「かすり傷だよ」

「すぐに診療所に行け。隠した刃には細菌が塗ってある。きちんと消毒しないと感染症になるぞ。おまえが初めて最高司令官の部屋に忍び込んだとき、壁に隠した罠にひとつも引っかからなかったことに感心している」オノーラがどんな反応を示すか様子を観察する。

「じつはあの晩、偶然にもゲーリック軍曹が壁の監視をしていたんだ」

オノーラは瞬《まばた》きも、呼吸さえも止めているように見える。

大当たり。ヴァレクは論点をはっきりさせた。「ゲーリックにはおまえだとわかったはずだ。同じシルヴァー・フォールズの町で育った仲だし、軍に入隊したのもほぼ同時期だ。ゲーリックが別の部隊に配属されたのは返す返すも残念だった」

「なぜゲーリックを……」

「捕らえなかったのか？」

オノーラはうなずいた。

「そうやってせっかくの優秀なチームをばらばらにする？　ありえない。ゆくゆくわたしの任務を引き継ぐなら、一緒に仕事ができる忠実な部下が必ず必要になる」

昇進の可能性を差し出されても、オノーラは厳しい表情を崩さなかった。ヴァレクの立場にはつねに危険と問題がついてまわるということを思い知ったのかもしれない。

ふたりはほかのメンバーと合流した。厩舎長はマダムと、額に白い星のある胸板の厚い暗褐色の馬を連れてきた。

「マダムをキキに同行させてもいいか？」とオノーラに尋ねる。

「ああ。大好きなビーチバニーのいない寂しい夜に、ジェンコを慰めてくれるだろうさ」

ジェンコはオノーラに無礼なしぐさをした。アーリとジェンコが馬に鞍をつける間、オーエンには近づくなとマーレンとオノーラに言い含めた。また、進行中のさまざまな作戦についても再確認した。「潜入捜査のために密偵をひとり選んでおいてくれ。アーリとジェンコからそのうち詳しい情報が送られてくる」

「心配しないでください」マーレンが言う。「あなたがいない間に火事を出したり、友達を呼んで酒盛りをしたりなんてしませんから」

「僕らのほうが先に合流地点に着くと思うので、もし支援が必要だったら伝言をよこしてください」アーリがヴァレクに言った。

「ええ、楽しみはみんなで分かち合いましょうや」ジェンコもひと言加えた。

「海岸地方だぞ」

「うへえ、そうか。今のは忘れてください。それはたまらん」

彼らが鞍嚢に荷物を詰める間、ヴァレクはイレーナを脇に連れ出した。顔を両手で包むと、ありったけの愛をこめて口づけした。内側で激しく燃える情熱と欲望をすべて伝えたかった。イレーナと赤ん坊を守れるなら、自分の魔力耐性を喜んで差し出しただろう。

身体を離したとき、イレーナは息が切れていた。緑色の目がきらきら輝いている。「こんなキスをもっとしてもらえるなら、塔に幽閉されてもいい」

「じゃあ、戻ったら山ほどプレゼントしよう」そう言ってイレーナの下唇を親指でなぞる。

「早く戻ってほしい、愛しい人」

「ええ、もちろん」

オニキスに跨がってイレーナと最後にもう一度笑みを交わすと、馬を出発させた。すでに半日以上、予定より遅れている。最初の旅小屋に夕方には到着したかった。城から離れるにつれ、唇からイレーナのぬくもりが消えていく。そこに恐怖と不安と虚《むな》しさが押し寄せてきた。

くよくよせずに、遅れを取り戻すことに集中する。イクシア国内の旅はシティアとはまた異なる。シティアではどんなに小さな村でも宿屋があり、町と町の間にも人家が点々としている。しかしイクシアでは、農民は町に住み、毎朝畑まで歩いていく。境界付近を警邏し、不審人物を見つけやすくするためにも、町境がもっとはっきりしている。それもあって、次の町までの距離が長くて途中で宿泊しなければならないときのために、宿屋ではなく旅小屋が建てられていた。許可なくそこに泊まっている者がいないかどうか、衛兵は頻繁に立ち寄って調べる。もっとも、馬に乗った最高司令官の顧問官なら、そうそう見咎められることはない。

ヴァレクは北西をめざした。城の外郭を通過すると、そこは第六軍管区だ。最高司令官はイクシア全土を統治しているが、城と城下町が直轄地である。どちらも第六軍管区の南部にあり、第六軍管区自体はハザール将軍が治めている。

第一軍管区に到着するまでには九日近くかかり、第八軍管区の北東部を突っ切らなければならない。盗賊団の被害が報告されているのは、第一軍管区北部の町が多い。そう、ヴァレクがよく知っている地域だ。暗殺者の技術を学んだ《夜と影の学院》は、第一軍管区最北西部近くの黄昏海に突き出した断崖の先端に建っていた。南部海岸地域はなだらかな砂丘になっており、漁師は罠を仕掛けてカニを獲《と》ったり、鱈《たら》を釣ったりして生計を立てている。数キロ内陸に入ると、寒冷地でよく繁殖する野牛の飼育が行われている。

オニキスを急がせているのは、そうすれば記憶を振り払えるのではないかと思う理不尽な自分がどこかにいるせいでもあった。しかし、どんなに考えまいとしても、父の皮なめし工場の様子が脳裏に蘇ってきた。実家は盗賊団の襲撃を受けている地域のすぐそばだった。三十年ほど前に家を出て以来、一度も帰ったことはない。これだけの年月が経っているというのに、父の声は今でもはっきり思い出せた。二度と帰ってくるなと両親に告げられたときのことはけっして忘れない。三人の兄を殺した男たちに復讐したいというヴァレクの執念を、両親は認めてくれなかったのだ。ヴァレクは両親の言葉を尊重して、実家にはずっと近づかなかった。

もちろん密偵に見張らせ、必要なら保護させたが、詳しい報告は求めなかった。両親が無事だとわかればそれでよく、ほかのことにはあえて目を向けなかった。細かい情報は、忘れたいことをいやでも思い出させる。そして今、ヴァレクは自分の家族を持とうとしている。いや、ジェンコの表現をよしとするなら、一家にまたひとり加わるのだ。

日没前に旅小屋に着いた。大きく膨らんで見える半分沈んだ太陽が空を赤やオレンジに染めている。藁の俵がいくつかと水の桶が置かれた馬房がふたつ、建物に寄り添っている。オニキスの鞍をはずしたが、ずっしり重い。この三日間にわずか四時間しか眠っていないせいで、あらゆるものが重たく感じた。イレーナ、最高司令官、オーエンを巡って起きたさまざまな出来事を考えるにつけ、どっと疲れが襲いかかってきた。

オニキスが食事をする間にブラシをかけ、桶に水を満たす。作業を終えると、馬を軽く叩いた。「何か変わった匂いを嗅いだり、音を聞いたりしたら、知らせてくれるか?」

オニキスは首をこくりとした。

「ありがとう」感謝の印にペパーミントを与えた。

旅小屋にはほかに誰もいなかった。とはいえ、道中も数人の警邏兵ぐらいしか見かけなかったので、宿泊者はほかにいないだろうと踏んでいた。一部屋しかないその建物は、イクシア国内にあるほかの旅小屋と似たり寄ったりだ。入口から遠い二段ベッドの下段に背嚢を放る。これだけ距離があれば、もしよからぬ者が部屋に入ってきたとしても、身構える余裕が持てる。

チーズの薄切り、木の実、燻製《くんせい》肉、パンという典型的な旅人用の食事をすませると、狭いベッドに倒れ込んだ。もう任務を早く切り上げたくなっている。できるだけ迅速に盗賊団を捕らえ、さっさと集合場所に向かうつもりだった。もしイレーナがなかなか姿を現さなかったら、シティアに捜しに行こう。

たとえ反逆罪に問われようと構うものか。

オニキスを休ませて餌を与えるために小休止を入れる以外にはひたすら移動を続け、八日後の午後遅くには第一軍管区の北岸近くにある駐屯地に到着した。好きに捜査をさせてもらうため、地元衛兵に知らせておく必要があったし、温かい食事と風呂、本物のベッドの誘惑にはとても勝てなかった。

門のところに立つ衛兵たちはすぐに気をつけの姿勢を取り、ヴァレクが名乗るとたちまち小便を漏らしそうなほど緊張した。高位の士官たちが呼ばれ、オニキスの面倒を見る二等兵が慌ただしくやってきた。きちんと世話をしますと二等兵が約束したにもかかわらず、ヴァレクは厩舎までついていって、首尾を確認した。

入口で立ち止まり、二十九年前に初めてこの厩舎に来たときのことを思い出す。数分でも仕事に遅れれば、厩舎長に耳を殴られた。それが初めての潜入任務で、厩番の仕事をずいぶん覚えた。当時は国王がイクシアを統治し、士官は全員馬を持っていたので、忙しいのは確かだったが、兵士の出入りを追跡するにはうってつけの場所だった。何よりも、ヴァレクはそこで兄たちを殺した三人の男とその上官を殺したのだ。厩番の少年を疑う者は誰もおらず、犯人がわかったのは何年も経ってからのことだった。

二等兵の世話ぶりに満足し、駐屯地の司令官を務めるランズリー大佐の案内で特別室での夕食に向かう。年配の士官四人と若手の大尉ふたりが同席した。クーデター後、国王軍の兵士の大部分は最高司令官の配下にそのまま移った。最高司令官の『行動規範』に従う限り、給与が高くなり、さまざまな恩恵や敬意も与えられるとわかれば、説得は難しくなかった。

ときどき鋭い視線を感じた。どうやら年配の士官の中には、ヴァレクがこの駐屯地を恐怖に陥れたときにもここにいた者がいるらしい。

楕円形のテーブルに全員が着くと、給仕がグラスにワインを満たし、湯気の立つ鱈や塩味の海藻を盛った皿を配った。ランズリー大佐はワインをたっぷり喉に流し込んでから尋ねた。「こんな辺鄙《へんぴ》な場所までなぜわざわざいらしたんです、ヴァレク顧問官?」

ヴァレクの答えを待って、全員の会話がやんだ。

「嵐に乗じて盗みを働く盗賊団についての報告が上がってきたので」

ランズリーは鼻で笑った。「面白半分に盗みを続けている若造たちの一団にすぎませんよ」

「だが、現に食い止められていない」ヴァレクは彼らの表情を観察した。

「地元警備隊でなんとかなる」年配の少佐が言った。「第一、連中はたいしたものを盗んではいません。戦艦が出動すると、すぐに騒動はやみます」

「たいしたものじゃない?」ヴァレクは問い返した。「グランデルの警備隊本部から盗まれた武器は、たいしたものじゃないとは言えないと思うが」

少佐は、驚きをなんとか隠そうとするランズリー大佐をちらりと見た。大佐は咳払いをした。「それは確かな情報ですか?」

ヴァレクの口調が冷ややかになる。「ただの噂話を根拠にはるばるここまで足を運ぶと思うか？」

「いいえ、閣下」ただちにランズリーは答えた。「グランデル襲撃については耳に入っていなかったもので」

「駐屯地宛ての伝言を盗賊団が途中で奪ったのかもしれないな」ヴァレクは言った。

「それなら、あなた宛ての情報も阻止したはずでは？」老少佐が指摘した。

癇癪《かんしゃく》を抑えながら愚か者に顔を向ける。「わが部隊は訓練が徹底されている。そんな初歩的な過ちは犯さない」

「しかし、彼らだって嵐の盗賊団をいまだ発見できていない」若手の大尉が口を挟んだ。

全員がぞっとして凍りついたが、ヴァレクは彼にフォークを向けた。「君の言うとおりだ、大尉。わが部隊は連中を捕らえられなかった。罠をかけても、そのたびにまんまと回避された」全員に順に視線を向ける。「誰かが奴らに内部情報を流しているようだ。わが密偵か、地元衛兵か。あるいは盗賊団が当局をスパイする方法を見つけたのかもしれない。密偵たちがどうしてもこの情報漏洩《ろうえい》源を見つけられないので、わたしみずから出向くことにしたのだ」ヴァレクは食事を再開した。

「あなたなら解決できると？」少佐が疑わしげに尋ねる。

ヴァレクは、それだけで相手を殺せそうとイレーナが言う視線で相手を睨んだ。

少佐はナプキンで口を拭き、頬に広がっていく赤みを隠そうとした。「ええと……ええ、もちろん解決できますとも……失礼いたしました、閣下」

ランズリー大佐が話題を変えた。「あなたの部隊に引き抜きたいと思うかもしれない、将来有望な若者がいるんです、ヴァレク顧問官。剣の達人で、頭も切れる」

とりあえず少佐のことは棚上げにして、その剣士についていくつか質問をした。この駐屯地で女性がどれだけ取り立てられているか、それについてもあとで確認しよう。国王は、女兵士は弱すぎると主張してあまり重用しなかった。しかし最高司令官の意見は正反対で、イクシアの政権を手に入れると、忠実で勇敢な女性を大勢兵士として採用した。

夕食後、ランズリー大佐が来客区画に案内してくれた。部屋は寝室と居間の二部屋で構成されていた。角灯がすでに灯っており、小さな暖炉では炎が躍っている。清潔で快適。いい部屋だ。

「捜査中は馬をここに繋がせてもらう。それと、制服を二着借りたい」黒と白を基調とする第一軍管区の中にいると、黒と赤の顧問官の制服は目立ってしまう。軍管区ごとに決まった色を黒と組み合わせるのだ。

「もちろんです。必要なものがあれば何でもおっしゃってください」

ヴァレクはランズリー大佐に礼を言って、部屋から追い払った。潜入用の黒装束に着替えて部屋を出ると、駐屯地の建物を縫ってそろそろと進む。そして、裏門を見張れる比較的居心地のいい隠れ場所を見つけた。夕食の席で自分の任務を明かしたのには目的があった。数時間もすると、その目的が門に近づいて衛兵に話しかけ、衛兵は笑って男を通した。

簡単すぎる。ヴァレクは隠れ場所からするりと出て、男を尾行した。このままあとを追えば、嵐の盗賊団のもとにたどりつけるだろう。

半月が薄雲の陰から顔を出し、細道を進む足元を照らしてくれる。男はときどき肩越しに後ろを振り返ったり、立ち止まって夜の音に耳を澄ましたりしたが、つけられることを心配している様子はいっさいなく、まっすぐに海岸へと向かっている。

なじみ深いひんやりした潮の香りが鼻をくすぐり、遠くで波の砕ける音も聞こえてきた。南方にある町のほうに曲がるものと思ったが、その気配はなく、ヴァレクは相手を見失わないように距離を詰めた。数時間もすると、男の目的地の察しがついた。じつに頭がいい。

夜明け近く、案の定、男は《夜と影の学院》のかつての敷地内に入っていった。クーデターのあと、イクシアでは暗殺者の仕事はめっきり減ってしまった。結局ヘッダは、最高司令官のために働いてほしいという要請を断り、学校を閉じた。しかし最近になってオノーラから聞いた話によれば、ヘッダは引退などしておらず、何人かの生徒を訓練していたらしい。

恩師を悼む気持ちが改めて湧いてきた。ヘッダはオノーラに殺されたのだ。おそらく、最高司令官の暗殺を依頼してきた雇い主の名を明かさなかったからだろう。

男から目を離さないようにしながら記憶をたどる。最初に学校の敷地に足を踏み入れたとき、まだ生徒が大勢いた。今はがらんとして見える——だが本当にそうだろうか？　実際、ここは何かの不法行為の拠点とするには理想的な場所だろう。たとえば、嵐のときに盗みを働く、とか。

男は中央棟に入っていった。第一軍管区のこの付近は、黄昏海に面して断崖絶壁が続いており、ヘッダはその岩がちな灰白色の風景になじむよう、学校内の建物をすべて同じ色に塗装した。

夜明けの最初の光が闇を追い払い、空が明るみ始めた。ヴァレクは学校をぐるりとまわって、人のほとんど知らない戸口をめざした。錠は塩の結晶と錆《さび》に厚く覆われて、長らく誰もここから出入りしていないように見えた。潮風で腐食して金属がだいぶ脆くなっていたのは幸運だった。錠をふたつにへし折って壊し、そっと中に忍び込んだ。

足を止め、闇に目を慣らす。石壁に話し声が響いている。じっと耳を澄ますと話者はふたりだとわかったが、内容はくぐもって聞こえない。声を追って進み、やがて話がわかるぐらいの場所までたどりついた。開いたドアの脇で聞き耳を立てる。黄色い角灯の光が廊下に漏れ出していた。

「……誰にもつけられてない。そんなに心配するなよ」男が相手をなだめるように言う。

「ばかだね。おまえがあたしを殺したも同然だ」女は、ヴァレクの記憶どおりの鼻声で言い返した。

「落ち着けよ。ヴァレクがここに来ることはない。だが、奴がこの一帯にいるってことをあんたに知らせておいたほうがいいと思ったんだ」男が言った。

ヴァレクが姿を見せたとき、男はぎょっとしたが、女は動じていなかった。

「思ったより近くにいただろう。そして彼女が正しい」ヴァレクは言った。「おまえはばかだ」それから恩師に向き直った。

ヘッダは机の背後に立ち、すでにナイフを構えていた。一部残った鮮やかな赤毛の房を除けば、髪はすっかり灰色になっている。額や口の脇には皺が刻まれ、しかめ面を作っていた。

「どうもヘッダ」ナイフなど気にも留めず、ヴァレクは近づいた。「元気そうで何よりです」

ヘッダはうやうやしく会釈した。ナイフを握る手に力がこもる。「国王殺し《キングキラー》、最高司令官に送り込まれたのかい？」

15
リーフ

「テオブロマ耐性を持つキュレアを作ろうとしてた?」リーフは鸚鵡《おうむ》返しにした。「本当に?」

「そうだ」イーザウが細い枝を振ると、楕円形の葉が揺れた。「これはテオブロマの木とキュレア蔦を掛け合わせたものだ。もしこのまま莢がなってテオブロマの豆ができれば、そこにはキュレアが含まれることになる。その豆を搾ったとき、テオブロマで中和できないキュレアが生産できるかもしれない」

人の身体を麻痺させるキュレアを中和させるすべがなければ、シティア軍は手も足も出せず、最高司令官の兵士たちはやすやすと侵攻するだろう。制服を着せられて『行動規範』に縛られるかと思うと、胃が痛くなった。「連中が実験に成功したかどうか、まだわからないんだな?」

「豆を収穫するまで待たなければ。そうすれば実験できる」そのときのことを考えて、イーザウがわくわくしていることが裏返った声でわかった。

リーフは標本を観察した。この敷地から逃げたとき、オーエンはこれを持っていけなかったのだ。ほかの温室がすべてもぬけの殻だったことを考えると、唯一の標本ということだ。「どれぐらいで莢がなる？」

「そうだな、三年か、いや四年かかるかもしれない……」

オーエンや最高司令官がそんなに待ってくれるとは思えない。だが考えてみれば、兵士たちにテオブロマ耐性を持つキュレアを携帯させるのにも同じだけの時間がかかるだろう。

「ほかの交配種についてはどう？」と父に尋ねる。

「慌てるな、一度にひとつだ。それは夕食か？」イーザウはリーフが持っている盆を指さした。

「夜食だよ。父さんときたら、夕食の時間もずっと作業を続けてたから」リーフは盆を地面に置いた。「暗くなったら母屋のほうに入れよ。風呂の用意をしておくから」

もう林檎を食べながらイーザウはうなずいたが、目は周囲の植物に戻っていた。リーフは温室を出た。あとで無理にでも連れ戻さないと、父は一晩中でも作業を続けるだろう。

父が仕事に没頭しているとき、リーフの役割は単純に、父の面倒を見ることだけになる。

交配種について調べる一方、温室内にあるすべての植物を分類する必要があるとイーザウは考えた。数日間調査をする中で、オーエンの庭師長は複数の薬草を掛け合わせていたことがわかった。「じつに巧妙だ。そうすればひとつの植物でふたつの症状を抑えられる。

二包必要な薬が一包ですむ」

「交配をしたのが誰かわかる？」リーフは尋ねた。「僕らの一族の人間かな？」

「誰かはわからんが、ザルタナの者ではない。グリーンブレイド族かもしれん。建築用材になる、より堅固な材木のため、樹木の交配を続けている森の専門家がいる」

「でも、彼らだとすると、どうやって密林の植物を手に入れたんだ？」

「密林全域を見回りするのは不可能だよ、リーフ。カーワン族領との領境だろうと密林奥地だろうと、入ろうと思えばいくらでも入れる」

父がそう言うなら、犯人はわが一族の者ではなさそうだ。少しは気が楽になった。父であればオーエンに協力している庭師長の正体がわかると思っていたのだが。

イーザウは合計六日間温室で作業を続けた。六日目のその日、リーフがルサルカにブラシをかけていたとき、突然「リーフ、リーフ！」と父が叫んだ。慌てて駆けつけると、父の髪には葉がくっつき、腕や額、膝は泥だらけだった。「見てくれ！」イーザウはリーフの肘をつかみ、温室の中に引っぱり込んだ。「この奥だ。危うく見過ごすところだった」

枝で顔を引っかかれないようにかがむ。右奥の隅近くで四つん這いにさせられ、そのあとは最後まで這って進んだ。

イーザウはテオブロマの木を指さした。「見えるか？」

「うん。だから？」

父は幹の低いところにある大きな瘤《こぶ》のようなものを指している。「ほら、ここにテオブロマの木が接ぎ木されているんだ」

「なるほど。それのどこが特殊なのさ?」

イーザウは鼻を鳴らした。「この第二世代の木は、第一世代と比べて生育に時間がかからない。すでに根や幹が充分成長しているんだから」もっと驚くべきなのにリーフがぼうっとしているので、イーザウは付け加えた。「要するに、テオブロマの木が生長して実をつけるまで本来三年から五年待たなければならないところを、これならたった一年ですむってことだ」

「つまり……実ができる木の数も二倍になる?」リーフは尋ねた。

「そのとおり!」

「テオブロマの増産は、議会がバヴォルにずっと要請してきたことだ」

「じゃあすぐにバヴォルに伝言を送り、ここに来させろ。ぜひ自分の目で見るべきだ」

そしてそれは、オーエンが持っているテオブロマの量が予想の二倍にのぼるかもしれないということだ。キュレアと一緒に最高司令官のもとにすでに送られたのだろうか? テオブロマ耐性キュレアを栽培するためにオーエンが接ぎ木の技術を使っていたら? キュレアを抽出したあとの豆はテオブロマとして使えるのだろうか? 父に尋ねてみた。

「可能性はあるが、樹木を生長させて実験してみないとはっきりしない」

リーフは母屋に急ぎ、アイリスに連絡してバヴォルに話をしてもらうことにした。玄関ポーチにたどりつこうというとき、突然名前を呼ばれた。門の外に若い伝令がいて、封をした封筒を振っている。受け取って礼を言い、駄賃をやった。ラベンダーの香りが鼻をくすぐった。イレーナだ。少しほっとして、中に入ってから封を切った。

一行目を読んだとたん心配が舞い戻り、同時に恐怖も頭をもたげた。なんとオーエンが最高司令官の客としてイクシアの城に滞在しているという。その城にイレーナもいるのだ。ヴァレクと一緒なら安全だと思っていた。だがこれではオーエンに捕まったも同然だ。

急いで部屋に上がり、背嚢から高感度通信器を取り出してベッドに腰を下ろした。中の魔力を引き出し、アイリスと接触する。彼女はすぐに防御壁を下げ、リーフを受け入れた。

〝いいタイミングだった。ちょうど連絡を取ろうと思っていたんだ。何か報告は？〟

〝山ほど〟リーフはイレーナの伝言について話した。〝イクシアに行ってきます。ヘイルに加えてもうふたり魔術師を派遣してください。フェザーストーン族領のイレーナの小屋で落ち合えばいい。場所はご存じですか？〟

〝本人から要請があったのか？〟

〝いいえ。でも、イレーナもヴァレクも、三人の魔術師相手では歯が立ちません〟

〝残念だが、魔術師に余裕がない。じつは、城塞に戻れとおまえに伝えるよう議会から命じられている。じかに報告を聞きたいらしい〟

〝でもイレーナが……〟

〝きっと無事だ。さもなければそんな伝言を送ってこないだろう。今がいかに危険な状況か、おまえに議会を説得してもらいたい〟

〝僕が城塞に戻るとすれば、それはイクシアにともに向かう魔術師を募るためだ。イレーナは大勢の人を助けてきた。手を挙げてくれる人はたくさんいるはずです〟

〝先に議会で話をしてほしい。そのあと人集めにわたしも協力する〟

いつになく必死なアイリスの様子が、調子はずれな楽器のように心を引っ掻いた。

〝そんなに深刻なんですか？〟

〝頼む、助けてほしい〟

〝わかりました〟

〝ありがとう。イーザウは何か役立つことを発見したのか？〟

父が特定したさまざまな植物について説明する。テオブロマ耐性キュレアの話をすると、アイリスも自分と同じくらいショックを受けた。〝だから、バヴォルにもこちらに来て、接ぎ木の技術を見てほしいんです〟

〝バヴォルは議会を離れられない。イーザウとふたりで、その植物を城塞に持ってくることはできないのか？〟

〝寒すぎます。到着する前に枯れてしまうでしょう。でも一応父に訊いてみます〟

〝とても重要なことだと話してくれ〟

だんだん恐ろしくなってきた。物心つくころからアイリスのことを知っているが、つねに冷静な彼女はめったなことでは動じない。〝本当のところ何が起きているんですか？〟

〝戻ってきたら全部説明する〟

よくある逃げ口上だ。〝ねえアイリス、相手は僕ですよ？〟

〝こっちに着くまでにどれくらいかかる？〟

〝明日発てば、七日で。でも、質問に答えてもらってません〟

〝道中、くれぐれも警戒を怠るな〟アイリスはそこで言葉を切った。〝魔術師が……大勢消えてしまった〟

〝消えた？　行方不明ということですか？　それとも死んだ？〟

〝両方だ〟

〝何てこった！　なぜすぐに言ってくれなかったんです？〟

〝議会は、必要以上にパニックを広げたくないと考えている〟

〝これでパニックにならないほうがおかしい。そうでしょう？〟

アイリスは皮肉を聞き流した。〝できるだけ早く戻ってくれ〟

〝承知しました〟

16 イレーナ

唇がヴァレクのキスでまだ火照っていた。彼の焼き印が心臓に刻み込まれたかのようだ。ヴァレクと高い塔に閉じこもるのも悪くないと思えてくる。そもそも、魔力が戻らなければ、子どもを育てる以外にわたしにできることなどないではないか？　きっと幸せに暮らせるだろう……一週間ぐらいは。

ヴァレクはオニキスに跨がり、わたしに微笑みかけたあと、砂塵《さじん》を残して行ってしまった。また会える日がもう待ち遠しい。舞い戻ってきた現実がやけに色褪《いろあ》せて見えた。

「イレーナ」と言って、オノーラが羊皮紙を一巻き差し出した。「これ、写生してきた」

紙を広げると、消し炭で描かれた樹木の絵がそこに現れた。楕円形の葉ひとつひとつ、幹に走る皺や影まで正確に、丁寧に写し取られている。風が吹けばふわっと揺れそうにさえ見えた。見たこともない植物だ。これは……。「ハーマンの木ね？」

「ああ」オノーラの声は平板だった。

危険をかえりみず、オーエンの部屋に行って苗木を写生してきてくれたのだ。「いつ？」

「今朝。あんたと話をした直後に」

「誰かに見られなかった？」

「いや。木には触れなかったし、近づきもしなかった。魔術結界が張られているかもしれないから」

「こんな危険を冒したこと、本当なら注意したいところだけど……」と言って紙を振る。「完璧よ。絵の才能がある」

オノーラは肩をすくめただけだった。「あんたのお父さんが見れば何かわかる？」

「ええ、大喜びするわ。たぶん、密林探検にぜひあなたを同行させて、植物をスケッチさせたいとうるさく言ってくると思う。父に言わせればそれは最高の栄誉で、招待されたら誰もが小躍りすると考えている」

オノーラがふっと笑った。「なんだか楽しそうだ」

「このオーエンの一件が解決したら、ぜひ招待を受けてやって」

「ありがとう」

鞍嚢に紙をしまう。アーリとジェンコも馬の準備を終えたようだ。

厩舎長はアーリの馬の首を軽く叩いた。「こいつの名前はダイヤモンド・ウィスキーだ。額にダイヤ形の星があるからな。でも普段は短くウィスキーと呼ばれてる。ちゃんと面倒を見て、必ずここに連れ帰ってくれ。最高司令官のお気に入りなんだ」

アーリは口をぽかんと開けた。「どうしてわざわざこいつを？　僕はほかので構わない」

「ここにいる中で最強なんだよ」

「おまえはデブだと遠まわしに言われたんだぞ、アーリ」ジェンコが口を出す。

アーリと厩舎長は今の言葉を無視した。

厩舎長はキキとマダムを指さした。「こいつを選んだのは、雌馬たちとうまくやっていけるからでもある」

「まわりとうまくやっていける性格は得よ」わたしはジェンコをちらりと見た。

ジェンコがわたしに瞬きしてみせる。「おいおい、俺ほど協調性のある人間はいないぞ」

ため息をこらえて鞍に跨がる。こんなふうにジェンコが意気揚々としているときは、たいていもっと大騒ぎになる。とはいえ、それが悪いことだとも思えなかった。

「さあ、協調性があるならさっさと馬に乗って。暗くなる前に国境を越えたいの」


シティア城塞の北門に到着したのは出発して三日後の夜遅くだった。

城塞の周囲は大理石の高い城壁で囲まれており、四方にそれぞれ門がある。二時間前、宿で一泊しようとジェンコは提案したが、自分のベッドで眠れると考えたとたん力が湧き、結局そのまま頑張った。

呼びかけてもなかなか衛兵が現れなかったところを見ると、どうやら眠っていたらしい。

わたしたちに応対するため詰所からふたり出てきて、別のふたりは急ぎ足で城塞内に入っていった。つまり仕事中に居眠りしていたわけではなく、ちょうど交代のタイミングだったようだ。最高司令官の侵攻計画のことを考えると、ほっとした。

衛兵は城塞警備隊の隊員だ。わたしがイクシアから帰還したことを議会に知らせるのは時期尚早だと思えたので、頭巾を下ろして偽名を使うつもりだった。議会の様子をアイリスに確認してからのほうが安心だ。

「名前は？」背の高いほうが尋ねた。

「エリオナ・フェザーストーンです。こっちはヤニス・ムーンとペロウ・ムーン」ジェンコもアーリも色白なので、ムーン族と言っても違和感はない。

衛兵は、城塞訪問の理由、滞在期間、宿泊場所などあれこれ細かい質問をぶつけてきた。その答えをすべて、のろのろと羽根ペンを動かして台帳に書き込み、そのあと別の帳面を調べたあと、ようやく門を通した。通常の手続きでは考えられなかった。

詰所が見えなくなったところでジェンコがわたしの横に来た。「こんなの初めてだ。いつから審査がこんなに厳重になった？」

前回帰ってきたときには、何も見ずにどうぞどうぞと通してくれた。そこから計算する。

「この四十日の間に」

「最高司令官がキュレアを手に入れたからかな？」アーリがわたしに尋ねた。

「違うと思う。もしそうなら、国境の衛兵の数を倍増させていたはずよ。でもシティア側に特に変わったところはなかった」

「オーエンがイクシアにいることはもう知れてるのか？」ジェンコが尋ねる。

「リーフがアイリスに伝言を送ったかも」

「リーフはあの農場からもう戻ってきてるのかな？」とアーリ。

「かもね。養成所に着いたらもう戻ってきてるのかな？」とアーリ。

「またあの気味の悪い養成所にしばらくいなきゃいけないかと思うと楽しみで仕方がない」ジェンコが皮肉っぽくつぶやく。「リーフの家にやっかいになるのはどうだ？　マーラだって歓迎してくれるさ」

「わたしを狙って暗殺者が窓から忍び込んでくるかもしれないのよ？」

「それじゃあ、アイリスの塔にあるおまえの部屋の、硬くて冷たい床で我慢するか」

「養成所には快適な客室があるわ。きっとあなただって――」

「だめだ」ジェンコははねつけた。「おまえを守れとヴァレクに命じられてるんだ。目を離すわけにはいかない。特別なときを除いて……」顔を赤らめ、マダムに早足をさせた。

城塞内は巨大な長方形で、六つの区画に分かれる。北西と南西の区画にはごちゃごちゃと住宅が並んでいる。巨大な標的に似た中央の丸い区画は、中心が活気ある市場になっており、シティアおよびイクシア各地から運ばれてきたさまざまな品物が無数の屋台で売られている。その市場を丸く取り囲んでいる商館や工場の区画は、外へどんどん拡張している。四つの塔を備えた魔術師養成所が城塞の北東部を占め、議事堂や政府の建物、議員宿舎が南東区画にある。

こんな遅い時間には、通りを急ぐ人は数えるほどしかいないが、物陰には助っ人組合《ヘルパーズ・ギルド》の仲間たちが大勢隠れているはずだった。組合を取り仕切る若者フィスクは、わたしが到着したことをほかの誰より早く耳にしているに違いない。幸いフィスクは友達なので、よそに漏らさないでいてくれるだろう。

酒場からは火明かりが漏れ、おしゃべりする声や、ときにはどっと笑い声も聞こえてくる。宿屋や酒場が占める外周区画をまもなく過ぎ、静かで暗い工場地帯に入る。

数分後、冷たい風の向きが変わり、キキが脚を止めた。棹立《さおだ》ちになって鼻を鳴らし、何かがおかしいと合図する。わたしがとっさにボウを抜くのと、アーリとジェンコが剣を抜くのがほぼ同時だった。

黒い人影が陰から走り出てきて、わたしたちの行く手を遮った。相手は十人以上いるとわかると、動悸《どうき》が激しくなった。三人ではとても太刀打ちできない。

「奇襲だ」アーリが言った。

「ほう？」ジェンコは手綱を引き、マダムをキキとウィスキーのところまで後退させた。

振り返ると、背後にも人影がある。それぞれの手に剣や短剣が握られていることがわかる程度の明かりはあった。少なくともふたりがクロスボウを構えている。両側の建物に目を走らせて抜け道はないか探したが、さらなる敵が目に入るばかりだった。

罠だ。あのふたりの衛兵は、交代して急いで帰宅したのではなかったのだ。

「こっちは馬だ。突っ込んでいけばなんとかなるんじゃないか」ジェンコが言った。

「そして、矢を射られる」アーリが言い返した。「逃げきれやしない」

「武器を地面に落として馬から降りろ」低い声が命じた。男が前に出てきて、かすかな光を浴びた。肩に銀の線が二本輝いている。ロマス大尉だ。

「城塞の衛兵たちだわ」ほっとして、仲間たちに告げる。それから大声でロマスに尋ねた。

「どうしてわたしたちに奇襲なんかかけるの？　何も悪いことはしてないのに」

「門で偽名を使ったことと以外は、ということか？」

気づかれてたのか。「わたしは別に――」

「事情聴取で話してもらおうか、イレーナ・ザルタナ、アルデヌス・イクシア、ジェンコ・イクシア。おまえたちを全員逮捕する」

「城門の衛兵に嘘をついたから？　そんなことで――」

「違う。敵と繋がって工作を企んだこと、密偵行為と反逆行為が逮捕の理由だ。今すぐ武器を下ろして馬から降りろ。さもないと射手が撃ち倒す」

これで議会がわたしのことをどう考えているのかわかった。キキの身体が緊張した。わたしがひと言言えば即座に駆けだし、運悪く通り道にいた者すべてを薙《な》ぎ倒しただろう。でもその前にわたしがクロスボウで撃たれるに違いない。たとえ死ななくても、苦しみながら医務室に運ばれることになる。

「指示は？」アーリがわたしに尋ねた。

「これは何かの間違いよ」わたしはボウを下ろした。「血を流す必要はない」ボウを鞍に戻し、馬を降りる。「言われたとおりにして」

ぶつぶつ文句を言いながらも剣を鞘に戻し、ふたりともさっと馬から飛び降りた。

「馬から離れろ」大尉が命じる。「手は頭に」

従う前にキキに囁く。「わたしたちが捕まったら、マダムとウィスキーを養成所に連れていって」

わたしたちは一緒に道を数メートル移動した。ひざまずけとロマスに命じられ、次に近づいてきた部下たちに両手を背中で縛られた。そのとき叫び声があがり、キキが衛兵たちを蹴散らして駆けだした。マダムとウィスキーもそれに従う。

「閣下？」部下のひとりが声をかけた。

「放っておけ」ロマスはわたしの腕をつかみ、無理やり立たせた。「この三人を捕らえろと命じられただけだ」

「逮捕状に署名したのは誰？」ロマスに尋ねる。

「取調べの過程で写しを見せてもらえる。行くぞ」

大尉に腕をつかまれたまま、通りを歩かされた。フィスクの仲間の誰かがわたしたちが逮捕されたところを見ていただろう。フィスクも驚くだろうか？　それとも、情報網を通じて事前に逮捕状について聞いていた？

わたしは自分を責め続けた。ジェンコが言ったように宿屋に滞在して、朝になって行き交う人々に紛れて門を通過し、まずフィスクのところに行けばよかったのだ。どうしてもっと早く思いつかなかったのか。魔力に頼りすぎて、怠け癖がついてしまったのだ。かつては慎重すぎるくらい慎重だったのに。幸い、この愚かな失敗でわたしたちの誰かが命を落とすことはなかった。今回に限っては。

ロマスはわたしたちを城塞の監獄ではなく、議事堂地下の待機房に連れてきた。わたしとその同行者を見たら即座に逮捕せよという命令書に議員たちが署名したとしても驚くことではない。そして、囚人の魔力を遮断する養成所の特別房に収監されなかったことにショックを受けるのもおかしい。今ではわたしが魔力を失ったことは周知の事実なのだ。

アーリとジェンコは徹底的に身体検査されて、大量の武器と錠前破りの道具を奪われたが、わたしは軽く身体を叩かれただけだった。無害だと思われているおかげで得をした。飛び出しナイフは見つかったが、ほかは無事だった。

わたしたちは三つの隣り合った房に収監され、金属製の外扉がカチリと閉まるとあたりは真っ暗になった。手探りでベッドを見つけ、薄っぺらなマットレスの上でできるだけ快適な姿勢を取ろうとする。静寂はまもなく破られた。

「ああ、昔を思い出すな」ジェンコが言った。「いや、違う。おまえと一緒だとほとんど毎回こうなるんだ、イレーナ。毎度のように逮捕されて、そろそろ飽きないか？」

「大げさね」

「だが、シティアに来るたびに監獄に放り込まれてるぜ。訪問記念カードに判子を押してくれないかな？　全監獄を踏破すれば、賞品がもらえるぞ」

「さて、どうする？」アーリが尋ねた。「おまえたちのどちらかが錠前破りの道具を――」

「この場所、なんだかぞくぞくする」近くで魔術が使われていることを察知したらしく、ジェンコが遮った。たぶん魔術師がわたしたちの会話を盗み聞きしているか、監視しているのだろう。

「おまえは何にでもぞくぞくするじゃないか」アーリの言葉からはいつもほどいらだちが感じられない。

「何にでもじゃない。気にならないものも中にはある」

「君はどうだ、イレーナ？」アーリが尋ねた。

ふたりは隠語でしゃべり始めていた。今の会話を頭の中で再生し、本当の意味を抽出する。錠前破りの道具はあるかとアーリは尋ね、ジェンコの回答からすると、あるらしい。

「嫌いなものがふたつあるけど、監房に閉じこめられるのは平気」言い換えると、わたしも二組持っているけれど、今はおとなしくしておいたほうがいい。わたしたちは無実だと議会を納得させたいし、ここで逃げたらそれこそ犯罪行為だ。

「誰か訪ねてくるかな？」アーリが尋ねる。

「朝になればアイリスが立ち寄って、事情を説明してくれるはずよ」

「吸血鬼さえ現れなければ、それでいい」ジェンコが言う。

吸血鬼というのは、わたしを暗殺するために雇われた殺し屋、モスキートのことだ。わたしもできれば二度とあいつには会いたくない。「到着したばかりだもの、まだあいつの耳にも入ってないでしょう」

「噂は伝わるのが速い」アーリは心配そうだ。

「そんなに長く勾留されるはずないわ」と安心させようとする。脱獄は難しいかもしれないが、不可能ではない。でも、できればそれは避けたかった。「とにかく、説得してみる」

アーリの低い笑い声が石壁に反響した。「幸運を祈るよ」

予想どおり、アイリスが朝食を持って現れた。看守が立ち去っても彼女の厳しい表情は緩まず、食欲が失せた。アイリスは鉄格子の向こう側に立ち、こちらを見つめている。額に深い皺が刻まれ、エメラルド色の目の下に隈ができている。公式の場で着る、紫色の絹の魔術師用ローブをはおり、かつては黒かったが今はすっかり灰色になった長い髪を、きっちりひとつに結いあげている。

「イレーナ、どうして来ることを知らせてくれなかった？」ようやくそう尋ねてきた。

「時間がなかったんです」わたしは耳を軽く叩き、尋ねるようにアイリスを見た。

「盗み聞きしている者はいない。それは確かめた。さあ、昨夜城塞に忍び込んだ本当の理由を聞かせてくれ」

「忍び込んでなんかいません。あなたと話す前に議会と揉めるのを避けようとしただけです」

「なるほど。それがどういう結果を招いた？」

「すげえ」ジェンコが感心したように言った。「こんなきつい皮肉、聞いたことがない！」

「失敗したと今では思っています。でもオーエン・ムーンはイクシアにいるんです。どうか助けてください」

「助けてほしいというのは、常識はずれないくつかの事情についてシティア議会を説得しろということか？　たとえば、処刑したと最高司令官は明言したのに、じつはオーエンが生きていたこととか、やはり最高司令官が資金援助してシティア国内で違法にキュレアを製造させ、今では何樽《たる》分も確保していることとか。われらが連絡官が、勝手にイクシアに向かった理由をわたしが説明しなければならなかったときも、助けてもらいたかったよ。

ラピアでの出来事を議会で説明できた人間全員を引き連れていってしまったんだからな」

アイリスの言葉がわたしを切り刻んだ。しかも彼女の言うとおりだから、余計に痛みが激しい。「すみませんでした。オーエンの攻撃に遭って、わたし……」怖くて尻尾を巻いて逃げ出したのだ。「ヴァレクのそばにいたほうが安心できたんです。戻るのが遅れてすみません」

アイリスの怒りも少しは収まったようだ。「こちらこそ一方的に責めて悪かった。この三週間は悪夢だったんだ」

信じられない。泣く子も黙る魔術師範が、崩れゆく台座の上に乗っているかのように不安げだ。「議会との関係以外にも何か問題が？」

「最高司令官の行動にどう対応するか議会で議論が続く一方、この数季節の間に高まり始めていた反魔術師感情がついに爆発した。ジュエルローズ議員が、魔術師を監視し、スケジュールと能力を管理する新制度を提案したんだ。軍隊に近いが、もっと締めつけが強い」アイリスはいらだちを紛らせるように行ったり来たりし始めた。「魔術師は危険な存在であり、議会が規制し管理する必要があると議員は主張している」

わたしは鉄格子越しにジェンコに目をやった。魔術師を紐で繋いでおくことを一番喜ぶのはジェンコだろう。彼は〝考えが安易だ〟と唇だけ動かした。

アイリスが続ける。「ベインとわたし、ほか数人の議員で拒否権を発動できたとはいえ……」そこで口をつぐむ。「結局、別の一派が推し進めようと決めたらしい。《政治結社》が結成されたという噂が出回っているんだ」

拒否権が発動されたと聞いてほっとしたのは一瞬だった。「どういうことですか？」

アイリスはローブの袖を引っぱり、皺を伸ばした。八年前から彼女のことを知っているから、それが時間稼ぎだということはわかっていた。

「よくない話なんですね」

アイリスが顔を上げ、わたしを見た。「この六週間で四人の魔術師が殺害され、十二人が行方不明になっている」

ショックで膝が崩れそうになり、ベッドを手探りした。

「殺されたって、どんなふうに？」

「血管を何かで刺されて。モスキートの仕業ではないかと疑っている。だが、われわれを混乱させるためにモスキートのやり口を模倣したほかの殺し屋かもしれない」

「襲撃はどこで？」

「シティア中だ。特に規則性はない」

急に怖くなって立ち上がった。「リーフは？」

「無事だ。二日前に連絡を取り合った。今城塞に向かっている」アイリスは、父の発見とオーエンの居場所についてリーフから聞かされたことをそのままわたしに伝えた。「リーフは、おまえをオーエンから助け出すための救出隊を結成しようと考えていたんだ」アイリスが乾いた笑いを漏らした。「こんなことを言う日が来るとは思いもよらなかったが、魔術師はイクシアに逃げたほうが安全かもしれない」

「オーエンの配下に入れば、だけどな」ジェンコが言った。「まあ悪くないかもしれない。奴こそがわれらの最高君主になりそうな勢いだから」

アーリが訊いた。「城塞内でも何か事件があったんですか？」

「いや。だから全魔術師に対し、養成所に戻るよう伝言を送った」

「それこそその一団の思う壺《つぼ》では？」わたしは言った。飛んで火に入る何とやら、だ。

「だが、養成所は壁が厚いし、高い塔もある。誰も侵入できないだろう。これで魔術師の数が増えれば百人力だ。あそこにこもれば相手もきっと攻撃してこない」言葉とは裏腹に、口調にその自信が感じられない。

「魔術師が養成所に集まるのを連中が黙って見過ごすわけがない」ジェンコが口を挟んだ。「俺だったら、城塞に続く主要道路で待ち伏せして、ひとりひとりとっ捕まえる」

アイリスは、襲ってくる頭痛をこらえるかのように額を押さえて目をつぶった。

「さすが、ジェンコ」アーリがつぶやく。

「俺、何かまずいことを言ったか？」

「待ち伏せされている可能性について、全員に警告しないと」わたしはアイリスに言った。

お願い、リーフに最初に連絡して、と思わず言いそうになる。

ぱちっと目を開けたとたんアイリスが言った。「もちろんだ。今すぐ手配しよう」

「だが、俺たちをここから出すのが先だよな?」ジェンコが期待をこめて訊いた。

「それはできない。議会はラピアでの一件についておまえたちから話を聞きたがってい
る」

「情報が欲しいだけなら、なぜ反逆罪で逮捕状など取るんです?」と尋ねる。

「その直後のおまえの行動がいかにも怪しかったし、そのうえイクシアの密偵として知られるふたりを伴って城塞に忍び込もうとした……釈放は難しい。魔術師が次々に殺されている今は特に」

「事件について説明したあとは?」

「今の時点ではわからない」

「じゃあ、どうしたらいいんですか?」

「議会で話をしろ。それからできるだけ急いで脱走することだ。ここにいては危ない」

17

ヴァレク

ヴァレクはヘッダの質問について考えた。ほんの五分前までは、自分も最高司令官も、ヘッダはオノーラに殺されたとばかり思っていたのだ。執務室内は飾り気がなく、片づいている。自分がここの生徒だったときと同様、個人の持ち物は隠れ家に全部置いてあるのだ。とはいえ、家具には傷がついているし、椅子の袖は壊れてはずれ、絨毯《じゅうたん》はところどころ剥げている。イクシア国民は制服の着用が義務づけられているにもかかわらず、色褪せた灰緑色の斑《まだら》模様のチュニックとズボン姿で、生地は擦り切れ、継ぎあてだらけだ。

ヘッダは机の後ろでナイフを握りしめている。駐屯地から来た情報屋の若者はいつしかヘッダの横ににじり寄り、短剣を構えている。その腕が震えてさえいなければ、感心していたところだ。

「最高司令官に送り込まれたなら、こんなふうに会話したりしていません」ヴァレクは手に何も持っていないことを見せた。

それでもヘッダは緊張を解かない。「じゃあなぜここに？」

「あなたの手下を追ってきた。わたしが来たことを盗賊団に知らせに行くんじゃないかと思ったもので」

「でも、後ろを見ても誰もいなかったんです」若者は言い訳した。

「そりゃそうだろうさ、ばかだね。ヴァレクは最も優秀な生徒だったんだ。その域に近づけたのはオノーラぐらいさ」ヘッダの視線がヴァレクに戻り、皺が深くなる。「オノーラを殺したね？」それは質問ではなかった。

「いいえ。机に今もブラックベリー・ブランデーの瓶を隠してますか？」

ヘッダはナイフを置いた。「ああ」

ヴァレクは若者のほうを向いた。「点呼に遅れないよう駐屯地に戻れ」

「承知しました」出口に向かった若者が途中で足を止める。「閣下、わたしは……」

「罰を受けるか？」

若者はうなずいた。唾をごくりと飲み込むのと同時に喉仏が上下に動く。

「さて、どうするかな。ヘッダの訓練を受けるために情報を渡していた、違うか？」

ドアノブを握っていた手がびくりとする。「そのとおりです」

「暗殺者になりたいのか？」

「違います、技術を磨きたかっただけです。駐屯地の指導者は年寄りばかりで……」

「向上心を持つ者を罰する気はないが、尾行を見抜く技術を磨いたほうがいい」

「承知しました」若者は気をつけをした。

ヘッダは机の後ろの席に座り、ブランデーの瓶を取り出すと、暗紅色の液体をふたつのグラスに注いだ。

「おまえ、変わったな」ヘッダはそう言ってグラスを渡した。

「どこが?」

「昔のおまえなら数日はあの男をやきもきさせ、その間に上官に垂れ込むか、かの有名な黒い彫像を枕元に置いただろうさ」グラスを一気に空け、もう一杯注ぐ。「それに、最高司令官にそこまで近づいたオノーラを生かしてはおかなかっただろう」

「それは認めますよ。ライバルは排除すべきとも思いましたが、オノーラは一筋縄ではいかない難物だとわかった。難物となると面白がってしまうところは今も昔も変わらない」

「なるほど」ヘッダは飲み物を口にした。

「しかし、あなたが生きていて心からよかったと思う反面、なぜオノーラはあなたが死んだとわれわれに告げたのか、それが不思議です」

「さあね」

「知らない?」ヴァレクはみすぼらしい部屋を手で指し示した。「もともと雇い主などいなかったからでしょう。クーデター以来、あなたにはまったく仕事がなくなった。そうして何年も鬱屈を抱え、ようやく最高司令官に放つ刺客となりそうな生徒と出会った。わたしがシティアにいる間なら、それこそ好都合だ」

「おまえは昔から想像力がたくましいな、キングキラー」

「ではこれはどうです？　最高司令官に、そうだな……その謎の雇い主を殺してこいと命じられたオノーラが、ここに戻ってきた。だがオノーラには殺せなかった。ひどい目に遭った彼女を受け入れ、戦い方を教え、何も恐れずに自立できるようにしてくれたあなただ。だからオノーラはヘッダは死んだと報告し、あなたは隠遁《いんとん》生活を送ることにした」ヴァレクもブランデーを飲み、刺激的なブラックベリーの風味が喉を焼くのを楽しんだ。

ヘッダはグラスを掲げた。「じつに愉快な話だが、あたしが依頼主の名前を絶対に漏らさないことは誰よりおまえがよく知っているだろう」

「だがあなたは新たな暗殺者の訓練を続けていた。学校を閉め、引退したとまわりには思わせておいて」

ヘッダは口をきつく結び、相手を抜け目なく睨んだ。「腕を鈍らせたくなかっただけさ」

それは思いがけない朗報だった。「では、見込みのある生徒を一人か二人、もしあなたのもとに送り込んだら、拒絶しますか？」

明るい緑の目に驚きが浮かぶ。「いいや」

「では、あなたを雇うとしましょう」

「最高司令官には何て言う？」

「それはわたしが考えます」

「あたしのことを報告する気かい？」

「その必要はありません」

「おまえ、本当に変わったよ」

ヴァレクは片方の眉を吊り上げた。「いいほうに？」

「最高司令官への盲目的な忠誠が、それほど……盲目的ではなくなったようだ。恋人のせいだね」

「それには同意しますよ」と言ってブランデーを飲み干す。

ヘッダはグラスの中の飲み物をぐるぐるまわして見つめた。やがて視線をヴァレクに戻す。「こうして同意に至ったわけだから、教えよう。おまえの話にはひとつ間違いがある」

「ほう？」

「あたしは、おまえの兄たちを殺した連中を見つける手伝いはしたが、おまえが本当に望んでいた国王殺しはあえて勧めなかった。それは覚えているな」

当時ヴァレクは、有料で暗殺を依頼してくる依頼主のために標的を殺し、ヘッダを散々儲けさせていた。もしヴァレクが国王に接近しようとすれば、きっと逮捕されて処刑されると彼女は考えたのだ。「ええ。でもそれが何――」

「同じように、あたしはオノーラにも最高司令官を狙えなどと言ってない」

頭が急速に回転する間も、表情は変えなかった。そこから導かれた答えがどうにも気に入らなかった。座ったまま背筋をまっすぐにし、身を乗り出す。「つまり、オノーラ自身が最高司令官を殺したがっていた、ということですか?」

「そうだ」

なのにおまえは最高司令官のもとにオノーラを残してきたのだ、この愚か者。動悸が激しくなったが、無視した。オノーラには最高司令官を殺す機会が山ほどあった。それに、忠誠を誓った今、彼女の胸にはあの印がある。

「オノーラがあたしを殺さなかったのはじつに興味深い。あの子の本当の目的を知っているのはあたしだけだったのに」

ヘッダは過去形を使った。つまり今はヴァレクも知っているということだ。「代わりにあなたは死んだと嘘をついた。危ない橋だ」

「同情だろう。おまえが言ったように、あの子が困っていたときにあたしが手を貸した」

ヴァレクは空のグラスの縁を指でトントンと叩いた。「オノーラの謎がまた深まったな」

「おまえならきっと謎を解くさ。いつだって解いてきただろう?」ヘッダはヴァレクのグラスになみなみとブランデーを注いだ。「謎解きに」ふたりはグラスを合わせた。

酒が喉を滑り落ちながら炎で焼いていく。「謎といえば、嵐の盗賊団について何か聞いてないですか?」

「まあ、少しは。ただの噂話にすぎないがね」ヘッダは口を濁した。

ヴァレクはポケットから金貨をひとつ取り出し、机に置いた。「これでどうです？」

ヘッダはさっとそれをひったくった。「ばかな子たちだよ」と顔をしかめる。「いつかは人目を引くと思ってたんだ」

「ばかな子たちにしてはかなり成功してますね」

「一見すると偶発的に見えるささいな犯罪だから、最近まで誰も犯人が同じだと気づかなかったのさ。犯罪者はみんなそうだが、どんどん大胆になり、大きな標的を狙うようになる。だから時間の問題だったんだ、こうなるのは」ヘッダはヴァレクを指さした。

「根城がどこか知ってますか？」

「いや。誰も知らない。だから今まで捕まらなかったんだ」

「団員については？」

「まあ……噂は耳にしてる」

ヘッダが何を言いたいのかすぐにピンと来て、金貨をもう一枚机に置く。こちらも最初の一枚に負けず劣らずすばやく消えた。

「みんな十代で、ほとんどは漁師の子だよ。襲撃が始まったのは、船団が港に戻って、気候がもっと暖かくなり海が静かになるのを待つ、涼しい季節の最初のころだった」

つまり、退屈した子どもたちが嵐を利用したということか。だが、ずいぶん目端が利くものだ。いや、利きすぎる。海千山千の首領でもいるのかもしれない。「ほかには？」

「あたしは生まれたときから六十二年間、ずっと海岸に住んでいるが、こういう寒い季節は初めてだった」

「どういうことです？」

「昔から雪、雨、風、霧の多い土地ではある。だが、去年はやけに嵐が多かったうえ、なぜか来てはすぐに去っていった。いつもなら一晩中荒れ狂うんだ」

ヴァレクは思案した。「最高司令官はストームダンス族に、北の氷床まで来ることを許したんです」

「連中は北から吹いてくる猛烈な暴風雪を手なずけた。だが、去年の嵐は西からやってきたんだ」

「魔術ですか？」それは疑っていたが、嵐が魔術によるものだとは思っていなかった。

ヘッダは肩をすくめた。「かもしれない。あたしのところにいた魔術師はおまえに全員殺されてしまったから、はっきりしたことはわからない」

わざわざ訂正する気にもなれなかった。政権交代後、最高司令官は魔術師の処刑を命じたが、シティアに逃げる時間は充分あったはずだ。ヴァレク自身、その点は念を押した。

ヘッダに情報の礼を言い、しばらく昔話に花を咲かせた。「そのまま目立たないようにしていたほうが賢明です。例の若い弟子の修業が終わったら、最高司令官の親衛隊へ異動願いを出させるといい」

ヘッダは微笑んだ。

ランズリー大佐が将来有望と言っていたのがあの若者だったとしても不思議ではない。

駐屯地に戻る道すがら、ヘッダから聞いた話についてあれこれ考えた。盗賊団のことを想像し、彼らの身になってみる。うねる海でロープを伝ったり、索具を装備したりすることに長《た》けた退屈した若者たちなら、壁をよじ登るぐらい朝飯前だろう。それに、長年船に乗って暮らしてきた経験から、潮流や潮目を読み、嵐の兆候もすぐに見つけられるはずだ。盗賊団の正体はそれだ。しかし、軍や密偵たちが捕まえられず、隠れ家を発見することさえできないのは腑《ふ》に落ちない。魔術のおかげか、熟年の首領がいるのか。あるいはその両方か。

駐屯地に戻ると、オニキスの様子を見に行った。黒い毛並みはつやつや光り、たてがみにはきちんと櫛が入っている。ご褒美を探してヴァレクの空っぽの手の匂いを嗅ぎ、がっかりして耳を垂れた愛馬を見て、ヴァレクは笑った。ニンジンをやり、それから食堂に向かう。夕食には間に合ったようだ。

ざわめきが徐々に小さくなり、ヴァレクが深皿に入れたクラムシチュー、厚切りパン、チーズ一切れを盆にのせるころには食堂内は静まり返っていた。テーブルについた兵士たちを見渡す。ほとんどが男で、ヴァレクと目を合わせようとしない。しかし、奥の右隅に女兵士が固まっているテーブルがあった。ヴァレクがそこに加わると、女兵士たちはぎょっとした。すぐに、全員階級が低く、士官がひとりもいないことに気づいた。

最初は萎縮していた女兵士たちもしだいに緊張を解き、駐屯地の上層部を男ばかりが占めていることについて、ヴァレクの質問に答え始めた。

「最高司令官の親衛隊は半分が女性だと聞きましたが、本当ですか？」ひとりの一等軍曹が尋ねた。

「ああ。顧問官も半分は女性だ。実際、この駐屯地の男女比について知ったら、最高司令官は立腹するだろう。女性の同僚たちはみなどうしたんだ？」

「異動しました。わたしたちは近くに家族がいるので残ったんです」軍曹が答えた。

「何か不適切な行動があったのか？」

「いいえ、ありません」

女軍曹は躊躇もしなければ、同僚と目を見交わすこともなかった。つまり事実を話しているということだ。ヴァレクは駐屯地上層部について尋ねた。

「何年も変わっていません。全員内部から昇進した人たちです」

「なるほど」この駐屯地はずいぶん前から監査を受けていないらしい。長年この地域を避けてきた自分の責任でもある。「早急に現状を把握し、新陳代謝を図ったほうがよさそうだ」

女兵士たちは微笑んだ。

「暑い季節が終わるまでにはなんとかしよう」最高司令官がシティアに宣戦布告をしない限りは。

「待つ甲斐《かい》があるというものです」軍曹が言った。

ヴァレクは食事を終えると自室に戻った。小テーブルに第一軍管区の制服が積んである。侵入者の気配を確認してからベッドに倒れ込んだ。

翌朝は、季節労働者の基本的な制服に着替えた。黒いズボンの脇には上から下まで白いダイヤ模様が一列、黒いチュニックの胸にも白いダイヤ模様が一列並んでいる。季節労働者はイクシア中の人手が不足しているところを埋める。建設作業や作物の収穫など、おのおのが違う技術を持ち、町から町へと渡り歩く。ヴァレクにとっては格好の隠れ蓑《かくみの》だ。

必要な持ち物をくたびれた背嚢に移し、髪を古ぼけた紐で結んで、一見しただけではわからない程度に容貌を変えた。たいていのイクシア人はヴァレクの名前しか知らないので、彼だと気づく者はいないだろう。駐屯地を出ると、服の白いダイヤ模様に泥を塗りつけた。役になりきれたと納得したところで、最近になって盗賊団の大きな被害にあった、南西にあるガンドレルの町をめざした。

六時間後に到着し、地元の検問所で書類を見せた。

「訪問の目的は？」うんざりした様子で男が尋ねる。

われるのだ。

「船団の漁網の修理です」寒い季節が終わると、次の季節の間、漁師たちは船の準備に追

男はうむと唸《うな》って書類に判を押し、こちらをちらりとも見ずに返した。ほかの警備兵も同じ調子なら、嵐の盗賊団が難なく武器を盗んだとしても不思議ではない。情けない。

そのあと《出航荘》を訪れた。宿主は部屋を用意してくれたが、わずかな従業員たちはヴァレクに目もくれなかった。季節労働者はたいていこの時期に海岸地方にやってくるから、珍しくもないのだ。夕食まで二時間あるので食堂には人気がなく、自室で待つことにした。まもなくドアがノックされた。

ドアを開け、使用人に扮《ふん》したアニカ工作員を中に入れた。彼女はドアが閉じるまで宿の提供する備品について説明を続けた。

「場所は?」ヴァレクが尋ねる。

「カナリー通り四の十五番地二階です。路地を抜けた裏手に入口があります。今はアンドルがいます。交替時間はもう少しあとです」

「ありがとう」

アニカはうなずいて去り、ヴァレクも直後に部屋を出た。イクシアではどの町にも最低でも宿がひとつ、警備隊本部がひとつある。情報を集めるにはその両方が役に立つし、どちらにも密偵を送り込んでいる。大きな町には潜伏する密偵の数も多く、秘密工作の基地

として隠れ家を一軒共有している。

家々の並ぶ中に無理やり詰め込まれたような四の十五番地の木造の建物は、黄色の塗装が剥げかけていた。鼻につんとくる魚の内臓の臭いが通りにたちこめている。ヴァレクは路地にまわり込み、二階に続く金属製の梯子《はしご》を登った。

到着するより先にアンドルがドアを勢いよく開けた。短剣を構えたたくましい男は、相手がヴァレクだとわかると険しい表情を緩めた。

「ようこそ、閣下」アンドルが言い、ヴァレクは小さな部屋に入った。半分が生活空間、もう半分が仕事場として使われている。

テーブルの上に一帯の地図が広げられ、盗賊団に襲われた場所に印がつけられていた。それぞれの横には日時、盗まれた品のリストが書き込まれている。感心だ。

「何か新しい情報は？」

「警備隊本部が襲われてからは事件の報告は上がっていません」

「盗賊団の隠れ家に関しては？」

「何もわかりません。ガンドレル、クリロー、コーラルケイ各町の警備隊員はすでにありとあらゆる入江、建物、船、港、森林地帯を捜索しました」

地図を眺める。「第一軍管区の海岸沿いの町をひとつひとつ襲っているように見える。規則性はないと思っていたが」

「最初はそう思われました。しかし、報告が上がってくるのが遅れた町もあって、嵐との関連性がすぐにはわからなかったんです。とはいえ、日時を見ていただければ、やはり規則性はなさそうです」

「では、次にいつどこが襲撃されるか誰にもわからないわけか」

「はい。しかし、アニカが情報提供者を見つけようとしています。夕食の給仕や片づけが一通り終わったらここに報告に来ることになっています」

「武器の盗難について報告してくれ」

「大嵐のとき、真夜中に襲われました。夜勤の監視役は何も聞こえなかったと主張しています。正直言って、警備隊を襲うような大胆な連中ではないと高をくくっていたんです。それまで《襲撃隊《ストーマーズ》》は主に金銭、道具、食品を盗んでいました。しかし、あとに残すのは床の水たまりだけ」

「《襲撃隊》？」

「警備隊員たちはそう呼んでいるんです」

なるほど。「足跡は？」

「ありません。水たまりだけです」

「真水？　それとも塩水？」ヴァレクは尋ねた。

アンドルの太い眉が、頭をぶつけた二匹の毛虫のようにくっついた。「確認しませんでした。雨水だとばかり思っていたので。重要ですか？」

「どう思う？」

短く刈り込んだ黒髪に指を走らせた。「塩水なら、海岸から来た証拠になりますね」

「あるいは海を渡ってきたか」

「この時期ではありえません。自殺行為です」

普通の盗賊団にとっては危険だろう。だが、もし一味の誰かが魔術を使って航海していたら？　ストームダンス族は嵐から力を引き出すと聞いたことがある。沖に流されないよう、泡の形をした凪《なぎ》の結界を周囲に張って海を進むのだという。そもそも、ストームダンス族は閑散期には何をしているのか？　イクシアの暴風雪を抑えるのに手を貸してくれている者もいれば、盗賊団を手伝っている者もいるかもしれない。

それについてはあとで調べることにして、今は事件に集中しなければ。「鍵がこじ開けられていたのか？」

「はい。裏口と武器庫を金梃子《てこ》で」

プロの手口ではない。プロなら解錠道具を使うはずだ。ヴァレクは考え込んだ。「盗まれたものの全リストを見せてくれ」

「承知しました」アンドルは机の上の書類の中から紙を一枚引っぱり出した。「すべての報告書から書き写したものです。武器が盗まれたあとは、ガンドレルの警備隊本部が捜査を主導しています。ほかの本部からも報告書をすべて送ってもらいました」

なるほど。「その報告書はどこに管理してある?」

「会議室です。司令官が捜査部隊を編成し、われわれはそこで報告書を調べあげる作業を続けていました」

「あまり感心しない様子だな」

アンドルは苦笑した。「彼らはわれわれとは違いますから。連中と一緒に作業したので、あんなに七面倒くさいことをしたんです。アニカと組んでチームを作れば、もっと……」

それだけ自信があるなら安心だ。「では、その報告書をわたしが読むとしたらいつだ?」

「あなたならいつでも会議室に入れますよ、閣下」

「できればあまり人目につきたくない」ヴァレクがここに来たという情報が盗賊団にもう伝わっているなら別だ。まぬけな二等兵を尾行する間に、別のスパイが情報を届けた可能性がある。

「では夜遅くがいいでしょう。今夜は深夜番なんです。人に見られずに会議室に潜り込んでもらえれば、邪魔が入らないようにします。夜明けに朝番の交替要員が来る前に出ていくようにしてください」

「わかった。では真夜中過ぎに行く」

「承知しました」

「ほかに情報は？」

大男は机を示した。「アニカとわたしで、これまでに耳にした情報を書き出しておきました」と言って、盗品リストを振った。

ヴァレクはそれを受け取り、内容を一通り眺めた。金銭や宝石は当然だが、木材、ノコギリ、釘、塗料、ティーカップなどは普通ではない。机に座り、ほかの書類にも目を通した。アンドルとアニカはさまざまな情報を集め、おかげで当初の容疑者、つまり十代の不良少年少女たちは容疑者リストから排除された。五人の若者と三人の娘が喧嘩騒ぎ、飲酒、公共物の損壊などが原因で警備隊と揉め事を起こしたが、全員事件当日にはアリバイがあったのだ。

一時間後、不良少年少女たちの退屈しのぎという線は捨てた。嵐の盗賊団は組織的かつ計画的だ。建設用材を盗んだのは、隠れ家を大々的に修繕するためか、新たに建設しているか、いずれかだろう。しかし、新築中の建物があれば、捜査の過程で見つかっているはずだ。

では修繕だろうか？　潮風は建物を傷ませる。海岸沿いの町の建物はどれも二年おきに塗装し直す必要があるし、改築するときは腐った木材の交換が欠かせない。だが、内装と外装の両方をやり直すのでない限り、こんなに大量の木材は必要ないだろう。警備隊は捜査中にそういう物件に気づかなかったのだろうか？　ヴァレクはアンドルに訊いてみた。

「担当者によるでしょう。観察眼の鋭い者とそうでない者がいますから。捜索の報告書に何か記述があるかもしれません」

　もう少し待たなければならないようだ。それはともかく、建物以外に修理の必要なものといえば何だろう？　漁船だ。建物同様、維持に手間がかかる。漁船についても捜索は行われたはずだが、この時期に荒れ狂う外海に出ているとすればさすがに見つからない。魔術でも使っていない限り、まさに自殺行為だ。もし魔術師が船に乗っていたとしても、この説にはひとつ欠陥がある。嵐の季節に船が出港すれば、漁師たちが気づかないはずがない。あの船長はどうかしている、と地元の酒場で噂になってもおかしくない。

　いや、嵐の盗賊団はそんな危険を冒さないだろう。ただし……ヴァレクははっとした。奴らは嵐の季節が始まる前に出航し、そのまま海に留まっているのでは？　難破して死んだと思われているのだから、人に疑われることもない。完璧なアリバイだ。

　漁の季節に行方不明になった船はないか、アンドルに尋ねた。

「戻ってこない船はいつも二、三隻はいます。各港の主任のところに記録が残っているはずです。アニカも知っているでしょう。海で船が遭難すると、宿に人が集まります」アンドルは言葉を切った。「それが何か？」

　ヴァレクは自説を披露した。

「それは抜け目がないアイデアですね。でも、そこまで大変なこと、わざわざするかな。

船で暮らすのはそう楽しいものじゃない」

「船でしか近づけない場所が海岸沿いにあるか？」ヴァレクは尋ねた。

「ええ、いくつかは。北のほうに行くと、崖に隠れた小さな入江がふたつほどあります。

連中はそこにいると？」

「その可能性はある。あるいは、シティアに向かう準備として、そこに物品を貯蔵してい
るのかもしれない」シティアのほうが魔術師は暮らしやすいからだ。

「危険すぎます。これまで何十隻も挑戦しましたが、《ガラガラヘビの尻尾》を無事に渡
れた船は一隻だけです」

でも、ストームダンス族が乗船していれば可能では？　ガラガラヘビの尻尾とは、第七軍管区の海岸、蛇の森の西の縁に当たる場所でぐいっと張り出した岬から、黄昏海の百五十キロほど沖まで続く海域で、海底の岩礁やふいに現れる浅瀬の上を流れがくねり、予測不能な離岸流や強い海流が生まれている。荒ぶる海水の音が、ガラガラヘビが警戒するときに尻尾を振る音と似ているのでその名がついた。そこが蛇の森の終点だということを考えると、うってつけの名前だと言える。

ストームダンス族が操れるのは天気や気候であり、海水ではないので、ガラガラヘビの尻尾を渡る役に立つのかどうかは疑問だ。ただ、ひとつだけ確かなことは、嵐の盗賊団には窃盗を働くことに留まらない、もっと大きな計画があるということだ。その計画が何か

さえわかれば、すぐに見つかりそうな気がした。

アニカは湯気の立つシーフードチャウダーの入った器を持って現れた。鼻につんと来る魚の匂いを嗅いだとたん、胃が空腹で締めつけられた。アニカはまずヴァレクに器を配ったが、アンドルに渡すときにはにっこり微笑み、えくぼを浮かべた。なるほど、ふたりは長く一緒に仕事をしすぎたようだ。以前ならすぐに別れさせて、ひとりをイクシアの反対側の地に配属していただろう。しかし、ヘッダが言ったように、ヴァレクは変わった。今では、色恋が必ずしも任務の遂行に悪影響を与えるとは思っていなかった。むしろ強力な連帯感が生まれることもある。

ちぇっ、やわになったもんだな、じいさん――ジェンコの声が頭の中で響く。それを無視して、今年行方不明になった漁船についてアニカに尋ねた。

「座礁したり沈んだり火事を起こしたりする船がいつも数隻あります。たいてい生存者がいるものなんですが、ガンドレルから来た二隻は結局戻ってきませんでした。《スターフィッシュ号》と《シーサーペント号》です」

「その二隻の船長と船員の名前はわかるか？」

「いいえ。でも、港湾主任に問い合わせればわかるでしょう」

「秘密裏に乗組員全員の名前を知りたい。できるか？」

アニカはためらい、それからアンドルに目を向けた。「眠り薬はお持ちですか？」

「もちろん」

「では、できると思います。主任は店の常連なので」

「ほかの町はどうでしょう？」アンドルがヴァレクに尋ねた。「ほかにも消えた船があるはずです」

「襲撃隊はガンドレル出身者だ」

「なぜわかるんですか？」アニカが尋ねる。

「考えてみるといい。どこが違う？」

アニカは集中して地図を見つめた。長い茶色の髪がひと房顔に落ち、もどかしそうに耳にかける。やがて地図を指で叩いた。「警備隊を襲撃して武器を盗むのは相当危険です」

茶色の目をヴァレクに向ける。「海岸沿いには複数の警備隊本部がありますが、その中からガンドレルが選ばれたのは、盗賊団にとってなじみがある場所だからです。どんなに嵐が吹き荒れていても、各通りを知っていれば迷う心配はないし、警邏の時間やルートを押さえておけば兵士と出会わずにすむ」

ヴァレクはにっこりした。「そのとおり」

アンドルはチャウダーを食べ終えると、仕事に戻った。ヴァレクはアニカに地元の噂話について尋ねた。「わたしの名前が話に出てはいないか？」

「見慣れない人間が町に現れたことに気づいた者もいますが、漁網の修繕が目的だと誰もが思っています」

よかった。「襲撃隊について、みんなどんな憶測を?」

「いろいろです。雲の中に身を潜めている幽霊たちの仕業だ、なんていうばかげたものから、嵐を利用して盗みを働く地元の少年少女だろうというありふれたものまで。たいしたことじゃないのに警備隊が大げさに騒いでいるだけだと考えている者もいます。今のところ、これという情報はありません」

アニカは宿の仕事に戻り、ヴァレクは三十分ほど待ってから、宿の酒場で席を見つけた。エールを注文し、周囲の会話に耳を澄ます。

「……一番いい漁網が忌々しい岩に引っかかって、濡れた紙みたいにびりびりだよ」

「この騒動は全部ニチェルのところのばか息子の仕業だ。あのガキ、何を言っても耳を貸さない」

「……駐屯地のお偉いさんたちなら、あの連中をやっつけられると思ったのに」

エールを飲み終えたところで仕事はないかと訊いてまわり、船長のひとりが、手が足りないので雇ってもいいと言ってくれた。そのあと部屋に戻り、黒装束に着替えて窓からこっそり脱け出した。その後三時間ほど報告書を読み漁った。捜索の記述で二、三、目を引かれたものがあり、再確認したほうがいい建物と造船所の名を書き写した。今のところ自説を覆すような情報はない。よかった。さっさと解決できれば、それだけ早くイレーナと合流できる。

次の二日間、漁網の修理を手伝った。手が器用に動くうえ、糸や綱を結ぶ技術もあるため、たちまち評判を取った。漁師たちはまもなくヴァレクに気を許し、べらべらと噂話も披露するようになった。頃合いを見て、消息を絶った船について水を向けてみた。

「船に乗るときゃ、誰だって命懸けさ」パグという男が破れ目に新しいより糸を巻きつけた。爪が黒く、潮の臭いがする。「難破するのは二、三隻だが、それでも辛いもんさ」

「まったくだ」船員の中でも最年長のひとり、ジョーイが同意した。「こいつは帰ってこないだろうと予測がつくこともある。あんな若くて経験不足の船員を乗せるなとネルには言ったのに、耳を貸さなかった。エネルギーと体力があるほど、経験と勘には劣るんだ」

「ネルもかわいそうにな」パグが舌打ちした。「幸い、あのひよっこ連中には子どもはいなかった。だが、あいつらの親たちはきっと嘆き悲しんだだろうさ」

確かネルの名前はスターフィッシュ号の乗員名簿にあった。昨夜、港湾主任が宿の酒場のテーブルで突っ伏していびきをかいている間に、アニカがシーサーペント号の名簿とも書き写してくれたのだ。乗員の名前そのものに特に意味はなかったが、年齢がわかったのはありがたかった。妻子がいれば、盗賊になるために海で失踪したふりなどまずしないはずだ。

もういくつか質問をしたあと、スターフィッシュ号こそが嵐の盗賊団の船だと確信した。そうなれば、あとは船を見つけるだけだ。この三週間は襲撃がなく、武器の強奪が最後だったのだと考える漁師がほとんどだった。暖かい季節が始まり、漁船が出航できるようになるのは十三日後だった。

漁の季節が始まって盗賊団が活動を停止するまでに、もう一回だけ襲撃があるとヴァレクは考えていた。盗品のリストを見直す必要がある。奴らが次に何を狙うかがわかれば、標的が特定できる。

「今日はここまでにしておいたほうがよさそうだ」パグが海に目をやって言った。「あの雲の様子が気に入らねえ」

「大嵐になりそうだな」ジョーイはこわばった指を揉んだ。

「嵐がどの町を襲いそうかわかるか?」ヴァレクは尋ねた。

「でかい嵐なら、どこかなんて関係ねえ。海岸地域全部が打撃を受ける」ジョーイが言った。「小さいなら、波を追ってみればわかる」

「波?」

「ああ。嵐がまっすぐこっちに向かってくるときは、波が海岸線と平行に押し寄せてくる。ばあちゃんが台の上で生地を伸ばすときの麺棒みたいにな。右斜めに波が傾いているとき、嵐は北に向かうし、左斜めに傾いているときは南に行く」

船着場に叩きつける波をじっと観察する。麺棒だ。

「今判断するのは早すぎる」ジョーイが言った。「朝になってみないと」

「嵐はいつ来そうだ？」

パグは目を細めた。「明日……たぶん夜だ」

急がなければ。準備の時間はあまり残されていない。

18　リーフ

城塞へ向かいながら、魔術師が大勢行方不明になったり殺されたりしているというアイリスの言葉が頭から離れなかった。アイリスにも何が起きているのかわからないとなると余計に不安で、食欲さえ失せた。アイリスに推理できたのは奴らの目的だけだ。連中は全魔術師を管理したがっていて、おそらく黒幕は影響力のある富豪たち。だが証拠がなかった。

事件が起きたタイミングが、イレーナが魔力を失ったときとほぼ一致している。イレーナがあの毒矢で射られた直後に、アイリスが呼ぶところの《結社》の反魔術師運動が激化した。今のところ《結社》の一員ではと疑われているのは、イレーナを暗殺するためにモスキートを雇ったブルンズ・ジュエルローズただひとりだ。ベン・ムーン、ロリス・クラウドミスト、シリー・クラウドミストを殺害したのもたぶんブルンズだろう。

移動中あれこれ考えても謎は解けず、頭を切り替えることにした。残念ながら浮かんできたのは別の心配事だ。そう、イレーナのことだった。高感度通信器を通じて、アイリスはいい知らせと悪い知らせをもたらした。イレーナがアーリとジェンコとともに城塞に戻ってきたのはよかったが、そこで逮捕され、議会の取調べを受けているという。一刻も早く帰還し、イレーナの話を裏づけてほしいとアイリスに頼まれた。それにリーフは、オーエンが温室で栽培していたものを議会に報告するために父イーザウが描いた詳細な絵も持参していた。イーザウ自身は、調査を完了させ、留守中に植物の世話ができる者が見つかるまで温室を離れないと言い張った。

とにかくイレーナは脱走もせずにリーフの到着を待っている。議会の信用を回復したいと思っているからだろう。だが、獄中生活が長引けば長引くほど、イレーナの身が危ない。リーフのあせりを察知し、ルサルカも速度を上げた。フェザーストーン族領を東西に横断する主要道路をひた走る。もう二日あれば到着するが、急げば半日は短縮できるかもしれない。とはいえそうなると到着は真夜中で、議員たちは全員眠っているだろうから、話をするには朝になるのを待たなければならない。

その間に自分がしたいことははっきりしていた。妻のマーラが待つ自宅に戻ること。妻をこの手に抱けば、胸の奥の不安もやわらぐはず。イランイランの花の軽やかな香りと観葉植物の甘い芳香が入りまじったマーラの香りを嗅げば、やっと家に帰ったと思えるだろう。

宿屋で一泊する代わりに、二時間だけ休憩することにした。隊商が野営しているのを見つけて、仲間入りすればいい。隊商は宿代を節約して、路肩で野宿することが多い。数週間後に暖かい季節が始まる今、その年最初の行商に出かける者が多いのだ。

日没後二時間して、糖蜜の甘い匂いに続き、恐怖の強い刺激臭がリーフの鼻をついた。追い詰められた馬の鋭いいななきが聞こえた瞬間、ルサルカが駆けだした。

角を曲がったところでさまざまな感情の渦が襲いかかってきた。パニックと恐怖が一番強い。かすかな月明かりの中、黒い影がいくつか見える。馬、馬車、人。近づくと、影の正体がはっきりした。横転した馬車。動転している馬に踏みつけられようとしている男。馬車の下から子どもの金切り声が聞こえる。男が静かにしろと子どもたちにわめいている。「馬が怖がるじゃないか」

もう遅すぎる。ルサルカがいるともっと騒ぎが大きくなりかねないので、現場の十五メートルほど手前で停止させた。少なくとも子どもたちはすすり泣くだけになった。

男は手綱を取ろうとして急にかがみ、馬がまた棹立ちになる。このばか、馬のことを何もわかってない。リーフはルサルカから降り、ゆっくり近づいた。

「下がっていろ。さもないと怪我するぞ」相手を怖がらせないよう、平板な声で命じた。そのばか者より、馬を落ち着かせようと思ったのだ。

男が振り返った。「ああ、ありがたい！　どうか助けてください」

「わかった。そこで控えていてくれ」リーフは安全そうな場所を指さした。

「でも子どもたちが――」

「大丈夫だ。僕の言うとおりにしさえすれば」

男はリーフが示した場所に退いた。深呼吸して、馬のしぐさを読む。目がぎらぎら光り、脇腹が大きく上下している。身体から泡のような汗が噴き出し、鼻息も荒い。馬車の支持棒の片方が真っ二つに折れていたが、馬はまだ繋がれたままだ。横転した車体の後方では、地面に荷物が散乱している。

リーフは馬と目を合わせたまま、じりじりと近づいた。穏やかな感情を伝えたが、馬に効果があるかどうかはわからない。だが害にはならないだろう。落ち着いた声で話しかけながらさらに近づく。馬は身体を震わせたが、棹立ちにはならなかった。そのまま手綱に手を伸ばし、左手でつかむ。声をかけつつ馬の鼻を撫でた。

馬の脇腹が上下するのもゆっくりになり、首をそらすのもやめたので、男に声をかけた。

「ゆっくりこっちに来て手綱を取ってくれ」

男は言われたとおりにした。リーフも馬を撫でながら連結部に手を滑らせた。

「お父さん、どうなってるの?」少女が尋ねた。

「ちょっと待ちなさい。ドギーを自由にしてやらないと」

ドギーか、ビーチバニーよりはましだ。リーフは馬がまた怯えないよう身体に触れたまま車体との連結を切り離し、それから馬具をはずした。大変な作業だったが、とうとう馬は解放された。近くの木へ引いていき、身体を温めるために毛布をかけてやる。火照った身体を冷やすのは、あとで彼らがやればいい。それから、子どもたちを車体から出そうとする男を助けに戻った。ふたりで壊れた木製の床部分を持ち上げ、車体を元に戻すと、四人が中から飛び出してきた。

リーフは振り返った。「みんな無事か？　包帯なら持っているし……」子どもたちは思ったより背が高く、父親は今やクロスボウでリーフの胸を狙っていた。違和感が警戒に変わる。ばかだった。

「それから？」武装した男が促した。

「襲撃者を進んで助けてしまったようだな」愚かにも。

「頭の回転が速いな。あのヘイルとかいう男は状況を理解するまでに相当かかった」

ヘイルも捕まったのか。なぜアイリスは教えてくれなかった？　恐怖を抑え込んで目の前にいる五人の男に集中する。感情が発散されているのは〝父親〟からだけだ。ほかは零の盾で身を守っているのだろう。「なぜこんなに持ってまわったことを？　人数で勝っているじゃないか」

「このほうが楽しいだろう？　第一、待ち伏せの匂いを嗅ぎつけたら、おまえは避けて通ったはずだ」

そんなに楽しみたいなら……服に火がついても楽しめるかどうか見ものだな。リーフは意識を集中させた。

「ああ、やめておけ。おい、フレント」

シュッという音がしたかと思うと首に痛みが走った。すぐに吹き矢を抜いたものの、遅すぎるとわかっていた。「ルサルカ、家に帰れ！」

ルサルカが走り去るころには、周囲の森がぐるぐるまわりだした。膝をつきながら、闇が迫ってくるのを意識する。最後に頭に浮かんだのはマーラの顔だった。再会はもう少し先になりそうだ。

19
イレーナ

五歩進んで方向転換。また五歩進んで方向転換。二十七本の鉄格子に沿って行ったり来たりする。連絡官としてあらゆる策を講じただけで、工作活動も反逆行為も敵との共謀もいっさいしていないと議会を説得しようとしたが、兄の証言がなければ釈放できないの一点張りだった。

五日。拘禁されて一、二、三、四、五日、方向転換。リーフ、お願いだから急いで。

「そのうちブーツに穴が開くよ」アーリが言った。

わたしはじろりと睨んだ。アーリは、そうした悪あがきを哲学者のような目で眺め、今は休息が大事だ、やがて脱出するときのために体力を温存するのだと達観していた。脱獄計画はすでに細かく立ててあり、その気になればいつでも実行に移せた。モスキートがこのチャンスをとらえて暗殺計画を実行した場合に備えて、アイリスが剣を二本こっそり持ち込むのに、このアーリの落ち着きが功を奏したのは事実だが。

「そうとも、せっかく暇なんだから、時間をもっと有効活用したほうがいい」ジェンコまでいる。

ジェンコは一番高い場所の横桟を両手でつかみ、懸垂をしていた。シャツを脱いでいるせいで、長くしなやかな筋肉が波打つのがわかる。背中、腕、胸に縦横に走る傷は、密集した町の通りのようだ。しかもジェンコは、怪我をした場所と時間を記念して、傷ひとつひとつに名前までつけている。腹の傷痕と、同時にできた背中の傷については、〝イレーナ〟と呼んでいる。最初にみんなで立ち向かったムグカンとの戦いの際、剣で突き刺されて死にかけたときの傷だ。

「歩きまわって余計なカロリーを消費してるのよ」

「俺はカロリーを消費してるんじゃなく、体形を維持してるんだ。アーリの筋肉は脂肪に変わりつつあるが、俺のは強化され、瞬時に動かせる」

アーリはさっと立ち上がった。「僕だって瞬時に動けるぞ」と言うと鉄格子から大きな手を伸ばし、ジェンコの細いウエストをがっちりつかんだ。そのままぐいっと下に引き、鉄柵から手を離したジェンコは宙に浮く格好になった。

ジェンコはわめき散らして相棒の手から逃げようとした。しかし、いきなりアーリが手を離したので、尻餅をついて痛えっと声をあげた。立ち上がって食ってかかろうとしたそのとき、金属音が響いた。

待機房の入口に一斉に目を向ける。後ろに看守を引き連れて、アイリスが入ってきた。

青ざめた顔、袖に食い込む指の爪が目に入ったとたん、悪い知らせを予測して身構えた。

「すぐに扉の鍵を開けろ」アイリスが命じると看守たちはおとなしく従い、ジェンコの房から開け始めた。

どうやら〝悪い〟どころではなさそうだ。鉄格子をつかんで尋ねる。「何があったんですか？」

「リーフなしで、ルサルカが城塞に現れた」

わたしは額を冷たい鉄格子に押しつけた。パニックになるまいと、何度か深呼吸する。

「父は？　一緒に行方がわからなくなったんですか？」

「いや。イーザウは調査を続行するため、温室に残った」

よかった。悲観的にならないようにしよう。「リーフの捜索は？」

「すぐにキキや仲間の馬たちを集めた。みんなおまえたちを待っている。ルサルカがリーフと別れた場所まで案内してくれるだろう」

「ルサルカが戻ってきたのはいつごろなんだ？」ジェンコが尋ねる。

「今朝、三時間ほど前だ」

「じゃあ急がないと」ジェンコは、金属製の簡易ベッドの下に隠してあった剣をつかんだ。

全員が通路に出てアイリスと合流した。どこからともなく現れた武器を見て驚いたとしても、看守たちはそれを表には出さなかった。

「《結社》に捕らえられたんでしょうか?」アイリスに尋ねる。

「奴らが糸を引いているとは思うが、証拠がない」

アイリスに続き、建物から走り出る。階段の下で数人の議員たちがベイン・ブラッドグッドと口論しており、わたしたちを目にしたとたん止まれと叫んだ。その叫びを無視してそれぞれの馬に跨がる。

ルサルカが身を翻し、わたしたちはそのあとを追った。敷石にぶつかる蹄の音が耳に響く。ありがたいことに、その音が頭の中のうるさい声をかき消してくれた。おなじみのその声は、兄に降りかかったかもしれない恐ろしい出来事をあれこれ並べ、生きて見つかる可能性はごくわずかだと囁き、その他ありとあらゆる最悪のシナリオを語って聞かせるはずだ。不安やストレスが強いときほど、その声は創造力を発揮した。

根を詰めて一日半走り続け、ようやくリーフが姿を消した場所にたどりついた。日没まであと二、三時間というところだ。

ジェンコが馬を降り、地面を調べた。その間、アーリとわたしは馬を歩かせて整理運動をさせた。限界まで急がせたので全身に玉の汗が浮かび、呼吸も荒くて鼻の穴が大きく広がっている。やっと呼吸が落ち着くと、水と餌を与えた。そのころにはジェンコも調査を終え、道の右側に残る、足を引きずったような跡の真ん中で顔をしかめて立っていた。

「普通の待ち伏せとは違う」ジェンコは、二本の樹木の間の草や土のかたまりを指さした。

「誰かが大事故を偽装したらしい。馬車を横転させて動けなくなったように見せかけたんだ」近づいてしゃがみ込む。「馬が騒いだ跡もはっきり残っている」ジェンコは立ち上がった。「リーフに狙いを定めた待ち伏せだ」

「ジェンコ、大げさに言うなよ」アーリが諫《いさ》めた。

「これでも冷静になろうとしてるんだ。リーフは俺の友達でもある」

今聞いた情報に集中し、感情を無視した。感情は例の不吉な声に自由にしゃべらせようとする。「リーフを狙った罠だったと思う根拠は？」

「細かいところまで考え抜かれてるからさ。ルサルカはサンドシードの馬だから、森に人が隠れていればリーフに教えるはずだ」

「だが、風下で待ち伏せしていれば平気だろう？」アーリが指摘した。

「この季節はそうはいかない。風は主に西から吹くからな」

アーリとわたしは感心して顔を見合わせた。やるじゃない。

ジェンコが鼻を鳴らす。「ただの勘じゃない。追跡者ならではのいろんな技術を駆使した推理だ。それにいい知らせもある」

どきっとした。「リーフの居所がわかった？」

「だったらいいんだが。連中は西に向かったけど、道路の表面が踏み固められすぎていて足跡は見分けられない。だが、血痕はない」

「犯人が《結社》なら合点がいくわ。彼らの仲間に入る可能性がある限り、危害は加えないと思う」でもあの頑固な兄のことだ、協力するはずがない。つまり、モスキートが登場するまでにリーフを見つけて救出しなければならず、時間はあまりないということだ。

「この罠からもうひとつわかるのは、リーフが特定の時間にここを通ることを連中が知っていた、ってことだ」ジェンコが言った。「アイリス以外にリーフの居場所を知っていたのは誰だ？」

「ベインと議員たち。議員はその部下たちに話したかもしれない」わたしは答えた。加えて、その部下たちに袖の下を渡して情報を手に入れようとする連中。つまり、数えきれないほどいるということだ。

「ジェンコの推理では連中は西に向かったらしいが、僕らが途中で彼らを追い抜いたはずはない。さもなければ、ルサルカがリーフの匂いに気づいたはずだ。この道から分岐するほかの道はないのか？」アーリが尋ねた。

わたしは思案した。「ここから約一日西に行ったところに、南の主要道路に続く近道がある。アヴィビアン平原の西の縁に沿ったルートだけど、ストームダンス族やグリーンブレイド族の領地にそれることもできる。しかも犯人はわたしたちより三日前に出発してる」なんとももどかしかった。

「そしてその道はジュエルローズ族領にも続く」アーリが指摘した。

「も、もしブルンズ・ジュエルローズが自分の裏庭に魔術師軍団を集めるような愚か者だったら、だけどな」ジェンコが言い足した。「さすがにそこまでばかじゃないだろう」

「これからどうする?」アーリが尋ねた。

憶測ばかりしても答えは出ない。信頼できる情報が必要だった。わたしは呻き声をこらえた。過ちを犯して牢に入れられ、五日間を棒に振ったことが本当に悔やまれた。「フィスクを訪ねましょう」

「でも、もしフィスクがリーフやその他の魔術師の居所を知っているなら、どうして議会に伝えない?」アーリが言った。

「俺たちが議会を信用できないのと同じ理由だよ」ジェンコが答えた。「議会なんて何もできないぼんくらの集まりだ!」

「もしくは、フィスクも証拠は持っていないのかも」わたしが口を挟んだ。「相手は大きな影響力を持つ裕福な実業家たちだもの。フィスクはあちこちから得た情報を継ぎはぎして、何が起きているかもうつかんでいるはずよ」少なくともそう信じたかった。「フィスクと話をしなくちゃ。行こう」近くで草を食んでいたキキに近づく。

アーリがわたしの肩をつかんで引き止めた。「だめだ。もう一日以上眠ってない」

「でも、五日間休んだじゃない」

「数時間でいいんだ。リーフは賢い。僕らが助けに来ると見越して、のらりくらりとやってるさ。だが、君が疲れきっていたら、助けるに助けられない」

アーリの顔をじっと見る。今彼は〝僕ら〟ではなく〝君〟と言った。つまり問題は〝わたし〟ということだ。「確かにヴァレクに――」

「命じられたからだけじゃない。君は僕らの家族だ。家族を守るのは当然だ」


二日後に城塞に到着したとき、検問所の衛兵が三人組を捜していることを想定して、二手に分かれた。ジェンコはルサルカを連れて南門にまわり、アーリとわたしは東門に向かった。早朝の往来に紛れ、大きな隊商の馬車にまじって中に入った。衛兵たちはこちらをちらりとも見なかった。

人通りが多いおかげですんなり入れたのはいいが、道が混雑していて思うように進めない。リーフが拉致されてからすでに六日が経過しており、行く手を阻むものすべてにわめき散らしたくなった。そのうえ尾行の有無もいちいち確認しなければならず、細道を縫うわたしたちの足取りは余計に遅れた。

フィスクの組合本部が入っている建物は市場の南西外輪の工場地帯にある。入口に続く細い路地近くでジェンコと落ち合うころには、身体の奥で鬱憤と不安が膨らみすぎて、もし協力できないとフィスクに言われでもしたら爆発してしまいそうだった。

「何か問題か？」アーリが相棒に尋ねた。

ジェンコは鼻に皺を寄せている。「この路地もひどく臭うな。腐臭もするが、建物から魔力が漏れ出している。フィスクは普通のガキだよな?」

「そうよ」とはいえ、十七歳の若者をガキとは呼べないと思うけれど。「魔術師を雇って、建物の入口を幻影で隠しているの」

「どうして?」アーリが尋ねた。

「犯罪集団と衝突してるのよ。フィスクの組合員になった孤児や貧しい子どもたちが安い労働力としてせっせと働き、お金を稼ぐものだから、ギャング団の首領たちが邪魔してくるの。リーフが協力を申し出たんだけど、自分たちでなんとかするとフィスクは聞かなくて。ちょっと頑固なのよ」

「じゃあ俺から行くぞ」ジェンコは右耳を撫でた。「馬はどうする?」

「アーリ、入口を見つけるまで、馬たちのそばにいてくれる?」

「もし罠だったら?」

「俺がものすごい大声で叫ぶから、すぐに駆けつけてくれ」ジェンコが言った。

「罠なんかじゃない。フィスクはそんなことしない」わたしはキキから降りた。

「わかってる。だがフィスクだって商売人だから、金を出すという得意客がいたら――」

「フィスクに限ってそれはない」アーリをさえぎった。腹が立ったが、声には出すまいとした。「確かに魔力を失った今、誰も信じてはいけないとわかってはいるけど、フィスクはフィスク。いい？」

「了解」アーリは口をきつく結んだ。

「フィスクが金のためにおまえを裏切ったり危害を加えたりすることはない、それはわかるよ」ジェンコもマダムから飛び降りた。「だが、アーリの言うことにも一理ある。口下手だからうまく伝わらなかったかもしれないが。誰にだって弱みはある。もし俺がろくでなしの悪党なら、相手の弱点を探して利用する。フィスクにも弱みはあるはずだ」

「そうね」ジェンコが何か言う前に付け加える。「ごめんなさい、アーリ」

「とにかく念には念を入れよう。ジェンコ、もし中で魔力を感じたら――」

「瞬時に飛び出す」ジェンコはマダムとルサルカの手綱をアーリに渡した。

ジェンコが路地に入り、わたしはすぐ後ろに続いた。排泄物《はいせつぶつ》と腐ったゴミの臭いが鼻をつき、吐き気がこみ上げる。拳大の蜘蛛《くも》がゴミの山の陰にさっと逃げ込んだ。全部幻影魔術の一部だと思いたかった。いざというときのために飛び出しナイフの近くに手を置く。

「おまえはいつもすてきな場所に連れてきてくれるよな、イレーナ。ほんとにありがたいよ」

ふとジェンコが呻いた。足を止めて右側を向くと、両手を上げ、煉瓦の壁の向こうに姿を消した。わたしもあとに続く。幻影だとわかってはいたが、思わず身を硬くする。

奥まった戸口に立ち、前回ここに来たときにリーフが使っていたノックの仕方を真似してみる。もし変更されていたら、まずいことになるかもしれないけれど。

小さな覗き穴が開いた。「人の家を訪ねるには遅すぎるんじゃないか」娘が言った。

「助けを借りたい者にとっては、時間なんて関係ない」と答える。

覗き穴が勢いよく閉じた。

「用心しすぎることはない、ってか」ジェンコが囁いた。

何も起きない。思わずもう一度ノックしたくなる。そのときカチャリと金属音がして、扉が大きく開いた。

十三歳になるかならないかの少女がわたしたちを玄関ホールに招き入れた。「かわいいイレーナ、よくいらっしゃいました」そう言って、長い茶色の髪を耳にかける。「フィスク組合長がずっとお待ちでした」

ホールの先にある三つの部屋に目をやる。右側の組合員用の二段ベッドが並ぶ部屋にも、左側の教室にも誰もいない。正面奥の厨房からは甘いパンケーキの匂いが漂ってくる。

「フィスクは仕事場？」

「いいえ。今は業務時間なので、みんな市場で買い物客の手伝いをしています。でも、呼びに行かせました。待つ間、朝食を召し上がってください。料理係がパンケーキを作っています」

また遅くなる。食事をしてる暇なんかないとわめきたい気持ちを抑えるため、両手を握りしめた。爪を肌に食い込ませながら告げる。「馬の番をしている者がひとり外にいるの」

「厩舎に案内しておきます」

「ここに厩舎が?」ジェンコは周囲を鋭い目で見回した。出口をすべて確認したのだろう。

「いえ、正確にはここではなく、裏の《白薔薇荘《ばら》》です。でも、《白薔薇荘》のご主人と話し合って、使わせてもらっています。厩舎に繋がる出入口も作ってあるんです」

「俺が行ったほうがいいだろうな。アーリはあんたが来ても信用しない」ジェンコはその出入口の場所を訊いた。

「厩番に、ヒリーに言われて来たと伝えてください」

ジェンコはうなずき、立ち去った。ヒリーはわたしを厨房へ案内した。厨房は広々していて、竈の左側に木製の長テーブルの列がある。

ヒリーはテーブルを示したあと皿にパンケーキを盛り、わたしの前に置いた。路地の悪臭で催した吐き気は消え、俄然食欲が出てきた。わたしは礼を言って、何日も食べ物を見ていなかったかのようにかぶりついた。旅用の冷たい糧食は本物の食べ物とはとても言えず、リーフの心配と、医者から警告されていたつわりのせいもあって、ずっと何も食べる気がしなかったのだ。

パンケーキを口に詰め込み終わってひと息ついたとき、兄のことは心配だが、赤ん坊のためには規則正しく食事をとり、たっぷり眠らなければだめだと改めて気づいた。

食事を終えるころ、ジェンコとアーリが厨房に入ってきた。

「ここはすごく広いな」ジェンコがわたしの向かい側に腰を下ろした。

アーリはわたしの横に座り、とたんに重みで木の板がたわんでわたしの身体が傾《かし》いだ。

「馬たちの様子は？」

「上々だ」

ヒリーはふたりにもパンケーキを配り、ジェンコの横に腰かけた。ふたりが食事をする間、いつも業務時間はこんなに人がいなくなるのか尋ねた。

「でも組合本部が空になることはありません。ここは、一日中蜂が出入りする巣みたいなものだと言われてます」

ジェンコがフォークを動かす手を止めた。「つまり、巣をつついたりしたら刺されるってことか」

ヒリーがにやりと笑うと歯が見えた。「ええ、そうですね。何度も刺されます」

「さすがだな」ジェンコは耳を掻いた。「だが、ここを見つけるのがまず難しい。外側はぐるりと幻影魔術で隠されてる。幸い、中に魔術の気配はないが」

「今は状況が不安定なんです、ジェンコさん」

わたしはヒリーをじっと見つめた。彼女はジェンコの名前を知っていたうえ、人手の足りない市場で働かずにここに残っている。

「あなた、フィスクの密偵ね？」

ヒリーはスカートの皺を伸ばした。「人が来たときにお迎えするだけです」

「ふん」ジェンコはパンケーキを突き刺したフォークをヒリーのほうに向けた。「しらばっくれるなよ、子猫ちゃん。服の皺を伸ばすふりなんてのは何世紀も前に俺が発明済みだ。俺たちが逮捕された夜、物陰に隠れていたのを見たし、数晩前に城塞を出たときもやはり近くに潜んでた」

ヒリーはジェンコを見つめた。「嘘つき」

「紺のチュニックとズボン、底の磨《す》り減った黒いブーツ、短剣の柄には星の模様」

ヒリーは一瞬口をぽかんと開けたが、すぐにつぐんでへの字に曲げた。ジェンコ相手に誰もが見せる表情だ。

「心配するな、おまえは優秀だ。俺ほどじゃないが、完璧な人間なんてこの世にいない」

ジェンコはフォークを派手に振りまわしたあと口に突っ込んだ。

「そういう自分よがりがいつか命取りになるぞ」アーリが諫めた。

「ちぇっ」ジェンコはヒリーのほうを向いた。「俺たちが城塞の衛兵たちに拉致されたとき、すぐにフィスクのもとに戻ったのか？　それとも騒動をうかがっている奴がほかにもいないか偵察してたのか？」

「あなたがわたしならどうします？」

「俺は辛抱がきかなくてね。だが、よくできた密偵ならそこに留まって、ほかにも知りたがり屋の猫がいるかどうか確かめるだろうな」

ジェンコもやるじゃない。うまくヒリーを持ち上げて、情報を引き出そうとしている。

「別の猫がこそこそ逃げ出すのを見たかもしれません」

「へえ？　誰のところの猫か知ってるのか？」

「どうでしょう」

ジェンコが身を乗り出す。「と言うと？」

「あなたが何枚銀貨をくれるかによります」

「一本取られたな」アーリが言う。

ジェンコの渋い表情を見てわたしは噴き出した。「二枚でどう？」

「六枚。それで、お兄さんを捜しに出かけようとしたあなたを監視していた人間についても教えてさしあげます」

「三枚」

「五枚」

「四枚」

「いいでしょう」

ヒリーが手を差し出す。わたしはその手に銀貨を四枚置いた。

「猫は、大きな赤い宝石のついた首飾りをした身なりのいい男のところに戻りました。男は議会の来客棟に滞在していました。裏口から出てきて、猫と話をしていた」

「風貌を描写できる？」

「百聞は一見にしかず。男の居場所を教えてさしあげます」

「また銀貨を要求する気か？」ジェンコが尋ねる。

「もちろん。組合の子たち全員に食べさせるのは楽じゃないんです」

「イレーナがいなかったら、組合そのものがなかったんだからな」ジェンコは言い返した。

わたしは両手を上げた。「喜んで払うわ。お金と引き換えに何かを提供するのが、すべての基本だもの。それで家や家族のない者に食事や屋根が与えられる」それからにっこりした。「どんどん拡大して、まさか組合までできるとは思わなかった。感謝するならフィスクにしなきゃ」そしてヒリーにもう二枚銀貨を渡した。

ヒリーは言った。「会議があるときはたいていそこにいる。三〇六番の席に座っています」

「議事堂を見てこようか」ジェンコが言った。

そうしたかったが、リーフを救出するのが先だ。「先にフィスクと話しましょう」

「われわれが城塞を出たときに監視していた奴は誰なんだ？」アーリが尋ねた。

「同じ猫です」

今の答えについて考える。その猫というのはモスキートで、ブルンズ・ジュエルローズにわたしのことを報告しているのだろうか？　ではなぜ拘禁されていたときに殺そうとしなかった？　フルゴルの牢獄での最初の試みが失敗したからかもしれない。次の機会はきっとあるのだから、ただ辛抱強く待てばいいだけなのだ。

アーリが心配そうに顔をしかめてわたしの袖に触れた。「その猫は東門からここまで僕たちをつけてきたかもしれない」アーリもわたしと同じ結論に達したらしい。

「残念ながらアーリさんの言うとおりだ」厨房に入ってきたフィスクが言った。「男は、いや、あなたの猫と言ったほうがいいかな、今《白薔薇荘》の厩舎を見張っている」

わたしは立ち上がった。「ごめんね、フィスク、巻き込んじゃって」

「謝る必要はないよ、かわいいイレーナ。男は三週間ぐらい前からこのあたりを嗅ぎまわっていて、城塞に戻ったらあなたはまずここに来ると踏んでいたらしい。逮捕される前にね」フィスクの明るい茶色の瞳が愉快そうに輝く。「予想外の行動を取ったおかげで命拾いしたってわけさ」

ジェンコはしばらく皿の縁をフォークで叩きながら考え込んだ。「ああ、そうか。まっすぐここに来ていたら、モスキートに待ち伏せされていたかもしれない。だが、今はこっちにも奴の居場所がわかっていて、逆に奴にはそれがわかってない」

「上出来です、ジェンコさん。お暇なら雇ってもいい。ヒリーに鍛えてもらってください」

少女はジェンコににっこり笑い、六枚の銀貨をフィスクに手渡すと、こちらにちょこんとお辞儀をした。「わたしにお手伝いできることがあったら、いつでもおっしゃってください」そして立ち去った。

フィスクは銀貨をポケットに入れた。「会えて嬉しいよ、かわいいイレーナ。でも、何かよくない知らせでも？」

「あなたの部屋で話しましょう」

フィスクに続いて長い廊下を進む。つきあたりにあるドアの鍵を彼が開け、わたしたちを中に通した。二階まで吹き抜けになった広々とした部屋で、居間の部分と、上に中二階がある書斎部分に分かれている。

ジェンコは二脚ある赤いでこぼこした生地の肘掛け椅子の片方に座り、アーリがもう一方に座った。わたしは白黒柄のソファに浅く腰かけた。テーブルの上には、翼のような形に広げたふたつの手のガラス像が置かれている。オパールが作った魔術探知器だ。光はひらめいておらず、近くで魔術は使われていないようだ。それにジェンコもくつろいでいる。

フィスクは立ったままで、普段より背が高く見える。「何があったの？」

持ってまわった言い方をしても仕方がない。「リーフが拉致された」

フィスクは身を乗り出し、ソファの背をつかんだ。「いつ？　どこで？」

わたしは待ち伏せについて話した。

「くそっ」フィスクはソファに沈み込んだ。「リーフなら大丈夫だと思ってたのに」

「どうして？」アーリが尋ねる。

「リーフは匂いで……わかるから」

「相手が零の盾を使ったら無意味よ」零の盾は便利だが、悪用されれば大きな問題となる。そのときいやな考えが頭に浮かんだ。もし《結社》が全魔術師を支配できる力を手に入れたら？　彼らが零の盾を管理するようになったとして、はたしてシティアのために使うつもりなのか、それともみずからの計画達成のために使うのか？

わたしは首を振った。どちらでも同じことだ。わたしたちは彼らを阻止する。阻止しなければならない。「魔術師の失踪について、何か知らない？」

フィスクはためらった。

「もちろん情報料は払うわ」

「そういうことじゃないんだ。長年僕らを助けてくれたリーフを救出するためなら何でもするつもりだよ」

「じゃあ何？」

フィスクは息を吸い込み、わたしと目を合わせた。「失踪した魔術師ばかりじゃない。じつは、身を隠している連中もいるんだ」

20

ヴァレク

黄昏海は大荒れで、おかげでヴァレクには一日半の準備期間ができた。海で遭難したと報告されていたスターフィッシュ号の船員たちが嵐の盗賊団だという自説が正しければ、まもなくやってくる嵐を隠れ蓑にして陸にやってくるはずだ。それでも疑問はまだ数多く残っている。どの町を狙うつもりなのか？　港を使うのか、それとも浜辺に小型ボートで上陸するのか？　そもそも現れない可能性だってある。最後の襲撃からすでに三週間が経過していた。

夕食後、カナリー通りの部屋に戻った。アンドルは寝室でいびきをかき、アニカは宿屋に仕事に出かけていた。集めた情報と盗品リストをざっと眺める。宝飾品類や金銭は無視してその他の品物に集中し、食料、水、雨風をしのぐ屋根といった生活必需品について考える。

アンドルによれば、船上で生活するのは難しいという。断崖の奥まった入り江のような暮らしやすい場所を盗賊団が見つけていたとしたら、このリストにある材料があれば家が二軒は建つ。隠れ家はそれで守られるだろう。

水を盗品に頼るわけにはいかないので、海に注ぐ川に近い場所ではないだろうか。地図で海岸線を確認すると、どの川沿いにも町がある。川を使って船で積荷を内陸の町に運ぶことを考えれば、当然だろう。

第一軍管区の断崖地帯について考える。崖の地下を流れる、地図に記されていない水流があるとしたら？　陸から近づけないその住処《すみか》には、誰も気づかないだろう。とはいえ、漁の季節になれば、漁船からは見えてしまう。つまり偽装しているということか。クリローの町で灰色と緑の染料が二百リットル盗まれた理由も納得がいく。断崖の隠れた入り江が隠れ家の第一候補だ。

食料については、穀類、米、トウモロコシ、小麦粉などが盗まれたが、植物の種や園芸用品もなくなっており、どうやら作物を栽培しようとしているらしい。入り江がよほどの大きさでなければとても植物は育たないだろう。海岸線の大部分は砂や岩で覆われていて、農耕可能な土地は十五キロほど内陸からようやく始まる。崖の入り江説は没だ。

ヴァレクは地図をトントンと指で叩いた。ストームダンス族との会話を思い出す。翡翠海《ジェイド・シー》にある島について何か言っていた……。小さな島なので突然の嵐に耐えられず、人は住めないという。盗賊団が黄昏海にある島に隠れ家を建てたとしたら？　魔術師が嵐を食い止めれば安全だし、そんなところに人が住んでいるとは誰も思わないだろう。

それだと思い、ヴァレクは海岸の地図に目を走らせた。小島は数えきれないほどある。全部確認するには何季節もかかるだろうし、捜査の噂が広がり、盗賊団は用心して、捜索隊が近づけないよう嵐を起こすに違いない。それに連中は地図に載っていない島を見つけた可能性もある。ヴァレクは気落ちして椅子に背中を預けた。目的の島を見つけるのは無理そうだ。

また盗品のリストに目を戻す。何か見落としは？　隠れ家を維持するために必要なものは何か？　医薬品はコーラルケイの診療所から盗まれ、エールの詰まった箱がラティス・ビーチの酒場から消え、鍋や食器はドラッガンの宿屋から……。

ヴァレクは弾かれたように立ち上がった。アンドルとアニカが集めた情報を急いでめくり、被害の状況報告を探した。ある嵐のときには鶏小屋《とりごや》が壊れ、鶏がすべて逃げた。別のときは扉が風で開いて十数匹の羊が逃げ、溺死したものと考えられた。牛小屋の壁が嵐で倒れ、乳牛が四頭消えたこともあった。じつはこれらの家畜は全部盗まれたのだとしたら？　嵐の盗賊団はまだ肉牛を必要としているはずだ。

改めて地図を眺める。海岸に一番近い畜牛農場はどこだ？　グランデルの南約五キロ、内陸に約一キロの場所に一軒ある。ここだ。

アニカが帰宅し、アンドルが夜勤のために起き出してきたとき、ヴァレクは自説を披露し、論理に穴はないか確かめてもらった。

「断崖の入り江は、家畜を飼ったり作物を育てたりするほど大きくありません」アンドルが言った。

「肉牛の失踪についての報告は本当になかったですか？」アニカが尋ねる。

「すべての報告書を二度確認した」ヴァレクは言った。「だが、今夜警備隊にある報告書をもう一度読み、明日、地元住民に島について尋ねてみようと思う」

「明日の夜、襲撃があると？」アンドルが尋ねる。

「明日でなければ次の嵐のときだろう。連中は、十二日後に漁の季節が始まる前に必要なものをすべて揃えなければならない。いずれにしても、準備をしておいたほうがいい」

ヴァレクはその晩も警備隊の会議室で遅くまで過ごした。報告書に目を通し、自説と照らし合わせて矛盾点はないか探したが、見つからなかった。宿に戻って数時間睡眠をとったあと、港に行って漁網の修繕に加わった。

波はもう転がる麺棒のように平行に並んで押し寄せてはおらず、右にやや傾いていた。

「嵐の中心はここを避けてくれそうだ」ジョーイが言った。

「北へ向かうんだよな？」ヴァレクは結び目を作りながら尋ねた。落胆して作業がのろくなる。イレーナと過ごす時間がまた遠のいた。

「そうだ。だが、そのすぐあとに続くのはこっちに来そうだ」

ヴァレクの動きが止まる。「ふたつの嵐が連続して？　よくあることなのか？」

ジョーイが指の関節を鳴らした。「まあな。双子って呼ばれてる。ときどき来るんだ。同じ道を通って同じ場所を次々に襲う場合は一卵性って呼ぶ。だが、二手に分かれて、違う方向に向かうこともある」

「ひょっとして、二卵性と呼ぶのか？」

「察しがいいな」

パグが鼻を鳴らした。「誰にだってわかるさ。じゃあ、同時にひとつの海岸を襲うのは？」

「結合双生児？」ヴァレクが答えた。

「はずれ。人呼んで〝大災厄〟だ。そいつが来たら、船が沈みませんように、家が飛ばされませんようにと祈るしかない」パグは身震いした。「幸い、めったにないが」

「俺は今までに二回、見た」とジョーイ。「一回でも充分なのにさ」

「双子の弟のほうはどこを襲うと思う？」ヴァレクはジョーイに尋ねた。

「まだわからん」

ヴァレクはもどかしさを抑え込み、連中の冗談や軽いからかい、ほら話に耳を傾けた。

「……子どもが石みたいに沈んじまって、漁網で引き上げなきゃならなかった……」

「……帆の下に隠れてたのを見つけてふん縛ったんだ。怠けた盗人《ぬすつと》たちさ」

「船が難破してるのを見つけて、てっきりスメリーは溺れ死んじまったと思ったのに、フック島で見つかったんだ。浜辺で日光浴してやがった。こんなにすぐに見つかるとは、と腹を立てる始末さ。スメリーじいさん、休暇気分だったらしい」ジョーイが笑いながら咳《せ》き込んだ。

「そいつ、島で生活なんてできたのか？」ヴァレクは尋ねた。

「二、三日はな。だがたちまち食い物に困っただろうさ。島には木の実ぐらいしか育たないし、海鳥を捕まえるには相当要領がよくないと」

「島で船が難破することはよくあるのか？」

「嵐が起きると、ときどき。だが漁船団は、悪天候のときは島を避ける。船の行方がわからないと報告を受けると捜索に行くが、乗組員が見つかることはめったにない。スメリーは例外だよ」

「ああ、あんなに臭い奴は例外さ。あいつ、生魚しか食わないんだ」パグが言った。

パグの潮の臭いもひどいものだったが、口には出さなかった。「全員を捜索するのか？」

「いや。漁場で遭難した船だけだ」ジョーイが答えた。

「島を利用している者もいるのか？」

「別荘でも建てる気かよ？」パグが笑った。「それなら権利書を金貨十枚で売ってやるぞ」

ヴァレクは肩をすくめ、興味があることを気取られないように軽くいなした。「話の流れで訊いただけさ」

「パグの言うことは無視しろ」ジョーイが言った。「ちょいと休憩したり、修繕の必要があるときに立ち寄ったりする程度のもんさ。真水が手に入る島も中にはあるが、長居する奴はいない。穏やかであったかな季節でさえ嵐で水浸しになって、泳いで移動するはめになる」

「それか、木の上に登らなきゃならない。ファウロンが見つかったとき、枝に身体を縛りつけてたの、覚えてるだろ？」パグが尋ねた。

「ああそうだった。あいつは頭が切れた。残念ながら、喉の渇きで死んじまったがな」

ほかにも哀れな連中の話をやりとりしながら、ヴァレクは今聞いた情報について考えた。魔術師の力で住まいが浸水しないようにすれば、島で暮らせそうだ。ストームダンス族は暖かい季節が終わるまでにシティアに戻る取り決めなので、もし戻らなければすぐに発覚してしまうだろう。ほかの魔術師がシティアから来たのだろうか？　あるいは、まったく新顔の魔術師？　スターフィッシュ号の乗組員はみな若かったとジョーイは言っていた。

その若者の誰かが魔力を持っているとしたら？　イクシア国内に魔術師は住めないので、選択肢はふたつだ。シティアに逃げるか、魔力を隠すか。だが隠せば、魔力を制御できなくなって燃え尽き《フレイムアウト》を起こす危険性がある。アイリスによれば、常人離れした自己抑制ができる者でなければ、訓練せずに燃え尽きを起こさずにいるのはまず無理だという。

嵐の間にもし何も起きなければ、全乗組員を調べてみよう。気の遠くなるような単純作業だが、盗賊団の居場所に結びつくヒントが見つかるかもしれない。

　修繕した漁網を丸めたあと、ジョーイが染みだらけのねじ曲がった指で海を指した。

「最初の嵐は断崖のほうに向かっている。だが双子の弟のほうはこちらに向きを変えようとしているようだ。明日の夜に襲来しそうだが、朝になればはっきりするだろう」彼はヴァレクの肩を軽く叩き、低い声で言った。「ぜひ襲撃隊を捕まえとくれ。奴らは困りものだ」そして足を引きずりながら通りの向こうの酒場のほうに歩き去った。

　密偵が聞いて呆《あき》れる。信じられないと言わんばかりのジェンコの声が聞こえるようだ。

〝あのご老体、一瞬であなたの変装を見破ったみたいですね、ボス〟。ジェンコをイレーナと一緒にシティアに行かせてよかった。

　宿の部屋に寄って背嚢を回収してから隠れ家に戻った。アンドルが起き出し、アニカが仕事から帰ると、一緒に計画をおさらいした。

「わたしは北に向かい、いざというときのために嵐を見張る。ふたりには今夜、畜牛農家を偵察してきてほしい。納屋の構造や牧場の様子、海岸までのルートを確認すること。嵐が来る前に終わらせたほうが楽だ」

「承知しました」ふたりは言った。

　アンドルがお腹をさする。「密偵の任務をまわりに悟らせないためには、明日早上がりする口実が必要です」

「いやよ……」アニカが口を手で覆う。

「僕だってできればこんなことはしたくない」ヴァレクが言った。「舌に三滴落とすだけでいいし、一時間半もすれば効果は徐々に消えていく」

アンドルは台所の棚のひとつを探り、茶色がかった黄色の液体の入ったガラス瓶を取り出して鼻に皺を寄せた。「見た目だけで吐き気がする。どこで手に入れたんですか？」

ヴァレクはにやりとした。「シティアにコネがあってね」リーフが作る薬はいつも効き目は強力だが、味や匂いをよくする気はないらしい。「ここを出る直前に飲め。ちょうど仕事を始めるころにくだり始めるはずだ」

「くだり始める？」アニカは渋い顔をした。

「すまない、つい言いたくなった」

分厚い雲の向こうに月が隠れると、ヴァレクは海岸線に沿い、波を追って北に向かった。暗すぎて道が見えなかったので、角灯の窓を少しだけ開けて前方をうっすらと照らす。真っ黒な海に目を凝らし、船の明かりを探したが、見当たらなかった。

嵐の最前線が陸に到達していた。黒い外套を雨粒が激しく叩く。防水するために、城の裁縫師ディラナが生地を液状の蝋《ろう》にたっぷり浸してくれていたが、長時間雨に打たれれば、どのみちずぶ濡れになると経験上わかっていた。海から突風が吹きつけて外套をはためかせ、角灯の炎が消えそうになる。頭巾をかぶっていても水飛沫《みずしぶき》が目を刺し、鼻を刺激した。海沿いに続いていた起伏のある砂丘が険しい岩場に変化した。ときどき北風が勢いよく吹きつけるのは、前方に断崖があり、風向きが変わるせいだろう。暗くてはっきりとは見えないが、その巨大な存在がこちらにのしかかってくるようだ。

少し後退して、船で上陸するとしたらどこがいいか場所を探してみる。それからしゃがみ込み、角灯の窓を閉じて待った。

イレーナたちは温室の植物について何か発見しただろうか？　二手に分かれてからすでに十三日が経過していた。イレーナはもう集合場所に向かっているのか？　彼女と赤ん坊のことが急に心配になってくる。

少なくとも、切羽詰まった心の叫びはまだ聞こえてこない。これまで三度、イレーナはシティアで絶体絶命となり、無我夢中で呼びかけてきた。半狂乱になったイレーナの恐怖は、巨大怪物の鋭い鉤爪《かぎづめ》のように心を引き裂き、そのたびに心を開いて、はるか彼方にいる彼女にパワーと魔術耐性を注ぎ込んだ。それで何度もイレーナの命を救ったが、魔力によって彼女と繫がったのはそういうときだけだった。だが今は……ヴァレクはぞっとした。魔力を失った今、イレーナはわたしと接触できるだろうか？　たぶん無理だろう。こんなところで何をしているんだ？　雨の中しゃがんで、若い盗賊団を見つけようと躍起になっている自分。どうでもいいことではないか。今盗賊団を捕らえても、またどこかで別の犯罪者が現れる。危険な目に遭っていなくても、イレーナのそばにいてやりたい。任務のせいで、ふたりはあまりにも長い間、離れ離れになりすぎた。さっさと退任したほうがいい。そうして最高司令官の命令に従わずにすむようになったあかつきに、オーエンを殺すのだ。

立ち上がり、目に降りかかる雨を拭った。踵を返したところで足を止め、ため息をつく。このまま立ち去りたかったが、やはり任務を中途半端にはできない。やるべきことの優先順位を変更する。まず盗賊団を捕らえ、引退し、オーエンを殺す。元の位置に戻り、イレーナについて気を揉むのをやめにした。そうとも、イレーナは有能で頭もいい。それにアーリとジェンコはけっして彼女から目を離さないだろう。

数時間後、海上に光がゆらゆらと浮かんだ。何だろうと思い、じっと観察する。ひとつの光がふたつに分かれ、二番目の光が岸に近づいてきた。かなり接近すると、四つの角灯だとわかった。黄色い光の中に大きめのボートが浮かび上がり、漕いでいるのは四人、別の四人が明かりを掲げているのがわかった。浅瀬にたどりついたボートの周囲だけ荒波が静まった。目を細めると、ボートは雨も風も受けていない。ヴァレクはべたべたする魔術を肌に感じた。八人のうち誰かが魔術師なのだ。嵐の盗賊団などどうとでもなれとさっきは思ったのに、全身の血が沸きたつのを感じた。

ふたりの男が飛び降り、ボートの舳先《へさき》を岸に引っぱった。男女の区別はつくが、顔まではわからない。やがて三人の男とふたりの女が砂浜に降り立った。角灯のうちふたつを手にしている。船内に残った女と短く言葉を交わしたのち、五人組は内陸に向かって砂浜を駆けだした。

ふたりの男がボートをまた沖に向かって押し、そして飛び乗った。櫂《かい》を持つと、海上でまだ上下している明かりに向かって漕ぎだす。天候は荒れているのに、やはりボートの下だけ海が凪《な》いでいる。つまり、ボート内に魔術師がいるということだ。きっと船尾に座っている女だろう。十六、七歳の若い娘で、髪は暗褐色で長く、きれいな顔立ちをしている。荒れた海を遠ざかっていくボートは追えないので、降りた一団を追跡した。彼らが襲撃の実行犯なら、なぜボートは去ったのだろう？　別の場所に迎えに来るのかもしれない。そのほうが賢明だ。

東に向かう盗賊団を尾行しながら、ヴァレクは一帯の地図を頭に置いた。このあたりには町も農場もなく、盗む価値のあるものは何もない。盗品の隠し場所があり、足りないものを補給しに行くのかもしれない。三キロほど進んだところで南に折れ、海岸線に平行に進み始めた。風が、やがて雨もやんだ。

ガンドレルの町を迂回《うかい》するころには、霞《かすみ》のような雲の隙間から半月の光が漏れ出した。連中は畜牛農場に向かっているのかもしれない。嵐に紛れるのではなく、今夜、人々が寝静まるころに、肉牛を盗むつもりなのか。予想外だった。やはりこの盗賊団の首領はただ者ではない。

だが、どうやって牛を運ぶのか？　港に張られた木板の上を歩けば、蹄の音が誰かの耳に入るおそれがある。それに、上陸した場所に牛を連れて戻るとも思えなかった。あんなボートでは、一度に一頭しか牛を運べない。つまり何度も往復しなければならないということだ。とはいえ、彼らがそこに現れることを予想した者もいないだろう。問題は、嵐の盗賊団がそこまで狡猾《こうかつ》なのかということだ。

畜牛農場の手前五百メートルほどのところで、盗賊団は西に行くかと思いきや、東に方向を変えた。ヴァレクは不思議に思い、相手との距離を詰めた。さらに一キロほど進んだとき、五人は枝の伸びすぎた生垣の小路に入っていき、その先の、屋根がひしゃげ、ぼろぼろの木壁の納屋に飛び込んだ。荒れ果てた建物の裏手にまわる。ひずんだ両開きのドアの取っ手には錆《さ》びついた鎖が巻きつけてある。やけに大きな南京錠が鎖をがっちり締めつけていた。

納屋には出入口がひとつしかなく好都合だった。節くれだった松の木が周囲を囲み、ほかに建物も明かりも見えない。汚れたふたつの窓から角灯の明かりが漏れている。中を覗いてみると、盗賊団は寝袋の準備をしていた。窓ガラスで遮られているため会話の内容はわからなかったが、口調はくつろいでいて、軽い冗談でも飛ばし合っているような感じだ。

様子を観察できる隠れ場所を見つけ、待つことにした。連中は中にこもったままだ。夜明け前に改めて中を確認してみると、角灯のひとつを囲むようにして眠っている。角灯はまだ消えておらず、かすかな光が若者たちの顔を照らしていた。十五歳から十九歳というところか。

肩にずっしり重みを感じた。この子どもたちは盗賊団に加わって自分の未来を台無しにした。彼らは子孫を残せない。《行動規範》は犯罪者をけっして許さないのだから。

なぜ彼らは納屋に隠れているのか？　二番目の嵐は今夜畜牛農場を襲うだろうが、その前に牛をボートに引いていっておけば時間の節約になる。牛が歩く音は風や波の音でもう誰にも聞こえないだろう。いやはや、抜け目がない。だがヴァレクにとってはまさに好都合だった。手順はもうわかっていた。

ヴァレクは隠れ家に戻った。外套も制服も髪も乾いた塩と砂で固まり、冷気が骨の髄まで染み込んでいた。暖炉に火を熾し、薪をくべた。それから身体を洗い、顧問官の制服に着替えた。

夜明けから一時間後、アンドルとアニカが現れ、静かな夜だったと報告した。

「家畜が盗まれるなんて、農場主は考えてもいないようです」アンドルが言った。「家を除くと、納屋も家畜小屋も門もいっさい施錠されておらず、ひどく不用心です。牛には焼き印が押してあるから大丈夫だと思い込んでいるんでしょう」

「家畜が消えたら焼き印など何の役にも立たないのに」アニカが口を挟んだ。

「姿を消すといえば」ヴァレクは言った。「アンドル、おまえのところの警備隊に仕事を頼みたい。兵士は何人いる？」

「わたしを除いて五人です」

「それでは足りない。近隣の部隊からも派遣してもらえるか？」

アンドルは首を振った。「隊長ならできると思いますが、わたしが頼んでも無理でしょう」

「ではわたしから頼もう。行くぞ」

「今ですか？」

「そうだ、道すがら説明する」

「わたしは何をすれば？」アニカが尋ねた。

「裁縫師、無地の黒い生地を一反、彫刻用粘土二十キロほどを調達し、できるだけ早く警備隊本部に持ってきてくれ」ヴァレクはアニカの答えも聞かずに隠れ家を飛び出し、アンドルがすぐあとに続いた。

目撃したことと計画をアンドルに説明しながら人気のない通りを進む。嵐が来るまでに準備を終わらせておかなければならない。

ターニー隊長はアンドルに顔をしかめた。まさか自分の部隊に密偵が潜入していたとは。

しかし、ヴァレクの命令に応じて、クリローとコーラルケイの部隊に伝令を送ってくれた。「納屋にいる子どもたちを捕らえるため、アンドルのほかにもうひとり同行させたいのだが」ヴァレクは隊長に言った。

「それでは足りないでしょう。相手は五人なのでは？」

ヴァレクは何も言わない。

「わかりました。おい、ミクス！」隊長は声を張り上げた。

二十歳になるかならないかの細身の兵士が気をつけの姿勢を取った。「はい」

「ふたりに同行しろ」

若者の顔が青ざめた。「了解しました！」

隊長はため息をこらえるかのようにつかのま唇を結んだ。「あなたがたが出発したあと、われわれに何かできることは？」

ヴァレクはいくつもの仕事を列挙した。ターニー隊長は疑わしげに顔をしかめたが、結局承知し、残りの部下に指示を始めた。ヴァレクはアンドルに手錠を五組用意しろと命じ、例の荒廃した納屋に向かった。

「全員子どもだから、手こずることはないだろう。おまえが先に中に入って連中を叩き起こし、背中で手錠をはめてひざまずかせろ」

「そこまでする必要がありますか？」アンドルは尋ねた。「まだ子どもでしょう？」

ヴァレクに口答えするアンドルを見て、ミクスは息を呑んだようだった。

「あえて怖がらせて、動揺させたいんだ」ヴァレクは答えた。「そこでわたしが中に入り、連中を震え上がらせる。そうすれば連中は洗いざらい白状する。これぐらいの年齢の一団には下手な薬より効果的なんだ」

「なるほど」アンドルは感心したようだった。

ミクスは途方に暮れた様子で、シャツの裾をしきりに引き絞っている。

「ミクス、部下の密偵たちには、状況を理解するために積極的に質問しろといつも言い聞かせている。それに、意見はいつでも大歓迎だ。わたしの計画がだめだと思えばアンドルははっきりそう言うし、そう考える理由も説明する。もちろんお咎めはなしだ」

「そうですか」ミクスの声は裏返っている。「その場合……計画を変更するんですか？」

「アンドルの説明に納得がいけば変える。賛成できなければ変えない」つい最近までの最高司令官と自分の関係と同じだ。最高司令官の行動はおかしいというイレーナの意見が正しかったのだろう。自分は重要な手がかりを見逃していたのだろうか？　この盗賊団の一件が片づいたら、じっくり考えてみよう。

枝の伸びすぎた生垣の路地にたどりついた。静かにと合図し、ふたりを待たせて納屋を確認しに行く。木々の陰を伝いながら近づき、窓を覗く。若者たちは先ほどのままだった。アンドルとミクスを呼ぶ。

三人で戸口に近づき、そこでヴァレクが声は出さずに行けと命じる。ふたりが剣を抜いて小屋に突入し、壁に手をつけと子どもたちに怒鳴った。ヴァレクは建物の外で叫び声を聞いていた。悪態に続いて金属音が響いた。

中からひとり飛び出してきたので、つまずかせた。一瞬地面に転がったものの、すぐに立ち上がり、ヴァレクが近づくころには手に短剣を握っていた。なかなかすばしっこい奴だ。

若者は武器を振りまわした。「近づくな――」

すばやく若者の手首を蹴り、ナイフが吹っ飛ぶ。飛びかかって若者の腕を背中にねじり上げると、身体を地面に押しつけた。

「おとなしくしろ。さもないと腕を折るぞ」本気だとわからせるために相手の腕を持ち上げた。若者が痛みに息を呑む。

納屋の中の音が静まると、ヴァレクは前方の若者を押した。「動け」

中に入ると、ほかの四人がアンドルとミクスの前でひざまずいていた。逃げたはずのひとりを目にしたとたん、四人の顔がさらに青くなった。

「ひとり忘れてるぞ」ヴァレクが言った。

「すみません、ボス」アンドルが近づいてきて、若者に手錠をかけ、仲間のところに引きずっていった。

ヴァレクは、いかにも冷酷な殺し屋らしいとイレーナが呼ぶ表情で五人をねめつけた。

「おめでとう、過去数季節のおまえたちのおふざけがわたしの目に留まった」つかのま言葉を切る。「わたしが誰か知っているか？」

全員押し黙っている。

「アンドル、教えてやれ」

「こちらはヴァレク顧問官だ。最高司令官の右腕にして暗殺者」

名前を聞いたとたん、四人は期待どおりに震え上がったが、例の若者だけはこちらを挑戦的に睨み返した。

ヴァレクが告げる。「今夜の計画を話せ」

全員が例の若者に目を向けた。

「口をつぐんでおけ」と若者が命じる。

なるほど、こいつがリーダーか。ヴァレクは袖から右手で小刀を取り出し、左手に投げ矢をつかんだ。手近にいた娘を立ち上がらせ、矢でちくりと突いた。娘が悲鳴をあげる。その首に刃をあてがう。「今夜の計画を話せ」

「こけおどしだ」若者は言った。「廃屋で眠っていても犯罪にはならない。俺たちを捕まえる根拠なんかないんだ」

ヴァレクは若者をじっと見てから娘に目を戻した。「名前は？」

「サジ……サジ」目がきらりと光る。

「つき合う仲間を選ぶべきだったな、サジ」ヴァレクはほかの四人の視線を遮るように彼女の前に立ち、小刀を振り上げると、娘の腕と脇腹の隙間を突き刺した。もうひとりの娘が金切り声をあげる。折しも眠り薬が効果を表してサジが崩れ落ち、ヴァレクはその肩をつかんで小刀が落ちないように押さえながら、そのまま戸口の外に引きずっていった。建物の脇にどさりと横たえたが、動かなくなったブーツだけは中から見えるようにした。

ポケットから血の染みのついたハンカチを取り出し、手を拭うふりをしながらみんなのほうを向く。ミクスが、嵐の盗賊団と同じくらい愕然《がくぜん》とした表情を浮かべていた。

ハンカチを厄介そうに戸口のほうに振ってみせる。「自業自得だ。じつにくだらん」ヴァレクはひとりひとりに目を向けた。視線に耐えきれず、娘が泣きだす。卑怯者《ひきょうもの》というイレーナの非難の声が頭の中で響いた。

別の小刀をポケットから出し、改めて告げた。「今夜の計画を話せ」

怯えきった子どもたちはとたんに口を開き、我先にと計画を説明し始めた。

本部に戻ると、警備隊員が盗賊たちの身体検査をし、つなぎの囚人服を与えて牢獄に監禁した。リーダーの若者は、まだ眠っているサジをアンドルが簡易ベッドに横たえるのを見て、ヴァレクを睨んだ。「だからこけおどしだと言ったんだ」

わざわざ応じる気もなかったヴァレクは、準備の確認に向かった。アニカがすでに頼んだものを携え、年老いた裁縫師も連れてきていた。ヴァレクが要望を説明すると、老女は舌打ちして右手の関節を撫でた。

「うまくいくかどうかわかりませんよ」

「それはわたしが考えることだ。夕食までに作れるか？」

「はい」老女は、会議室のテーブルに置かれた黒い生地を広げた。

ターニー隊長は部下が見つけてきたものをヴァレクに見せた。「本物には見えませんが」

「わたしがなんとかする。アニカ、粘土を持ってきたか？」

「粘土は見つかりませんでしたが、補修剤を持ってきました。船の小さな穴を塞ぐのに漁師が使うものです。すぐに乾くので、今夜使うにはもってこいだと思います」

「すばらしい」ヴァレクは桶の蓋をはずして中を覗いた。それから全員に仕事の指示をし、自分も作業に取りかかった。

正午近く、アニカが全員にチャウダーを持ってきた。刺激的な香りを嗅いだとたん、急に空腹を覚えた。そういえば昨日から何も食べていない。チャウダーを腹に流し込むと作業に戻った。時間が飛ぶように過ぎていった。

夕食のとき、アンドルがヴァレクに声をかけた。よその部隊から応援が到着したという。会議室に集めたところ、各町から五人ずつ送られてきたので、窃盗団の待ち伏せに使える人員は全部で十八人となった。もちろん、すでに仕事を終えて帰宅した老裁縫師は勘定に入れていない。これで足りるといいのだが。

計画を説明し、それぞれに役割を与えると、小グループごとに集合場所に出発するスケジュールを伝えた。進捗状況に満足して自分の仕事に戻り、日没には準備をすべて終えた。嵐の盗賊団が上陸するまであと四時間だ。

ヴァレクのグループにはアニカとアンドルも加わり、最後に本部を出発することになっていた。ガンドレルで何か問題が起きたときのために、本部にはターニー隊長が残る。備品がすべて揃っているか、確認した。港に向かう間、全員が無言だった。

到着すると、それぞれが役割をこなした。準備を整え、配置につくころには、雨が降りだした。ヴァレクは武者震いをした。罠の細工は完璧だ。

嵐が激しくなり、ヴァレクの髪も服もずぶ濡れだった。港に繋がれた漁船は大きく揺れては木の杭《くい》にぶつかり、衝撃音を響かせたりきしんだりする。桟橋の板材の下に波が押し寄せ、支柱に衝突するたびに飛沫が上がった。

アニカは桟橋の先端で盗賊団の明かりが見えるのを待っていた。捕まった若者の話によれば、船は嵐が真っ盛りのときに現れるという。港で道板を下ろした状態で待ち、先行部隊が盗んだ五頭の牛を連れてくるとすぐさま道板を上げ、そのまま出港する。朝になるまで誰も気づかないという塩梅《あんばい》だ。単純にして無駄のない計画にヴァレクは舌を巻いた。リーダーの取調べが楽しみだ。ほかにも新しい芸当をいくつか知ることになるだろう。

闇の中、ぴか、ぴかとすばやく二回明かりが瞬いた。アニカの合図だ。

「位置につけ」ヴァレクが命じ、それはすぐにほかのメンバーにも伝わった。

ふたりずつ組んだ四つのチームが変装した。ヴァレクとアンドルも、裁縫師が作った黒い布を身体に巻きつける。

アニカが現れた。「もう近くまで来ています」サジの服を着て、同じ髪型にしている。

「ロープはどこですか?」

「ここだ」ヴァレクは先端を彼女に渡した。ロープは牛の頭に結んである。というか、ヴァレクがつけている牛の頭の覆面に。精巧なものではないが、肉屋でもらってきた骨と補修剤を使ってなんとかそれらしく五頭分作った。夜の闇と嵐に紛れて、ぎりぎりまで見破られないことを祈るばかりだった。

「行きましょう」アニカが言った。

ヴァレクとアンドルは腰をかがめ、アンドルがヴァレクの腰を抱えた格好で前に進む。背後に続く四組も同じことをしているはずだった。〝畜牛〟たちはそれぞれ、捕まった嵐の盗賊団の服を着た係に引かれている。

桟橋を半分ほど進んだところで船が見えてきた。甲板で角灯が輝いている。荒波に揉まれているほかの船と違って、凪いだ海に浮かんでいるかのように安定している。巨大な商船で、帆をいっぱいに張り、なかなかの壮観だ。

白い帆は風を受けているが、嵐の強風に比べると穏やかだ。乗船している魔術師は有能で、で、海だけでなく嵐も操れるらしい。

アニカは歩調を緩め、道板が下ろされるまでは牛の小さな〝群れ〟を角灯の明かりから遠ざけておこうとした。嵐がやみ、騒音も静まった。船が桟橋に近づいてきて、四人の男が降り立つ。ロープが投げられ、係船柱に繋がれた。問題なしという声が響き、道板が下ろされた。

「サジ、急げ！」道板の先で男が呼ぶ。

アニカは歩調を保っていたが、船が桟橋にぶつかる音がしたそのとき足を速めた。道板の先にもうふたり男が現れた。ヴァレクは吹き矢を取り出し、背後でアンドルも剣を抜いた。

明かりに照らされたとき、濃密な魔術に触れてびくっとした。帆柱や甲板に目を凝らし、敵の人数を数える。魔術師は船首に立ち、腕を広げていた。

笑い声が聞こえた。「あんなにみっともない牛は初めて見たぞ」男が言った。「哀れに思って連れてきたのか、サジ？」

アニカは口をつぐんだままだ。

「それに足を引きずっているようだぞ」別の声が言う。「ジッベンが文句を言いそうだ」

「みんな歩き方が変だぞ。「脚に怪我でもさせたのか、サジ？」

「待てよ、奴ら牛じゃ――」

もはやこれまで。「今だ」ヴァレクが怒鳴り、黒い生地と覆面をかなぐり捨てた。

道板の先にいた三人は驚き、一瞬身体が固まった。その隙にヴァレクは道板に飛びついた。背後でほかの仲間たちも変装を脱ぎ去り、剣を抜いたはずだった。見たわけではなかったが、前方にいる男たちの顔が青ざめ、息を呑み、ようやく声をあげたところを見ると、相当派手な光景だったらしい。ヴァレクはにやりとした。人の意表をつくのは大好きだ。

「奇襲だ！」盗賊団の誰かがわめき、剣を抜いた。

魔術師が腕を下ろしてこちらを見た。ヴァレクは吹き矢で一番近くにいた男を狙い、続けてほかのふたりにもすばやく矢を放った。剣を抜いて男たちのほうに飛び込み、何度か剣を交えたものの、やがて眠り薬の効果が現れて、敵は次々に倒れた。

そのとき港から声があがった。大波が桟橋に襲いかかり、仲間たちを巻き込んでいた。アニカ、アンドルほかふたりは道板にたどりついたが、ほかは波が迫ってきたとき、ロープの防護柵にしがみつくしかなかった。

甲板に足音が響いた。武装した四人の敵がこちらに駆けてきたが、その後も操舵室《そうだしつ》からぞくぞくと出てくる。ヴァレクはアンドルらに身ぶりでその四人を頼み、自分は剣を手に船首に走った。

帆柱からふたりの若者が下りてきて短剣を構え、魔術師の前に立ちはだかった。ヴァレクは吹き矢を出す間に大げさに小刀を取り出して相手の気をそらし、手に二本の矢を隠した。ふたりは一瞬顔を見合わせてためらった。

「さあ来い。実力の程を見せてもらおうじゃないか」ヴァレクは戦闘の構えを取った。

大柄のほうが前に出た。利き手ではないほうにナイフを握っている。まわし蹴りでナイフを取り落とさせてから懐に飛び込むとみぞおちを殴り、矢を刺した。若者はうっと呻いて尻餅をついた。

相棒が立ち上がるのも待たずに、もうひとりの少年がヴァレクに突進してきた。こちらの少年はすばしこく、戦闘技術の拙さを補っていた。何度か刃を交えたあと、相手の実力を試してやろうかとも思ったが、にわかに騒ぎが大きくなり、ちらりとそちらを見ると、アンドルたちが人数の点で劣勢だとわかった。

次のひと突きを左手でよけ、相手の手首をつかんで引き寄せると、股間を膝で蹴り上げた。かわいそうに、少年は甲板に崩れ落ちた。卑怯なやり方とはいえ、今は時間が惜しい。

船首に近づいたとき、別の敵が通せんぼをした。手間をかけずに投げ飛ばし、首に矢を突き刺して先を急ぐ。

魔術師がこちらを向き、たちまち何かねっとりしたものに取り巻かれた。幸い、港を襲う波は消えていた。相手は、同時にふたつの魔術は使えないらしい。魔術をかき分けるようにして相手に近づく。水の球が次々に飛んできたが、ヴァレクをよけていった。少女は驚いて息を呑み、すぐに怯え始めた。じりじりと後退し、手すりにつかまる。

娘の次の一手を予想しようとした瞬間、船がぐらりと揺れた。船を包んでいた凪の泡が破裂し、たちまち嵐が襲いかかってきた。甲板で戦闘中の人々が叫び声をあげる。ヴァレクもつかのまよろめいたが、日頃の鍛錬のおかげですぐに体勢を立て直した。自分の反射神経もまだ捨てたものではない。

魔術師は最後のよすがのように木の手すりにしがみついていた。底知れぬ青い瞳でこちらを見ている。ヴァレクがさらに近づくと、魔術が消えた。

ひざまずいて言う。「お願い、殺さないで」

濡れた髪がぺったりと張りついたその顔をよく見ると、十六歳かそこらしい。どこかの誰かの大切な娘なのだ。女の子の赤ん坊を抱いたイレーナの姿が一瞬脳裏に浮かんだが、すぐに打ち消した。娘を殺すつもりはなかったが、ではどうするのか？

「嵐を止めろ。そうすれば考えてもいい」

「できません。水を操れるだけです」

「では、また海を凪にしろ」

船の周囲の波が収まり、雨がやんだ。揺れもなくなった。

「嵐を操っている者もいるのか？」

少女は唇を噛み、遠くに目をやった。ヴァレクも甲板上の戦闘を眺めた。今では部下たち全員が甲板に上がり、すでに優勢だった。相手の年齢層を考えれば当然だ。大抵は若さより経験が物を言うのだ。

「もう終わりだ。協力したほうが身のためだぞ」

娘はがっくりとしゃがみ込んだ。「弟が嵐を呼ぶんです。でも船には乗っていません」

「ではどこにいる？」

「島です」

思ったとおりだ。よしと思ったが、厳しい表情は崩さなかった。「島まで案内しろ」

娘はぞっとした表情を浮かべた。「で……できません」

ヴァレクは口をつぐんで待った。

「弟が……あいつらに殺されます」

意外な答えだった。「あいつら？」

娘は腕を広げて船を示した。「船を乗っ取って、わたしたちを無理やり協力させている奴らです」

21 リーフ

刺すような頭の痛みでリーフは意識を取り戻した。まぶたの向こうにまぶしい日差しが待っているのがわかるから、目は閉じたままにした。何が辛いかひとつひとつ挙げていく。舌が乾ききった革のかけらみたいになっているのは、しばらく水を飲んでいないせいだ。頭痛は、長い間、食事をしていないことを意味する。吐き気がするのは眠り薬を飲まされたからだろう。たぶん二、三日、いやそれ以上、気を失っていたような気がする。つかのま目が覚めたときに、ぼうっとしながら黴臭いパンを食べ、生ぬるい水を飲んだような記憶がうっすらとある。

こめかみの鋭い痛みが鈍い疼きに変わると、リーフはやっと目を開けた。幸い、牢獄ではなく、こぢんまりした清潔な部屋でベッドに横たわっている。窓はひとつ、小卓ひとつ、白い壁に装飾はなく、今は閉じているドアがひとつ。残念なのは、腕を頭の上に伸ばした格好で手首を縛られていることだ。たぶんヘッドボードに結びつけられているのだろう。そ足首を縛られフットボードにくくりつけられていることを考えれば、そう予想がつく。そのうえ零の盾に囲まれているので魔術は使えない。

なんとなく不安だったが、まだ恐怖は感じていない。自分の服を着ているし、隠してある解錠道具がそのうち役に立つかもしれない。そのうち解放されるはず……だろう？

過ぎていく時間がどんどん遅くなっていくような気がする。ひょっとして連中は僕のことを忘れているんじゃないか？　あるいは、喉の渇きで殺そうとしているのか？　いや、殺したいなら、もっと確実な方法があったはずだ。これは、支配権はあちらにあると思い知らせるための計略の一環なのだ。とにかく悲観的にならないこと。今しなくてはならないのは、チャンスが来るまで、あるいは誰かが救出に来るまで生き延びること。イレーナがきっと捜してくれているはずだ。

うとうとしていると、金属が擦れ合う音がした。ドアノブがまわってドアが開き、四十代後半と思《おぼ》しき長身の男が入ってきた。いかつい大男がふたりそれに続き、ひとりは椅子を、もうひとりは食事ののった盆を持っている。ベルトから短剣やら剣やらが下がっている。うまそうな牛肉の匂いで頭がくらくらした。食事をおあずけにするのは、リーフにとってじつに効果的な拷問だ。

相手がこちらをじっと見つめる間、リーフも相手を観察した。後ろに撫でつけた黒髪は、こめかみの部分にわずかに白髪が交じっている。女性に好まれそうな鋭い顔立ちだ。佇《たたず》まいから自信があふれ、宝石をあしらった指輪や首から下がる巨大なルビーのネックレスもそうだが、筋肉質の身体をさらに立派に見せるような仕立ての高価な絹の服を見れば、男が相当な金持ちだとわかる。リーフは相手が口を開くのを待った。

「何が起きているのか知りたくはないか？」男が尋ねた。

「もちろん」乾いた唇からしわがれ声が漏れ出す。「だが、答えを求めるような立場にはないと思ってね」

男は笑った。「これは驚いた。こんなに早くそれに気づいたのは君が初めてだ。ほかの連中は、魔術師であるからには言い分が通るものと思い込んで叫んだりわめいたり、往生際が悪いの何の」

男が合図すると、大男1がベッドの足元に椅子を置き、ポケットから鍵を出すとリーフの手枷《てかせ》をはずしてまた退いた。男の肉厚な手は武器のそばに置かれている。室内にいる人間全員がリーフの反応を待って緊張していた。

起き上がって腕をさすり、感覚を取り戻そうとした。食事も水も与えられずに身体が弱り、足首もまだ固定されている状態では、おとなしくしているほかない。今のところは。

男が近づいてきて手を差し出した。「ブルンズ・ジュエルローズだ」

その名を聞いたとたん、怒りに火がついた。このくそったれがイレーナを殺すために暗殺者を雇ったのだ。しかし深呼吸して、なんとか落ち着こうとした。今はおとなしくして、生き延びることが先決だ。リーフは男の手を握った。「リーフ・リアナ・ザルタナだ」

互いにぎゅっと握り合い、手を離した。初対面の実業家同士のように。妙だ。

「やっと会えて嬉しいよ」ブルンズは椅子に腰を下ろした。「君の経歴はとても印象的だ」

そしてパチンと指を鳴らした。

大男2が盆を運んできて、リーフの膝に置いた。深皿によそわれたシチュー、パン、チーズ、スプーン、ナプキン、大きなグラスに入った水。ナイフはない。

ブルンズが言った。「食べるといい。腹が減っているはずだ」

リーフは躊躇した。「何と引き換えに？」

「わたしの話を聞いてほしい、ただそれだけだ。話し終えるまで、意見を挟まないこと」

拘束された足首に目を落とす。「すでに意見があるとしたら？」

ブルンズは首を傾げた。「残念ながら、それもいたし方ない。話し合いをするより、わたしの能力や資力を見せつけたほうが相手を納得させられると、身をもって学んだのでね。知ってのとおり、部下たちを使えば、君のように強力な魔術師でもいともたやすくおとなしくさせられる」

〝いともたやすく〟というひと言に引っかかったものの、食ってかかるのはやめた。あの待ち伏せは、確かにリーフの本能にまんまと訴えかけ、ルサルカの能力を発揮させないように考え抜かれた作戦だった。「妹の魔力を奪ったのはおまえなのか」

「違う。わたしの情報網によれば、犯人は最高司令官に新たに雇われた暗殺者、オノーラらしいぞ」

リーフは鼻で笑った。「間違った情報だ」

「それはない」

「なぜ最高司令官がそんなことをする？」

「それもこれから説明する」

「いいだろう。聞こうじゃないか」リーフはグラスを手に取り、水を半分飲んだ。ああ、お帰り、わが舌よ。

「最高司令官はシティア侵略の準備を進めている。なにしろ、相手はキュレアを手に入れ、零の盾を備蓄し、連絡官の魔力を無効化し、悪名高き邪悪な魔術師オーエン・ムーンを匿《かくま》っている。そう考えるしかなかろう」

零の盾を備蓄？　それは初耳だった。牛肉とジャガイモをスプーンですくうと口に運んだ。悪くない。最高とまではいかなくても、今まで食べた中で五本の指に入る味だ。

「最高司令官は、連絡官に矢を放ってその魔力を封じろと命じた。そうすれば連絡官はシティア議会にとって用なしとなり、魔力がなければ顧問官として城に招き入れることもできる。恋人のそばにいられるのなら、連絡官にとっても魅力的な誘いだろう。もちろんヴァレクのほうも大歓迎だ。ヴァレクは国の治安維持に不可欠な存在だから、機嫌を取っておくに越したことはない。オノーラがイレーナを殺さなかった理由もそこにある。殺せばヴァレクが黙っていないだろうからな」ブルンズは脚を組んだ。「ここまではどうだ？」

「質問がひとつある。なぜモスキートを雇ってイレーナを狙わせた？」

「イレーナが死ねばヴァレクは復讐の鬼となり、イクシア国内は混乱する。二番目の暗殺未遂事件も初回と犯人は同じオノーラで、最高司令官がそう命じたと思わせたかったんだ。それにイレーナはシティアの機密情報を持っている。それが最高司令官の手に渡るような事態だけは絶対に避けたかった。われわれはシティアを守ろうとしているのだよ」

イレーナを殺してシティアを守る？　ずいぶんとねじくれた考えだ。「〝われわれ〟とは誰だ？」

「今説明しようとしていたところだ。最高司令官はあんなに魔術師を嫌っているのに、オーエン・ムーンを匿う理由がわからない。きっと、最高司令官がシティアを攻撃するときに切り札となる何かを所有しているんだろう。シティア議会もほとんど同じ情報を持っているのに、議論ばかりして何も行動を起こさない。確かに、君の一族の議員にテオブロマの生産量を増やす努力をさせてはいるが、それには何年もかかる。そんな悠長なことは言っていられない。待ってせいぜい一年だ」

リーフは口を動かすのを止めた。一年？　接ぎ木の技術を使ってもとても間に合わない。

「わたしは議会の無策がもどかしくて、みずから大勢の友人や仕事仲間に接触した。そして《結社》を結成し、どうしたらシティアを守れるか積極的に考えを出し合った。まずはわれわれの強みを列挙した。軍は頼りにならない。訓練も兵士の数もまるで足りない。だが、シティアには魔術師と高感度通信器がある。ただ、魔術師は軍としての戦い方を知らない。自分のことしか考えず、手を貸そうとしない者もいる。最高司令官が零の盾を備蓄できたのもそれが理由だ。自分に不利になることをわざわざやってしまう魔術師には呆れ返るよ。武器を持っていなかった敵におのれの剣を与え、それでいきなり刺されて驚くようなものだ」

ブルンズは熱弁を止め、深呼吸してから冷静に先を続けた。「ばらばらで行動するなんてあまりにも愚かだ。すべての魔術師をひとつにまとめ、戦い方を訓練し、彼らの魔術を使って情報を集める。魔術師を組織化し、戦時にはその能力を最大限に引き出す。そして、敵に零の盾を売り渡すようなことをやめさせる。最高司令官にシティアを征服させないためには、そうするしかないんだ」

「議会だって魔術師を使っている――」

「全魔術師に比べたら、ほんの一握りだ。一方で、長年にわたってわれわれを手こずらせてきたオーエンのような厄介者はいったい何人いる?」

何人もの名前が頭に浮かんだが、口に出すのはこらえた。その代わり、ブルンズの考えについて思案した。そして大男たちを示した。「だが、こんなやり方で魔術師を集めるつもりなのか? 待ち伏せして襲い、監禁したあげく、無理やり話を聞かせる? それでどうなる？　仲間に入らなければ殺すのか？」

　ブルンズは微笑み、きれいに揃った真っ白な歯を見せたが、灰色の瞳は冷静だった。

「《結社》の一員になった者にはこちらの力を披露する必要はない。彼らは最初から危機を認識し、魔術師たちには訓練が必要だと理解している」

「では、同意しない者は？」

「説得する。わたしは相手をその気にさせるのが得意なんだ」

　ブルンズの説得術には脅しや拷問、隔離も含まれるのだろう。食事を終えていてよかった。さもなければ、たちまち食欲がなくなっただろう。「殺された者たちはどうなんだ？　説得できなかったからじゃないのか？」

「違う。厄介者だったんだ。どんなに理を説いても、愛国心に訴えても、利己主義や強欲から問題を起こした。そういう連中の邪魔で時間を無駄にするわけにはいかない」

　手厳しい。「それで、モスキートをラピアに送ってベン・ムーンたちを殺させたのか」

「そうだ。彼らはたやすく片づく問題だった」ブルンズの口調は、まるで商売について話してでもいるかのように理性的だった。

　なんということだ。おとなしくしているのは思った以上に難しい。そこでもっと当たり障りのない話題に変えた。「なぜ僕には理を説かなかった？」

「今そうしている」

「そうじゃない。待ち伏せして襲ったじゃないか」

「ああ、君をはじめとする何人かについては、議会への忠誠心が強いから説得が難しそうだと思ってね。われわれが本気でシティアを守ろうとしていることを、じっくり時間をかけてお見せすることにしている」

「何人か？　ヘイルとか？」

「そうだ。あるいは、議会や魔術師範のもとで仕事をした者たち」

「じゃあ、ヘイルは……？」リーフは言葉を失った。あいつのことが好きになりかけていたのに……信じられない。

「彼はすばらしい。ああいう措置を取ったもうひとつの理由は、こちらの準備が整うまで、君に議会に警告させるわけにいかなかったからだ」

「だが、議会は《結社》のことも、魔術師が行方不明になったり殺されたりしたことも、もう知っている」

「ああ。しかし誰が《結社》のメンバーか、われわれがどこを拠点にしているかまでは知らない」

つまりモスキートは、フルゴルの監獄でイレーナを暗殺しそびれたときにブルンズの名を漏らしたことを本人に話していないのだ。この小さな見逃しのおかげで命拾いするかもしれない。「メンバーが知れれば、ジュエルローズ族領に捜索の手が伸びるわけだ」

「情報を引き出そうという魂胆か。そんなに簡単に引っかかると思ったら大間違いだ。敷地内を見てまわりたいかね？」ブルンズは立ち上がった。「だが念のため忠告しておく。この二人組はキュレアがたっぷり詰まった吹き矢で武装している。どちらも腕は確かだ。たとえ標的がどんなに遠くてもはずさないし、われわれに必ず同行する。いいな？」

「逃げようとしたら吹き矢でキュレアを打たれるってことか。ああ、よくわかったよ」

ブルンズは、リーフが汚い言葉でも吐いたかのように顔をしかめた。だが大男1に合図し、足枷をはずさせた。リーフは男が鍵をどちらのポケットにしまったか覚えておいた。脚をさすって感覚を取り戻そうとする。ブーツはベッド脇にあった。靴紐を結びながら、外套と山刀はどこだろうと考える。

立ち上がったとたん、ふらついた。完全に回復するには一度の食事ではとても足りない。大男2がドアを開け、ブルンズを先頭に四人は廊下に出た。残念ながら零の盾はそのままだ。盾が囲んでいるのが部屋だけなら、と思っていたのに。

廊下の白壁には何の装飾もなく、両側にドアが並んでいるだけだ。数えると全部で四十あった。

「ここは魔術師のための兵舎だ」ブルンズが言った。

この建物を満員にするつもりなのか？　それができたらたいしたものだ。廊下のつきあたりにある階段を二階分下りると日差しの中に出た。目を慣らすために細める。空気は暖かく、木を燃やす匂いと革の匂いがする。木の枝は芽吹きつつあるが、もっと近くで調べないとここがシティアのどのあたりかはわからない。芽が大きいなら、かなり南かもしれない。もちろん、それで判断できるのは南北だけで、東西については地理的情報がもっとないとはっきりしない。

ブルンズは、厩舎、武器庫、診療所、食堂など施設をひとつひとつ誇らしげに案内していった。リーフは配置を頭に刻んだ。軍事基地の様相で、周囲には三階ぐらいの高さの大理石の塀まで張り巡らされている。ジュエルローズ駐屯地を徴用したのかもしれない。兵士たちはオリーブ色の作業衣を着て、一糸乱れず行進している。広い訓練場でさまざまな戦闘技術を練習している者もいる。

ブルンズは武器庫を見せてくれた。「新たな武器も開発したんだ」そう言って、普通よりかなり大きな弓を手に取った。「弓が大きければ大きいほど、矢も遠くに飛び、こちらに有利だとわかった」それを台に戻し、革が山と積まれたところにリーフを連れていく。「これで鎧を作る。そうすればキュレアの矢が刺さっても、皮膚までは届かない」

武器庫を出たところで若い兵士が駆け寄ってきて、赤い旗をブルンズに渡した。「準備が整いました。あなたをお待ちです、閣下」

「すばらしい」

ブルンズに続いて敷地を出る。大男の二人組はぴったり離れず、距離は一メートルほどしかない。残念ながら零の盾も消えていなかった。服に織り込まれているのかもしれない。確かめる方法はひとつだが、ひとりにならなければ服は脱げない。

かすかに潮の香りがする。確かジュエルローズ族領には、翡翠海に飛び出している親指の形の半島があった。木の柵に囲まれた牧草地に到着し、ブルンズは足を止めた。北側と西側は森だ。何十人という兵士たちが南側でしゃがんでいた。

「これを見たまえ」ブルンズは柵に寄りかかって旗を振った。木の柵を乗り越え始めた兵士たちのほうを身ぶりで示す。「わが部隊のひとつだ。そして森には、同じ規模の仮想のイクシア部隊が潜んでいる」

目標まで半分の距離まで進んだところで、森から矢が次々に放たれた。ところがそれは兵士のところに届く代わりに、目に見えない壁にでもぶつかったかのように宙で止まり、ばらばらと地面に落ちた。部隊は進軍の速度を上げた。ふたりの兵士が敵の位置を見定めて大声で報告すると、枝が揺れ、射手たちが転げ落ちた。

数分もすると部隊は森に突入し、イクシア兵たちを捕らえていた。

ブルンズがにっこり笑う。「魔術師が戦闘に加わるとどれだけ有効か、これでわかったかね？」

ブルンズの興奮ぶりに呑まれるまいとしたが、なるほど、確かにみごとな実演だった。

22

イレーナ

「隠れているのは何人？」わたしはフィスクに尋ねた。悪い知らせばかり耳に入ってくる中で、少しでもいい話を聞くとほっとする。

じっとしていられないのか、フィスクはすっくと立ち上がり、ソファの後ろを行ったり来たりし始めた。「五人。魔術師が姿を消したり殺されたりしていると噂が流れ始めるとすぐ、匿ってほしいと頼みに来たんだ」

「本部のまわりを例の猫がうろうろしていることを考えると、そいつら本当に安全なのか？」ジェンコが身を乗り出した。

「はい。でも、そういう依頼がぱったり途切れたところを見ると、奴の仕業じゃないかと疑っています」

わたしは考え込んだ。「それでもまだ七人は行方不明だわ。そして四人は殺された」

「リーフを入れれば八人だ」アーリが口を挟む。

胸が引き裂かれそうだった。リーフをただの統計値にするつもりはなかった。絶対に。

「僕らの知らない行方不明者がもっといるかもしれない」フィスクが言った。「議会や魔術師範のもとで仕事をしている魔術師はごく一部だ。全国の十一部族領に分散している」

「どうやって調べる？」アーリが尋ねた。

「人数なんてどうでもいい」ジェンコが言い返す。「今重要なのは、彼らがどこにいるかだ」

「自分から《結社》に仲間入りしたとしたら別だ」とアーリ。「だとすれば、救助に行っても歓迎してはくれないだろうし、戻る気もないだろう。それに向こうのほうがはるかに人数が多いから、ミイラ取りがミイラになるって寸法だ」

両手を上げて、反論しようとするジェンコを止める。「先走りすぎてるわ。フィスク、《結社》がいつごろから魔術師を集め始めたかわかる？」

「八週間前にあなたがフルゴルに発った直後に噂を耳にした」

ちょうど季節ひとつ分だ。

「だが、もっと前から始めていた可能性もある。噂が流れだしたということは、情報が広がっても、奴らはもう気にしなくなったということだ」アーリが指摘した。

残念ながらそのとおりだ。「彼らがどこに集まっているか、心当たりはない？」

フィスクは机に近づき、書類をぱらぱらとめくって、一枚引っぱり出した。「ヒリーは、あなたの所在にやけに興味を示していた男とその仲間をずっと見張っていたんだ」ソファに戻ってその紙をこちらに手渡す。「連中の名前を確認した。この男についても……」そこには大きなルビーの首飾りをした男の顔が描かれ、フィスクはその横の空欄を指で叩いた。「やっと名前が特定できた。こいつは――」

「ブルンズ・ジュエルローズ?」

「そのとおり。友達?」

「まさか。モスキートを雇ってわたしを殺そうとした男よ」

「妙だな」フィスクは眉をひそめた。

ジェンコが笑う。「妙でも何でもないさ。イレーナにとっちゃ日常茶飯事だ」わたしが睨むと、ジェンコはしれっとして言った。「事実だろう?」

フィスクが続けた。「なぜあなたを殺して、ヴァレクを巻き込むようなことをするのかって意味だよ。かえって危険だ。それに、すでに最初の襲撃であなたの魔力を奪ってる」

アーリとジェンコはわたしのほうを見た。最初の暗殺未遂事件の犯人はモスキートではなくオノーラで、ヴァレクを試そうとした最高司令官の策略だったと知る者はそう多くない。ブルンズはおそらくこのことを知って、もしわたしが死ねば、ヴァレクがオノーラか最高司令官に復讐の刃を向けると考えたのではないだろうか。

「ブルンズは、魔力を失っていてもわたしはリーフを救出するだろうし、有能な協力者も大勢いると知っているはずよ」そう言って立ち上がった。少なくともひとつは答えを確かめなければ。「フィスク、厩舎の方向に開いている窓はある？」

フィスクはにやりとした。「このあたりをうろつく猫の顔が見たいんだね？」

「ええ。じつは猫ではないとは思うけど」

フィスクは仕事場上方の中二階にわたしを案内した。長細い窓を紺色のカーテンが隠していた。「色つきガラスだから、向こうからは見えないよ」

「便利ね」

「オパールのお父さんが作ってくれたんだ。特別人目を避けたい人に好評らしい」

動きで注意を引いたりしないよう、慎重にカーテンを開けた。遅い午前の日差しが下方の石畳を暖めている。通りに人気はない。半区画ほど南に路地の入口がある。猫はその路地の陰に潜んでいそうだ。

「優秀な奴だよ」フィスクはわたしの背後に立った。「通りの向こうの左側三番目の建物、その二階の窓を見て」

なるほど、窓の向こうに黒っぽい服を着た人影が見える。

「あれがモスキート？」とフィスクが訊く。

「顔がはっきり見えない」モスキートでないとしても《結社》の手の者だとすれば、リーフの居場所の情報が手に入るかもしれない。「罠を仕掛けなきゃ」

居間に戻り、猫をねぐらから誘い出す計画について説明した。

「危険すぎる」アーリが言った。「こっちは三人しかいない」

「必要ならいくらでも人は出せますよ。もちろんお代はいただきません」フィスクが言った。

「子どもを危険にさらすようなことはできないよ」ジェンコが言い返した。

憤慨したフィスクを見て、部下たちがどれだけ有能か彼が説明し始める前に、わたしはきっぱり言った。「それはありがたいわ」そして必要な人数を計算した。「六人いれば充分だと思う。いつ配置につける？」

「一時間もらえれば。その間くつろいでいて」フィスクは立ち去った。

「どうも気に入らない」アーリは言い、ウィスキーの鞍に跨がった。

ジェンコはマダムに乗った。「きっと楽しめるさ」

わたしはヒリーがキキに跨がるのを手伝った。ヒリーはわたしの外套を着て、頭巾を下ろして顔を隠している。「アーリの言うことをよく聞いて、ジェンコは無視して」

「おいおい」

ヒリーはにっこり笑った。「わかった」

三人は厩舎を出て、魔術師養成所に向かった。わたしは通りが見える物陰に身を潜めた。猫は三人を追うだろうか？　猫にどこまで観察力があるかによるだろう。

「餌に食いつかなかったね」フィスクがわたしの横に来た。

「もう少し待って。裏口から出たのかも」

そうして待った。五分経っても動きはなく、別の仲間から、猫が建物から出たという合図もない。わたしとほぼ同じ背格好なのに、外套を着ていたのはヒリーだと猫は気づいたらしい。

「代替案に切り替えましょう」わたしは言った。「いい？」

フィスクはにやりとした。「了解」

厩舎から外を覗き、人目を気にするかのように左右を見た。それから通りに出て、アーリたちとは逆方向に向かった。わたしは助っ人組合の制服を着て、ヒリーに似せて髪を結い上げている。尾行をまこうとするかのように行き当たりばったりに見えるルートを通っていくが、じつは事前に決めた道順で、フィスクの部下たちから情報が届くようになっていた。組合のメンバーたちは城塞内のあらゆる小路を知っているから、わたしたちより先に道の交差点に到着しているのだ。

フィスクが仲間の姿に気づいた。「抜け目のない猫は僕らを追ってきている」

「どれくらいで全員が配置につける？」

「ちょっと観光ルートを通って、準備の時間を与えよう」

通りを歩きながらフィスクがガイド役を務め、あちこちの建物や行われている事業について説明した。「僕の真似をして、廃業した工場を改装して住み始めた事業者が何人かいるんだ。おかげで城塞のふたつの居住区画の住環境が改善されて、一軒の家に四家族が住むなんてことはもうなくなった」

「それはよかった」

「うん、本当に。それでもまだ犯罪者はいて、弱者を食い物にしている。連中を排除できれば、みんながもっと平和に暮らせるのに」

「そうなればすばらしいけれど、犯罪はけっしてなくならないと悟ったわ。見つけたら逮捕して犯罪を食い止めることはできるけれど、すべてなくすことはできない。イクシアにだっているのよ。衛兵が通りを巡回し、市民を監視し続けているというのに。人間の性《さが》なのよ」

「あなたの言うとおりかもしれないけど、それでも挑戦し続けるよ」

フィスクの腕に触れる。「命を落とすような真似だけはしないでね」

彼はわたしの手に手を重ね、ぎゅっと握った。「それは予定にない」

「つまり、手に負えなくなったら助けを求めるってことよね?」

いつもの強情さが出て肩がこわばったが、やがて手を落とした。「いや、それは……」

「フィスク、助けを求めるのは弱いからじゃない。わたしたちは友達だし、友達とはそういうもの。互いに助け合うの」

「それなら、あなたが僕に対価を支払うように、僕も払わなきゃ」

わたしは首を振った。「それは違う」

「どうして?」

「あなたには事業を続け、仲間に食事や服、住処を与えるという大事な使命がある。それにはお金が必要だわ。わたしやアーリ、ジェンコ、ヴァレク、リーフにはお金は必要ない。お給料をもらっていて、生きるうえで必要なものは全部揃っている」

「それでも、あなたたちを利用しているような気がする」

わたしはフィスクの後頭部を軽く小突いた。「だったら児童局に寄付でもしなさい」

フィスクは鼻を鳴らした。

「あそこはちゃんと機能してないわ。職員も資金も足りない」

「考えてみるよ」

少しは前進したようだ。わたしはその話題を切り上げた。しばらく無言で歩く。フィスクが選んだ道にはちらほらとしか人通りがなかった。彼に会釈する者もいれば、微笑みかける者もいる。部下のひとりが路地に潜んでいたが、フィスクと目が合ったとたん姿を消した。

「準備ができたようだ」フィスクは言った。

どきどきしていた。一瞬腹部に手をあてがう。これまでに何度も囮《おとり》になってきたが、今回は守らなければならない赤ん坊がお腹にいる。もしヴァレクがこのことを知ったら……いや、今は考えるまい。目の前の作戦に集中しなければ。

フィスクは何度か角を曲がり、路地の入口にわたしを導いた。尾行を確認するふりをしてから路地に入る。腐臭で吐き気がして、ジェンコが臭いについて文句を言っていたことを思い出す。路地は行き止まりだったが、両側にいくつかドアがあった。フィスクが鍵を出し、右側のひとつに近づく。

「そこで止まれ」聞き覚えのある声が命じた。

とっさに振り返った。五メートルほど先にモスキートが立っていた。こちらにクロスボウを向けている。クロスボウは予想外だったが、対処はできる。

「こんにちは、カイナン。それともモスキートって呼んだほうがいいかしら」

「俺の名前が本当にカイナンだとは思っちゃいないだろ？」相手はわたしの答えを待たなかった。「いや、思ってたのかな。おつむの弱い俺なら、おまえのイクシア人のお友達のあとを追うだろうと考えたぐらいだから」モスキートはふんと鼻を鳴らした。「夜なら見誤ったかもしれない。あるいは俺がど近眼だったら。おまえの馬に乗るあの娘の姿勢は、おまえとは似ても似つかなかった」

この男の観察眼はかなり鋭いらしい。「そんなに長いことわたしを観察していたなら、そろそろ休暇を取って人生を楽しむときなんじゃない？」

「言っただろう？　俺はあきらめないし、必ず仕事はやり遂げる主義だと」

わたしはフィスクに目をやった。両手を脇に下ろしている。

「若造はさっさと立ち去れ」モスキートは武器でフィスクのほうを示した。

フィスクはためらった。

ブンという音がして、矢がわたしたちの間を飛んでいった。背後の建物に命中した瞬間、身がすくんだ。またモスキートに目を戻したときには、すでに次の矢をつがえていた。

「反応が遅すぎるぞ、若いの。さあ行け。助けでも呼んでこい」

フィスクは顔をしかめたが、モスキートの脇をすり抜けて立ち去った。モスキートはフィスクを狙い続けたが、姿が見えなくなるとわたしに矛先を戻した。

「新手の手段ね」わたしはクロスボウを示した。「アイスピックはどうしたの？」

「過ちから学んだのさ。服に例の矢が隠されてないことがはっきりするまで、おまえには近づかない」

「じゃあ、あなたを近づけないことを最優先にするわ」

モスキートは笑った。「ああ、そうするこった。だがおまえは運がいい。ゲームのルールが変わったんだ」

「変ね、ちっとも運がいいって気がしない」実際には、わたしがひとつ合図すれば、モスキートはたちまち制圧されるはずだった。

「依頼主の気が変わったのさ。おまえを殺すのをやめて、話がしたいそうだ」

「そのあと殺すつもり？」

「とにかく、今回は免罪符を手に入れたってことだ。そのあとについては命令を受けてない」

モスキートの提案について考えた。「あなたの依頼人のところに兄はいるの？」

「ああ」

「わたしを捕らえたら、兄を解放してくれる？」

「それはない。それに、例の自白剤を使って奴の居所を聞き出そうと思っているなら先に言っておくが、俺は知らない。だからこそ、俺には何も知らされてないのさ」モスキートはわたしをじろりと見た。

「ブルンズ……というかあなたの依頼主は、あなたがこうしてべらべらおしゃべりしたと知ったら喜ばないでしょうね」すぐにでも矢を刺してやりたい。

相手のクロスボウを握る手に力が入った。「それが答えか？」

「ブルンズは何のためにわたしと話をしたがっているの？」

「知らん。俺はおまえの答えを依頼主に伝え、そのあと場所を指定される」

賢明だ。それでは、会合場所がわかるまでは逃げられない。モスキートが本当はもっと知っているとすれば別だが。

「それに、おまえたちの仕掛けた罠についてもとうにお見通しだ」殺し屋は二階の窓を見上げた。「イクシア人たちに手を振ってやろうか？」

　まったく。

「俺がアホだと本気で思ってたな」

「今はもう思ってない」

　モスキートはにやりと笑った。「で、答えは？」

「会うとブルンズに伝えて」ほかに選択肢はない。

「すばらしい」モスキートは後ずさりし、路地の入口で立ち止まると、待ち伏せを確認してから姿を消した。

　フィスクが五、六人の仲間を連れて戻ってきた。「そのまま行かせたの？」

「どうしようもなかったのよ」わたしは一部始終を説明した。

「奴を監視するようチームを組んだ。それで依頼主のところにたどりつけるかもしれない」

　リーフの居場所もわかるかも」

「あいつは頭が切れる。そこまでまぬけだとは思えないわ。でもやってみる価値はある」

　路地に面したドアがいきなり開き、アーリとジェンコが現れた。いつもは青白いアーリの頬が紅潮している。怒っている証拠だ。ブルンズと会うなんて危険だとお説教が始まるはず。案の定、アーリは独創的で恐ろしい筋書きを次々に披露し始めた。きっとジェンコの影響だ。

「……聞いてないな?」アーリが言った。

「ちゃんとわかってる。あなたは不満だし、わたしも不満。だけどどうしようもない」

「モスキートを待つ間、どうする?」ジェンコが尋ねた。

いったい何ができる? 「状況を報告しなきゃ。アイリスと……」胃がよじれた。「マーラに。今、何がどうなっているのか、マーラは知る権利がある」

「魔術師養成所の衛兵たちは、俺たちを城塞の警備隊に引き渡したりしないと信用していいのか?」ジェンコが尋ねた。

こんなに自信が持てないのは、シティアに来て以来初めてだ。「フィスク、あなたの仲間の誰かに、第二魔術師範に伝言を頼めるかな?」

「うん。その間、本部でゆっくりしていて。客間があるから」

「ありがたい」ジェンコが言った。

リーフを心配する気持ちが一瞬やわらいだ。フィスクがこんなに立派で頼もしい若者になったことが誇らしかった。

アイリスとマーラは夕食後にやってきた。ふたりとも不安そうな表情を浮かべ、マーラはスカートの生地をぎゅっとつかんでいる。最終的にフィスクの居間に落ち着いた。フィスクは早い時間に本部を出て、まだ帰ってきていなかった。わたしはマーラと一緒にソファに座り、その冷えきった手を握った。ジェンコはドアに寄りかかり、アーリはアイリスの正面の椅子に腰かけている。

「だめよ」わたしがモスキートとのやり取りについて話し終わると、マーラが膝のあたりのスカートの皺を伸ばしながら言った。「リーフのために犠牲になるなんて」

「人質の交換じゃない」わたしはきっぱり言った。「ブルンズはわたしと話したがっている、それだけ。それに、そのあと奴を尾行できる。リーフのところにたどりつけるかも」

「でもそれだけで終わらなかったら？　まずいことが起きたら？」アーリが尋ねた。

「そのときはわたしが彼と話をする」アイリスが言った。鋼のようなまなざしが決意を物語っていた。同時に魔術探知器がぱっと輝く。「会う場所と時間が決まったら連絡しろ」

　モスキートからの伝言を待つ間、ヴァレクのことを考えていた。二手に分かれてからすでに十六日。もう集合場所で待っているだろうか？　それともまだ嵐の盗賊団を追っているのか？　伝令を送るべき？　迷って、アーリとジェンコに訊いてみた。

「送れば、われわれが集合場所にいない理由がわかって安心するだろうが、リーフのことを知ったらきっとここに駆けつけるだろう」アーリが言った。

　それはまずい。ヴァレクはイクシアから出てはならないのだ。「ちょっと遅れていると伝えるだけなら？」

「それでも来るだろうな」ジェンコが不思議そうに額に皺を寄せた。「悪いことみたいに言うが、ヴァレクならモスキートをこてんぱんにしてくれるぞ」

「イクシアを離れるなと最高司令官に禁じられたのよ」

「先月はそれでもヴァレクを止められなかった」ジェンコが指摘する。「おまえを助けにラピアに来たとき、ヴァレクは最高司令官の直接命令に背いた。あんなことは初めてだったが、ヴァレクの中で優先順位が変わったんだ。だからおまえが合流地点にいなければ、ヴァレクはここに現れる」

ヴァレクがわたしに彫ってくれた蝶《ちょう》のペンダントをついじる。ジェンコでさえ気づいたことを、最高司令官が気づかないわけがない。だからヴァレクにきつく当たるのだ。

「それならなおのこと、ブルンズとの話はできるだけ早くすませなきゃ」

「大丈夫。俺たちがいち早くリーフを救出して《結社》を倒し、午後のお昼寝の時間には戻れるようにするから」ジェンコがさらりと言った。

わたしは立ち上がってジェンコの背中をぴしゃりと叩いた。「その意気よ」でも、言葉とは裏腹に、内心は不安でいっぱいだった。《結社》という組織はわたしたちの力ではとても止められそうにないし、シティア議会を説得するにはもっと証拠を集める必要があった。深呼吸をして、自分ではどうにもできないことは頭から追い出し、最優先事項に集中する。まずはリーフを救出しなければ。

フィスクは情報網を駆使して、《結社》の所在地に繋がるようなあらゆるヒントを集めた。《結社》とかかわっている可能性のありそうな実業家たちはすべて監視の対象となった。アイリスは、フィスクのところの経理担当者に城塞の記録室への入室許可を与えた。フィスクによれば、その経理担当者は頭が切れ、数字にすこぶる強いのだという。たどれば《結社》に繋がるような建物の売買記録を見つけてくれるかもしれない。

わたしも情報を整理し、わずかでもいいから手がかりを見つけて《結社》の目的を理解しようとした。一方、アーリとジェンコは行政区画にある酒場に通い、噂話に耳を傾けた。

モスキートの伝令が現れたのは、路地で出会ってから四日後のことだった。本部の前に手紙を持った少年が立っていた。手紙の内容はこうだ。

《会合は今からだ。少年についてこい。三十分以内に到着しなかったら、ボスはいなくなる》

「無理だ」アーリもわたしの肩越しに内容を読んだ。「これじゃ、援護ができない」

「それが目的なんだ」ジェンコが言った。「罠だよ」

「会合場所まであなたたちもついてきて、そのあとフィスクの部下にアイリスを連れてこさせて。できるだけ引き延ばすようにするから」

「だめだ」アーリは首を横に振った。「それじゃ――」

「リーフを見つけるチャンスなの」厨房のテーブルに広げた書類を示す。「調べても何も出てこなかった」わたしは立ち上がって外套をはおった。

アーリとジェンコも慌てて外套を引っつかんだが、フィスクがそれを止めた。

「あなたたちじゃ目立ちすぎる。僕の仲間に代わりを務めさせてください。イレーナがどこにいるか逐一伝えます。一分ばかり遅れて出発してください。お願いします」

アーリはすっくと立ってわたしとフィスクを見下ろした。「ちょっとでも厄介事が起きそうに見えたら、すぐに駆けつけるからな。いいか？」

「了解」わたしは急いで外に出て、伝令に言った。「どこに行くの？」

少年は肩をすくめた。「東に行けとしか言いつかっていません」踵を返し、東に向かう。

数区画進んだところに別の少年が待っていた。少年が受けた指示は、三人目の少年と出会うまで南に進めというものだった。そうして四人目、五人目、六人目、七人目と続いた。

くねくねと進んでいたが、自分の位置をかろうじて見失わずにいた。ところが南西部の住宅地に入ったとたん見慣れない入り組んだ通りが続き、どこを歩いているかわからなくなった。あたりは荒廃しており、建物の窓やドアは木の板で覆われ、通りには割れたガラスやゴミが散乱している。饐《す》えた臭いがたちこめていた。

八人目の少年に連れてこられた場所は壊れかけた廃屋だった。「中へ」少年が言った。わたしはためらった。「ほんとにここ?」

「そうです」少年がたわんだドアを引き開けると、中は真っ暗だった。「あとに続きます」丸腰で来いとは言われなかったので、飛び出しナイフを取り出し、刃を出した。

少年がにやりと笑う。「役に立つといいですね」

何が出てきてもいいように身構えながら中に入る。ブーツの下で床板がきしんだ。二歩進むと背後でドアが閉まり、わたしは足を止めた。真っ暗闇の中、何も見えない。少年はわたしの脇をすり抜けてカーテンを開けた。とたんに頭上のふたつの天窓から日差しが降り注いだ。高価そうな家具や絨毯、立派な壁に目をぱちくりさせる。事情がわかっていなければ、城塞内で最も貧しい地域などではなく、シティア議員の屋敷の居間にいるのではと思っただろう。あの廃屋の外見は、周囲の目を欺くための幻影に違いない。

少年はソファへいざなった。「お座りください。何かお飲み物はいかがですか?」

「ああ、けっこうよ」

「ジュエルローズさんはまもなくいらっしゃいます」少年は左側の奥に姿を消した。

狭い通りに面したたったひとつの小さな窓を覗く。傾いた家々が肩を寄せ合っている。玄関ポーチに座っている人や、荷車を引いて石畳を行く人の姿がわずかに見える。家族連れは見当たらない。フィスクの仲間たちがわたしを見失っていなければいいのだが。

「コヒヌア郊外にあるわたしの土地はここよりはるかに眺めがいい」背後で男の声がした。

振り返ると、身なりのいい背の高い男が近づいてくる。髪は灰色がかった黒、目は灰色だ。男が手を差し出した。「ブルンズ・ジュエルローズだ」

とっさに握手をした。「イレーナ・リアナ・ザルタナです」

「会えて嬉しいよ」

「わたしの聞いていた話と違いますね」

男は微笑んだ。「それは仕事の上での話だよ、イレーナ。わたし個人は別だ」

相手をまじまじと見る。「とても信じられません。あなたは殺し屋を雇ってわたしを殺そうとした。じつに個人的なことだわ」

「排除しなければならない障害だったものでね。ただ、今は事情が変わった」

「それはよかった」きつい口調で皮肉たっぷりに言う。

「まあまあ、そう熱くならないで。座って、わたしからの提案を説明させてほしい」

「兄がどうしているか話してくれるまで座りません。兄はどこ?」

「先走らないで。まずは腰を落ち着けて――」

「リーフが無事だとわかるまでは拒否します」

ブルンズは舌打ちした。「負けたよ」そう言って革製のソファに腰を下ろし、脚を組んだ。「入りたまえ」と声をかける。

ドアが開き、リーフが室内に入ってきた。あまりにもほっとして、思わずよろめく。リーフが駆け寄ってきて、わたしを支えた。兄に寄りかかりながら思う。これは本物？

「ずいぶん遅かったな。幸い、ここは食事がうまい」

大丈夫、リーフ本人だ。「無事なの？」

「元気だよ」

「よかった。助けに来たのよ。早くここを出ましょう」なんとかして脱出方法を見つけないと。

「ありがとう。でも助けてもらう必要はないよ」

わたしは身を引いた。「え？」

「《結社》に加わったんだ」

23

ヴァレク

「海賊ということか?」ヴァレクはその魔術師の少女に尋ねた。

娘は船の舳先でひざまずき、びしょ濡れだった。「たぶん。遭難したふりをして、わたしたちが船で近づくと乗り込んできたんです。相手は武器を持っていて、ネルや一等航海士を殺しました」娘は痛みに耐えるかのように目を閉じた。「そして遺体を海に投げ捨てた」

「連中は君や弟さんの魔力について知っていたのか?」

「そうは思いません。知っていたのはネルだけでした。ネルが魔力を抑制する方法を教えてくれて、やがて航海中に嵐を避けるため、ネルを手伝うようになりました。奴らが……現れるまでは」

姉弟の魔力のことはどこかから漏れていたに違いない。海賊はそのために彼らの船を襲ったのだ。

娘は深呼吸した。「わたしたちは嵐や潮の流れを利用して逃げようとしましたが、結局捕まって、弟と別れ別れにされました。どちらかが命令に従わないと、もうひとりを殺すと脅すんです」

それはただの脅しだとヴァレクは思った。姉弟はとても貴重な存在だ。しかし娘はせいぜい十六歳というところで、はったりを見破れるほど世知に長けていない。あるいは魔術を適切に使う自信がないのかもしれない。

「だから島には行けない。ジッベンがあなたに気づいたら弟が……ジーザンが殺される」

「それならわたしが奴に見つからなければいい」

アンドルが到着した。顔に血飛沫が飛び、チュニックも血で汚れている。「全員捕らえました」

「死者は？」

「いません。軽い切り傷や打撲だけです。ほとんどは子どもですが、何人か大人も交じっています」アンドルは少女のほうを見た。「この娘は？」

「とんでもない話を聞かされた」ヴァレクは海賊の一件を伝えた。「どう思う？」

「いろいろなことが腑に落ちます。それに、これで島の捜索ができる」

「よし、この船を動かせる、わずかな説明でも協力してくれる船乗りを探してくれ。牛を演じた連中も集め、アニカに牛の変装道具を回収しろと言ってくれ。また必要になる」

「承知しました」アンドルは走り去った。

ヴァレクは少女をじっくりと見た。青い瞳ときりっとした顔立ちにはどことなく見覚えがある。「名前は？」

「ゾハヴ」

「協力する気はあるか？」

「選択肢があるんですか？」

「この選択は君自身のためにもなる。話が本当なら、無理やり盗賊団の手伝いをさせられていたことになり、逮捕はされない」

アニカがびしょ濡れの布の山を持って現れた。「大波が来たとき、全部海にさらわれてしまって」ゾハヴに向かって顔をしかめた。「ミクスが仮面をすくい上げています」

「できるだけ水を絞って、干しておけ」

「もう一度〝子牛のヴァレク〟ショーを？」アニカがにやにやしながら尋ねた。

ゾハヴが息を呑み、ヴァレクから身を引いた。波を抑える魔術が解け、ふたたび嵐に翻弄され始めた船が跳ね上がる。ゾハヴは背中が船首にぶつかったところでしゃがみ込んだ。

「何かまずいことを言いましたか？」アニカは手すりをつかんで振り落とされまいとした。

ヴァレクは思案した。「わたしの名前のせいだ」

「イクシア一恐れられている男ですものね」アニカも合点がいったらしい。

ヴァレクは目下の問題解決に戻った。波はまだ高かったが、嵐の中心が内陸に移動したため、雨風はすでにやんでいた。「島に着いたら牛の芝居を再演する準備をしろと、みんなに伝えてくれ」

アニカはうなずき、立ち去った。

ヴァレクが近づくと、ゾハヴは悲鳴をあげた。ヴァレクは少女と目線が同じになるまでかがんだ。「魔術をかけてもわたしには効かない。わたしを誰だと思ってるんだ？」

「例の……盾で守られているのだとばかり……思ってました。わたしたちを……殺すんですね……ジッペンはそうやって脅したんです。逃げたらあなたに通報すると」ゾハヴは膝を抱えた。「弟を殺す手伝いはできません」

「ゾハヴ、君も、君の弟も殺すつもりはない」

「嘘よ」

「わたしを見なさい」

ゾハヴはおずおずとヴァレクと目を合わせた。

「君の話が事実なら、君と弟をシティアに連れていくと約束する」そうすればイレーナが喜ぶだろうし、そうするのが正しいことだと思えた。

ゾハヴは首を横に振った。「信じられない。あなたは何千人も殺した本物の悪魔だわ」

何千人も？　噂がどんどんひとり歩きしているようだ。

「弟には指一本触れさせない」ゾハヴの言葉を裏づけるかのように、巨大な波が手すりを越えて襲いかかってきた。

ゾハヴは船を沈めようとしている。よほど弟を愛しているに違いない。ヴァレクはベルトから矢を抜いて、彼女の腕に刺した。

少女の怒りが恐怖に変わる。「毒ね！　やっぱりわたしたちを殺そうとしてる」

「眠り薬だよ。おやすみ、ゾハヴ」やがてゾハヴは崩れ落ち、ヴァレクが抱き上げた。

主甲板に出ると、船の航行を手伝いたいという船乗りたちをアンドルが集めていた。実際、彼らは捕まっている友人たちを解放したがっているようだった。

ヴァレクはゾハヴをアンドルに託した。「眠り薬の効果が消えるまで、安全な場所に寝かせておいてくれ。わたしは彼らに計画を説明する」

「承知しました」

ヴァレクは船乗りたちに話をした。この船を襲撃したときとやり方は同じだ。自分や兵士が牛に変装する。アニカらも同じように牛を曳《ひ》く。

「角灯はひとつを除いてすべて消す。陸に着いたら兵士たちが襲撃を開始し、海賊を捕らえる。乗組員のみんなは索具の上に登って、邪魔にならないようにしてほしい」

「相手のほうがはるかに人数が多いですよ」少年のひとりが言った。

「どれぐらい？」

「少なくとも三十人はいます」

こちらの二倍弱だ。「問題ない。吹き矢を活用しろ」ヴァレクは兵士たちに指示した。

「ジッベンはどうするんです？」別の少年が尋ねた。「大男だし、相当な剣の遣い手です。部下のひとりを真っ二つにするのを見たことがあります」

とんでもない奴だ。「そいつはわたしに任せろ」

「あいつを殺して」ひとりの少女が言った。

「何をされた？」

「あいつは自分の部屋に姉を閉じこめた。姉は二度逃げ出したわ。一度目は森に隠れていたところを見つかり、二度目は海に身を投げて命を絶った」

胸が痛くなった。その哀れな少女がどんなにひどい目に遭ったか想像に難くない。「申し訳なかった」

「どうして？　あなたのせいじゃないわ」

「いや、責任はわたしにある。イクシアのすべての民を守るのがわたしの役割だ」

「そんなの不可能よ。母はいつも、海には必ずサメがいるものだと話していた。泳ぐときは自分で気をつけるしかない、と」

「お母さんは賢い人らしい」

「ええ。母に会いたい」

「では出航してそのサメたちをやっつけよう。そうすれば君も家に帰れる」

少女は細い手で敬礼した。「了解、船長」

大波をひとつ、またひとつと越えるたびに船は大きく揺れた。一部の兵士は船酔いし、手すりの向こうに嘔吐《おうと》する者もいた。島に到着するまで日の出と競争だった。上陸前に日が昇ってしまえば、奇襲の意味がなくなる。マストの上の少年から桟橋に近づいたという合図が来ると、ヴァレクらは変装道具を身につけた。

木製の支柱にぶつかると同時に船が振動した。少年たちが飛び降りてロープを舫《もや》う。ガタガタという騒音の中、どら声が響いた。「なぜ船がこんなに揺れる？　ゾハヴの奴はどこだ？」

「船酔いしてしまったんです」少年のひとりが答えた。「下で寝ています」

うまく取り繕ったようだ。ヴァレクは感心した。

「どうしてこんなに時間がかかった？」

同じ少年が言った。「牛が一頭大騒ぎして、そいつを船に乗せるので往生しました」

またうまく切り抜けた。この少年は部隊への引き抜き候補だ。

「早く道板を下ろせ」どら声が命じた。

乗組員たちが急いでそれに従う。少年がヴァレクの近くで立ち止まり、「あれがジッベンです」と言って走り去った。

ジッベンを捜しまわる手間が省けてよかった。ヴァレクは剣の柄を握り、少女の姉のことを考えた。道板がゆっくりと桟橋に下ろされ、数人の男女の姿が浮かび上がった。桟橋に六人、陸にもう四人。近くにもっといるのだろう。森の中だろうか？　近くを通過する船には見つからないが、桟橋には近い場所に建物があるに違いない。

胸で太い腕を組んで大男が立っている。長い二本の三つ編みが肩から下がり、革のベルトに大きく曲がった鋭い剣を挿している。偃月刀と、海賊用の剣カトラスを足して二で割ったような武器だ。この野獣がジッベンか。

「どういうことだ？　こんながりがりの牛を選んだのは誰だ？」ジッベンが尋ねる。

ジッベンの隣に立つ、腕に色とりどりの刺青《いれずみ》を入れた背の高い男がこちらをじっと見ている。「おい、何か変だぞ」男が指さした。「あの牛、ブーツを履いてる」

それが合図となった。ヴァレクが雄たけびをあげ、まだ濡れている布地をかなぐり捨て、仮面を取って剣を抜いた。兵士たちもそれに続く。楔形《くさびがた》隊形で桟橋に突っ込んだ。

海賊たちが警戒の声をあげ、応援を呼びながら武器を抜いた。奇襲だったとはいえ、船の乗組員たちと違って慌てず、いち早く戦闘に加わった。背後に残ったジッベンは事態を把握しようとするように目を細めて乱闘を眺めていたが、近づいてきたヴァレクを見て、鋭い歯を露わにしながらにやりと笑った。まったく動揺しているようには見えない。イクシア一恐れられている男ヴァレクも形無しだ。

「ああ、最高司令官の番犬か。町に来てるとは聞いていた」

どこから情報が漏れたのだろう。「それならなぜ、牛を盗もうとした？」

男は笑みを絶やさなかったが、奇妙な剣にかけた手に力がこもった。

「強欲だからか？　それとも愚かだからか？」ヴァレクは尋ねた。「おそらく両方だろう。牛がどうしても必要なわけではないが、買い物を全部すませたかっただけだ。強欲と愚かさゆえに身を滅ぼす者は多い」

「黙れ」ジッベンがヴァレクの首めがけて剣を薙ぎ払った。

ヴァレクはひょいと首をすくめて一回転し、相手の左足に踵を引っかけた。しかしジッベンの脚は木の幹のように微動だにせず、逆に上からヴァレクを殴り下ろそうとした。右に転がってすばやく立ち上がる。よし、作戦変更だ。

優勢に立ったジッベンは、剣を時計の振り子のように揺らしながら近づいてくる。ヴァレクはじりじりと後ずさりし、とうとう桟橋の縁に追い詰められた。今だ。前に踏み込み、ジッベンの揺れる武器を広刃の剣でかわした。相手の剣がヴァレクの剣とともに横に滑り、切っ先が腹に突き刺さった。腹部に痛みが走り、ヴァレクは思わずあえいだ。

「おまえの奇抜な動きもここでは役に立たない」ジッベンは手首を返した。

はらわたを抜かれる前にジッベンの腿を剣で突く。相手が呻いてよろよろと退いた。

「少なくともわたしは、勝利宣言するなら相手の武器を取り上げてからにする」腹の傷に触れる。ずきずきするが、さほど深くない。安堵したおかげで力が湧いた。

相手の大きく湾曲した刃の特徴がわかった今、正面ではなく、斜めから攻撃することにした。ジッベンはアーリと同様に力が強く、そのくせ驚くほどすばしこい。ジェンコほどではないが、こんなにすばやく動ける者はそういない。

ヴァレクはジッベンの攻撃をかわしながら、剣を下に向けさせるように努めた。切っ先がヴァレクに届かず、自分の攻撃がうまくいかなくなると、相手はしだいにいらだち始め、たびたび小さな、しかし致命的なミスを犯すようになった。まもなくジッベンの袖やズボンは血まみれになり、身体が揺れだした。

改めて回転しながら足を引っかけると、今度は「うっ」と声をあげて尻餅をつき、ヴァレクはすかさず眠り薬を含ませた矢を刺した。野獣がぐったりするとヴァレクは立ち上がり、周囲を見回した。

ほとんどの兵士は持ちこたえているが、苦戦している者もいた。必要に応じて加勢しつつ、内陸へ進んでいく。すでに日は昇り、木々が長い影を投げかけていた。その後ふたりの敵と刃を交えたが、二、三度剣を振るっただけで勝負はついた。ジッベンは部下たちをもっと訓練しておくべきだった。ヴァレクはあちこちの対戦に顔を出し、敵に次々に矢を刺していった。

日の出のあとそう経たずに、最後の海賊が倒れた。アンドルが建物群の中を捜索し、見つけた盗品をミクスが表にした。ふたりの兵士が、賢明にも戦闘に加わらなかった若者たちに尋問している。

アニカがヴァレクのシャツを指さした。「出血しています」

「たいしたことはない」

彼女は背嚢から救急道具を取り出した。「座ってください」

有無を言わせぬ口調だった。ヴァレクは、内陸に作られた小屋の玄関口の階段に腰を下ろした。ひとつを除いて、どの建物も高い支柱の上に建てられている。浸水した場合に備えた措置だろう。これだけ高ければ、桁外れの大嵐でも来ない限り、部屋まで水が流れ込むことはなさそうだ。

アニカはヴァレクの傷を調べて塞ぐ必要があると判断し、ヴァレクが止める暇もなくシャツを脱がせた。まだ治りきっていないハート形の傷にもし気づいたとしても、何も言わず、傷口を消毒してランドの糊を塗ることに集中していた。

痛みを紛らせるために、海賊が建てた建物を観察する。巨大な炉を丸く囲むように建てられた平屋の小屋群は住居や倉庫らしい。ほかより規模が大きく、傾斜路で二階に上がるようになっている建物はおそらく家畜小屋だろう。どれも周囲の景色になじむよう、灰色、緑、茶色の迷彩柄に塗られている。この色の組み合わせなら季節を問わず有効だろう。これもジッベンがばかではない証拠だ。

内陸の木々は広く伐採され、耕作地になっている。耕されたばかりの土から小さな芽がぽつぽつと顔を出していた。

アンドルに気づいたヴァレクは、呼び寄せて現状を報告させた。

「海賊は全員制圧しました。子どもたちから聞いた話はゾハヴの言ったことを裏づけています。島の裏手にもう一隻船が繋いでありました。シーサーペント号です」

海で遭難したもう一隻の船だ。「海賊たちをスターフィッシュ号に監禁しろ。生存者の名前をすべて調べて乗員名簿と照らし合わせ、海賊に被害者のふりをさせるな。それからゾハヴの弟ジーザンを見つけろ。子どもたちの中にいるはずだ」

「承知しました。年上の子どもたちが何人か牢に繋がれているのを見つけたのですが、鍵が見つからず、錠も複雑で……」

「アニカの手当がすんだらわたしが開けよう。兵士たちに盗品を別の船に運び入れさせろ。それから両船の船員を見つけろ。できるだけ早く出航する」

「了解しました」

手当がすむころには、傷は疼く程度になっていた。「ありがとう」ヴァレクはアニカに礼を言って破れたシャツを着た。

牢は、高い支柱の上に建てられていない唯一の建物の一階部分にあった。収容されている者が浸水で溺れ死んでも構わないと海賊たちは考えたのだろう。鉄格子の向こう側には四人の薄汚れた少年がいた。房そのものは木の厚板で作られている。

囚人たちの顔は紫色の痣だらけだった。シャツは破れ、乾いた血で汚れている。

「君たちは問題児ってことか？」

「誰だ、あんた？」黒髪に青い目の背の高い少年が尋ねてきた。

ゾハヴによく似ている。この少年こそ、弟のジーザンに違いない。

「君たちを救出しに来た」ヴァレクはそう言って隠しポケットから多種多様な解錠道具を取り出し、複雑な錠に挑んだ。数分後、やっと開錠すると、扉を開けて囚人たちを解放した。「軍曹に名前を伝えろ。もしその気があるなら、船員として力を貸してくれ。みんなで家に帰ろう」

三人はにっこりして立ち去ったが、ジーザンは残った。

「姉さんはどこだ？」少年が尋ねる。

魔術に囲まれぐいぐい押されたが、なんとか踏み留まった。「彼女なら無事だ」

「今すぐ会わせろ」

「人に命令できる立場にはないぞ、ジーザン」

ジーザンはぎょっとした。「どうして僕の名前を――」

「ゾハヴから聞いた。君がわたしに殺されるのではないかと心配していた」

「なぜ？」

「今君が集めつつあるその魔力のせいで」

少年が恐怖に駆られたのがわかった。たちまち魔力が消える。力を操る手腕はなかなかみごとだ。

「まさか……」ジーザンの声はほとんど囁きだった。

「君を殺すつもりかって？」

ジーザンがうなずく。

「いや。だが、嘘つきとは呼ぶな。すでにお姉さんからそう非難された。わたしを信じるかどうかは胸にしまっておいてくれ。君の魔力と同様に。いいな？」

「はい……ええと、承知しました」

ヴァレクはジーザンをスターフィッシュ号に連れていった。ジッベンは桟橋に残っていたが、すでに喉を掻き切られ、血まみれだった。あの湾曲した剣が鮮血に覆われて、脇に捨て置かれていた。ヴァレクがほかのことで忙しくしている隙に、誰かが始末したのだろう。本当は取調べをしたかったが、残念なのはその点だけだ。あの腕の細い少女が、姉に成り代わってみずから罰したのかもしれない。

乗船すると、ヴァレクはジーザンを甲板の下の船長室に案内した。少年は姉を見たとたんはっとして駆け寄った。「姉に何をしたんです？」とヴァレクに尋ねる。

「落ち着け。ただ眠っているだけだ。あとでまた来るから、それまで付き添ってやれ。それから、もし少しでも魔力を感じたら、姉と同じ憂き目に遭う。いいな？」

「承知しました」

戸口で足を止める。こうしてふたりが並んでいると、年がとても近そうだと気づいた。

「双子なのか？」

「そうです」

「ほかにきょうだいは？」

「兄がひとり」

「その兄さんも魔力を持っているのか？」

「いえ。両親にも魔力はありません。僕らだけです」

ありえない。だが、今はそういうことにしておこう。

午後三時にはガンドレルの港に到着した。早く帰路につきたくて、ヴァレクはアンドルにあとを任せた。「全員の取調べをして、海賊たちはガンドレルの警備隊本部で手続きを受けさせろ。盗品をそれぞれ持ち主に返却し終わったら、アニカとともに城に報告しに来い。正体が明らかになった今、ここではもう密偵はできないから、別の任務を与える」

「承知しました」アンドルは、ジェンコならかわいそうな子犬みたいだとでも表現しそうな顔でこちらを見た。

ヴァレクはため息をこらえた。「アニカとの共同作業はみごとだったから、密偵がふたり必要な任務を割り当てよう」人間が丸くなったのか、まもなくイレーナに会えるかと思うとつい人に優しくしてしまうのか……。

アンドルはにっこりした。「もう発つんですか?」

「ああ。魔術師は城塞に連れていくつもりだ」

「先に子どもたちの両親のもとを訪れてはいかがです?」

ヴァレクはいらだって言い返した。「なぜその必要が?」

「わが子を海で亡くしたと思っているはずです。二、三時間でも子どもに会わせてやるのが人情というものでしょう」

その暇はないと喉元まで出かかったが、呑み込んだ。アンドルの言うとおりだ。双子は命令したとおりにスターフィッシュ号で待っていた。すでにゾハヴも目を覚まし、弟にもたれかかっている。弟のほうもその肩を抱いていた。よし、今すぐにでも出発できそうだ。

ヴァレクはふたりに自宅の場所を尋ねた。

「家族は何も知らないんです!」ゾハヴがわめいた。「誰も魔力を持っていません。そっとしておいてください」

そこまで怖がることはないのに。「いいだろう。では訪問するのはやめよう。家族に別れを告げる気はないらしい」

「第一軍管区の北の氷床の近くです」ジーザンは言った。

ゾハヴが弟からさっと身を引き、睨みつけた。

駐屯地からそう遠くないのはせめてもの慰めだった。「友人たちに別れの挨拶をするといい。十分後には出発だ。港で会おう」ヴァレクは立ち去った。

しかし港には行かずに甲板で吹き矢と矢をいくつかポケットから出し、桟橋とは反対側の手すりから身を乗り出した。案の定、下方の船長室の大きな舷窓が開き、ゾハヴが顔を出した。周囲に魔力が満ちる。やがて船の脇の海水が平らに固まった。これは面白い。

ゾハヴに続いてジーザンが窓から這い出し、平らな海面に降り立った。この年でここまで魔力を操れるという話は聞いたことがない。魔術師範が大喜びするだろう。

「どこに行く?」ヴァレクは尋ねた。

ゾハヴが息を呑み、さっと上を見上げたジーザンの腕をつかんだ。少年の顔が悔しそうに歪む。ヴァレクは吹き矢を振りかざした。「溺れたくなかったら上がってこい。今すぐ」

ジーザンがゾハヴに何か言ったが、姉は首を振った。ヴァレクは吹き矢に矢をこめ、少年に狙いをつけた。少女を射れば、ふたりは溺死してしまう。ゾハヴがその動作に気づき、ヴァレクを睨んだ。怖がられるよりは挑みかかられるほうがはるかにいい。

やがて海面がふわりと盛り上がり、双子を甲板に押し上げた。ヴァレクが手を差し出してゾハヴが船に飛び移るのを助ける一方、ジーザンは自分でその横に降り立った。

「もしまた逃げようとしたら、ふたりとも失神させてから、小麦袋みたいに担いで城塞まで運ぶことになる。いいな？」

「城塞？」ジーザンが尋ねた。

「そうだ。ふたりともそこに連れていくとゾハヴには話した」

「そんなの嘘よ。最高司令官のところに連れていかれて、公開処刑されるんだわ」

これは長い旅になりそうだ。「とにかく行こう。暗くなる前に駐屯地に到着したい」

ヴァレクはきょうだいの一歩後ろを歩いた。ふたりはときどき背後を確かめたが、終始無言だった。駐屯地に到着したのは夕食の時間をだいぶ過ぎてからだ。

ランズリー大佐はヴァレクの帰還を歓迎し、温かい食事でもてなしただけでなく、きょうだいに自分の部屋を使うよう申し出てくれた。

「いや、けっこうだ。ふたりにはわたしと一緒にいてもらう」ヴァレクは言い、嵐の盗賊団をどうやって捕らえたか説明したが、ジーザンとゾハヴの魔力については伏せた。

「この数十年、海賊に困らされたことはありませんでした」ランズリーは言った。「海岸警備隊が手こずったのも不思議ではない」

二晩ほとんど眠っていないため疲労困憊《ひろうこんぱい》していたので、大佐の酒の誘いも断った。「明朝早くに出発する。オニキスともう一頭の馬に鞍をつけて、すぐに出られるよう準備を頼みたいと、厩番に伝えておいてほしい」

「承知しました」

広々とした来客棟に入ると、ヴァレクは四台のベッドのうちひとつをドアの前に動かし、出入りを阻んだ。「言っておくが、わたしはとても眠りが浅い」と双子を牽制《けんせい》すると、片手にひとつずつ小刀を持ち、ベッドに横たわった。「眠っておいたほうがいいぞ。明日は長い距離を移動する」

目を閉じて、イレーナはもう集合場所で待っているだろうかと考える。双子が多少足手まといになるとはいえ、あとどれくらいかかるか計算した。楽観的になれば十日、悲観的に考えれば十二日というところか。

真夜中、小声の言い争いが耳に入り、目覚めた。

「あの人にいい顔をする必要はないのよ、ジー。おかげで家族を危険にさらすことになった」

「父さんや母さん、ゼブに会いたくないのか？　ジッペンに捕まったとき、もう二度と家族には会えないと思ってた」

「もちろん会いたいわ。でも、わたしたちは海で遭難したと思われてる。処刑されると知らせるよりそのほうがいいんじゃない？」

「でもヴァレクは――」

「法律は法律よ。それにヴァレクは何百人もの魔術師を殺してきた。どうしてわたしたちだけ例外になるの？」

　いつもならそういう大げさな物言いは大歓迎だ。恐怖は人を操る強力な道具となる。だが今回は閉口だった。片肘を突いて上半身を起こすと、言った。「殺した魔術師は二十三人だ。ふたりとも口をつぐんでさっさと寝ないと、その数に加えるぞ」

　ヴァレクはまた横になった。その数も推定値にすぎない。魔力を持つ少年少女の報告を受けてヴァレクが調査に向かうと、たちまちその子どもは姿を消した。しかし、じつは彼が子どもを国境の向こうに逃がしていたことを知る者はいない。子どもは殺されたと誰もが信じていた。最高司令官さえ。

　ヘッダとアーボンはふたりともヴァレクの盲目的な忠誠心を非難した。確かに最高司令官にはずっと忠誠を誓ってきたが、人が思うほど盲目的でも、命令すべてに従っていたわけでもなかったのだ。


　翌朝ヴァレクが厩舎に行くと、オニキスとスモークという名の灰色の馬に鞍がつけられ、旅の準備が整っていた。ゾハヴとジーザンは厩番が鞍嚢を馬に結びつける間、離れた場所にいた。清潔な制服に着替え、駐屯地の売店でいくつか身のまわりの品も手に入れていた。

　ヴァレクはオニキスの首を撫で、脚に痛みはないか確かめた。黒い毛並みはつやつやと輝き、元気そうだ。「ついてこいとスモークに伝えてくれ」跨がる前にオニキスに告げる。

「ジーザン、君はスモークに乗れ。ゾハヴ、君はわたしの後ろだ」

　少女は顔をしかめたが、厩番の指示に従ってヴァレクの後ろに跨がった。ジーザンも馬の乗り方を手早く習った。笑顔を見ればわくわくしているのがわかる。ヴァレクは双子の兄たちのことを思い出した。ヴィクトルは慎重で守りに入りがちだったが、ヴィリアムは冒険と聞くと脇目もふらずに飛び込んだ。

　ヴァレクはゾハヴのほうを向いた。「方向は?」

　ゾハヴは唇をぎゅっと結んでいたが、やがて北東に向かう道を行ってと告げた。

　身体を動かしたくて仕方がなかったらしく、オニキスは速い歩調で進んだ。ジーザンのほうを見ると身体が必要以上に弾んではいたが、楽しんでいるようだった。

　ようやくオニキスが速度を落としたとき、ヴァレクはスモークの横に並び、「なぜ海岸地方に出てきた?」とジーザンに尋ねた。

　ジーザンは許可を求めるように姉に目を向けた。「十四歳になったとき、僕らはふたりとも魔力を持っていることがはっきりしました。だから父が、人に見つからないように魔力を制御する方法を教えてくれる指南役を探したんです」そこで言葉を切って唾をごくりと呑み込み、手元を見て手綱をぎゅっと握った。「この二年間、ネルが僕らの師匠でした。ネルには風を呼ぶ力があって、航海するときや、ほかの漁船より早く漁場に行きたいときにそれを利用していました」

「君の能力は?」ヴァレクは尋ねた。

「ジー、だめ」ゾハヴが戒める。

「今さら隠しても仕方ないさ、ゾー。それに、海賊から助けてもらった恩がある」

「わたしたち、今もまだ囚人だわ」

「ゾハヴは正しい」ヴァレクは言った。「自分にどんな力があるか、敵に明かすべきじゃない。さもないと、相手はそれに対抗する手段を見つけようとするだろう」たとえば雫の盾で取り囲むとか、と苦々しく考える。

「なるほど」ジーザンも納得した。「ただ、嵐に対抗できる人間がいるとは思えないけどね。僕は嵐を呼び、その方向を思いどおりにできるんだ」

「ジーったら!」

ヴァレクは笑みを押し殺した。「どうかな、ストームダンス族なら君の嵐を霧雨に変えられるかもしれない」

「ほんとに? ストームダンス族って誰?」

ヴァレクは説明した。「最高司令官さえ、北の氷床から吹いてくる暴風雪のエネルギーを利用することをストームダンス族に許可したんだ」

ジーザンは唸った。「すごい。そうだよ、去年は初めて雪かきをしないですんだ。ところが僕は黄昏海の真っただ中のどこかの島に閉じこめられてしまった」

「最高司令官が魔術師をイクシアにみすみす入国させたなんて、嘘よ」ゾハヴが言った。

ヴァレクは身体をよじって後ろを見た。「これで三回目だ。今度わたしを嘘つき呼ばわりしたら、荷物として積んでいく。そして、理性が戻ったところで謝罪してもらいたい」

ゾハヴはたじろぎもせずにヴァレクを睨み返した。ヴァレクを恐れる気持ちは今やすべて怒りに変わっていた。日差しを浴びて、青い瞳がサファイアのようにきらめいている。もしこちらが暗殺者の視線を返したら、ゾハヴはまた怯え始めるだろうが、怖がられるより怒りをぶつけられるほうがましだった。ヴァレクはふたたび前を向き、会話は町への道案内に限定されることになった。

正午に短い休憩を取り、手早く昼食を食べた。大佐は三人分にしては多すぎるくらいの糧食を持たせてくれた。

ジーザンは好奇心を抑えきれない様子だった。「ほかにどんな魔術師がいるんですか？」

ヴァレクは魔術師範や、その他の魔術師のさまざまな能力について説明した。「中には〝一芸に秀でた天才〟と呼ばれる魔術師もいる。彼らの能力は、習得したというより本能的なもので、〝燃え尽き〟になったり、ほかの強力な魔術師に利用されるおそれはない」

「燃え尽き？　それは僕らも用心すべきもの？」ジーザンが尋ねた。

「いや、君たちは力をちゃんと制御できている。その点ではネルに感謝しないとな。それができないと、うっかり魔力を引き出しすぎて力が暴走してしまう。そうなればシティアにいる魔術師範が君たちの存在に気づき、燃え尽きを起こす前に刺客を放っていたかもしれない。燃え尽きが起きると、君自身が命を落とすだけでなく、魔力の毛布が破壊されてほかの魔術師たちにも迷惑がかかるんだ」

　ジーザンはのけぞってみせた。「へえ！」

「ずいぶん魔術や魔術師について知ってるのね。対抗するために研究したの？」ゾハヴが尋ねた。

「敵を知ることはつねに大事だが、知識のほとんどは恋人から教わった。魔術師なんだ」

ゾハヴは目を剥いた。「あなたに恋人が？」

「しかも魔術師だぞ、ゾー！　僕らは殺されないよ。さもなきゃ、その人が黙ってないさ、そうでしょう？」

「だろうね」

「あなたが殺した二十三人についてはどうなの？　彼女は知ってるの？」ゾハヴが尋ねた。

「知っている。じつは、彼女も大勢の魔術師をあやめた。魔術を持っているからと言って善人とは限らない。君たちの魔力を利用してジッベンがしたことを考えてみるといい。奴が自分で魔術を使えたら、何をしたと思う？」

　苦虫を噛みつぶしたようなふたりの表情がすべてを物語っていた。講義はそれでおしまいだった。ヴァレクはチーズの残りを包み直し、オニキスに跨がった。

馬の背に上がる前に、ゾハヴが低い声で言った。「あなたがジッペンを殺してくれてよかった」

「僕も同じ気持ちです。あの悪党は報いを受けたんだ」ジーザンは指で首を切る真似をした。

目的地まで穏やかに移動したかったし、面倒だったので訂正はしなかった。

「今、アイスファレンと言ったか？　君たちはアイスファレンに住んでいるのか？」ヴァレクは尋ねた。

「北の氷床の近くと言いましたよね？」ジーザンが答える。「あのあたりに町はそう多くありませんよ」

確かに。だが、ふたりが自分の故郷アイスファレンの住人だとは思ってもいなかった。ヴァレクの心の中では、アイスファレンに住んでいる人間はふたりだけ。そう、両親だけだ。密偵たちの報告によれば、両親もまだアイスファレンに住んでいるはずだった。

ジーザンは馬を急かそうとした。「僕が先頭になります。いいかな？」少年は瞬く間に馬を乗りこなせるようになった。

「もし落馬しそうになったら、鞍ではなくたてがみをつかめ」ヴァレクは指示した。「たてがみをつかまれても馬は痛くない。鞍は自分と一緒に滑り落ちてしまう」

「鞍ではなくたてがみ。わかりました」ジーザンは前に出た。

　オニキスはスモークのすぐ後ろに続き、ヴァレクも少年から目を離さないようにした。高速で走る馬から落ちると命を落としかねないが、幸いジーザンはもともと運動神経がよく、バランス感覚も優れている。

　馬たちが門の前で止まると、ジーザンは馬から飛び降り、そのあとひらりと柵を飛び越えた。ゾハヴもあっと声をあげて鞍から滑り降り、弟に続く。ふたりは競い合うように家まで走った。

　そのとき初めてヴァレクはそこがどこか気づいた。見覚えのある建物を眺めるうちに、全身の血が凍りついた。兄たちの殺される姿が次々に蘇り、胃がよじれる。感情を抑えつけるので必死だった。そうとも、父と母は引っ越したに決まっている。父は六十歳をとうに過ぎてすでに引退しているはずだし、五つも寝室がある屋敷と隣接する皮なめし工場の敷地は、ふたりで暮らすには広すぎる。

　ドアが大音響をたてて開き、ヴァレクは剣の柄をつかんで振り返った。皮なめし工場から男がふたり出てきた。年老いたほうが足を止め、幽霊でも見たかのようにヴァレクを凝視した。心臓が破裂寸前の風船のように膨らみ、圧迫を感じる。苦しくて息もできない。

　若い男はふたりを見比べている。「父さん、どうした？　誰だい、あの人は？」

24

ジェンコ

「見失ったって、どういうことだ?」フィスクの助っ人組合のひとりにアーリが怒鳴った。

ジェンコは相棒の太い腕に触れた。「落ち着け、でっかいの。お嬢ちゃんが怖がってる」かわいそうに、少女はせいぜい八歳、体重は二十五キロもないように見える。もっと大きな砂蜘蛛だって見たことがある。

「構うもんか。やっぱりイレーナの追跡を子どもに任せたのが間違いだった」

「俺たちならもっとへまをしたさ。連中の連携術は神業だよ!」

アーリが呻く。「ヴァレクから、イレーナを守れと命じられてるんだ。もし彼女が――」

「危険から完全に遠ざけるなんて不可能だし、それはヴァレクだってよくわかってるさ。あとは俺に任せとけ」ジェンコはしゃがみ込み、少女と目線を合わせた。「どこで見失ったか教えてくれるかな?」

少女はうなずき、踵を返した。城塞の中でも人通りの多い地区を抜け、もっと静かな住宅街に入っていく。少女は南西に向かい、迷路のような通りをジグザグに進んだ。これでは見失うのも当然だ。ここは追跡者にとっては悪夢のような場所だ。まあ、普通の追跡者にとっては。ジェンコは普通をはるかに超えた男だ。

少女は交差点で立ち止まった。「この角を曲がったら……もういなかったんです」

ジェンコは周囲を見回した。その地点から四本の路地が別々の方向に伸びている。それぞれについて、イレーナの痕跡がないか調べた。ペパーミントか投げ矢かオーツ麦のかけらか何かを落としていったかもしれない。だが何も見つからなかった。すぐ後ろに尾行がついているとイレーナは信じていたはずだ。ジェンコはイレーナが消えたタイミングについて考え、最終目的地はこの近くだと踏んだ。改めて細道を仔細《しさい》に確認する。すると三本目の路地の奥に噛み跡のある楊枝《ようじ》が落ちていた。誰かがそこでいらいらしながら待っていたかのようだ。

「ここまでに何人の連携があった？」と少女に尋ねた。

「七人です。そのあと見失いました」

ここにいた奴が最後だったのかもしれない。そこから道はさらに二手に分かれている。どちらの道にも目につくようなものはなかったので、ジェンコは一方の路地で目を閉じ、ゆっくり鼻から息を吸い込んだ。ゴミの臭いと町の路地裏ならではの悪臭しかしない。もう一方の路地でもそれをくり返した。同じ臭いの陰に、今度はうっすらとラベンダーの香りが残っていた。

「こっちだ」ジェンコは細い路地を走った。道は丸い空き地に出た。出口は五つある。

肌を何かが這いまわるようなむずむずする感じがした。かすかだが、魔力だ。感覚を研ぎ澄まし、出どころを探す。ふたたび目を閉じてその不快感のするほうへと近づく。南に向いたとき、気味の悪いむずむずが増した。

自分が先頭になり、アーリと少女をでこぼこ道へと導いた。道のひび割れから雑草が伸び、ブーツがガラスのかけらを踏む。割れた窓に板が打ちつけられた家々はどこも空き家らしく、人がいるとしても不法占拠者だろう。

「旅行案内を見ても、このあたりが掲載されてるとは思えないな」アーリが言った。

「人に知られずにいるのがふさわしい、誰も知らない場所だ」ジェンコもアーリに同意した。それに耳の傷が痛んだ。痛みはどんどん増していき、ぼろ小屋を通り過ぎたとたん軽くなった。「どうせならもっとうまく騙してくれよ」

「どうした?」アーリが尋ねた。

「創造力ってものがまるで欠けてる。この小屋は幻影だ」

「なるほど。じゃあ行くぞ」アーリは偃月刀を抜き、足を踏み出した。

ジェンコはその前に立ちはだかった。「ちょっと待て。向こうに何があるかわからない。警報が発動するかもしれないぞ」ふとジェンコは、アーリではなく自分のほうが理性を働かせていることに気づいた。どんなもんだい! 意外性ってのもいいじゃないか。ジェンコはふたりを小屋から見えないよう、空き地のほうまで押し戻した。「蜘蛛娘、フィスクと仲間たちをできるだけ大勢呼んでこい。急げ！」

少女はわかったというように親指を立て、走り去った。

「で、どうする？」アーリが尋ねた。

「幻影は別の建物を隠しているはずだから、そいつを調べて、ほかにも出入口があるか確かめよう。このあたりの家はみんな肩を寄せ合っている。きっと繋がってるはずだ」

「わかった。僕は裏にまわるから、おまえは屋根に登れ」

ジェンコは歪んだ屋根を見上げた。勾配屋根もあれば、平屋根もある。「ドスンって大きな音がしたら、落ちたってことだからな」

アーリは返事もせずに、音もなく家々の向こう側に姿を消した。ジェンコはため息をつき、一番近くにある建物を眺めた。排水管は強度が不安だし、壁の羽目板は、家に何かがいっぱいに詰まっているかのようにたわんで、今にも破裂しそうだ。釘が錆びてさえいなければ、建物の角を伝って登れそうだ。

ふいに背中がぞくっとして慌てて振り返る。だが空き地には誰もいない。窓をざっと見回したが、やはりこちらを見ている者はいない。だが、誰か、あるいは何かに監視されているような気がしてならなかった。違和感を振り払い、二階建ての建物をよじ登って屋根に上がる。

なるべく身を伏せ、体重をかける前にいちいち足元を確かめた。一歩踏み出すごとにキーキー、ミシミシとやかましい。物音に気づいた住人が屋根を調べようとするだろうか？それとも中でじっとしていたほうが安全だと判断する？この界隈《かいわい》に限っては後者だろう。

小屋に近づくにつれ、屋根の質感が変わった。木材は、体重をかけてもうブーツがめり込まない。不揃いの屋根板は相変わらずまるでパッチワークのようだが、基礎がしっかりしている。滑らかな平屋根にたどりついたとたん、耳の傷に痛みが走った。屋根に天窓がふたつある。こいつは驚いた。

忍び足で近づいて腹這いになり、中を覗く。暗さに目が慣れるまでしばらくかかった。思わず声をあげそうになったがこらえた。下にあるソファでイレーナが横たわっている。眠っているか、キュレアで動けないようにされているのだろう。そうであってほしいと心から祈った。まさか死んでるなんてことはないよな。ジェンコが行動を起こそうとしたそのとき、四人の男が部屋に入ってきた。そして驚いたことに、運んできた木の箱に、まるで家具か何かのようにイレーナを詰め込んだ。

男たちが箱を台車にのせて部屋から運び出すのを見て、ジェンコはぎょっとした。箱を追わなければ。

ジェンコは自分がどうやって空き地に戻ってきたのかまるで覚えていなかった。

「まあ落ち着け。言っていることが支離滅裂だ」アーリが言った。「箱が何だって?」

フィスクとその部下たちが到着した。

ジェンコは今の出来事を説明した。「あの箱を見つけないと。すぐに散って捜してくれ」

フィスクが首を振る。「それじゃ見つかりませんよ。ここは迷宮ですから、構造を知っていれば、誰にも見られずに移動できます。イレーナが箱に入れられたのなら、ここに置いておく気はないでしょうし」

「つまり、箱を馬車に積み、ほかの品物に紛らせて城塞からこっそり運び出すってことか」とアーリ。

「西門だ」ジェンコが指摘した。「あそこが一番近い」

「そして、誰もがそう考えるでしょう」とフィスク。

「だが、俺が見ていたことは奴らも知らない」ジェンコは胸をぽんと叩いた。

「確かに。フィスク、西門までの近道を教えてくれないか?」

「もちろん」ふたりの部下に命じると、彼らは小走りで出発した。

「もう遅すぎたとしたら?」ジェンコはアーリに遅れまいと走った。「あるいは、見つからなかったら?　どこにでもあるような箱だったぞ」

「前向きに考えよう」

やっと門に到着したとき、ずいぶん時間が経ったように思えた。フィスクが門番に賄賂をつかませて日誌を見せてもらう間、アーリとジェンコは待っていた。わずかな遅れにも耐えられず、ジェンコはじりじりした。

戻ってくると、フィスクは言った。「今日の午後、ここを出ていった馬車はありません。僕らがここを見張る間、北門と南門にも人をやって確認させましょう」

門をあらゆる角度から監視するため、三人は別々の場所に陣取った。フィスクは上方から見下ろした。アーリは門の外から。ジェンコは詰所の陰で待機した。そこにいれば、覆いがかぶさった馬車が来たとき、すばやくその下を覗くことができる。

結局、ジェンコがその馬車だとわかったのは、箱ではなく、馬車の御者を見たからだった。衛兵と言葉を交わすリーフを目にしたとき、驚いて卒倒しそうになった。だが、呆然としたのは一瞬のことで、ジェンコはすぐに覆いの下に潜り込み、直後に馬車は出発した。

25
イレーナ

目覚めたとき死ぬほど頭が痛み、口の中がからからだった。わけがわからないまま、あたりを見回す。小卓がひとつ、ベッドがひとつ、ドアがひとつ、周囲は飾り気のない白い壁。何の変哲もない部屋だ。でも何かがおかしい。身体が動かない。キュレアだ！

頭が真っ白になって、手足を激しく動かしたところで、麻痺はしていないことに気づいた。手足を縛られているだけだ。まったく、わが人生、けっして楽にはならない。

大きく深呼吸して、動悸を鎮める。まずは状況を把握しよう。この症状は、眠り薬を与えられたときのそれと一致する。お腹の赤ちゃんのことが急に心配になり、それが別の不安を呼んだ。そして思い出した。リーフ！　リーフは確かに捕らえられていたけれど、そうとも言いきれない。無事だけど、無事ではない。頭が混乱して目を閉じる。もう一度眠ってから目覚めたら、何もかもはっきりするかもしれない。

そのときドアノブが音をたて、はっとして目を開けると、食事の盆を持ったリーフが部屋に入ってきた。ほっとしたのもつかのま、ブルンズ・ジュエルローズとふたりの用心棒が続いて現れた。突然記憶が蘇り、大悪党の兄に眠り薬を打たれた場所がかっと熱くなった。わたしはリーフを睨みつけた。

「仕方がなかったんだ。ちゃんと説明してもおまえは耳を貸さないし、アーリとジェンコに見つかることをブルンズが心配した」

「ブルンズの言うことがまるで筋が通らないからよ」

「最初は僕もそう思ったよ。だが、ここで彼がやり遂げたことをぜひ見てほしい。すごいんだ」おいしいシチューでも描写するかのような口調だ。

「拒絶することもできるの？」

「もちろん」ブルンズが言う。「話を最後まで聞いてから決めればいい」

「あなたは完全に頭がどうかしていると思った場合は？」

ブルンズは口をぎゅっと結び、袖にできた目に見えない皺を伸ばした。「そのときは、君の身の振り方について話し合おう」

「身の振り方ねえ」身の毛のよだつような筋書きがいくつも頭に浮かんだが、動揺を抑えた。こういうときこそ冷静な論理的思考が必要だ。「わかったわ。聞きましょう」

リーフはにっこりした。用心棒のひとりがベッドの足元に椅子を置き、もうひとりが手首の片方だけ自由にした。身体を起こしたわたしは、服に隠したピックと飛び出しナイフに思わず手を伸ばしたくなったが、こらえた。ブルンズが椅子に座った。

リーフが食事の盆をわたしの膝に置いた。「食べれば気分もよくなる。ここの料理人はまるで芸術家なんだ。何を作らせても最高だよ」

まず水に手を伸ばし、半分まで飲んだ。最高司令官がまもなく侵攻してくるというブルンズの説明をうわの空で聞きながら、シチューを口に運ぶ。リーフの言葉は誇張ではなかった。うまみと辛さが絶妙なバランスだ。でも飲み込んだとき、かすかな後味に気づいた。覚えのある味だ。もう三口食べたところでそれが何かわかった。テオブロマだ。

スプーンを下ろし、水に手を伸ばした。

「食事に何か気になる点でも？」ブルンズが尋ねる。

「いいえ。胃がまだむかむかして」と嘘をつく。「シティアのどこが優れているかって話だったわよね……」と先を促す。

ブルンズはシティアを守るべき理由について、論理的ながらどこか歪んだ説明を続けた。兄のほうを見ると、例のうっとりした表情を浮かべている。テオブロマ入りの食べ物をたっぷり食べさせられてきたとすれば、驚くことではなかった。テオブロマは、魔術師の魔力耐性を低下させ、魔力を持っていない者を人の言いなりにする。

練習の成果が見えるブルンズの説明を聞いたあと、施設の見学をすることになった。わたしは両足とも自由になった。

「その前に、兄とふたりきりで話をさせて」と頼んでみる。

「いいとも」ブルンズは立ち上がり、目に見えない埃をズボンから払った。「部屋の外で待っているよ」と言い、用心棒たちと部屋を出ていった。

リーフは一歩後ずさりした。「またかっとなったりしないよな？」

「大丈夫。ここで何が起きているかわかったから」

兄の表情が緩んだ。「やっとわかってくれたのか！　ブルンズは天才だろう？」

天才と言うつもりはなかったが、言葉を慎重に選ばなければならない。「リーフ、ここの食事がおいしいとあなたが言うのも当然よ。テオブロマが入っているんだもの」

リーフが眉をひそめた。「誤解だよ」

「わたしの味覚は人一倍鋭いってこと、知ってるでしょう？」最高司令官の毒見役だったときには、まさに自分の味覚に命が懸かっていたのだ。「一口食べてみて」

兄は言われたとおりにした。一瞬顔に懸念が浮かんだが、すぐににっこりした。「そりゃそうさ。最高司令官がキュレアを手に入れた今、ブルンズは兵士を守らなければならない。キュレアを含んだ矢を打たれても、テオブロマを飲んでおけば身体が麻痺せずにすむ。そういうところが天才なんだよ」

推理はいい線までいっている。「でも、テオブロマには別の効果もある。だからあなたはブルンズに協力する気になったのよ」

「そうじゃない。ブルンズはシティアを守りたいと考えていて、それは僕も同じだ」リーフは胸で腕組みし、いつものように態度を硬化させた。でも、瞳の奥に疑念の小さな種が播《ま》かれたのがわかる。「さあ行くぞ。ブルンズがお待ちかねだ」リーフがドアを開け、わたしの腕をつかむと外に連れ出した。

ブルンズがわたしたちを交互に見た。「何か問題でも？」

「イレーナがまだ納得していないようなんだ。だが、数日もすれば、僕のようにきっと意見を変えるよ」リーフはわたしを睨んだ。

わたしは無表情を装ったが、胸には希望が膨らんだ。さっきの会話で兄も目が覚めるだろう。

ブルンズは駐屯地内を案内し、模擬試合の実演を見せた。シティア軍が準備不足だというブルンズの指摘は正しい。問題は、彼のやり方が倫理にもとる点なのだ。リーフは相変わらずブルンズの応援団長を務めていた。

教練を見学しながらブルンズに尋ねた。「なぜわたしを味方に取り込むことにしたの？」

「理由はふたつだ。君の暗殺を試みれば、犯人はわたしだと君の恋人に突き止められるおそれがつねにあった。最高司令官が別の暗殺者に君を狙わせたのだとすれば、二番目の襲撃も最高司令官の命令だと彼が勘違いしてくれる可能性があると思っていたんだ。そうなれば、イクシア上層部で大きな混乱が起きると」

実際に今ヴァレクと最高司令官の間に生じている軋轢《あつれき》については黙っておいた。「もうひとつは？」

「もはや魔力がないとしても、君の知識や知性は必ず役に立つとリーフに説得された。それに、最高司令官がどうにかして君の魔力を阻害したのだとしたら、その方法を知る必要があった。君の魔力が奪われたということは、ほかの魔術師も同じ目に遭うかもしれない。魔術師の存在は正直、快く思っていないが……」ブルンズは顔をしかめた。「イクシアの侵略に対抗するためにはその力が必要なんだ」

いやはや、たいした男だ。いくつか誤解もあるが、訂正を求める気にはなれなかった。

「それに、イクシアの戦略や軍事組織についての君の知識が役に立つということもある」

なるほど。わずか六カ月後に迫った火祭のあとに最高司令官が侵攻を計画しているかもしれないというヴァレクの話を伝えたら、いったいどうするだろう？　たぶんパニックを起こして、シティア中の魔術師を拉致してくるのではないだろうか。わたしたちは魔術師たちの兵舎に引き返した。

「すべて理解するには多少時間がかかるだろう」ブルンズは言った。「数日間考える時間を与えよう。そのあと答えを聞かせてほしい」そして、移動中ずっとそばに張りついていたふたりの用心棒を示した。「ふたりを君につけるから、何か質問があれば訊いてほしい。駐屯地内は自由に見てもらって構わない。食堂は一日中開いている」

「仲間には入らない、ここを出たいと決めたらどうなるの？」

ブルンズは微笑んでみせたが、目は笑っていなかった。「そうはならないと信じている」

「それでもそうなったら？」

「君は賢い。戦いには犠牲者がつきものだと、重々知っているだろう」

脅しに反論しようとしたとき、リーフが腕を組んできた。

「相当疲れてるらしいな。考えるのは明日にしたほうがいい。夕食を持ってきてやるよ」

リーフはわたしをさっきの白い部屋に連れてきた。用心棒もついてきたが、廊下に留まった。たぶんドアの横で控えているのだろう。リーフはそのドアを閉めた。

「食事は持ってきてくれなくてけっこう。自分で調達するわ」

「気にしすぎだよ。ブルンズは――」

「魔術師を殺し、暗殺者を雇い、人を誘拐し、国家反逆行為に手を染めている」

リーフはこちらを睨んでいる。

「テオブロマの味がわかったでしょう？　ねえリーフ、よく考えて」

「おまえの誤解だ」

もどかしさのあまり呻き声を漏らしそうになる。「わかった、じゃあ試してみて。何日か食事をとらないで、それでもブルンズのことを同じように感じるかどうか」

リーフは息を呑んだ。「食事をとらない？」

「せめて、テオブロマに汚染されていない食べ物を見つけて。わたしのためだと思って」

リーフはわたしと目を合わせた。「それでもしおまえが間違っているとわかったら、ブルンズの仲間になるか？」

「約束する」

その後の五日間ほど、わたしはなんとか軟禁状態を突破しようと試みた。でも、部屋を出るたびに用心棒がわたしを両側から挟み、二歩分の距離以上はけっして離れなかった。食事はリーフが部屋に持ってきてくれた。果物と生野菜ばかりだが、テオブロマがまぶされていない食べ物といえばその程度だった。リーフは文句を言いながらも一緒に食べ、わたしが間違っていることを絶対に証明してみせる覚悟でいるらしかった。

駐屯地内ではさまざまな戦支度が行われていたが、たいていは武器庫で過ごした。新手の武器がいろいろあって目移りしてしまい、いくつか試してもみた。それが自分たちのほうに向けられた場合を想定して、いつでもわたしに飛びかかれるように緊張している用心棒の姿を見るのは愉快だった。でも、タイミングを見計らって脱走しようとするたびに完璧に阻まれるので、悔しくもあった。

ブルンズに、その奮闘ぶりに、ともすると好感を持ちそうになり、必死に抵抗した。そういう肯定感をおのおの心に植えつけることができる魔術師がいるのでは、と思い、その晩食事を持ってきてくれたリーフに尋ねてみた。

「今までは気づかなかったけど、もしかすると……ああ、くそ！　おまえの言うとおりだ。テオブロマの影響から抜けた今、何もかもがぷんぷん臭うよ」そう言って、ブロッコリーをフォークで突き刺した。「どうだ、満足か？」

「もちろんよ！」心からほっとした。「いったい何が起きてるの？」

「すでにブルンズに共鳴している魔術師たちが毎日ここに到着してる。説得するために、勧誘担当者もテオブロマを使っているんだと思う」

なんてこと。「どうやって？」

「ここと同じように、食事にまぜてるんだろう」

「ここがどこか知ってる？」

「海岸に近い、クリスタル族の駐屯地だ」

「ほかの教練所の場所はわかる？」

「いや。だが僕は今じゃブルンズの右腕みたいなもので幹部入りするのもまもなくだろうから、そのうち教えてもらえると思う。僕はおまえの説得を命じられた。だから、僕があいつの味方のふりを続けるためには、おまえにもあいつにおべっかを使ってもらわなきゃならない」

「すごく楽しみ」そっけなく言った。

「もっと芝居の腕を磨いてもらわないとな。さもないと、ふたりともまずいことになる」

食事を終えたとき、名案が浮かんだ。「テオブロマと味が似ているけれど魔力を抑制しない物質はない？」

「あればよかったが、テオブロマは独特で、類似物質はないんだ」

「何かアイデアはある？」

「いい子になって、食堂で食事もし、ブルンズの言いなりになるふりをする」

「それから？」

「ブルンズの信用を獲得し、懐に潜り込んでから弱点を探る。そのあとアーリとジェンコ、それにアイリスに伝言を送る」

簡単そうに聞こえるが、ただし……。「食堂でものを食べるわけにはいかないわ」

「だが、ここに来続けることもできないよ。ブルンズも疑い始めている」リーフは顎を撫でた。「それに正直言って、果物と野菜ばかりなんてもう飽き飽きなんだ。料理人とは友達だから、何か策を考えるよ」

わたしは唐突に心を決めた。「リーフ、食べ物をもっとたくさん用意してほしい。わたし、ふたり分食べなきゃいけないの」

頬を叩かれたかのように、リーフがぎょっとした。それからさまざまな感情が顔に浮かんだ――驚き、興奮、不安、そして恐怖。「お腹に赤ん坊がいるのに助けに来るなんて！」

「放っておくことなんて、できるわけがないでしょう？」

リーフはわたしを抱きしめた。「ごめんよ、怒鳴ったりして。おめでとう、イレーナ。ヴァレクは知ってるのか?」

「ええ」

「あいつなら、おまえを救うためにイクシア全軍を送り込みかねない。さっさと脱出しないとな」


翌朝、わたしはリーフと食堂で会った。リーフは卵とベーコンののった皿を持って待っていた。礼を言って料理を口に掻き込む。リーフは朝の忙しい時間帯に料理人の手伝いを買って出て、特製ソースが塗られる前になんとか料理をかすめ取っておいたのだという。

「おやおや! ダックス・グリーンブレイドがいるぞ」リーフはわたしの肩の向こうを覗き込んでいる。

ナプキンをぎゅっと握りしめて、振り返りたい衝動を抑えた。ダックスも捕まったの?

「用心棒が張りついてる?」

「いや、能天気に笑ってる。こっちに来るぞ」リーフが身を乗り出した。「僕らもブルンズ派だってこと、忘れるな」

「リーフ! イレーナ! こんなところに隠れてたのか」ダックスが言った。「賑《にぎ》わっている場所にこそ君たちはいるはずだと、察してしかるべきだったよ」

緑の目をした背の高い男を見上げる。作り笑いをしなくても、自然に笑みがこぼれる。わたしが魔術師養成所の生徒になったとき、初めてできた友達だ。「あら、ダックス！今到着したの？」

「そうなんだ。ここ、すごいな。堅苦しくて古臭い養成所よりはるかにいいよ。あそこじゃ勉強しかやることがない。時間の無駄だ。ここならシティアのために力を尽くせる」

「ほんと、そうよね」灰を噛むような気分で言葉を搾り出す。

「うまそうだな。お腹がぺこぺこなんだ」

立ち去ろうとしたダックスの手をつかむ。「残りをどうぞ。まだ温かいわ」

「ありがたい」ダックスは思いきりかぶりついた。

「この場所のこと、どこで聞いたの？」

「生徒の誰かからだったと思う」ダックスは食べる合間に答えた。「これ、うまいな。養成所のほどじゃないけど」

「ほんとに？」リーフが問い返す。

「うん。新しい料理人が入ったんだけど、最高の腕前なんだ！」

胃がむかむかし始めた。リーフと暗い顔で目を見合わせた。もしブルンズが養成所の食事にもまんまとテオブロマを加えていたとしたら……。

「新しい料理人が入ったとは知らなかった」リーフが言った。「いつ来たんだ？」

「ええと、数週間前かな?」ダックスが肩をすくめる。忘れていることがそもそも怪しい。わたしは椅子に沈み込んだ。養成所にいれば、シティア最強の魔術師であるアイリスとベインも含め、誰もが食堂で食事をする。

リーフはまわりにわからないように手話を使い、計画続行と伝えてきた。こういうときの意思疎通の手段として、手話は便利なのだ。

〝計画って?〟と尋ねる。

〝ブルンズに僕らを信用させる〟

〝それから?〟

〝あいつを止める〟

〝そんなの計画じゃない〟

〝ほかにアイデアがある?〟

〝ない〟

気落ちして、リーフとダックスに別れを告げる。食堂を出しなに、ほかにも養成所の魔術師がいるかどうか目を配った。知った顔が四人いた。これでは、最高司令官の軍しかブルンズを止められないかもしれない。でも、それでも止められなかったら?

うわの空だったせいでつまずき、転んでしまった。

用心棒たちが駆け寄ってくる前に、別の兵士がさっと現れて、立ち上がるのに手を貸してくれた。「大丈夫ですか?」

そこにジェンコの顔を見たとき、なんとか平静を装ったものの、内心心臓が飛び出すかと思った。「はい。ちょっとうっかりして」

「あなたが悪いわけじゃない。ここは人が多すぎる。移動するだけで大変だ」

落ち込んでいた気持ちが高揚した。救援が来た!「戦争をするなら人を集めないと」

「まったくです。ブルンズがわれわれを勝利に導くでしょう」

足を踏み出そうとしたところでぐらりとよろけてジェンコのほうに倒れ込み、それを彼がやすやすと抱きとめる。ジェンコは髪を赤く染め、傷を隠すために付け耳をしている。

「何も食べないで」わたしはジェンコの傷のないほうの耳に囁き、それから起き上がった。

「足をくじいたみたい」用心棒たちを呼び、ふたりに支えてもらいながら脚を引きずって食堂を出た。わたしだって、ちゃんと演技をしようと思えばできるのだ。

しかし、ジェンコと会って膨らんだ希望も、いくら味方が増えたって、ブルンズをどう止めればいいか見当もつかない状況なのだと気づいたとたん、たちまちしぼんだ。

数日後、武器庫にいたわたしのところにブルンズが現れた。わたしは、正確さと飛距離を向上させるために軸に点数が出る新手の吹き矢を使って練習を続けていた。矢に毒が入っていないのは残念だった。それこそ問題を解決する手っ取り早い方法なのに。

「足の具合はどうかね？」ブルンズが尋ねた。

微笑んで答えた。「ご親切にどうも。たいしたことはないの。ぐっすり眠るのが一番の治療薬だったみたい」

「それはよかった。君が意見を変えたとリーフから聞いたのだが」

不本意ではあったけれど、にっこり笑った。「ええ、わたしがばかだったわ。よく考えてみたら、わたしから連絡官の職を取り上げた最高司令官を擁護する理由がない」

「ほう？　それは初耳だった。執務室で少し話さないか？」

「わかりました」

友人同士のように腕を組み、ブルンズは駐屯地中央にある管理棟にわたしを案内した。中に入る前に、用心棒たちには外で待つように告げる。最上階に上がるまでの間、ブルンズに伝えてもいい最高司令官に関する情報を記憶の中からたぐり寄せた。

待合室にはおあつらえ向きな美人秘書がいた。彼女はブルンズに書類の山を渡し、大勢の人が訪ねてきたと伝えた。

「あとで処理する。お茶を持ってきてくれるかね？」

秘書はさっと立ち上がった。「承知いたしました」

彼女の背後にあるドアを開けると、広々とした執務室にわたしを通す。それは五階のほぼすべてを占領していた。つやつやと光る家具は黒檀《こくたん》製だ。ふかふかの絨毯にブーツが埋もれ、高価そうな絵画には金の額縁が施されている。奥の壁には床から天井まで届く窓がいくつも並んでいた。我慢できずに窓を覗く。遠くに見える翡翠海は日光できらめき、真下には訓練場と武器庫が見えた。

「駐屯地を買い取ったの？」窓ガラスに手を押し当てながら尋ねる。

「いや。戦争の準備に必要なので使わせてほしいとお願いしたところ、クリスタル議員が快諾してくれた」

「ほかに何人ぐらいの議員が協力しているの？」

「質問するのはこちらのほうだと思っていたのだが」ブルンズの声が急に険しくなった。しまった。わたしは振り返った。「ごめんなさい。そんな当然のことを尋ねたりして。全議員が協力しているに決まっているわよね。あなたがシティアを救うんだから」

ブルンズが緊張を緩めた。「座りたまえ、イレーナ」

革製の肘掛け椅子に腰を下ろす。そのエビ茶色は乾いた血を思わせた。ブルンズは書類を机に放ってからわたしの向かいに座った。

「ヴァレクの居場所は知っているのかね？」

それは簡単に答えられる。「正確にはわからない。別れたあと、ヴァレクは盗賊団を捕らえるために第一軍管区に向かったわ」

「それはどれくらい前？」

わたしは頭の中で計算した。「三、四週間前よ」

「もう解決しているころだと思うかね？」

「さあ。盗賊団がどれくらい抜け目がないかにかかっているでしょうね」

「第一軍管区に行く代わりに君を追ってきたという可能性は？」

「可能性はあるけれど、ありえない」

「なぜわかる？」

「あなたがまだ生きているから」事実とはいえ、そう口にしたそばから後悔した。

ブルンズの身体がこわばった。「なるほど」

幸い、折よく秘書がお茶を持って現れた。間にあるテーブルに盆を置き、ふたつのカップにお茶を注ぐと、にっこり笑って部屋を出ていった。

「乾杯するかね？」ブルンズがカップを持ち上げた。

もう一方のカップを手に取り、掲げる。

「たとえどんな暴虐をしても、誠実であれ」ブルンズが言った。

奇妙な乾杯だったが、わたしはブルンズのカップに自分のを軽くぶつけ、熱いお茶をすすった。濃いテオブロマの味がする。それからカップを置いた。

ブルンズは、わたしが魔力を失った原因について何かわかったことがあるかと尋ねた。ここでも嘘をつく理由はなかった。「まだ何も」

原因の可能性について話し合う。どれもすでに検討したものばかりだったが、正直に打ち明けたほうが疑われないような気がした。

「お茶に何か問題でも？」ブルンズが尋ねた。

「ちょっと熱すぎて」

「もう冷めているだろう」

カップを取り、ほんの少し飲む。「ああ、ほんと」カップを持ったまま膝に肘をつく。

ブルンズが突然立ち上がった。「ばかにするのもいい加減にしろ」

「何ですって？」

「用心棒たちはああ見えて目鼻が利くんだ。なぜリーフがいつも君の部屋に食事を運んでいるのか、理由はすぐにわかった。君が目覚めたときから疑ってたんだ。最高司令官の毒見役だった君は、味覚が人一倍鋭いに違いない。芝居はもうそのへんにしろ」いきなり左手首をつかまれ、痛みが走る。

気づくと皮膚に矢が刺さっていた。「何……？」

「バブバブジュースと呼ばれているはずだ。眠っている間に、リーフが君の武器をすべて回収し、渡してくれたのさ。キュレアや眠り薬、自白剤入りの忌わしい投げ矢をね」

頭がくらくらし始め、胃が恐怖で締めつけられた。ブルンズがわたしの前にひざまずいた。「さあ、話をしようか」

26
ヴァレク

ヴァレクは父親に、それからその隣に立つ若者に目を向けた。死んだ兄ヴィンセントに似ている。いや、ヴィンセントがもう四、五年長く生きたらそうなっていたはずの姿に。だからゾハヴとジーザンに見覚えがあるような気がしたのだ。両親はヴァレクが家を出たあとさらに子どもを作ったのだ。

胸が締めつけられて、言葉が出てこなかった。兄たちの復讐をするために十三歳で家を出て以来、初めて父に会う。帰ってくるなと言われたのだ。

「父さん、どうしたんだい？　この人は誰？」若者がまた尋ねた。

父親は質問を無視し、茶色の目でこちらを見据えながら近づいてくる。その視線は、キュレアに負けず劣らずヴァレクを麻痺させた。かつては真っ黒だった髪も白くなり、なめし革のような顔にも皺が寄っている。規定どおりに皮なめし職人の制服を着ているが、白いダイヤ柄はさまざまな色の染料で汚れている。

ヴァレクは剣の柄から手を離し、馬から降りて門のところに立った。心の内で荒れ狂うショック、痛み、恐怖、悲しみの嵐を無理やり抑えつけ、現実から自分を切り離して冷静さを保とうとした。追い詰められたときにはいつもそうしている。

門のところまでたどりついた父は、それを開けて言った。「おかえり、息子よ」

そのわずか二言がヴァレクを叩きのめし、思わずよろめく。後ろにオニキスがいてくれたおかげでなんとか倒れずにすんだ。

「息子？　どういうこと？」若者の声は驚きで裏返っている。

「イクシアの防衛長官であり、おまえの兄さんでもあるヴァレクだ」父が言った。「ヴァレク、これはゼブロンだ」

ゼブロンの愕然とした表情から察するに、ヴァレクのことを聞かされるのは初めてらしい。ひょっとすると、ヴィンセント、ヴィリアム、ヴィクトルのことも知らないのか。

ちょうどそのとき、母が家の中から声を張り上げた。「カレン、ゼブ、来て！　双子が戻ってきたわ！　無事だったのよ」

ふたりの男は何も言わずに家に走った。ヴァレクはオニキスに力なく寄りかかった。父に〝息子よ〟と呼ばれたときに粉々に砕け散った理性をかき集める時間ができて、ほっとしていた。思いがけずその言葉が、心の奥で眠っていた少年だった自分を呼び覚ました。両親の愛を求め、認めてもらいたがっている子ども。その温かい胸に抱きしめられたがっている少年。その少年をまた元通りにそっと眠らせようとしたが、もう無理だった。ふいに、今すぐイレーナに触れたい、その力が必要だと思った。イレーナがいてくれれば、この再会にも耐えられる。だが、彼女なしでは、どうすることもできないかもしれない。

ヴァレクは大きく深呼吸した。家族全員がまもなく家からあふれ出てくることは間違いない。何があろうと、双子はシティアに連れていかなければならない。だが、家族の誰にとっても、帰宅してわずか数時間でまた出発するというのは受け入れがたいだろう。

思ったとおり五人が家から出てきた。母が先頭に立ち、つかつかとこちらに近づいてくる。大きな包丁を持ち、表情は歓迎ムードとはほど遠い。青い瞳には怒りと決意が漲《みなぎ》っている。さながら小グマを守る母グマだ。かつて母はヴァレクの命を救った。兄たちを殺した兵士に立ち向かおうとしたヴァレクを引き止めたときの爪痕が、今も肩に残っている。

母を追うみんなは、やめろ、よく考えるんだ、落ち着けと口々に叫んでいるが、母の足取りは揺るがず、門にたどりついたところで足を止めると、包丁を振りかざした。全員が黙り込んだ。いや、全員が一斉に息を呑んだのだ。

「わたしの子どもたちを傷つけさせない。けっしてどこにも連れていかせない」

「傷つけるつもりなどありません」幸い、声は震えていなかった。「彼らのことを知った今、シティアに到着したら必ずきちんと保護してもらうようにします」

「〝今〟ってどういうこと？」母は詰問した。「最初から知っていたくせに」包丁であたりを指し示す。「クーデター以来ずっと、密偵にわたしたちを監視させているじゃない」

「あなたがたを探るためじゃなく、守るためです。わたしのせいで誰かに狙われたりしたときに限って、報告を上げることになっていた。暮らし向きについては何も知りません」ヴァレクは三人のきょうだいのほうを見た。「どうやら、年長の子どもたちについては話していないようですね」

「あなたのこと以外は知っているわ。あなたは殺し屋、最高司令官の暗殺者よ。誰もが憎み、恐れている。そんな嫌われ者と血の繋がりがあるなんて、知る必要はない」

その言葉がぐさりと胸を貫いた。あえてそう見せようとはしてきたが、実の母親に言われると思いがけずこたえた。必死に自分を取り戻そうとしながら尋ねる。「では、密偵たちについてはどう説明をしたんです?」

「家族扱いすることにした。子どもたちやご近所さんは、わたしたちが雇ったと思っている」父が答えた。

悪くないアイデアだ。ただし、密偵たちの変装はもう何年も前から見抜かれていて、自分がそれをまったく知らなかった点だけはいただけない。

「あなたにずっと守られていたかどうかなんて関係ない」母は言う。「あの子たちは連れていかせない」

「落ち着け、オルヤ。中に入ってゆっくり話そう」父が肩に置いた手を、母は振り払った。

「ふたりはどうしても連れていきます」ヴァレクは言った。「家族で過ごす時間もなしに容赦なく今連れていくこともできますが、寛容なところを見せるとすれば、今日一日は一緒にいられる」自分にとってはさらにイレーナに会う日が遠のく、地獄の一日だ。

「僕はこの人と行くよ」ジーザンが言った。

「だめよ！　殺されるわ。この人はずっとそうしてきたし、それしかやり方を知らない」母は非難した。

もう限界だった。ヴァレクは一瞬で母の包丁を取り上げた。「殺すつもりなら、ふたりともとっくに死んでいる」包丁を父に渡す。「さあ、子どもたちと一緒に過ごしてください。明日の朝には出発します」ヴァレクはゾハヴと目を合わせた。「わたしの力はわかっているはずだ。もしおかしな真似をしたら――」

「僕らは積荷扱いで城塞まで運ばれることになる」ジーザンが言葉を引き継いだ。「わかったよ」

「城塞だって？」父がヴァレクに尋ねた。

「正確には魔術師養成所です。この子たちは魔術の使い方を覚える必要がある」

「なぜそこまでしてくれるんだ？」父は、胼胝《たこ》だらけの大きな手でシャツをぐいっと引っぱった。不安になったときの癖は昔と変わらない。

「そうしなかったら、恋人に怒られるからさ」ジーザンが代わりに答えた。

父はジーザンの言葉を聞いても眉ひとつ動かさなかったが、〝父さんに隠し事ができると思ったら大間違いだ〟と言わんばかりの鋭い目でヴァレクを見た。手に負えない息子たちを育てるうちに身についた表情だ。「理由はそれだけじゃないだろう」

「いずれイクシアのためになるからだと言っておきましょう。噂と違って、わたしはただの殺人機械ではなく、イクシアを守ることが第一なんです」最後の部分は母に向かって告げ、イクシアだけでなく家族を守ることが、と心の中で言った。「さあ、行って。無駄にする時間などないはずだ」

彼らは少々面食らった様子で家の中に入っていった。何もしないと感傷的になってしまいそうで、ヴァレクはオニキスとスモークをとりあえず門の内側に入れた。餌と水をやり、それから手入れを始めた。隅から隅までブラシをかけ、しまいには文字どおりつやつや光りだしたほどだ。

背後でドアが開く音がした。小刀を手にさっと振り返ると、皮なめし小屋の戸口に、染料だらけの両手を上げた密偵のパッチが立っていた。ヴァレクはほっとして、密偵を身ぶりで呼んだ。

背の高い男は、ヴァレクに睨まれて居心地悪そうにしている。「すみません、ボス。でもご家族を守るにはこうするのが一番だったんです。わたしは一日中お父上のそばで仕事をし、夜は工房の二階にある部屋で寝ています。何かあればすぐに駆けつけられる」

「もうひとりは？」

「家事を手伝い、客間を使わせてもらっています」

「どうしてそんな――」

「お父上はとうの昔に密偵の存在に気づいていました。あなたが新しい密偵を派遣するたび、ここの仕事が引き継がれた。驚くことではありませんよ。あなたの勘の鋭さは親譲りなんです」

相手の自尊心をくすぐるのはいい戦略だ。「配置換えを希望するか？」

「いいえ」

「わかった。ありがとう」

パッチはうなずき、皮なめし工房に戻った。馬の蹄を掃除し終わるころには、日はだいぶ傾いていた。さあ、どうしようか。皮なめし工房の中を見て、その変化を目の当たりにする気にはなれず、裏手にまわる。

記憶どおり、三つの墓がそこにあった。並んだ黒い御影石《みかげいし》の墓石にそれぞれ名前が刻まれている――ヴィンセント、ヴィリアム、ヴィクトル。列の最後に名前のない小さめの石がひとつ。ヴァレクの代わりとして両親が置いたのだろうか？　嫌われ者と考えるより、死んだ人間と信じたほうが納得できたのだろう。

だが〝おかえり、息子よ〟という父の言葉とは矛盾する。一方、包丁を振りかざした母の行動とはぴったり一致する。

ヴィンセントの墓の横にひざまずく。冷たい墓石に指を滑らせ、ヴィンセントの顔を思い浮かべたとたん、悲しみがこみ上げてきた。何度考えたかわからないが、また考えてしまう――兄たちが生きていたら、きっと人生はまったく違ったものになっていただろう。それぞれに年を重ね、結婚して子どもをもうけ、みんなで巨大なテーブルを囲んで、笑ったり、からかったり、文句を言ったり、口論したりしている牧歌的な風景が頭に浮かぶ。母は孫を甘やかし、父は皮のなめし方や染め方を次世代に伝えている。

ふいに疑問が湧く。そうだとして、国王家が今もイクシアを統治しているだろうか？　王家の腐敗のせいで、そんな家族の団欒《だんらん》もぶち壊しにされていたのでは？　自分は父の皮なめし工房で働くことで満足しただろうか？　今とは別の人間になっていたのか？

何より、はたしてその場合イレーナと出会っただろうか。とここの答えは否だろう。イレーナと赤ん坊に意識を向けたとたん、そうした過去のあらゆる苦しみが軽くなった。もちろん今も心の奥底で痛みはくすぶっているし、あのとき兄たちが殺されたことを悔しく思う。だが、まもなくふたたび家族ができるかと思うと、どんな悲しみも辛さも乗り越えられた。イクシアとシティアがいがみ合わずにすむ道をなんとかして探そう。そうすれば、笑いと冗談と口論と愛にあふれた未来が訪れる可能性は、確約はできなくても、かなり高くなる。

「ここにいるだろうと思った」父の声がした。

ヴァレクは立ち上がり、膝の土を払った。

「この子たちのことを毎日考えるよ」父は両手をポケットに突っ込み、墓石を眺めながら身体を揺らした。「二年ほどして殺された兵士たちが……犯人だったんだな？」

「はい」

父は顔を上げた。「そして、森で死んだ大尉も？」

「国王に税金を払わないとどうなるか見せしめにする家族を選べと、部下に命じた男です」

「そのあと国王に直訴したのもおまえか」

「わたしが国王を殺したことは誰もが知っています。なぜ今さら訊くんですか？」

「噂は信用できん」

ヴァレクは次の言葉を待った。

「おまえの口からはっきり聞きたかった」

「母さんが言ったように、わたしは殺し屋だと？　ええ、そのとおりです。国王、王妃をはじめ、王族全員にじかに不満を訴えました」

「どんな気持ちだった……不満をぶちまけ終えたとき？」

「満足感と自由を感じました。でも、それは復讐を果たしたからだけではありません。それまでに、国王家の腐敗ぶりや、彼らのせいで死に追いやられた大勢の人を目にしてきた。

わたしは最高司令官がめざすイクシアに共感しました。最高司令官なら、親が税金を払えないからといって子どもを殺すようなことはけっしてしなかった」

「そうだな。実際にクーデター後、税金がだいぶ減った」

「だから子どもを作ったんですか？」訊かずにいられなかった。

「そうじゃない。わしらは打ちのめされ、孤独だった。騒々しくて元気いっぱいの四人の息子が、突然ひとりもいなくなってしまった。静かすぎたんだ。まさか子どもを授かるとは思ってもいなかったが、クーデター後にゼブが、その三年後に双子が生まれた」父は顔をさすった。「ふたりの魔力が問題を起こし始めたとき、きっとおまえがやってくると……」

「こうして来ましたよ」

「思ったより遅かったし、その前に双子も海で死んでしまったと思っていた」

悲しみが表情に暗い影を落としていた。ひとりの人間が背負わされるには重すぎる、悲劇に次ぐ悲劇。いや問題は、思いがけないときにそれが到来することなのだ。悲劇は最初から、いつまでも留まるつもりで大荷物を持ってやってくる。一番いい客用の寝室を占領し、一日中行き届いた世話をしろと要求し、ようやく出ていってくれたかと思うと、すでに家具には永遠に消えない傷が残っている。

ヴァレクは父の痛みを少しでも軽くしてやりたかった。「ふたりはシティアにいたほうが安全です。必ず護身術を身につけさせますよ」

「ありがとう。中に入って何か食べなさい」

「いいえ、けっこうです。わたしは死者の世界の一員だ」ヴァレクは銘の入っていない墓石を指さした。「母さんもそう思っているはずです」

「それはおまえのじゃなく、ムーチという駄犬のものさ。死んだとき、双子がそりゃあ悲しんでね。わしに墓を掘らせて、墓石まで買わされるはめになった。さすがに名前を彫るところまではいかなかったがね。だが、何が一番腹が立つかわかるか？」

ヴァレクは興味津々の面持ちで首を振った。

「十匹以上犬を飼ってきたが、あいつだけがわしを嫌ってた。三回も咬《か》まれたのに、子どもたちが大騒ぎするからって、殺すことも捨てることもできなかった」

「だから何も書かれてないんですね」

父はくすくす笑った。「おまえはいつも人を観察する目が鋭かった。きっと仕事にも役立っているんだろう」

「はい、そのとおりです」

父は地面をブーツで擦った。「おまえのことも毎日考えていた。一度でいいから帰ってこないかな、と」そこで言葉を切る。「双子に会わなかったとしても、戻ってきたか？」

「父さんははっきり言ったじゃないか――」

「だが、おまえだって、怒りに駆られてあとで後悔するようなことを口走ったことはないか？ 悲しくて気が動転しているときに、間違ったことを言ってしまったことは？」

ヴァレクの冷静な仮面にひびが入った。包丁で脅されたときはさほど動じなかったというのに、父の言葉には、頭を殴られたあとさらにみぞおちに一撃を食らったかのような衝撃を覚え、眩暈がしてまともに呼吸さえできなくなった。

「暗殺者は感情を殺せと指導されます」やっとそれだけ言えた。

「くだらん。もしそうなら、双子を一晩ここに泊まらせることも、こうして兄たちの墓の前に足を運ぶことも、恋人を持つこともなかったはずだ。もっと続けようか？」

「いいえ。そのとおりです」

「じゃあ、わしの質問に対する答えは？ 戻ってくるつもりだったのか？」

そんな気はなかったが、イレーナと結婚して赤ん坊が生まれたら、そのときは……。

「わかりません」

「なるほど、正直だ。さあ、中に入りなさい」

「いや……母さんが動揺しますよ。双子と過ごすせっかくの時間を台無しにしてしまう」

「例の直感を働かせてごらん。母さんの立場だったらどう感じる？ いろいろなことが一度に起こって、しかもあの子たちにはもう二度と会えなくなる――」

「どうして？ 養成所が休みになる暑い季節に会いに行けばいい」

父が急に背筋をぴんと伸ばした。「だがふたりの行き先はシティアだ。われわれが行くことはできない」

「わたしが協力すれば行けます。実際、シティアにも皮なめし職人はいますよ。あちらに住みたければなんとかしましょう」

「本当か？」

「ええ」たとえもう最高司令官の下で働いていなかったとしても。

父はしばしヴァレクを見つめた。「考えてみるよ」

「決心したら、パッチに伝えてください。彼がわたしに連絡をくれるでしょう」

父は家に戻っていった。心を落ち着かせるには動くのが一番だ。オニキスから鞍嚢をはずし、兄たちの墓の近くで小さな火を熾す。不気味と言えば不気味だが、ヴァレクはほっとした。馬たちも暖を取ろうと寄ってきた。

湯を沸かし、帰り道の分を確保してから糧食を取り分ける。そのとき左側で草を踏みしだく足音がした。小刀を手にさっと立ち上がる。

「落ち着いて」ジーザンが言った。「夕食を持ってきただけだよ」

火明かりの中に現れた少年を見て、ヴァレクは小刀を鞘に戻した。ジーザンに手渡されたのはフォークと皿だった。皿にはローストビーフが二枚と山盛りのマッシュポテト、それに暗褐色のグレービーソースがたっぷりかかっている。匂いを嗅いだだけで涎が出た。

「はずれくじを引いたのか」

ジーザンは笑った。「うぅん、自分から手を上げた」

「ありがとう」ヴァレクは焚き火の横に腰を下ろした。

「肉を切るナイフは持ってこなかったよ。自分のを十本ぐらい持っていそうだったから」

「十本じゃ少ないな」

ジーザンにはそれが座れという意味に聞こえたらしい。「母さんも、僕らがここを出ていくことにしぶしぶ賛成してくれた。でもゾハヴは、家族の訪問を許可する権限があなたにあるってこと、信じようとしないんだ」

ゾハヴの疑念を聞いても驚かなかった。「仕事上の役得のようなものだよ」若者は、焚き火の中から半分燃えた小枝を引っぱり出し、それで土にいたずら書きをした。「魔術師養成所について教えてくれない?」

ヴァレクはローストビーフを食べながら、五年間の教育課程について説明した。「新入生のクラスから始める必要はないと思うが、二、三年はそこで学ぶことになるだろう」

その後もジーザンの質問攻めに遭っていたとき、ゼブロンがアップルパイを持ってやってきた。

「ジー、父さんがおまえとゾーの三人で話がしたいってさ。海岸地方に出発したときと同じ説教をされるだろうな。それに、海賊に捕まるなんてというお叱りのおまけつきだ」

「つまり、捕まらないように気をつけるべきだったってこと？　どうして父さんは先に言ってくれなかったのかな」ジーザンはズボンの土を払ってから家に向かった。

ゼブロンはヴァレクにパイを渡した。「家で寝ても構わないと母さんが言ってる」

「ありがとう。でも寝袋を持っているし、野外で寝るのに慣れている」

ゼブロンは肩をすくめた。「どうぞご自由に」それから焚き火の反対側に腰を下ろし、小枝で薪をつついた。火の粉がぱっと上がる。

ゼブロンが胸に溜め込んだ疑問を吐き出す勇気をかき集める間、ヴァレクはじっと待った。弟を観察する――弟という概念自体、まだ受け入れがたいのだが。十九歳ぐらいと思われるゼブロンの性格は、双子を足して二で割ったような感じで、ゾハヴに似て慎重ながら、ジーザンと同じユーモアのセンスも持っていそうだ。もしかするとヴィンセントのような茶目っ気もあるのかもしれない。緊張が解ければ、たぶん本性がもっと顔を出すだろう。とはいえ、キングキラーの前で、はたして彼らが緊張を解くことなどあるのか？

「父さんにした、南に移住する話だけど、僕にもできるのかな？」

「もちろん」

「でも、ここに留まることにしても、双子に会いに行くのは可能なの？」

「可能だ」

「なんでそんな急に、家族を気にかけたりするんだよ？　今日まで僕らが存在することさえ知らなかったくせに。部下の密偵に、父さんたちの様子を尋ねさえしなかった。今になってそんな親切にされても信じられない」

きっとゼブロンは家でも同じ疑問をぶつけたのだろう。「わたしには敵が大勢いる。家族がいると知れば、わたしを脅すために平気で利用するような連中だ。だが、両親の居場所を知っているのは信用できるほんの一握りの人間だけだし、万が一情報が漏れた場合に備えて、両親を守るために密偵を送り続けてきた。気にかけていなかったら、密偵など送っていない。君や双子のことを知らなかったのは……」ヴァレクは唾を呑み込んだ。「密偵に何も報告するなと命じたからだ。それは……」兄たちの墓石に目を向ける。

先ほどの父の言葉が頭の中で鳴り響いていた。両親を避けていたのは、二度と戻ってくるなという父の言葉のせいだったのか、それとも、もし元の家族に戻ったら、両親のどちらかを失ったとき、兄たちの死で味わったあの深い悲しみにまた襲われるのが怖かったからなのか。あるいは、単に頑固だったからか。いや、帰ったときに拒絶されるのが恐ろしかったのか。たぶんそれらすべてだ。

「わたしや兄たちがいなくてもふたりの暮らしが何事もなかったかのように続いていると聞いたら、きっと受け止められなかった」それはふたりが悲しみを乗り越えたということだ。自分にはまだ、乗り越えられないというのに。国王を殺したとき自由を感じたと父に言ったのは嘘だ。今までやってきたことはすべて、あの日に始まっていた。自分は、時間の中に氷漬けにされているようなものだった。

その氷に小さな穴を穿《うが》ち、奥にいるヴァレクに手を伸ばしてくれたのは、イレーナただひとりだ。

「今は？　もう受け止められる？」

受け止められるだろうか？　その小さな穴から氷の表面に細かいひびが入り、広がった。もし家族を受け入れたら、氷は粉々に砕けるのだろうか？　心臓がぎゅっと締めつけられ、背中を汗が伝った。

じっとしていられず、立ち上がって墓に近づく。自分は死者の世界の一員だと父には告げた。あの銘のない墓石が自分のものだったとしても不思議はないのだ。イレーナのことは受け入れたが、彼女がどれほど大切か気づくまでに八年もの年月を要した。胸の傷が肌を焦がす。ヴァレクはヴィンセントの墓の前にひざまずき、その名を指でなぞった。そして、冷たく硬い御影石に熱い額を寄せた。

自分はずっとこの墓石のように冷たく硬い存在だった。なぜ家族と向き合うことがこんなに難しいのか？　殺し屋、邪悪な魔術師、最高司令官、ありとあらゆる犯罪者と今まで対峙《たいじ》してきたが、ふたたび家族が殺されるのを見るくらいなら、その全員と改めて闘ったほうがまだましだ。それでも、頭の中では兄たちが殺される場面を何度も再生した。あの日をくり返しくり返し体験し続けた。どんなにイクシアの平和維持に尽力しても、兄たちは死んだままだ。幼いころの家族は消え去り、もう二度と戻ってこない。受け止められるだろうか？　新しい家族、それは自分とイレーナと赤ん坊だけで構成されているわけではない。ジェンコが言ったように、自分は氷に囲まれながらも家族を見つけたのだ。一瞬、身体の中で炎が燃え上がり、そして消えた。冷たい風が顔に吹きつける。イレーナと赤ん坊はもちろん、アーリ、ジェンコ、リーフ、オパール、デヴレン、それにたくさんの馬たちも抱えた、普通とは少し違う家族。

わたしに受け止められるだろうか？

受け止められる。

そう認めたとたん、目には見えないがずっと肩にのしかかっていた重しがふいに消えた。呼吸が楽になり、立ち上がる。ゼブロンはまだ焚き火のそばにいて、不安そうにこちらを見ている。突然ヴァレクが切れて、家族を皆殺しにしたりしませんようにと心の中で祈っている。なぜゼブロンの気持ちがこんなにはっきりわかるのだろう？

焚き火のそばに戻ると、さっきと空気の匂いが違った。いろいろな香りがする――炭になった薪からたちのぼる灰まじりの煙、土に似た革の匂い、馬たちから香る甘い干草の匂い。優しい風が顔を撫でていく。妙な感覚がまだ続いている。遠くの音が聞こえ、夜だというのに視力が冴《さ》えてやけによく見える。今まで全身を覆っていた分厚い毛皮を脱ぎ捨てたかのようだ。

「大丈夫？」ゼブロンが尋ねた。

「ああ」ヴァレクは炎に意識を集中し、余計な感覚を締め出したあと、弟に言った。「さっきの質問だが、ああ、もう受け止められる」

「よかった」ゼブロンはもう一本枝を炎にくべ、ヴァレクと目を合わせた。「僕にはできないかもしれない。父さんが黙っていたのは頭に来るけど、もしこのことが人に知れていたら、僕らはたぶん標的になった」

「だからこのことは誰にも言ってはいけない。双子は城に連れていかれ、そこでおそらく死刑になる。そういうことにしておくんだ。いいね？」

「わかった。そして、両親が同じだからといって、僕らはけっしてきょうだいじゃない」

「わかっている。われわれは赤の他人だ」そう言って墓に目をやる。「一緒に洗濯物を台無しにしたり、いたずらを計画したり、夜中に家をこっそり脱け出したり、激怒する父さんから隠れたりはしない。そういうことは家族の絆を強くするためにすることだ」

「うん。それに僕は父さんから隠れるには年を食いすぎている」

ヴァレクは眉を片方吊り上げた。「本当に？　父さんが君に酸の盥を洗わせようとするときも？」

ゼブロンは笑った。「確かに、それは隠れたくなる」古びて磨り減ったブーツの靴紐をもてあそびながら言う。「あなたは思ってたような人じゃなかった。ジーとゾーの魔力がおかしなことをし始めたとき、母さんは僕らをそりゃあ脅かしたんだ。いつあなたが軍隊を引き連れて現れ、僕らを皆殺しにするかと、みんなびくびくしてた」

「噂というのは面白い生き物でね。わたしは自分の噂を大切に育て、おかげでみんなに恐れられるようになった。そのほうが人を操りやすいんだ。だが、楽しみやスリルのために人を殺すことはない。殺すときにはそうしなければならない理由が必ずあり、決断する前にあらゆる選択肢を考慮し、試すのが普通だ。だから今まで殺した相手についてはいっさい後悔はない。何をしても更生できない者はいるんだよ。収監しても、奴らはその間に次の犯罪計画を立て、さらに大勢の人間を傷つける。だが改心する者もいる。実際、わたしの友人にもそういう者がいる」

「あなたに友達が?」

ヴァレクは苦笑いした。「勇気ある者が何人か。わたしと行動をともにするだけで身を危険にさらすことになる」

「だろうね」

左側から声がして、木の扉が開く音が続いた。おかしなことに、音が聞こえる前に双子と両親だとわかった。父が炎にもっと薪をくべたせいで、小さな焚き火が一気に大きくなった。ほかの三人は無言で炎のまわりに腰を下ろした。熱気が迫ってくる。オレンジ色の明かりが炎を囲む顔を丸く照らし、みんなどこか似ていることがいっそうはっきりわかる。

また感情的な言葉がぶつけられるとばかり思ったのに、母は城塞や魔術師養成所の様子、双子に必要な荷物やお金について尋ねてきた。

ヴァレクは双子がそこで何をすることになるのか説明した。「お金については心配しなくていい。養成所は学生に奨学金を出すから」

ゾハヴは説明の間ずっと膝を抱えていた。本当は家族と一緒にいたいのだ。だがジーザンは自分の力についてもっと学びたがっている。自分に何ができるのかわかっていたら、あんな海賊たちに負けはしなかった。ヴァレクは、まるで心を読んだかのように、どちらの気持ちもはっきりわかった。とめどなくしゃべり声や感情が襲いかかってきて、頭が割れそうだった。

母は外套の銀の留め金をいじっている。「この子たちは自分のきょうだいだとシティアで紹介するの？」

「いいえ。シティア人はイクシア人に負けず劣らずわたしを恐れ、嫌っています。イクシアからの亡命者だと思わせたほうが安全でしょう」

母は眉をひそめた。「魔力はわたしの父譲りに違いないわ。ほかには誰も持ってないもの」

「わたしの魔力耐性も魔力の一種だろうとイレーナは考えています」ヴァレクは言った。

「イレーナって誰？」

「恋人です」今はその程度の説明に留めておいたほうがいいだろう。

母がこちらをじろじろ見ている。何を考えているかはっきり伝わってきた。誰かに愛されているのなら、ヴァレクもそれほどひどい人間ではないのかも。相手もモンスターなら別だけど。「その人のこと、教えてちょうだい」

頭がますます痛くなった。この奇妙な感覚のせいなのか？　イレーナの優しさや知性を説明することに集中し、圧倒的な音や匂い、人の感情をどうにか無視した。

「どうして一緒にいないの？」母が尋ねた。

「シティアにいるんです。ある場所で待ち合わせをしていて、朝には出発しなければならないのはそのせいです」

「あなたが恋人だと、相手のご家族は知っているの？」

母がなぜそんな質問をしたのか、やはりヴァレクには理解できた。ヴァレクを憎んでいない人がほかにもいるとわかれば、またひとつ彼を見直す理由ができる。

「はい。実際、今もイレーナの兄と父親が、ある問題を解決するためにわたしに協力してくれています」

「問題というのは？」父が尋ねた。

「植物の種類の特定です。とても重要な植物なんですが、なぜ重要なのか理由がわからない。キュレアのように、毒かもしれないし、武器として使えるのかもしれない」

「魔術師になったら、僕もあなたを手伝うことができる?」ジーザンが尋ねた。

ゾハヴと母親はジーザンの興奮ぶりに顔をしかめた。ヴァレクに協力するなんて自殺行為だと考えているのだ。

ヴァレクは額を撫でた。いったいどうなっているんだ? なぜこんなにみんなの思いがわかる? 家族だからか? 考えてもわからないので、ジーザンの質問に集中することにした。「ストームダンス族が君にとても関心を持つと思う。だから、ゆくゆくは彼らのもとで過ごすのがいいんじゃないかな。わたしに協力してくれる人たちは厳しい訓練を積み、さまざまな技術を持っている。何カ月も潜入捜査をすることもしばしばで、危険も多い」

「じゃあなぜわざわざそんなことをするの?」ゾハヴが尋ねた。

ヴァレクは無意識に兄たちの墓石に目をやった。「世の中に悪がはびこっているからだ。わたしは奴らの暴虐をいくつも目にしてきた。悪は、食い止めなければならない」

「悪を止められるのは、おまえたちだけなんだな?」父が言った。

「はい」

「うぬぼれがすぎるように聞こえるけど」ゾハヴが言う。

「かもしれない」ヴァレクは認めた。「でも、事実なんだ」

「年を取って戦えなくなったらどうする?」

父は未来の話として尋ねた。ヴァレクがまだ戦えると思ってくれていることが嬉しかった。「それまでに次世代を訓練して、戦えるようにしなければなりません」

「そうならなかったら？」

「悪が勝ちます」

到着したときの反応を考えれば、家族は思った以上に焚き火のそばで長居した。みんなが家の中に戻ると、ヴァレクは寝袋に横たわり、星を眺めた。疲れきっていたうえ頭痛がひどく、とても眠れなかった。皮膚を剥かれ、神経という神経が露わになったかのようだ。あまりにいろいろなことが起き、あまりに多くの感情があふれ出した。さまざまな考えが渦巻き、会話の切れ端が何度もくり返され、ヴィンセントの墓地で、自分が家族について知ろうとしなかった理由に気づいたときの衝撃を、再体験した。いったいどうしてしまったんだ？　感覚が必要以上に研ぎ澄まされ、かすかな物音にもびくっとした。リーフのお茶を一杯飲めば落ち着くかもしれない。

眠るのをあきらめ、消えかけていた焚き火をまた熾した。

しかしだめだった。

夜が明けるまでにわずか二、三時間しか休めなかった。寝袋と身のまわりのものを荷物に詰め、台所から聞こえてくる会話ではなく、馬に鞍をつけるという目の前の作業に集中する。

双子はそれぞれ背嚢を背負っていた。両親とゼブロンがそれに続く。ヴァレクが背嚢を馬にくくりつける間、五人は別れを惜しんだ。

「暑い季節の初めに会いに行きたいわ」母がヴァレクに言った。「手配してくれる？」

「わかりました」それまでにイクシアとシティアの間で戦争が勃発していないことを祈る。

「よかった。移住するかどうか決める前に様子を見ておきたいの」

「賢明です」ヴァレクは同意した。

母は鼻を鳴らした。「ふたりの安全をあなたに託すわ」お願いではなく命令だ。

「承知しました」

「もしふたりの身に何かあったら、あなたの責任よ」

ジーザンがむっとして言った。「母さん、ヴァレクは僕らのベビーシッターじゃない。自分の面倒は自分で見られるよ」

「シティアに海賊がいなければな」ゼブロンがまぜっ返す。

「うるさいな、ゼブ」ジーザンはゼブロンの腕を叩いた。

母は息子たちを無視した。「それから、そのイレーナさんを連れてきて紹介しなさい」

次なる命令だが、こちらはもっと重要な意味があった。「承知しました」

母はそっけなくうなずき、それから双子をそれぞれ抱きしめた。ジーザンがスモークに乗り、ゾハヴはヴァレクの後ろに跨がった。ヴァレクが舌打ちして合図をすると、オニキスは門から走り出た。三十一年前にここから出ていったときとは違い、今回はいずれ戻ってくるつもりだった。

ヴァレクと双子が集合場所に近づいたとき、暖かい季節に入って四日、アイスファレンを発って十一日が経っていた。やけに活性化された感覚器官と、双子の質問攻めとあらゆる思考と感情と付き合い、イレーナを心配し続けた十一日間。もう着いているだろうか？一キロ弱まで近づいたところで、キキのいななきが耳に飛び込んできた。イレーナに会える喜びと安堵で胸がいっぱいになる。オニキスが駆け出し、スモークもすぐに続いた。

土埃を巻き上げながらオニキスを止める。キキがその黒い鼻面を頭でつついた。ヴァレクはイレーナを捜して、その向こうに目をやった。焚き火など、その空き地で野営した痕跡が点々と残っている。だがイレーナも、ほかの馬たちも、アーリもジェンコもいない。

ヴァレクは身体の芯まで凍りついた。「馬に乗ったままじっとしていてくれ」と双子に命じる。馬から降りると右手で剣を抜き、左手で小刀をつかんだ。

それでも慌てずにいたのはキキがそこにいたからだ。キキは怖がってもいないし、動揺してもいない。森でカサコソとひそやかな音がした。さっと振り返ったが、水を入れた革袋を運ぶフィスクを例の新感覚がとらえ、緊張が解けた。フィスクがここにいるのはよくない事態だということだが、少なくとも身近に危険はない。フィスクが現れたとき、ヴァレクはすでに剣を収めていた。

若者が口を開くより先に尋ねる。「イレーナはどこだ？」

「ブルンズ・ジュエルローズに捕まりました」

冷たい恐怖が身体を走り、すぐに怒りで全身がかっと熱くなった。イレーナを拉致したこと、必ずや後悔させてやる。だが少なくともイレーナは死んだわけじゃない。そのことに意識を集中させた。さもないと、抑えつけていた感情が爆発しそうだった。「アーリとジェンコは？」

「イレーナとリーフの救出に向かいました。先にリーフが捕まって……」

「ふたりがどこにいるかわかるか？」

「はい」

わずかながら朗報もあったというわけだ。ヴァレクは双子のほうに親指を向けた。「まずこのふたりを魔術師養成所に連れていき、それから魔術師範と話をして、手を考える――」

「養成所には行けません」

「なぜだ？」

「もう誰もいないんです」

27
ジェンコ

すでに何度、このつるりとした顎を撫でたことか。くそ。もう何年も顎鬚を生やしてきたのに、大好きだったその鬚を剃《そ》るのも変装のうちだった。駐屯地中が自分を見ているような気がして、肌がぴりぴりした。髪を赤く染めたせいで頭も不快だし、付け耳が煩わしくて汗が出る。たまには金持ちの実業家でも演じたいものだ。仕立てのいい絹の服、高価な宝石、まわりを取り囲むおべっか使いたち……。ああ、何くだらないことを考えてるんだ。兵士ならすぐに周囲になじむが、部下を引き連れた実業家ではそうはいかない。

ジェンコはため息をこらえ、練習用の剣を手に取ると、兵士志願者のひとりと訓練を始めた。太りすぎの農民に意識の半分を向けつつ、武器庫を見張っている。ついさっき、イレーナと用心棒たちがそこに姿を消したのだ。

訓練場のひとついいところは、魔力が感じられないことだ。屋外の大部分はきれいだが、兵舎と食堂は魔力で汚染されている。夜はあちこちの建物に忍び込んだり、アーリに情報を報告したりしている。大男アーリは敷地の外に残り、フィスクとその仲間たちと接触を図っている。

ブルンズが武器庫に向かっていく。せかせかとした足取り、小刻みに振る腕を見る限り、動揺しているか、腹を立てているのだろう。建物の中に入り、数分後にイレーナと腕を組んで出てきた。ふたりともにこにこしているが、どうも気に入らない。何かがおかしい。

兵士志願者の一撃で、ジェンコはわざと剣を落とした。「みごとな動きだな、子犬ちゃん。俺では歯が立たない。もっと動きの速い奴を見つけてきてやろう」

訓練場をそっと出て、管理棟に入っていったイレーナとブルンズを追った。ふたりの用心棒は外に立っている。いいことなのか悪いことなのかわからなかった。目立たない場所を見つけて身を隠し、ドアを見張った。

暇つぶしに用心棒の体格を目測し、このふたりならひとりで片づけられると判断した。騒ぎに気づいて兵士志願者たちがわっと集まってこなければ、の話だが。問題は、この用心棒たちが魔術師かどうかはっきりしない点だった。全員が同じ軍服を着ているのは、軍事上、手堅い作戦だ。軍服の違いで誰を標的にすべきか敵にやすやすと教えるのは愚の骨頂である。だが、ここでは自分の魔術探知力が役に立たないことも事実だ。敷地内に魔力があふれていて、出所を特定できないのだ。

ヴァレクに来てもらう必要がある。ヴァレクの感知力のほうが自分より敏感だ。フィスクがまもなく戻ってきてくれることを祈るばかりだった。キキがフィスクを乗せるのを許してくれてよかった。助けを呼びに行くとしたらキキしかいなかった。集合場所を知っているし、国境警備兵を避ける賢さも持ち合わせている。

ブルンズがドアから顔を出して用心棒に何かわめくと、彼らはうなずいて立ち去った。これはまずい。ここに残るべきか、奴らを追いかけるべきか。背後で足音が聞こえ、ナイフの柄をつかんで振り返ったが、そこで動きを止めた。

「ひと声かけるべきだぞ」ジェンコはリーフに言った。

「目立ちたくないんだ」

「誰だってそうだ」

「ああ。だが今走っていったあの二人組は僕を捜している」

ジェンコは不安になってあたりに目を配った。今のところ問題はない。「なぜわかる?」

「僕らは思ったほど利口じゃなかったってことさ。ブルンズは、僕らがテオブロマ入りの食事を避けていると気づいた。今しもイレーナにバブバブジュースを使って、情報を洗いざらい吐き出させようとしたが、そもそも僕がイレーナの吹き矢をブルンズに渡したとき、キュレア、眠り薬、バブバブジュースをごちゃまぜにして教えたんだ」

「じゃあ今イレーナは……?」

「眠ってる」

「確かなのか?」

「ああ。ヘイルが遠耳の魔術を使ってブルンズとイレーナの会話を聞いていた」

「じゃあ、おまえはここから逃げないと。アーリは……」

「イレーナを置いては行けない」

「だが――」

「いいか、イレーナはそのうち目を覚ます。そのとき今度こそブルンズはバブバブジュースを使うだろう。イレーナはあんたが潜り込んでいることを明かす。それに、こちらの味方に引き戻したダックスとヘイルが仲間だってことも打ち明けてしまう。今夜のうちに君たち三人はここを発て。事が大きすぎて、僕らだけじゃとても対処できない。僕はイレーナを救出してから外で君たちに合流する」

「おまえひとりでイレーナを助け出すのは無理だ」ジェンコは言った。「イレーナはどこにいる？」

「管理棟の地下牢だ」

「くそ。出入口が一カ所しかないから窓を使うしかない。こいつは難儀だ」

「僕がわざと捕まったらどうかな？　これでイレーナを助けようとする者は誰もいなくなったとブルンズは思うかもしれない。そして地下牢に入れられたところでイレーナを救出する。人に見つからない場所に解錠用のピックか武器を隠す方法はあるか？」

「ブルンズは抜け目がないからなあ」ジェンコは無意識に付け耳を掻き、危うく取ってしまいそうになった。そうだ！「ひとつだけうまくいきそうな方法がある。おまえが捕まったとたん殺されなければ、な」

「それはない。イレーナと僕は《結社》のいい広告塔になる。ブルンズは僕らを忠実な味方にしたいんだ。もし作戦がうまくいかなかったら、たぶん無理やりテオブロマを口に突っ込まれて、何も考えずにブルンズに従うでく人形にさせられるだろう」

「中和剤はないのか？　キュレアで無効にできるとか？」

「いや、キュレアにそういう働きはない」リーフは顔をしかめた。

「ほかに何かないのか？　毒にだって解毒剤があるじゃないか」

リーフがはっとしたようにこちらを見た。

「俺、何か変なこと言ったか？」

「オーエンの温室にあったあの植物……ひょっとして……」

「何だよ、はっきり言えよ」

「掛け合わせで作られた植物の中に、テオブロマの解毒剤があったのかもしれない」

「もっと早く見抜いてくれればよかったのに」

「自由の身になったら、それが出発点になる」

「出発点って、何の？」ジェンコが尋ねる。

「叛乱《はんらん》だよ」

ジェンコは兵舎に戻ると、寝台の下に突っ込んであった背嚢からいくつか道具を引っぱり出し、今は使われていない倉庫でリーフと落ち合った。リーフの肌の色に合わせて粘土を混ぜ合わせ、作業を始める。終わったとき、偽の皮膚の下には、ピックが二本、それに吹き矢も何本か隠された。

「引っ掻くなよ。それから身体検査をされたとき、その部分に触れさせちゃいけない」ジェンコが指示する。

「わかった」

ふたりはイレーナ救出作戦の手順をおさらいした。

「ダックスは夕食中にここを発ち、アーリに連絡を入れる」リーフが言った。「ヘイルは君と管理棟の南側で会う。ただし、衛兵がいた場合は、魔術師の兵舎の外で落ち合う」

「よし。で、おまえは午前零時になるまでここで待つ。ブルンズは血眼になって、兵舎中おまえを捜し始めているはずだ」

「君はどうする？」

「俺は捜索を最後まですませる。まだ確認していない場所がいくつかあるんだ。それに叛乱を起こすなら、できるだけたくさん情報を集めないと」

「くれぐれも気をつけて」

ジェンコは鼻を鳴らした。「俺は慎重を絵に描いたような男だぞ」

「へえ。今まで何度――」

「数えるもんか。過去は過去だ」ジェンコは手を振って立ち去った。

兵士のさまざまなグループにまじって、診療所と厩舎を捜索した。リーフがいないと汚染されていない食料を確保できず、旅行用の糧食にあった古い干し肉をいくつか口に入れ、延々と噛み続けた。

食堂は会話と魔力であふれていた。傷痕が疼いたが、部屋の奥の左隅にひっそりとあるドアがどこに続いているのか確認する絶好のチャンスだ。鍵穴はなく、錠がかかっているようにも見えない。いつもそのドアを使っているかのように何気なくドアノブを試すとやすやすとまわり、さっと中に入ってドアを閉めた。

そこは小さな踊り場だった。狭い階段が下へと続き、奥はうっすらと明るい。日の名残りを取り込む窓があるに違いない。踊り場から踊り場へ螺旋状に階段を下りていくと、最深部にたどりついた。思ったとおり、地下室をぐるりと囲むように天井近くに小窓がいくつかある。

周囲を見回すと、椅子、積まれた木箱、樽、テーブルクロスの束、ジャガイモの山が目に入った。食堂用の倉庫だということは明らかだ。天井のほうから足音、椅子が床を擦る音、人の声が響いてくる。部屋の奥にもうひとつドアがある。ごちゃごちゃと置かれた荷物を縫って進み、飛び出していた折れたテーブルの脚に向《む》こう脛《ずね》をしたたかぶつけたときには、〝当たり〟と思うことにした。

そのドアもすぐに開いた。とたんに頭にがつんと激痛が走った。残念ながら、ジェンコを待っていたのは幸運ではなく大災厄だった。

28

イレーナ

頭がぼんやりして、口が渇き、眩暈がする。眠り薬を飲んで目覚めたあとのおなじみの感覚だ。こめかみがきりきりと痛みだすにつれ、視界がはっきりする。目を開けなければよかったと後悔したが、周囲の鉄格子はいやでも目に入ったし、じめじめした地下牢独特の湿気《しけ》た臭いと角灯の燃えた油のつんとくる臭いも鼻についた。わたしにとってはおなじみの光景と臭い。本当に、そろそろ人生を見つめ直す潮時なのかもしれない。

横でひざまずいていたブルンズの姿はすでにない。自分ももはや椅子には座っておらず、藁布団の上でだらしなく横たわっている。これはいいことなのか、悪いことなのか。上半身を起こしたとたん、眼球の奥がちくちく痛んで呻き声を漏らした。苦いものが喉元までこみ上げた。

両手で頭を抱えて、吐き気を必死にこらえる。何度も眠り薬を摂取したことが、赤ん坊に害を与えていないことを祈るばかりだった。

「そろそろ目を覚ましてもいいころだ」ジェンコの不満げな声がした。

ああ、嘘でしょう？「わたしはまだ目覚めてない。だって、あなたがこんなところにいるはずないもの。あなたは駐屯地の外で騎兵隊を集めているはずよ」

「打ち明けるのは不本意だが、騎兵隊は食堂でブルンズと一緒にいる。テオブロマをがぶがぶ飲み、奴に尻尾を振ってるよ」

わたしは目をぱちくりさせた。ジェンコは隣の独房に立っている。角灯のぼんやりとした明かりでも、頬が腫れ、真っ赤な痣だらけだとわかる。付け耳はすでになく、血まみれの傷がぱっくりと口を開けている。軍服は破け、血が滲んでいる。

「見た目と同じくらい、ひどい状態？」と尋ねる。

「もっとひどいよ」

「何も聞きたくない」わたしは小さな独房内を見回し、脱出方法を探した。

「了解。でもいつまで口をつぐんでいられるか」

「知らぬが仏って言うでしょう」もつれた髪に指を差し入れる。ピックは影も形もなく、服に隠しておいたほうもなくなっている。

「あいつは賢いよ、イレーナ。そして、かんかんになってる」

扉の近くに水の入ったコップがあった。少なくとも残忍ではないようだ。

「俺ならやめておくね」わたしがそれを口に近づけたとき、ジェンコが言った。「ブルンズのしもべになりたくないなら」

手を止め、液体の匂いを嗅ぐ。テオブロマで水が濁っていた。

お腹の赤ん坊のためには飲み食いをしないわけにいかない。なるべく早く脱出しないと、テオブロマが身体の中に溜まって、早晩ブルンズの取り巻きになってしまうだろう。

「ここはどこ?」とりあえずはコップを横に置き、尋ねる。

「何も聞きたくないんじゃなかったっけ?」

「気が変わったの」

「管理棟地下にある特別牢だ」ジェンコは残りの四つの房を指し示した。ジェンコの房の隣にひとつ、残りの三つは廊下を挟んだ向こう側だが、今のところ全部空だ。

「どこが特別なの?」

「ここは魔力漬けだ。とても耐えられない」

「あなた……玩具《おもちゃ》は持ってる?」

「いや。何もかも剥ぎ取られたし、この建物は出入口がひとつしかない。たぶん何十人という衛兵に囲まれていると思う」

不安になり、尋ねてみた。「何があったの? どうして捕まったの?」

ジェンコはざらつく声で、リーフが嘘の救出作戦を計画し、自分は捜査を続行したことを伝えた。「……食堂の地下を確かめようとして……」

「それで?」

「悪の巣にもろに踏み込んじまった。これからは死体の身元をもっとちゃんと確認したほうがいい。あんなふうに不意を突かれて、また心を土足で踏みにじられるなんてごめんだ」ジェンコは顔を擦った。

最初はちっとも意味がわからなかったが、今の言葉を改めて咀嚼して、やっとヒントをつかんだ。「死んでいるはずの誰かが死んでいなかったってこと？」

「オーエンとベン兄弟と一緒にいた兄妹だよ」

身体の奥が締めつけられ、氷のように冷たくなった。「ロリス・クラウドミストとシリー・クラウドミスト？」

「そう、奴らだ」

つまりブルンズとラピア当局が嘘をついていたということだ。ブルンズの嘘は驚かないが、問題はラピア警備隊のフレミング隊長のほうだ。賄賂をもらったのか、それとも強制されたのか？　そもそも何のためにそんな嘘を？「それ、本当なの？」

「間違いない」ジェンコはあっさり言った。「ロリスは食堂の地下で暮らしている。妹も生きていると奴がはっきり言った。《結社》が所有するほかの駐屯地にいるそうだ」

「ベンはいた？」

「いや、奴の姿はなかった」

わたしはジェンコの痣を身ぶりで示した。「それは奴らが……？」

「違う。俺は怯えるウサギみたいに慌てて尻尾を巻いて逃げ出したんだ。食堂まであと半分というところで奴が魔術を使い、夕食を食べていた兵士たちの心を操った。少なくとももう二歩は逃げた」

わたしはジェンコの肩をぎゅっとつかんだ。「思いもよらなかったことだから仕方がないわ。死んだと報告したのはデヴレンだった。信頼できる情報源よ」

「そしてデヴレンは隊長を信頼していた。おまえだってそう思ってただろう？　フレミングは俺たちをオーエンから救出するためにあれだけ尽力してくれたんだから」

「その疑問についてはあとで解決しないとね」〝あとで〟が存在すれば、だけれど。

「ああ。そうしてブルンズの前に引きずっていかれたときには、残念ながら自分がどういう目に遭うことになるか予想はついた」ジェンコが身震いする。

だからさっき心を土足で踏みにじられたと言ったのか。「ひどかった？」

「最低さ。今じゃすべて奴らに筒抜けだ。リーフの隠れ場所、ダックスとヘイルがこっちの味方に戻ったこと、アーリが今どこにいるか……何もかもだ」辛そうに顔を手で隠す。

恐ろしい知らせに大騒ぎしたいところだったが、これ以上ジェンコを動揺させないようになんとか気持ちを抑えた。鉄格子に近づいて彼の顔から手をはずさせると、その手を両手で握った。「アーリたちは賢いわ。それに三人は魔術師よ。きっと大丈夫」

ジェンコはわたしの手をじっと見つめている。しばらくしてその目を上げ、わたしを見た。「何やってんだ？」

「ええと……慰めてるつもりだけど」

「痛みが消えた」

「ほらね、効果ありってことよ」

「いや、そういう意味じゃない」ジェンコはわたしの手から手を抜き、宙を睨んでいたかと思うと、またわたしの指を握った。そのあと手話を始めた。〝おまえが触れている間、魔力が消えたんだ〟

〝零の盾みたいに？〟

「ちょっと違う」ジェンコが言う。

「じゃあどういうこと？」

ジェンコはまた無言のやりとりに戻った。〝魔力を感じる俺の……能力が消えたんだ。でも、おまえが手を離したら戻った〟

意識を集中して、今ジェンコが伝えたことを理解しようとした。〝何かが能力を遮ったみたいに？〟

「そう、それだよ！」

「すてき」わたしが汚染源ってわけ。手を引っこ抜くとズボンのポケットに突っ込んだ。

〝いや、朗報だよ〟ジェンコはぴょんぴょん飛び跳ねた。〝考えてもみろよ。あの恐怖の兄ちゃんに心を読まれそうになったら、奴に触れればそれで止められるんだ！〟

「そうなのかな」わたしは首をひねった。〝オーエンは問題なくわたしに魔術を使ったわ〟

〝奴に触れたか？　俺の場合、おまえに手を握られて初めて力が消えた〟

この二カ月間ずっと記憶の隅に閉じこめてきた恐ろしい事件がふいに蘇る。オーエンはわたしの記憶をすべて消そうとしたのだ。ただし途中で邪魔が入り、そのあとの出来事はごちゃまぜになってぼんやりかすんでしまった。わたしはオーエンの背後に引きずられて床に放り出された。ヴァレクが到着し、オーエンがわたしの額に指を押しつけた。すると稲妻のように魔力がわたしを貫いたのだ。

〝そうよ、あいつはわたしに触れた。わたしは危うく殺されかけた〟と手話で伝えた。

ジェンコは顎を撫でた。「じゃあ、おまえのその力は最近のものだな。どんどん強く育っているような気がする」

育っている、という言葉にどきっとして、思わずお腹に手をあてがった。

そのしぐさに気づいたジェンコは鉄格子をつかみ、恐怖に身体をこわばらせた。「まさかおまえ――」

わたしはジェンコの口を閉じさせた。「ここがどこか忘れないで」

ジェンコは手話で、赤ん坊の命を危険にさらしていることを注意し、ヴァレクは知っているのかと尋ねた。

「ええ」声に出して答える。

ジェンコは緊張を解いてにっこりし、また手話を使った。〝ヴァレクが軍を率いて助けに来てくれる〟

〝ここにいるってわかればね〟

〝それは心配ない。フィスクが集合場所に行って、ヴァレクと合流しているはずだ〟

〝ブルンズもそのことは知っている。そうよね？〟

ジェンコの笑みが消えた。「そうだ。俺がすべて台無しにした」藁布団の上にどさりと座り込む。

「自分を責めちゃ――」

慰めようとしたが、ジェンコが手を振って払いのけた。落ち込んでいる間はそっとしておくことにした。そのうち、いつものジェンコに戻るだろう。わたしも藁布団に腰を下ろし、ジェンコに触れたときのことについて考えた。

魔力の毛布に接触できないのはお腹の赤ん坊のせいだろうか？　ほかの女魔術師が妊娠中に魔力をなくしたという話は聞いたことがないので、ありえないだろう。とはいえ、わたしは普通の魔術師とは違う。もしかすると、《霊魂の探しびと》の魔力とヴァレクの強力な魔力耐性が組み合わさって、魔力のない空間《無》《ヴォイド》を作りだしたのかもしれない。じっとしていられず、思わず立ち上がる。赤ん坊が育てば、《無》の効力が及ぶ範囲も広がる可能性がある。ジェンコに触れることで、きっと彼を《無》の中に引き入れたのだ。もちろんこれはただの推測にすぎず、それを証明する方法も今はないが、赤ん坊が生まれれば魔力が戻る希望が生まれたことも事実だ。この苦境の中、せめてもの慰めになる。

うとうとしていたが、金属がぶつかり合う音で目が覚めた。右のほうから険しい声が聞こえてきて、闇の奥からいくつか人影が現れた。ジェンコが独房の扉の近くに立ち、身構える。しかし人々はジェンコの独房にたどりつく前に止まり、隣の房の扉の鍵を開けた。

扉がきしみながら開き、リーフが押し込まれた。どすんと床に倒れる音を聞いて、自分まで痛みを感じて思わず顔をしかめた。リーフがなんとか立ち上がったときには、扉が大音響とともに閉じた。いよいよ救出の可能性が狭まり、わたしの喉も狭まった。ごくりと唾を呑み込んでみたものの、役には立たない。

一団が姿を消すと、ジェンコが言った。「パーティにようこそ」

リーフがジェンコを睨みつける。ズボンは切り裂かれ、裾の飛び出したシャツは破け、顔は血と痣だらけだ。

「大丈夫?」わたしは尋ねた。

「何もかもここにいる、慎重を絵に描いたような男のせいだ」リーフが呻く。「厄介事に首を突っ込まずにいられないらしいな」

「俺だって思ってもみなかったんだ――」

「わかってるさ。あの連中、ずいぶん楽しんで、僕の脳みそをぐちゃぐちゃにしようとしてた」リーフは短く刈り込んだ髪に指を走らせて、絡まりをほぐした。

「記憶を全部探られたの？」

「いや、慎重君と違って、僕には強力な魔法防御がある。結局は防御しても無意味だったけどね。ジェンコがすでに洗いざらいぶちまけたようだから」リーフは無残に裂かれたズボンの生地を振った。「隠してあった道具も奪われた」

「ピック？」と尋ねる。

「吹き矢も」

ジェンコがうつむく。「ごめん」

リーフは廊下の向こう側の空いた房にぐいっと親指を向けた。「ダックス、ヘイル、アーリにも忘れずに同じように謝れ」

「みんな捕まったの？」わたしは落胆して鉄格子に寄りかかった。

「まだだ。でも、ブルンズは彼らを一網打尽にするために精鋭たちを送った。戦闘訓練を受けていないダックスとヘイルが捕まるのは時間の問題だよ」

「アーリはそう簡単にはいかない」ジェンコが誇らしげに言う。

「連中の吹き矢の正確さ、忘れたのか？　確かにアーリの剣の腕前はこのあたりでは随一かもしれないが、眠り薬の吹き矢を打ち込まれたら……」リーフが両手を広げる。

〝でもまだヴァレクがいるぞ〟ジェンコが手話で伝えた。

「奴ら、罠を仕掛けたよ」リーフが言った。

悪い知らせと脱水症状のせいで頭がずきずきした。テオブロマ入りのぬるい水のコップを手に取り、気休めに二口飲む。ジェンコとリーフはこちらを無言で見ている。ふたりが何を考えているかは、揃って顔に浮かべているあきらめの表情を見ればわかった。

その後の数時間のうちに、ブルンズの精鋭部隊はまずダックスを、次にヘイルを、最後に意識をなくしたアーリを地下牢に引きずってきて、ひとりひとり独房に入れていった。ジェンコはいじけて膝を抱え、わたしはヴァレクとフィスクのことが心配でならなかった。ふたりは捕まらずにすんだのか、それとも罠にかかってしまったのか。

眠りは途切れ途切れだった。何か音がするたび、ヴァレクが捕まったのかと思ってはっと目覚めた。アーリも意識を取り戻したものの、ぐったりして不機嫌そうにしている。それぞれどうやって捕まったのかお互いに情報交換し、脱出についても話し合ったが、ブルンズの部下たちはじつに徹底していて、ピックも武器もすべて取り上げられてしまった。もはや救出を待つほかなさそうだった。

扉が大音響とともに開いてまた兵士たちが入ってきたとき、わたしは恐怖で全身が凍りついた。でも、現れたのはブルンズと数人の看守だけで、ほっとして緊張が解けた。

　看守たちがそれぞれの房に食事ののった盆を差し入れ、角灯に油を足す間、ブルンズは全員を見回した。誰もひと言もしゃべらなかった。

「選ぶのは君たちだ」ブルンズが沈黙を破った。「運んだ食事を飲み食いするもよし、しないもよし」と言って肩をすくめる。「こうなれば、君たちが餓死しようとわたしは構わない。最初から目の上のたんこぶだったんだ。だが、食事を何度か食べてさえくれれば、いつでも仲間に迎えよう。ただし、食べたふりをしても無駄だし、外に出てから元に戻すのも難しい。ロリス・クラウドミストの能力については全員知ってのとおりだろう」ブルンズは踵を返した。

「だから彼らを殺さなかったの？　味方にすれば役に立つから？」わたしは尋ねた。

「そのとおり。連中もこっちに感謝するうえ、死んだことにすれば誰もわざわざ捜さない」

「オーエンのアイデアを盗んだのね」

「ああ、そうだ。別に構わないだろう。この戦略もどうせ有効期限がほとんど残されていない。もちろん、こうして真相がばれた今となってはもう使えない」ブルンズは地下牢を身ぶりで示した。「使う必要もない」

「ベンも助けたの？」

わたしに目を向けたブルンズは無表情なままだ。「朝食をとりたまえ、イレーナ。君の恋人には、わたしに協力しさえすれば君を生かしておくと約束したんだ。このままではわたしは嘘つきになってしまう」

今の言葉に過剰反応せずにいるには、意志の力を結集させなければならなかった。冷静な声になっていることを祈りつつ告げる。「遅すぎるわ、ブルンズ。あなたが何を言ってももう信じられないと誰もが知っている」

ブルンズは唇に歪んだ笑みを浮かべた。「けっこう。好きにしたまえ」それから看守を引き連れて立ち去った。

リーフは食べ物の匂いを嗅いだ。「食べるな。食べなくても、二、三日はもつはずだ」

シナモンティーの香りが誘うように漂ってきた。空腹で胃が締めつけられた。昨日から何も食べていないのだ。わたしはマグを手で包み、冷えた指を温めた。

「イレーナ」アーリはわたしの房の正面だ。「ヴァレクはまだ捕まっていない。ブルンズが何人の魔術師を従え、いくつ零の盾を持っているのかは知らないが、とにかくヴァレクはまだ捕らえられていない」絶対の確信が端々から感じられる声だった。

「連絡はあった？」もし近くまで来ているなら、待つことはできる。

アーリは厳しい表情で首を横に振った。集合場所までの距離を推し量る。ヴァレクが今そこを出発したとすれば、ここまで三日はかかる。駐屯地の中に入る方法を見つけるのにさらに一、二日は必要だろう。だめだ、それまで何も食べないわけにはいかない。わたしはリーフに目を向けて助言を求めた。この中で医学の知識を一番持っているのは兄だ。

リーフは唇を引き結び、悲しそうな顔をしていたが、やがて手話を始めた。〝選ぶのはおまえだ。もう一日は耐えられるかもしれないが、それ以上は無理だ。よく考えろ。今は自分の身を大切にして、赤ん坊はまた作ればいい〟

「いや」わたしが答えたのとアーリが息を呑んだのが同時だった。アーリはリーフの手話を見守っていたのだ。赤ん坊について彼が尋ねてくる前に、わたしが手を上げてそれを押し留めた。「ほかにも選択肢があるはずよ」

「ないね」リーフが答える。

「俺にはあるぞ！」ジェンコがすっくと立ち上がった。かわいそうに、ダックスたちが監房に引きずり込まれたあたりから、ジェンコはひと言もしゃべらず、ぴくりとも動かなかったのだ。目にも留まらぬ速さで手を動かしていく。〝恐怖兄ちゃんの魔力は、例の妨害する力のおかげでおまえには効かないんじゃないか？〟

〝それは推測にすぎない。赤ん坊を危ない目に遭わせることはできないわ〟

〝ここにもう何日かいなきゃならないなら、ほかに選択肢はないだろ？〟

確かに。

「何が起きてるのか誰か説明してくれよ」ダックスが尋ねる。

「知らないほうが身のためだ」アーリは言い、藁布団の上に座り込んだ。「そのこと……リーフの救出に出発したときにはもう知ってたのか？」とわたしに尋ねる。

「ええ。でもお説教はたくさんよ。すでにリーフとジェンコから散々頂戴したから」

アーリは呻いたものの、黙っていた。わたしは冷めかけたお茶を口にした。とてもおいしくて、身体が温まった。とはいえ、食事をするのはもう一日我慢するつもりだった。今はほかにどうすることもできない。


翌日は何事もなく、のろのろと進んだ。窓がないので、看守の出入りで時間を推測するしかなかった。温かい食事が運ばれ、冷め、硬くなり、次の食事と交換される。それが一日に三回。四回目の配膳後、わたしは食べ始めた。眩暈がして、もう立っていることもできなくなっていたのだ。

リーフがダックスとヘイルに、なぜわたしがブルンズの子分になる危険を冒さなければならないか、わかりやすい身ぶりで説明した。

その後の二日間のうちに、みんなもテオブロマ入りの水を飲み始めた。誰だって死にたくはない。全員が考えていることを誰も口には出さなかった――ヴァレクはどこだ？　またもなくここに来るのか？　それとも捕まったのか？

四日後、食事の配膳とともにロリスとブルンズが現れ、わたしの房の前に立った。

「食欲があるのは君だけらしい」ブルンズが怪訝《けげん》そうにわたしの顔を覗き見る。「なぜだ？」

わたしは肩をすくめた。「みんなと比べて意志の力が弱いんでしょう」

「ほう。ロリス、頼む」

本能的にロリスを見てしまい、たちまち視線を捕らえられて後悔した。目をそらすことができず、頭を圧迫する重みに必死に抗《あらが》う。わざと頭の中をごちゃごちゃにして答えを隠そうとしたが、相手が力を倍増させると、その手は効かなくなった。ヴァレクに教えられたように数を逆から数えたり、毒物リストを唱えてみたりしたものの、結末を少し先延ばしにしただけだ。結局ロリスの魔力はわたしの心を隅々まで照らし出し、すべてをさらした。魔力を阻む力は働かなかった。惨めな無力感がじわじわと身体に広がる。

「それで？」ブルンズが促した。

「この女は妊娠しています」

ロリスに視線を捕らえられ、ブルンズの反応は見えなかったが、彼が驚き、やがて冷静に計算を始めるのが感じられた。

「父親はヴァレクか？」

「はい。ヴァレクも全部知っているようです。実際、ふたりは結婚の誓いも交わしています」

今のひと言で驚きが波紋のように監獄中に広がった。

「お祝いの言葉を贈るのはわたしが最初だろう、イレーナ」ブルンズが言った。「去年から君が何をしてきたか早く知りたくてわくわくするな。準備はいいか?」とロリスに尋ねる。

「はい。もう思いどおりに操れます」

「よし」ブルンズが看守のひとりに指示する。「イレーナの房の鍵を開けろ。わたしの執務室に連れていき、あらゆる情報を搾り取ったあと、頭の中をきれいに掃除する」

今はブルンズの顔で床掃除をしてやりたい。ロリスが笑った。「そんなふうに思うのは今だけだ。二、三日もすれば、あんたはブルンズの新しいお友達になる」

「紳士諸君、イレーナに別れを告げたまえ。次に会うときには、もう君たちを覚えていないはずだ」

わたしの房の扉が開いた。

「来い」ロリスが言った。

筋肉に動けと命令が届き、わたしは否応《いやおう》なくロリスの横に移動した。ロリスの視線がはずれたとき、ほっとして身体がぐらりと揺れたほどだ。なのに身体は無意識に動いてしまう。奇妙だ。

リーフの房の前にさしかかったとき、兄は囁いた。「ムグカンのことを忘れるな」

おかしな別れの挨拶だ。

「ムグカンとは誰だ?」ブルンズが足を止めて尋ねる。

「話せ」ロリスが命じる。

情報を吐き出さずにはいられなかった。「ほかの魔術師の心を剥奪して魔力を盗み、自分の力を増強していた魔術師です。わたしのこともその魔力供給の輪に加えようとしましたが、失敗しました」

「兄からの励ましの言葉ってわけか。すばらしい。だがそのときとはだいぶ違うぞ。ムグカンはテオブロマを使わなかっただろうし、イレーナも魔力を持っていた」

そのまま出口に向かったが、リーフはわたしを見つめ続けていた。

ムグカンと戦ったときは確かに魔力はあったけれど、ほとんど使う術を知らず、魔力なしにムグカンに立ち向かったようなものだった。あのときのように、魔力がなくてもロリスの魔術を跳ね返せるだろうか? リーフの励ましがわたしの命を救ってくれるかもしれない。

尋問は何時間も続いた。始めたのは午前遅くだったが、すでに夜にさしかかろうとしていた。執務室の革製の肘掛け椅子で縮こまっているわたしを、ブルンズは容赦なく攻め立てた。

ヴァレク、シティア議会、魔術師範、最高司令官について、ロリスが勝手にわたしの頭から情報をもぎ取るので、しゃべる必要はなかった。情報を奪われるたび、体力も奪われた。抵抗すればそれだけ余計に。だからわずかなエネルギーは自由意志を一部でも残し、いくつかの重要な秘密を隠すことに集中させた。とはいえ、この作業があと少しでも長引いたら、消耗して失神していただろう。

「イレーナとヴァレクは、最高司令官がイクシアの火祭のあとにシティア攻撃を計画していると疑っているようです。火祭は約五カ月後です」ロリスがブルンズに言った。

「彼らはそれについて誰かに打ち明けたのか？」

「いいえ。もっと証拠を集めてからと考えていたようです」

「ヴァレクの居場所は知っているのか？」

ほら、やっぱりヴァレクを捕らえたというのはでたらめだったのだ。ブルンズはいともたやすく嘘をつく。ほかにもいったいどんな嘘をついているのか。

ロリスがさっとこちらを見た。

〝本当のところ、自分と妹は必ずしも安全とは言えないと思っているでしょう、ロリス？あなたは魔術師で、ブルンズは魔術師が嫌いだと明言している〟とわたしは考えた。〝わたしを操れるなんて考えないことね。わたしはちゃんとわかって行動しているし、あなたがわたしを攪乱《かくらん》しようとしていることも見抜いている〟

ロリスはブルンズのほうに目を向けた。「ヴァレクの居場所は知らないようです。集合場所にいないとすれば、推測することしかできないらしい」

「それから？」ブルンズが尋ねる。

目の前で白い点と黒い点がちかちか躍ったが、ヴァレクがブルンズを殺すためベッド上方の天井に張りつき、待ち伏せする姿を思い描いた。それが推測か、あるいは希望的観測か、決めるのはロリスだ。

ロリスはこちらをじっと見つめている。「奴はあなたを狙うとイレーナは考えている」

ブルンズは考えを巡らせた。「責任者がわたしひとりだったとしたら、正しい戦略だと言えるだろう。だからこそ《結社》が存在するんだ。われわれの計画には大勢の人間がかかわっており、わたしひとり死んだところで何の影響もない」そう言って肘掛けを指で叩く。「ヴァレクはイレーナを救出しようとするだろう。餌として使えそうだ」

部屋がぐるぐるまわりだし、思わず椅子の革に爪を立てる。ロリスの締めつけが少し緩んだ。「今は休ませて、何か食事をさせたほうがいいと思います」ロリスは言った。

「わかった」ブルンズは立ち上がり、わたしを抱き上げると、執務室から続く小部屋に運んだ。窓も、今使った以外にはドアもないが、ベッドと小卓、角灯が置いてある。ブルンズはわたしをベッドに横たえ、毛布を掛けた。こんなふうに優しくするのは、別にもっと大きな計画があるからだ。少しだけ元気が戻り、ブルンズから投げかけられるはずの脅し文句に身構える。

ところがブルンズはこんなことを言った。「少し眠りたまえ。君の好きなお茶と一緒に食事を持ってこさせよう。赤ん坊のためにも体力をつけないと」

「餌にするなら、まるまる太った、汁気たっぷりの芋虫のほうがはるかにいいし、ね」

ブルンズは微笑んだものの、灰色の瞳は笑っていない。「わたしが楽しんでやっているとでも？　まさか。命は大切なものだよ、イレーナ。だから、シティアを守るためにすべきことをしているんだ」

「でもやり方が――」

「容赦ない。それは確かだ。だが、昔ながらの方法でひとりひとりを説得する時間はない。《結社》が躊躇なく事を推し進めるおかげで、たとえ五カ月後に最高司令官の軍が侵攻してこようとも、国を守る準備は万事整っているだろう」その言い方に何か違和感を覚えた。

「そう考えたのはあなたが最初じゃないわ、ブルンズ。ローズ・フェザーストーン魔術師範を忘れた？《炎の編み機》を解放し、ダヴィーアンのダニと協力するようになったとき、自分はシティアを守っているのだとローズは信じていた。彼女がどうなったか思い出して」ローズは死刑になり、その霊魂はガラスの牢獄に閉じこめられた。

「わたしの身をそれほど心配してくれるとは感激だ。とはいえ、ローズ・フェザーストーンが失敗したのは、魔術や魔術師に頼りすぎたからだ。魔術師は行動の予想がつかず、自分本位で、信用できない。正しく教化してやらない限りはね」

「教化？　それは洗脳を聞こえがいいように言い換えただけでは？」

「一度改心すれば、なんてばかばかしい会話を交わしたんだろうと後悔するだろうよ」ブルンズは戸口で所在なさそうに立っているロリスに目を向けた。「おまえかわたしが許可を出すまでベッドに入っていろと命じてくれ」

何か重いものが身体にのしかかってきて、わたしをベッドに釘づけにした。シーツの間に強制的に入らされ、せっかくかき集めたわずかな元気も萎えた。ブルンズとロリスが立ち去ると、自然にまぶたが閉じた。ほんの一メートルほど離れたところにあるわずかに開いたドア。でも、今のわたしには何キロも先にあるように思える。とても手が届かない。


しばらくして、人の声で目が覚めた。どれくらい眠っていたのかわからないし、お腹が空いてぐうぐう鳴っている。起き上がると、薄切りにした果物、チーズ、ハムと一緒にガラスのティーポットが、お盆にのってテーブルに置かれていた。ポットからぬくもりが伝わってくる。クインの温かいガラスでできた製品だ。

ブルンズはどうやってこれを手に入れたのだろう。クインも教化されたのか？　養成所の魔術師の多くがブルンズの軍隊に加わっているが、クインの姿は見かけない。別の駐屯地にいるのかもしれない。《結社》が手当たり次第に駐屯地を徴用していたとしても不思議はない。

湯気の立つお茶をカップに注ごうとしたとき、ノックの音がした。ブルンズたちの話し声が途切れ、客は部屋を出ていった。

「入りたまえ、将軍」ブルンズが言った。

「旅の汚れも落とさずにうかがって申し訳ありません。でも今すぐ会いたいとおっしゃっていると、あなたの秘書から聞いたもので」

その自信に満ちた陰険そうな声は間違えようがない。カーヒル、いや、今やシティア軍のカーヒル将軍だ。最初は友人だったが、自分がイクシア国王の甥《おい》ではなかったと知ると敵になった男。最高司令官から自分の王国を取り返そうとずっと計画を温め続けてきたのに、何もかも無駄になってしまったのだ。その後、ローズとダヴィーアン族に加担したものの、キラカワの儀式の恐ろしさを知って、またわたしに味方するようになった。とはいえ、ふたりの友情はもはや元には戻らなかった。今カーヒルがブルンズの配下に入った理由ははっきりしていた。最高司令官とヴァレクを憎むカーヒルは、六歳のころから彼らと戦いたくてうずうずしているのだ。

わたしはポットをそっと置き、ベッドから出ると、会話がもっと聞こえるように開いた扉のほうに忍び足で近づいた。

「……最高司令官に関する新情報だ」ブルンズは、わたしから盗み取った情報をそのままくり返した。「イクシアの火祭が終わったころに侵攻を始めるつもりらしい。われわれも準備を急がねば」

「どうやって知った？」カーヒルが尋ねた。

「信頼できる情報筋から」

「それはつまり無意味な情報ということだ。ヴァレクの密偵がシティア中にいる。そんなの信頼できやしない」

「情報源はイレーナ・ザルタナだ」ブルンズはいらだちをこめて言った。

「それなら偽情報だということが確定した。イレーナは絶対にこちらの味方を――」

「彼女はわたしの保護下にいる」またはねつけるように言う。

沈黙。「イレーナの魔力についての噂は本当なのか？」

「そうだ。だから、一般人と変わらない」

カーヒルは鼻を鳴らした。「イレーナが一般人と同じなんてことはけっしてない。過小評価しないほうが身のためだぞ」

「イレーナのことは、思いどおりに操れる」ブルンズが声を絞り出すように言った。

そのときふと気づいた。ロリスに命令されたにもかかわらずベッドから出られた。命令にぐいっと引っぱられる感じはしたが、その効果は消えつつあり、違和感を覚える程度だ。

「それなら、頭の中身を全部消してしまわないことをお勧めする」

「なぜ？　イレーナは危険だ。自分でそう言ったじゃないか」

「もしあなたに協力しているなら、利用すればいい。イクシアの治安体制や最高司令官についてあれほど知っている人間はシティアにはほかにいない。最高司令官の攻撃計画について、イレーナなら何か知っているはずだ。なにしろ彼女は連絡官として長年働いてきたんだし、そのうえヴァレクが恋人だ」カーヒルは、何か腐ったものでも口に入れたかのように、ヴァレクの名前を吐き出した。

「もはや恋人ではない」ブルンズが言う。

長い間があった。「どういう意味だ？」

「ふたりは結婚し、まもなく赤ん坊が生まれる」

わたしは下唇を噛みながらカーヒルの反応を待った。長年の付き合いの間に、カーヒルはわたしに友情以上の関係を望んだこともあるのだ。

「なるほど」平板な口調が言葉以上に気持ちを物語っていた。

「今や大事にしなければならないのは自分の命だけじゃない。だからこれからも間違いなく協力し続けるはずだ」

「ほかにも何か？」カーヒルが尋ねた。

「ああ。駐屯地はどこまで接収がすんだ？」

「すでにムーン族領、フェザーストーン族領、グリーンブレイド族領は手中にした。ベイン・ブラッドグッド魔術師範と議員たちは、安全を期してグリーンブレイド族領の駐屯地に移した。アイリス・ジュエルローズ魔術師範は一部の強力な魔術師たちとともに、フェザーストーン族領の駐屯地にいる。最高司令官の軍はまっすぐ城塞をめざすはずだからな」

「国境付近に配置した魔術師からは、動きを知らせる報告はまだ上がってないのか?」

「まだだ。夜明けごろに高感度通信器でそれぞれ報告する手筈《てはず》になっている」

「ヴァレクに目を光らせろと命令を送れ」ブルンズが命じた。

また長い沈黙。「ヴァレクの居場所がわからないのか?」

「どのみちここに来るはずだ。来るタイミングを確認したいだけだ」

「経験上、奴はすでにここにいて、十人ほどの部下たちとともに兵士の中に紛れているはずだ。そうでないとしても、誰にも知られずに国境を越えるぐらい朝飯前だ。わたしがあなたなら――」

「君はわたしではない。そして、状況はすべて把握している」

「了解。では駐屯地の司令官にわたしの到着を知らせてくる」

ブーツが床を擦る音。

「カーヒル」ブルンズが呼んだ。

ドアに手をかけたままカーヒルが振り返る姿が目に浮かぶ。「何だ?」

「もし君がわたしならどうする？」ブルンズが尋ねた。

「イレーナに大きなリボンをつけて、最高司令官のもとに送り届ける。そうすればイレーナもヴァレクもイクシアに留まるだろうし、イレーナは最高司令官の邪魔をするだろう。イレーナは戦争を避けたがっている。だから侵攻を止めるため全力を尽くすはずだ」

なるほど、それは賢いやり方だ。カーヒルは昔より大人になったらしい。

「考えてみよう」ブルンズが言った。

ドアが閉じ、わたしは急いでベッドに戻ると、シーツの下に潜り込んだ。あんなふうに白熱した会話をしたあとには、きっとこっちの部屋を覗いて、わたしが命令どおりに眠っていることを確かめたくなるはずだ。わたしは横たわり、万が一のために壁のほうを向いて目を閉じた。

近づいてくる足音がした。深く呼吸をして寝たふりをしていたが、やがてブルンズの執務室の椅子が彼の重みできしむ音が聞こえたので、やっと緊張を解いた。

ハムを食べながら、今日わかったことをおさらいした。ハムはつやつやしていて、テオブロマ特有の甘味《あまみ》があった。《結社》の名簿をブルンズは机にしまっていないだろうか？いや、なさそうだ。ブルンズはくだらないミスを犯すような人間には見えない。自分だったらどうするかと改めてカーヒルに尋ねるくらい切れ者だ。でも、まずはわたしを利用しろとカーイクシアに行けと言われれば、喜んで行くのに。

ヒルは言った。あの出生の秘密を除けば、最高司令官がどういう人かまったく知らない。知的かつ狡猾なすばらしい戦略家で、きちんと計画を立てたすえにイクシア乗っ取りを実現させた男。

イクシア乗っ取り。わたしはシーツをぎゅっとつかんでもう一度心の中でつぶやいてみた。イクシア乗っ取り。

そうか。最高司令官は軍を率いてシティアに侵攻するつもりなどないのだ。もしかしたらブルンズと通じていて、ブルンズのシティア統制の計画に手を貸すことで、なるべく血を流さずにシティアを乗っ取るつもりでいるのでは？——二十六年前にイクシアでやってみせたように。

29

ヴァレク

「養成所には誰もいない？」ヴァレクはわけがわからず、フィスクの言葉をくり返した。

「本当なのか？」

「はい。全員養成所を発ち、そのあとを追った僕の情報網によれば、シティア内の三つの違う駐屯地に分かれたようです」フィスクが答えた。

「どうして？」

ブルンズの《結社》はテオブロマを使って魔術師範にさえ忠誠を誓わせている、とフィスクは説明した。魔術師たちは兵士に協力し、最高司令官の攻撃に備えて準備を進めているらしい。

ヴァレクはゾハヴとジーザンのほうを見た。ふたりともまだ馬に乗っているが、今の会話は聞こえる位置にいた。どちらも不安げに顔をしかめており、両方の考えがヴァレクの頭の中で鳴り響いた。ジーザンは養成所に行けなくなりそうだと知ってがっかりし、ゾハヴは今の知らせをうまく利用できないか策を練り始めている。

それにフィスクの考えまで加わって、まともに頭が働かなかった。

「やめろ」ヴァレクは双子に怒鳴った。

「何を？」ジーザンが尋ねる。

「おまえたちの考えをわたしの頭に投射するな！」

ふたりはぎょっとして顔を見合わせた。

「そんなことしてないわ」ゾハヴが言う。

「実家をあとにしてからずっと続けてきただろう」

「してないわよ。わたしたち、ちゃんと防御壁を立てて魔力を遮断してる」

「じゃあどうして、君が本をもっと欲しがっていること、ジーザンが出発前にロザリーに手紙を出しておけばよかったと思っていることがわたしにわかるんだ？」

ふたりはまた目を見合わせた。どちらも当惑しているように見える。

フィスクがヴァレクの肩に触れた。「あなたには魔力耐性がある。たとえ彼らが考えを送ったとしても、魔力を感じるだけでしょう」

フィスクの言うとおりだ。ヴァレクは大きく深呼吸した。

「でも、実際に僕はロザリーに手紙を書く暇がなかったことを残念に思ってた」ジーザンが言った。

「今までに人の考えが聞こえてきた経験は？」フィスクが尋ねてきた。

「ない。しぐさや顔の表情、視線の向き……そんなものから相手の心理を読むことはあるが、実際の考えがわかったことはない」

フィスクは双子のほうを向いた。「君たち、魔力があるの？」

「はい」ジーザンが答える。

「ヴァレクに何か試してくれないか？　何か無害な魔術を」

ジーザンが姉のほうを向く。「ゾーならできるよ」

ゾハヴは唇を結んで馬から降り、水の入った革袋の蓋をはずすと、じっと見つめた。やがて革袋から水が持ち上がり、宙でボール状になった。

ヴァレクも本来なら感心しただろうが、ゾハヴが魔術を使っても、あの特有のべたべたした感触がしないことのほうに気を取られていた。水のボールが近づいてきて胸にぶつかり、チュニックを濡らす。

「濡れた場所を触ってみて」ゾハヴが指示する。

ヴァレクが冷たい生地に手のひらをあてがったところでゾハヴが眉根を寄せると、水がチュニックから流れ出し、またボールに戻った。

「へえ」フィスクは囁いた。「すごいな」

「何が？」ジーザンが尋ねる。「ゾハヴが水を操れることが？　それともヴァレクの魔力耐性が消えたことが？」

「両方さ」

「消えた？」すでに乾いているチュニックを指でなぞる。

「それは……結論を出すのが早すぎる」

ゾハヴがヴァレクに一歩近づき、握手でもしようとするかのように手を差し出した。

「別のことを試してみましょう。大丈夫、痛くないから」

躊躇したのはそのせいではなかった。痛みより結果を知るのが怖かったのだ。だが、わからないままなのもやはり怖い。ヴァレクはゾハヴの冷たい手を握った。妙にぞくっとした。

「体内の水分が感じられる。ジーの言ったとおりよ。あなたはもう守られてない」

ヴァレクはゾハヴの手を離し、一歩後ずさりした。守られてない？　今すぐ小刀を抜いて、その確かな重みを手に感じたかった。魔力耐性がなくなった？　頭の中で何度もくり返したが、それを収める引き出しが見つからない。

「何があったんだろう？」フィスクが尋ねる。「君たちふたりが何かしたの？」

「ううん。そもそも僕らに魔力耐性を消す力なんてないよ」ジーザンが答えた。

フィスクはヴァレクのほうを見た。「身に覚えはない？　いつからかわかります？」

「わたしは……」なんとか記憶をたぐり寄せた。海賊退治の間は特に問題はなかった。アイスファレンへの旅路は静かなものだった。そのあと……両親と再会したショック、自分に三人の弟妹がいたという驚き……違う。その程度の驚愕なら長年の間何度も経験しているが、特に問題はなかった。

変化が始まったのは、兄たちの墓のそばで夜を過ごしたときだ。ゼブロンと話をし、両親が息子たちの死を乗り越えて人生を再出発させたことを受け入れられるかと尋ねられたとき。自分は時間の中にずっと氷漬けになっていたと気づいたときのことだ。ヴィンセントの墓の横にひざまずく自分の姿が頭に浮かぶ。おのれを包んでいた冷たく硬い氷が砕け散ったような、解放されて妙に軽くなったあの気分。あれで魔力耐性が壊れたのだろうか？　兄たちが殺されるのを目撃したとき、自分を守るために魂のまわりに零の盾を作りあげたのではとイレーナは推測していた。過去とついに折り合いがついたおかげで、魔力耐性を手放したということか？

「ああ、覚えがある」ヴァレクは硬い声でフィスクに言った。「だが、ちょっと待ってほしい……」手を上げてフィスクたちの質問を食い止めると、その場を離れた。

解決には時が経つのを待つしかなさそうだ。イレーナにそばにいてほしかった。心から。ほかの三人が見えなくなったところでやっと立ち止まり、木にもたれかかった。感情がこみ上げる。周囲の世界がぐるぐるまわり、身体が浮かんで漂いだす。魔力を失ったとき、イレーナもこんなふうに感じたのだろうか。誰かが自分の魔力耐性を遮断したのか？　いや、そうは思えなかった。

ひそやかな足音が近づいてきたかと思うと、柔らかい鼻面が頬に押しつけられた。

〝幽霊《ゴースト》、そんなに慌てないで〟

キキの言葉が頭を満たし、ヴァレクははっとして、相手をまじまじと見た。

キキはヴァレクの肩を押した。〝ラベンダーレディを捜して〟

そうだ。イレーナとリーフを救出しなければ。〝わたしの声が聞こえるのか？〟ヴァレクはキキに尋ねた。

〝うん。もう幽霊じゃない〟

魔力耐性があったから、キキはヴァレクを幽霊と呼んだのだ。これも魔力耐性がなくなった証拠か。代わりに得たのは……

〝魔力〟キキが言った。

〝わたしに？　だから君の声が聞こえるのか？　それとも君に魔力があるせい？〟

〝両方〟

　空き地に戻ると、フィスクが自分の荷物を詰めていた。三人はヴァレクのほうを見て、彼が話しだすのを待っている。

「ブルンズがイレーナを監禁している場所は？」とフィスクに尋ねる。

「だめだ、そのままでは連れていけない」

「そのままって？」

「魔力を阻むすべを持たずに、ってことです。魔術師から身を守る方法を覚えなければ。さもないと、接近してきたブルンズの魔術師にすぐに捕まってしまう」


「ほかの人たちの気持ちを遮断することが重要なんだ」ジーザンが言った。「自分の魔力を制御するのと同時に、それを最初にネルに教わった」

「だが、今も君の考えが聞こえるぞ」ヴァレクは言った。

「うん、そのことだよ」ジーザンは顔をしかめた。「あなた自身すごく強力なのか、あるいは魔力の毛布から力を引き出しすぎているのかも……」

「このままでは〝燃え尽き〟になって、みんなを殺しかねない」ゾハヴが言い添えた。

ヴァレクは押し黙った。そんな危険があるなんて考えもしなかった。ほかに何を見落としているだろう？「やり方を教えてもらえるか？」

「ここは危険です」フィスクが言った。「今頃ブルンズは、この場所のことをイレーナから聞き出しているでしょう。とりあえず城塞の組合本部に戻って、次の一手を考えるべきだ」

フィスクの言うとおりだ。ヴァレクがイレーナとリーフの救出に向かうことは、誰でも予想がつく。だが今のヴァレクは、ブルンズの部下の魔術師たちと戦える状況ではない。

「本部に到着するまで我慢してもらえますか？」ヴァレクのためらいを誤解したらしく、

フィスクが尋ねた。

「馬を走らせながら、心の防御壁の作り方を教えるよ」ジーザンが提案した。魔力を暴走させないようにしなければならない。あまりにも大勢の命が自分にかかっているのだ。オニキスに近づき、跨がる。「行こう」

ほかの三人が出発の準備をする間、ヴァレクは試しにオニキスに頭の中で話しかけてみた。〝大至急城塞へ、いいか?〟

答えがない。

〝キキ?〟と尋ねる。

〝オニキス、サンドシードじゃない〟

〝でも、君の言うことはわかっているみたいだ〟

〝キキ、馬とも話せる〟

ヴァレクは笑いをこらえた。今冷静さを失ったら、とても取り戻せそうになかった。この大転換の影響は、今後いつまでも続くはずだった。南の国境をめざしながらあれこれ考えるうちに、悪いことばかりじゃないと思えるようになった。あの忌々しい零の盾で身動きが取れなくなることはもう金輪際ないのだ。ブルンズもあっと驚くだろう。

今度ばかりは大声で笑った。

二日間かけて城塞に戻る間に、考えを読まれたり操られたりしないよう、ほかの魔術師の魔力を遮断する方法をジーザンから教わった。

「あなたは無意識に魔力の毛布に繋がっていたんです。だから僕らの声が聞こえた」ジーザンは説明した。「まずは魔力の毛布との繋がりを意識する必要があります」と言って空を指さす。「僕の場合、空気の流れで繋がるような感じがします。僕は嵐を操るから、納得できるイメージでしょう。ゾーは、ちょろちょろとした水流みたいだって言います。気を散らさず、意識をそこに集中してください。繋がりが見つかったら教えて」

ヴァレクは集中した。恐怖を抑えつけ、不安を締めつけ、疑念を黙らせた。そうして訪れた静寂の中、エネルギーの奔流がヴァレクの中に流れ込んできた。「見つかった」

「何に似てる？」ジーザンが尋ねる。

「エネルギーの……流れ……管から撒《ま》き散らされるみたいに」なんとか魔力を描写しようとする。「消えずに残った稲妻のようだ」

ジーザンは目を丸くして姉と視線を交わした。「よし。じゃあ大理石か何か、その稲妻を遮断して自分を守ってくれそうなものでできた防御壁を想像して。稲妻を利用してその壁を作るんだ」

「どうやって？」

「稲妻をつかんで、壁の型にはめる感じ」

ジーザンの指導に従って目を閉じ、魔力の稲妻をつかもうとしたが、どうしてもできない。もどかしくなって改めて尋ねた。「ほかにやり方は？」

「わからない。僕はそれでうまくいった。ゾーはどうやってる？」

ゾハヴは弟に眉をひそめてみせたが、不愉快だったからというより、それがいつもの癖なのだろう。「わたしも水をつかんだりできない。いつもは革でできた盾を想像して、魔法を染料に見立て、革に塗って強化するイメージかな」また眉をひそめたが、今度はヴァレクに顔を向けた。「子どものころ、父の皮なめし工房で働いていたでしょう？　こっちのやり方のほうがうまくいくかも」

名案だったが、ヴァレクのエネルギーは強すぎて革を燃やしてしまった――想像の話だが。革はだめ、大理石もぴんとこない。稲妻を阻み、自分にしっくりくる素材は何だろう？　いざというときに頼りになるものとは？　小刀と剣はどちらも鉄製だ。だが、鉄は熔《と》けるので役に立たない。ほかには？

キキが道端に歩いていき、蹄から撥《は》ね飛んだ小石がヴァレクの頭上を飛んでいった。ふいに彫像を作るために使っていた灰色の石のことを思い出し、声を漏らしそうになった。自分の頭ぐらいの大きさの岩を思い浮かべて、稲妻を用いて銀色の斑が散る黒い兜《かぶと》を彫り上げる。完成した兜をかぶって紐で留めると、なんだかほっとした。

「いい感じ？」ジーザンが尋ねる。

「はるかに。ふたりともありがとう。キキも」

キキは尻尾を振ったが、速度は緩めなかった。城塞の城壁が見えてきていた。西門ではブルンズが待ち伏せしているおそれがあるため、東側にまわる。

「でも忘れちゃいけないのは、相手のほうが強くて、心を読む力があるなら、努力は水の泡。防御壁は粉々にされてしまう」ジーザンは実演さながら、片方の手のひらにもう一方の拳をねじるようにめり込ませた。

「君とゾハヴには心を読む能力はないんだな?」ヴァレクが尋ねる。

「ない。でも、念を送ってくれれば、僕のほうで防御壁を持ち上げて聞くことはできる」

「わたしのほうが力が強くて、壁をぶち壊すことができれば別ってことだな」

「そう。ゾーについても同じだよ」

「ジー！　勝手に教えないで」

「まあ落ち着いて。ヴァレクの恋人を助けに行くなら、僕たちの能力とその限界も知っておいてもらわなきゃ」

ヴァレクは驚いて言った。「君たちに手伝ってもらうつもりは――」

同時にゾハヴも言った。「わたしたちは手伝うつもりは――」

「何言ってるの?」ジーザンが両方を遮った。「魔術師はもういないってフィスクが言ったばかりじゃないか。じゃあ誰が手伝うんだよ?」

なるほど、言われてみればそうだ。

「僕の助っ人たちもいる」フィスクが言った。

「魔力を持ってるの？」ジーザンが尋ねる。

「いや」

「じゃあどうやってブルンズに対抗するんだよ」

フィスクは言い返せなかった。

「わたしたちには関係ないわ」ゾハヴが横から口を出した。

「なんで？　ヴァレクは僕らの兄さ……友達じゃないか」

秘密を漏らさないよう、ジーザンには徹底的に教え込む必要がある。

「僕ならもう知っていますよ」フィスクがヴァレクの心を読んだかのように言った。

「イレーナとリーフを助ける方法か？」話をそらそうとして尋ねる。

「いいえ、ゾハヴとジーザンがあなたのきょうだいだってことです。多少なりとも観察眼がある人間なら、血の繋がりがあるってすぐにわかりますよ。はっきりさせてください。そうでなくても、僕の観察眼は多少どころじゃない」

「確かに君の観察眼は〝多少〟を大幅に上回っている」

フィスクは笑った。

ヴァレクの頭はすでに誰に協力を求めるかという問題に集中していた。養成所の魔術師はいなくなってしまったかもしれないが、養成所以外の場所にも魔術師はいるはずだ。実際、よその町に住んでいる者も多い。だがフィスクの話では、ブルンズが《結社》に誘ったり、場合によっては薬や暴力を使って誘拐したりしているらしい。

「フィスク、ブルンズの配下に入っていない魔術師はいるのか?」

「隠れている者がわずかながらいますが、怯えていて、協力を依頼するのは無理でしょう」

双子を危険な目に遭わせるのは気が進まなかった。ふたりの身の安全を母に約束したのだ。でも、ほかに選択肢はなさそうだった。ジーザンの嵐を操る能力……そうだ! 「ストームダンス族は?」

「わかりません」フィスクは答えた。「彼らが活動を始めるのは暖かい季節が終わってからなので。もしかするとブルンズも見逃しているかも」

そうであってほしかった。

暗くなるのを待ってから城塞内に入った。門を通ったところで物陰から少年が現れ、フィスクに近づいた。フィスクがキキの鞍の上から身を乗り出すと、少年が身ぶり手ぶりと小さく舌を鳴らす音で何か伝えている。

フィスクの表情が険しくなった。「脱出口はどうなんだ、ツイート?」

　少年は首を振り、また身ぶりで何か伝えた。どうやら口がきけないらしい。

「どうした？」ヴァレクは尋ねた。

「本部の中でブルンズの部下が待ち伏せしているらしい」言葉の端々に怒りが滲んでいる。

「助っ人たちは？」少年のほうを見てうなずく。

「僕らが到着してあっと驚かされるまで、〝お客〟たちに食事を出したり世話をしたりさせられているようです」フィスクが腹を立てているのは明らかだった。侵入者の首にすぐにでも巻きつけてやりたいとばかりに、キキの手綱をぎゅっと握る。

「脱出口というのは？」ジーザンが尋ねる。

「本部に出入りできる非常口なんです。そこはまだ見つかってない」

「全部でいくつある？」ヴァレクが訊いた。

　少年は指を十本見せ、一回しまってからもう一度十本見せた。

「二十カ所？」

　うなずく。

　そこを通って中に入ったら敵は驚くだろうが、それが勝利に結びつくとは限らない。

「その中に魔術師がいるかどうかわかるか？」

　指三本。

　援護が必要だ。いや、わざと捕まってはどうだろう？　零の盾で囲んでおけば安全だと敵は思い込んでいる。そのままヴァレクをイレーナのところに連れていくだろう。中に忍び込む方法を考えなくてすむ。問題は脱出の仕方だけだ。

「イレーナはどこに拘禁されてる？」フィスクに尋ねる。

「クリスタル族の駐屯地です。城塞から西に二日ほどの距離にあります」

そしてストームダンス族領の北だ。「助っ人たちのために零の盾を調達できるか？」

「無理です。ブルンズが魔術師に盾の販売を禁じたので」

くそ。「隠れている魔術師はどうだ？　零の盾が作れる者はいないのか？」

「ひとり、ふたりはいますが、彼らの隠れ場所まで少なくとも七日はかかります」

遠すぎる。

「クインが作ったガラス製の盾なら養成所内にいくつか残っているかも」とフィスク。

少年が二度口笛を吹いた。

「養成所はブルンズの部下が見張っているそうです」フィスクが通訳する。

「職員も養成所を出たのか？」

少年はうなずき、手ぶりを始めた。

「ただ、職員の大部分は城塞内に残っています。駐屯地に移ったのは魔術師だけです」

「リーフの妻マーラはどうしたか知ってるか？」

少年は首を横に振った。

ヴァレクは今手に入れた情報についてあれこれ考えながら、オニキスを城塞中心部へと走らせた。二区画ほど離れたところに厩舎つきの宿屋を見つけた。馬の手入れをして休ませたあと、部屋をふたつ借りた。

フィスクとツイートも一緒に二階に上がってきた。部屋のドアを閉めるとすぐフィスクが尋ねてきた。「それで、どうします?」

「君はどう思う?」ヴァレクが返した。

「僕はあなたの密偵じゃない」

「君ならなれるよ」

フィスクはにっこりした。「給料が払いきれないでしょうね」しかしそこで真顔になった。「ストームダンス族の様子を確認するため、助っ人たちを送ることはできます。可能なら、ここに連れてきますよ」

「すばらしい。それから?」

「あなたは養成所を訪ね、役に立ちそうなものを探す」

「僕らは?」ジーザンが尋ねた。

「とりあえずはここに残ること」フィスクは手を突き出して、抗議の声を止めた。「救出隊を送る段になったら君たちが必要になる」

「計画はあるの?」

「今考えているところだ。まず、どんな物資が入手可能か確認しないと。ツイート、マーラがまだ城塞内にいるかどうか調べてくれ」

少年はうなずき、フィスクと一緒に出ていった。フィスクは助っ人たちの様子をまず確認するつもりらしい。また明朝そこに戻り、作戦会議を再開することを約束した。

ヴァレクは、自分が養成所に行く間、部屋でじっとしているようにとジーザンとゾハヴに命じた。

「もしあなたが帰ってこなかったり、捕まったりしたら？」ジーザンが尋ねる。

「フィスクとその仲間たちが面倒を見てくれる」

「もしフィスクも捕まったら？」相変わらず悲観的なゾハヴが尋ねる。

ヴァレクは彼女に硬貨の入った袋を手渡した。「そのときはここにいろ。城塞内にいる密偵のひとりを送って、わたしが戻るまで君たちの安全を確保させる」

「でも――」

「心配するなよ、ゾー」ジーザンが言った。

ゾハヴは弟の胸を指で突いた。「海賊が船に乗り込んできたときもそう言ったわよね」

ジーザンは両手を大きく広げた。「その結果どうなった？　こうしてシティアにいる！」

「こんなわけのわからない状況の真っただ中にね」

ゾハヴの言うとおりだ。出発したヴァレクは、ブルンズの《結社》が何をしてきたのか、はっきりさせようとした。勧誘によって入ったと言えるのは、脅されて来たわけではない者、怯えていやと言えなかった者だけだろう。薬を盛られて従った者はほかに選択の余地はなかったのだから、いわば意思を乗っ取られたようなものだ。

ヴァレクは立ち止まった。この国も乗っ取られようとしている。最高司令官の軍からシティアを守るためだと主張してはいるが、乗っ取りは乗っ取りだ。

思考はどんどん不穏な方向に進んでいく。兵士を一カ所に集めると最高司令官はほのめかしたが、そんなことをして何になるのかさっぱりわからない。やはりオーエンの入れ知恵だろうか。何もかも見せかけにすぎなかったら？　オーエンが最初から《結社》と取引をしていたとしたら？　最高司令官の魔術師嫌いは根深いが、オーエンとブルンズが手を組んで、自分たちなら魔術師を思いどおりに操り、従わせることができると実演してみせたとしたらどうなるか。

だが、連中はシティアを支配するだけでは満足しないだろう。最高司令官の信頼を手中にしたら、あるいは魔術を使ってその頭の中を乗っ取ったとしたら、権力の座を奪うのは時間の問題だ。そのときはオーエンがイクシアを、ブルンズの《結社》がシティアを支配するに違いない。

胃がよじれ、喉に胃液がこみ上げてきた。今の想像は何の意味もない、ただの仮説だと思おうとした。しかし、今までけっして間違ったことがない直感が、その結論は正しいと告げていた。

絶望の波が押し寄せてきた。物陰で足を止め、壁に寄りかかる。奴らの計画を止めたくても人も資源も足りない。そのうえ人生そのものが百八十度引っくり返ってしまった。魔力耐性を失い、かといって手に入れた魔力をどう使えばいいかもわからない。だが、もしオーエンと《結社》が勝てば、家族を持てないということは確かだ。イレーナや赤ん坊、大切な人々はすべて、自分も含めて排除されるだろう。反逆者は排除するのが国家経営の基本だ。

止める方法を見つけなければ。それで死んでも構わない。あきらめるのだけはごめんだ。にわかに純粋な決意が漲り、ヴァレクは力強く歩きだした。隠れ家に立ち寄って密偵たちに任務を与えた。救出作戦にはもちろん協力してもらうが、今は双子を見守ってもらうことが先決だ。

養成所近くの物陰に、監視者が二名かがみ込んでいる。たぶんもっといるだろう。養成所入口の向かい側の建物をざっと眺め、もし自分が張り込みをするなら使えそうな場所を探す。三人、いや四人、窓や屋根から見張っている。

残念ながら魔術師養成所は高い大理石の塀で囲まれている。塀の四隅にそびえる四つの塔はどれも滑らかな石造りで、よじ登るのは不可能だ。入口も一カ所しかなく、防衛体制は完璧だった。しかしダヴィーアンの《編み機》に支配されたときには、その堅固な防御が魔術師にとっては仇《あだ》となった。だから魔術師範たちは、彼らとイレーナ、ヴァレクしか知らない別の出入口を作ったのだ。さまざまな局面で魔術師範たちに手を貸したヴァレクを、彼らも信用するようになっていた。ヴァレクもこのことを最高司令官には秘密にした。

養成所の西側に面した、工房や商館が軒を並べる通りを忍び足で進み、尾行も監視もついていないことを確認してから狭い路地にすばやく入り、左から三番目の扉の中に滑り込んだ。近くの台に置かれた松明《たいまつ》に火打石で火をつけると、狭い踊り場とその先の暗い地下に続く階段が照らし出された。

階段を下りきると、養成所の塀の下をくぐる地下道があり、最終的にアイリスの塔にたどりつく。問題なく塔に到着し、一階に上がったところで松明を消した。

数分ほど闇に目を慣らしてから塔を出る。半月が夜空を照らしている。空っぽの厩舎の前を通りすぎ、伸び放題の牧草地を横切って、ガラス工房に向かう。零の盾を埋め込んだクインのガラスのペンダントが少しでも残っているといいのだが。

静まり返った校内はがらんとしていて、まるで生気を抜き取られてしまったかのようだ。きっと想像力が暴走しているのだ。魔力耐性があったときには、ここを訪れるといつも、あちらにもこちらにも魔力が溜まって、身体にべたべたとまつわりついてきたものだ。やはり魔力を感知できるジェンコは、ここを〝気味悪学校《クリーピー・キーピー》〟と呼んだが、なるほど今の養成所にはぴったりのあだ名だ。

ガラス工房の扉は開けっ放しだった。よくない兆候だ。中に入ると、ブーツの下で壊れたガラスがきしんだ。薄明かりの中でさえ、そこが徹底的に破壊されていることが見て取れた。引っくり返ったガラス職人の椅子の横に道具がばらまかれている。ガラスを吹く竿は無残に曲がり、石炭は砕かれて床に散っている。養成所から全員退避したあとに行われた狼藉《ろうぜき》だと思いたかった。ほかと同じくらいめちゃくちゃにされているマーラの事務室を見たとたん、彼女のことがますます心配になった。

無残な様子に失望し、胃をむかむかさせつつ、敷地の中心部を通ってアイリスの塔に戻る。そして、篝火《かがりび》の炎に似せて石を彫り上げた《炎の記念碑》の前で立ち止まった。この《炎の編み機》との戦いで、イレーナを失いかけたのだ。大勢の人が戦死し、その名は記念碑正面の銘盤に刻まれている。記念碑の別の側には編み機と戦ってシティアを守った人々の名があり、ヴァレクも含まれている。そして裏側に刻まれている名は、イレーナとオパールそのふたつだけだ。ふたりがいなかったら、《炎の編み機》は今も脅威として残っていただろう。

ヴァレクはイレーナの名に指先で触れた。愛しい人、気を強く持つんだ。まもなく行くから。

アイリスの塔に戻ったとき、イレーナの部屋を訪れたい衝動に駆られた。だからまっすぐ地下道には向かわずに三階に上がり、そこではたと立ち止まった。

ドアの下に黄色い光の帯が見える。ヴァレクは小刀と小さな鏡をポケットから出した。鏡には細長い取っ手がついていて、ドアの下からこっそり中を覗ける。

鏡を入れるためにかがむと、薪が燃える匂いがした。この角度では、暖炉で燃える小さな炎とソファの前の一足のブーツしか見えない。

確かめずに戻るわけにはいかない。ヴァレクは鏡を戻して立ち上がり、ドアノブをまわしてみた。鍵はかかっていない。身構えつつ中に入る。ソファの横に立っている人物の影がこちらを見ているが、透ける幕がふんわり垂れていて、相手が誰かはわからない。

「ヴァレクおじさん？」少年の声だ。「どうやってここに……？」

幕が落とされた。

オパールたちの息子、ティーガンが駆け寄ってきて、ヴァレクに抱きついた。「会えてよかった！」

「ここで何をしてる？」実際には甥っ子ではない少年に尋ねる。

「イレーナおばさんかあなたが来るのを待ってたんだ」

「なぜ？　どうやって？」

「話せば長い」ティーガンはわずかな持ち物を背嚢に詰め始めた。「道々話すよ」

「道々？」

「うん。あなたの隠れ場所に行くまでの間」

あたりを見回すと、ティーガンは少なくとも一週間はここにいたようだった。ソファの近くに危なっかしく積まれた本。宿屋よりここのほうが安全だとはいえ、ティーガンを置いていくわけにはいかなかった。「着いてからでいい。道中は静かに移動しないと」

「わかった」ティーガンは暖炉に桶の水を注ぎ、火を消した。煙突に濃い煙がもくもくと上がっていく。ふとヴァレクの視線に気づいたらしい。「暗くてどうせ見えない」

「だが匂いはわかる」

「そうか。それは思いつかなかった」

「次回は気をつけろ。行こう」

地下道を通り、城塞内をわざとくねくね進む間、ヴァレクの頭には無数の疑問が浮かんでいた。尾行はいないと確信できて初めて宿に向かう。

ヴァレクが宿の各部屋を確認する間、ティーガンは厩舎で待った。ヴァレクの部屋では密偵が待っていた。

「報告しろ」と命じる。

「まったく静かです。いっさい問題なし」男は言った。

「けっこう。少し眠れ。朝、食堂で会議をする。みんなに伝えろ」

「承知しました」

ヴァレクはティーガンを部屋に連れてきた。落ち着いたところで尋ねる。「なぜひとりであそこにいたのか、詳しく話してほしい」

「養成所の食事にテオブロマが入れられていたこと、知ってる？」

「ああ」

「誰も彼もがおかしくなって、最高司令官が攻めてくるから軍に協力しなければと躍起になってね。危機感を募らせた一部の魔術師と生徒は駐屯地に向かい、最終的には少数の職員しか残らなかった。僕にはなぜかその手のあせりがなかったから、アイリス魔術師範の生徒だったおかげで守ってもらったんだと思ってた。ところが、朝の授業に現れた僕を見て、魔術師範は驚いた。彼女は何もしてなかったんだ。僕はたとえテオブロマを飲んでいても魔力に抵抗できる強い力を持っているらしい。アイリスやベイン魔術師範と同じように」

ヴァレクははっとした。「アイリスやベインも薬の影響を受けてないのか」

「うん」

「じゃあなぜブルンズの命令に従った？」

「僕以外に協力者がいなかったからね。それなら、あなたとイレーナおばさんが対策を講じるまで魔術に屈したふりをして、情報収集したほうがいいと考えたんだ」

その信頼に応えなければ。だが、イレーナ救出という第一の目的を達成するのが先だ。そのときふいに気づいた。「君には師範級の力があるんだな」

ティーガンはにっこりした。「まずは試験を受けなきゃならないけど、今回のことがそれを証明したと言える」

嬉しい知らせだが、考えてみればティーガンはまだ十四歳だ。「一度帰宅して、両親と過ごしてきたらどうだ？」

「ベイン魔術師範は、《結社》が両親を監視しているっていうんだ。もし僕が姿を見せたらきっと怪しまれる。アイリス魔術師範は、魔術師は全員《結社》のもとに下ったと連中に思わせるため、僕の入学記録を全部破り捨てた。僕がアイリスの弟子だと知っている人は多くない。生徒の中にいても目立たないようにと言い含められていたんだよ。魔術師がまもなく攻撃の的になるとアイリスは勘づいていたらしい」

「それでアイリスとベインが発ったあと……」

「ここであなたたちを待っていた」

「暖炉の火に気づかれたら？　あるいは誰かがここを捜索しようとしたら？」

「幻影魔術で隠れていたんだ。よく僕のことがわかったよね……そうか、魔術耐性があるから、魔術を感じるだけなんだね。ほかの人間には、あの部屋は空っぽにしか見えなかったはずさ」

自分には幻影を透かして向こう側が見えた。つまり、ティーガンより魔力が強いのか、あるいは〝燃え尽き〟寸前ということか。今は悩んでいる場合ではない。「誰も来なかったらどうするつもりだったんだ？」

ティーガンは背嚢の中を引っかきまわした。「魔術師範たちは、あなたがきっとこれを捜しに来ると信じてた」そして手のひらいっぱいのガラスのペンダントを見せた。

「これは……」

「そう。零の盾さ。それでもあなたが現れなかったら、物乞いに扮してフィスクを捜すつもりだった」

賢い。ヴァレクは微笑んだ。ティーガンが味方につき、ペンダントが手に入った今、イレーナたちの救出計画が成功する可能性も出てきた。「幻影魔術以外に何ができる？」

ティーガンは不敵に笑った。「何ができないか言ったほうが早いよ」

よし、ますますうまくいきそうな気がしてきた。

フィスクとツイートは朝に宿に戻り、専用の食堂で一同が集まった。ヴァレクはテーブルに座る面々を見渡した。部下の密偵がふたり、フィスク、ツイート、ジーザン、ゾハヴ、ティーガン。ほとんどが十八歳未満で、戦闘経験がない。

「ストームダンス族のもとに助っ人一団を送りました」フィスクが言った。「協力してくれる者がいれば、クリスタル族の駐屯地に近い集合場所で会うことになっています」

ヴァレクはティーガンから得た情報を一同に伝えた。魔術師範がブルンズの洗脳に負けなかったと聞き、全員の顔がほころんだ。

「ガラスのペンダントはいくつあるんですか?」フィスクが尋ねた。

「十二個」ティーガンが答える。

「ほかには?」

「養成所にはもうない」とティーガン。

ツイートが身ぶり手ぶりをし、何度か口笛を吹いた。

「名案だ」フィスクは少年に言った。「ツイートによれば、マーラがまだ城塞内にいるそうです。昨日僕の仲間を雇って、市場で買い物したものを家まで運ばせたらしくて。マーラの手元に残ってないか、訊いてみます」

「マーラと一緒に、あるいは彼女の家に誰かいなかったか?」ヴァレクは尋ねた。

「待ち伏せじゃないか、そう思ってるんですか?」フィスクが尋ねる。

「何があってもおかしくない」

ツイートが大きく首を振りながら手も振り、額を叩いた。

「マーラはひとりだったそうです」

「よかった。今夜訪ねてみよう」ヴァレクは言った。

全員でどんな筋書きがいいか、駐屯地に侵入する方法について話し合った。ストームダンス族が協力してくれるかどうか、そしてマーラがガラスのペンダントをもっと持っているかどうかに大きく左右されそうだった。双子とティーガンは、お互いの魔力を結集して何ができるか検証した。おかげでヴァレクがもういくつかアイデアを思いついた。ヴァレクがフィスクの組合本部で待ち構えている敵にわざと捕まるという計画に誰もが反対したことを考えれば、そのアイデアは役に立ちそうだった。

基本計画はできたが、実行する前にもっと情報を集める必要があった。ヴァレクは満足して会議を終わらせ、部屋に戻ると、長い夜に備えて数時間昼寝をした。

闇に紛れて、マーラの住居がある建物付近を偵察する。物陰に監視役が隠れている気配はない。念のため裏手にまわり、マーラの部屋がある階までよじ登ると、廊下の窓から中に入った。

錠前破りの道具を使うかどうか悩んだが、もう遅い時間だし、マーラを脅かしたくなかった。念のためドアの下から鏡を差し入れて、侵入者や待ち伏せがないか確かめる。暖炉で小さな炎が燃え、居間の家具に暖かい琥珀色の火明かりを投げかけている。怪しいものは見えなかったので、軽くノックをした。やがてドアの下に影が現れ、覗き穴の向こうに目が見えた。いざというときのために、小刀に手を置く。

ドアが大きく開いた。マーラが胸に飛び込んできて、ヴァレクをぎゅっと抱きしめた。「ヴァレク、よかった！」慌てて一歩下がり、顔を赤らめる。「ごめんなさい。みんないなくなってしまったから、ずっとびくびくしていて。友人も家族も全員捕まってしまったとばかり思っていたの」

ヴァレクは皮肉っぽく笑った。「わたしはそう簡単には捕まらない。君は大丈夫？」

「ええ。何か新しい知らせは？」

マーラをがっかりさせるのが心苦しくて、口の中にこみ上げてきた酸味を飲み下す。

「われわれは――」

背後でバンと大音響が響いた。両手に小刀を握って振り返る。玄関ホールの奥のドアが開き、向かいの部屋から武装した男たちがわらわらと湧き出した。約二十人の兵士が十人ずつに分かれて扇形に広がった。

わたしはそう簡単には捕まらないという言葉が耳にこびりついていた。二十対一――相手にとっては楽に勝てる数字だ。だがヴァレクにとっては、そうもいきそうになかった。

30　リーフ

腹が減った。あまりにも空腹だ。

リーフの胃はもはやぐうぐう鳴るどころか吠えていた。唸り、身体の奥に鋭い歯を立てて呻き続ける。食わせろ！　リーフは力なく藁布団に横たわり、一メートルほどのところにあるできたての甘いパンケーキの匂いを無視しようとした。その匂いのおかげで、おまるの刺激臭や体臭も今は感じない。

拷問だ。ひどい拷問だ。痛みより辛い。

ほかに気を紛らせるものもないので、イレーナのことを心配し、あとどれくらい自分はもつだろうと考え、食べ物について空想する。好物のビーフシチュー、チェリーパイ、マーラのパンプキンケーキ……。

イレーナが連れていかれてから四日が経った。死なない程度に水をすすり、食事を数口食べるだけの四日間。ほかの連中と脱出について身ぶりで話し合う四日間。弱点も脱出口も見つからなかった。一度だけ、食事を運んできた看守を捕まえようとしたが、思いきり失敗した。

五日目になると眩暈の発作で独房内がまわりだし、立つと脚がふらついた。ブルンズのしもべになるのと死ぬのとではどちらがましか、そろそろ決めなければならない。そのとき扉のきしむ音がした。夕食にはまだ早い。リーフが顔を上げると、ふたりの看守に付き添われてマーラが監獄に入ってきた。

辛さは一気に吹き飛び、冷たい恐怖がリーフを切り裂いた。とっさに立ち上がり、よろけないように鉄格子をつかむ。「マーラ……」声がかすれた。

マーラの金色の瞳がぎょっとしたように見開かれたが、すぐに冷静さを取り戻し、左側の看守のほうを向いた。「これが〝元気〟？　今にも死にそうじゃないの」

「本人の勝手さ。食べるのを拒否してるんだ」男が言った。

妙なやりとりだ。たぶん幻を見ているんだろう。マーラの美しい顔に見える痣は幻影だと思いたかった。

マーラがリーフの房に一歩近づいた。「リーフ、食べなきゃだめ。ハンストはもうやめて」

妻の甘い香りが漂ってくる。「マーラ、いったいどうしたんだ？　君も捕まったのか？」

「ええ。でもブルンズと取引をしたの。話せばそう悪い人でもないわ」

リーフはふたたび愕然とした。マーラも洗脳されてしまったのだ。

「もしあなたを説得して食事をさせることができたら、自由にしてくれるって。一緒にムーン族領の駐屯地で仕事をさせると約束してくれたわ。そこにクイン・ブラッドローズがいるから、ガラス作りを手伝うの」マーラは鉄格子の間から手を伸ばした。「わたしにできたのはせいぜいそれくらい」

リーフはその手を握り、指を絡ませると、ぬくもりをゆっくりと味わった。まるでそれが今生の別れであるかのように。「あきらめてしまったような口ぶりだ」

「ブルンズの部下たちが、向かいの家でヴァレクを待ち伏せしていたのよ」マーラはもう一方の手でスカートの生地をぎゅっとつかんだ。「ヴァレクはそのうちの数人はなんとか……殺したけれど、人数で相手が勝っていた。おまけにわたしは役立たずで……。ブルンズが今ヴァレクを取り調べしている」

ヴァレクが捕まった……衝撃の知らせだった。マーラの手を握っていてよかった。さもなければ、ショックで崩れ落ちていただろう。ヴァレクが最後の頼みの綱だったのだ。

「お願いだから食べて。わたしのために」マーラが懇願する。

「わかったよ。君のためにそうする」

マーラはほっとした様子で、鉄格子に顔を押しつけてリーフにキスをした。

「そこまでだ」彼女の腕をつかんでいた看守が言う。

マーラはさっとそちらを向いた。「数カ月ぶりに夫と会ったのよ！」

「命令を受けているんでね」

「ああ、そう」看守の手を振り払い、スカートの皺を伸ばすとリーフに向き直った。「すぐにまた会えるわ」マーラは別れを告げ、監房から出ていった。

扉が音をたてて閉まると、リーフは鉄格子に力なくもたれかかった。思いは千々に乱れる。だが何より恐怖が大きかった。自分はいい、心配なのはマーラだ。

「残念だな」ジェンコが言った。

今度ばかりはジェンコの言葉にも誇張はなかった。リーフが顔を上げると、囚人仲間が全員こちらを見ていた。誰も何も言わなかったが、陰鬱な顔を見れば何を考えているかはわかった。ここで行き止まりだ。

「つまり、選択肢はないってことか」ヘイルが尋ねた。

「もう食べていいんだな？」ダックスも尋ねる。

「そういうことだ」ジェンコはすぐさまパンケーキを口に詰め込んだ。

その直後、兵士の一団が意識をなくした全裸のヴァレクを監獄に運び込み、ジェンコの隣のかつてイレーナがいた空の房に放り出すと、うつ伏せになったその身体に囚人服を放り投げ、出ていった。

打ちのめされ、全身に無数の切り傷と痣を負った血まみれのヴァレクは、死にかけているようにさえ見えた。

ジェンコは鉄格子の間から手を伸ばし、ヴァレクの脈を診た。「脈は強い」全員がほっと息をつく。

〝もうおしまいだ〟ジェンコが手話で嘆いた。

〝心配するな、ヴァレクがなんとかしてくれる〟アーリが言った。

ヴァレクは三回分の食事が行き来する間、つまり丸一日ずっと失神していた。それから呻き声を漏らして起き上がり、片手を頭に、もう一方の手をあばらに押し当てた。

「生者の世界にようこそ、ボス」ジェンコが言った。

ヴァレクは一同の顔を見回し、それから地下牢内を一通り眺めた。「気絶していたほうがよかったな。痛みを感じないし、臭いもましだ」

「何人かは倒したとマーラに聞きました」アーリが言った。

「マーラは無事か？」ヴァレクが尋ねる。

「痣があったし怯えていたけど、ブルンズと取引したらしい」リーフが答える。

「それはよかった」ヴァレクは顔をしかめながら水に手を伸ばした。

「どういう意味だ？」リーフは鼻に皺を寄せた。ヴァレクは……どこか変だ。身体の傷のせいではなく……いつもと違う。

「マーラにとってはそれが賢い選択だ。君たちみんなにもブルンズと取引することを勧める」

全員が警戒するように目を見合わせた。

アーリはヴァレクの目を見て手話を始めた。〝看守たちに聞かせるために言ったんですよね？　全部計画の一部なんだ。そうでしょう？〟

ヴァレクは自分の房を指し示した。〝違う。われわれはひとつ計画を練っていたが、まだ準備段階だった〟

〝われわれとは？〟

〝フィスク、その仲間たち、若い魔術師が数人〟

〝つまり、俺たちはもうおしまいってことですか？〟ジェンコが尋ねる。

「そうだ」ヴァレクはまたのろのろとうつ伏せの姿勢に戻った。

「さて、本気で心配したほうがよさそうだな？」ジェンコがアーリに言った。

31 イレーナ

この三日間は、見方によっては奇妙だったし、なかなか興味深くもあった。ブルンズはカーヒルの助言に従ってわたしの記憶を消さなかった。今はまだ。最高司令官に関するわたしの知識は限られたものだとわかると、ブルンズは具体的な質問をしてこなくなった。実際、一緒にいる時間が長くなればなるほど、ブルンズは戦争の準備をするふりをしているだけだというわたしの説はやはり正しいと思えてきた。つまり、カーヒルはそのことを知らないのだ。カーヒルを協力させ続けるには、イクシアとの戦いに備えているように見せかけなければならない。

自説を裏づける証拠はなかったが、ブルンズとともに戦略を練る間、あらゆることに目を配った。ブルンズはシティア内のほかの駐屯地にも勢力を広げ、兵士を教化しようと考えていた。協力するのは虫唾が走ったが、計画の遂行に集中していれば、監房で餓死寸前になっている兄や友人たちのことを考えずにいられた。

わたしはブルンズの執務室の横にある部屋で眠り、その階下の浴室を使った。毎朝ロリスが来て、わたしに魔術をかけた。不思議なことに、そのあと数時間はどうしても命令に逆らえず、〝ブルンズ大好き〟状態で嬉々《きき》として仕事をしたが、時間が経つにつれて魔術の効果が消えていった。ブルンズのほかのしもべたちの様子を見る限りそういうことはなく、ブルンズとロリスの会話からも、魔力を持たない人間を一度完全に魔力で支配したら、その後は魔術をかける必要もないようだった。

監獄で体力を消耗してから、まだ完全には回復できていないのかもしれない。もしくは、牢獄でジェンコとの間に起きた、あの魔力の遮断と何か関係があるのかも。でもロリスに触れてはいない。あるいは赤ん坊は本当に《無》で、じりじりと魔力を吸い取っているのかも。あれこれ考えていると頭が痛くなった。

魔力の影響が消えるとたんに逃げ出したい衝動に駆られたが、兄や仲間たちを置いてはいけない。でも、救出方法はまだ思いつかなかった。

四日目にすべてが変わった。その朝武器庫で手伝いをしていると、執務室に来いとブルンズに呼ばれた。

机の向こう側に立っていたのはマーラだった。わたしはショックで一瞬立ち尽くした。衛兵に両側を挟まれてもいないし、顔にいくつか切り傷や痣はあるものの、元気そうに見える。強い決意が漲っており、そういう雰囲気のマーラは今まで見たことがなかった。

「ほらね？　イレーナはとても元気で、わたしの手伝いをしてくれている。君からも話してくれ、イレーナ」

「ええ、わたしは今ブルンズの手伝いをしている。戦争準備のため、とても忙しいの」

「リーフにもやってもらうことが山ほどある。もし君が食事をしろと夫を説得できれば、だが」ブルンズが言った。

「夫は食べますよ。ふたり同じ場所で働けるなら」マーラが言った。

ブルンズは慇懃《いんぎん》無礼《ぶれい》な笑みを浮かべた。「もちろんだとも。わたしは実業家だし、われわれはそういう取り決めをした」

ブルンズは秘書を呼び、リーフを待つ間滞在することになる魔術師区画にマーラを案内するよう言いつけた。

「二、三日はかかるだろう。その間、のんびりしていなさい」とマーラに言う。「食事はすべて食堂で出される。もし退屈したら、立ち去る前にわたしはいつでもお手伝いを歓迎するよ」

マーラはうなずいて感謝を示し、料理人はわたしとしばし目を合わせた。妙だ。今のやりとりすべてがおかしい。もしかして、これはもっと大きな計画の一部なの？

「喜ぶといい。君の兄さんはこれで餓死せずにすむ」

「そうね。でも以前は兄が生きようが死のうがどうでもいいように見えた」

「確かに。だが、この数日君と一緒に作業をしてきて、なぜ君やリーフ、下に監禁されている者たちが、この数年いろいろな事件をみごとに解決してきたのか、やっと腑に落ちた。

まず知性がとても高い。あとはヴァレクが折れてさえくれれば、最高司令官にはもはや勝ち目はなくなる」

「ヴァレクを捕まえたっていう話、悪いけど信じられないわ」

「そう言うと思ったよ。取調べが終わったら会わせてやろう」

「あら、ご親切に」ぬるい笑みを投げかけたが、内心は不安でいっぱいだった。ブルンズがやけに自信ありげだからだ。

ブルンズが笑って言った。「武器庫に戻れ。武器担当官は君のアイデアに感心していたよ。終わったらここに戻ってきたまえ」

武器庫に滞在することには利点がある。第一に、武器が手に入ることだ。キュレア入りの投げ矢をいくつか盗み、服や部屋に隠した。盗むなとブルンズが具体的にわたしに命じたことはない。脱走するなという命令には陰謀を企てるなという意味も含んでいると思い込んでいるようだが、それは甘い。

夜間、魔術の効力が消えたら地下牢にこっそり忍び込み、看守を動けなくして、みんなを解放する。ヴァレクも捕まっているとは信じたくなかった。そう思い込むことで、なんとか前に進めた。

地下牢からみんなを解放するのは簡単だ。難しいのは、駐屯地を出ること。どの出入口も厳重に警備され、建物の周囲を兵士が巡回し、塀には魔術警報が設置されている。ブルンズの首にナイフを突きつけて人質に取り、友人たちを解放しろと脅迫することもできる。

でも、キュレア入りの矢を打たれたらそれでおしまいだ。

六日目の朝、別の計画を思いついた。単純だが、準備の時間さえあればうまくいくかもしれない。問題は、ロリスがリーフたちをいつ洗脳するか、だ。たぶんまもなくだろう。でも、今まで考えた中では一番の名案だ。

その日の午後、地下牢に同行しろとブルンズに命じられた。鼻高々で嬉しそうに目をきらめかせているところを見ると、わたしがずっと否定し続けていたことがとうとう現実になるらしい。

中に入ったとき、最初にショックを受けたのは臭いだった。一週間以上風呂に入っていないせいで、みんなの体臭がひどかった。監房の扉の横に立っているリーフと目を合わせる。だいぶ痩せたように見えた。

「大丈夫か？」兄が尋ねた。

わたしはうなずいた。「あなたは？」

「まあね。食事がもっとうまいといいんだが」

なるほど、もう食べているわけか。〝ロリスはもうここに来た？〟と手話で尋ねる。

〝まだだ〟

よかった。移動したわたしに、ジェンコがぼんやりと微笑む。何か言ったような気がしたが、わたしの目はすでにヴァレクに釘づけだった。顔面蒼白で鉄格子をつかんでいるが、顔の紫色の痣や額の傷からすると、ようやくそれで立っていられるのだとわかる。今すぐ抱き寄せて傷を癒したい――わたしは居ても立ってもいられなくなった。

そんなことはできないとわかっていたから、胸が張り裂けそうになりながらも、ただ立ち尽くした。ヴァレクは無表情を保っていたが、目と目が合った瞬間、痛みに身体を貫かれた。わたしの頭の中で〝ごめんよ、愛しい人〟とヴァレクが囁いたような気がした。いや、きっとただの空想だ。ヴァレクはほかのみんなと同じシティアの囚人服を着ていた。方々が血で汚れている。

「信じてくれたかね？」ブルンズが尋ねた。

「ええ」芝居をする時間が来た。わたしはブルンズに向き直った。「どうしてバブバブジュースを与えて話をさせないの？　最高司令官に関する重要情報を持っているはずよ。きっと役に立つわ」

「試したさ。だが無駄だった。拷問もね」

ブルンズの急所を蹴り上げたい衝動に襲われたが、なんとか自分を抑える。

「次の手に移る。脅迫だ」ブルンズはこちらを向いているヴァレクに向き直った。「イレーナ、ここ数日君が何をしていたか、夫に話したまえ」

「あなたを手伝っていた」

「なぜ?」

「最高司令官の攻撃に備えて準備をしなければならないから」

「君はわたしの命令に従う。そうだね?」ブルンズが尋ねた。

「はい」

ブルンズはポケットからガラス瓶を取り出した。「これを持って」と言って渡す。「落とさないように」

中にはきれいな濃い紫色の液体が入っている。

「アメジストフラワーの抽出液だ」ブルンズが説明した。「堕胎の効果がある」

手に力をこめることぐらいしか今のわたしにはできなかった。まだ時間が早く、ロリスの魔力に支配されていたのだ。しかしそれも、頭の中で響く悲鳴は止められなかった。

「飲め」ブルンズが命じた。

抵抗できず、怯えながらも瓶のコルク栓を抜き、唇に近づける。

「やめろ」ヴァレクが唸った。

「やめろ」ブルンズがわたしに向かってくり返す。

ガラス瓶は口の数センチ手前で止まった。何キロも走ったあとのように、全身を血が駆け巡っている。

「全面的に協力するか?」ブルンズがヴァレクに尋ねた。

「けっこう。イレーナ、栓を戻して、瓶をつねに携帯しろ。いいね？」

「はい」喜んで命令に従い、呪われた液体を急いでポケットに突っ込んで視界から消した。紫は今や邪悪の色と化した。

「食べろ」ブルンズはヴァレクに告げた。「しばらくして回復したら話をしよう。少しでも面倒を起こしたら、妻にその抽出液を飲むよう命じる。おまえの答えが気に入らなかったり、嘘をついたことがわかったりしたら、そのときは――」

「協力すると言っただろう」ヴァレクの声にいらだちが覗いた。

「そのほうがいい。子どもの命はおまえが協力するかどうかにかかっている」ブルンズは立ち去った。

鉄格子に近づいて手を伸ばし、ヴァレクの痣だらけの頬にそっと触れた。ヴァレクがそこに手を重ねる。愛情あふれるまなざしをわたしに向け、手のひらに唇を寄せた。

「イレーナ、来い」ブルンズが怒鳴った。

ヴァレクと離れるとき、心臓を胸からひきちぎられるかのような痛みを感じた。ブルンズのあとを追い、戸口にたどりついたところで振り返る。ヴァレクもほかのみんなもこちらを見ていた。誰もががっくりと肩を落とし、傷ついた表情を浮かべている。少しでも元気づけたくて、親指をぐいっと立ててみせた。

もう時間がない。ロリスの魔力の効果が消えるのを待ち、それから大急ぎで準備をした。もはやこそこそしている場合ではなかった。明日の夜の救出作戦に必要な武器を全部集めるなら、今夜しかない。

いつもなら見つからないようにひとつひとつ盗んでいたものを、ブルンズに命じられたという名目で一気に手に入れた。係員が本人に確認しないことを祈るばかりだった。

翌日は一日中、ブルンズに言いつけられた仕事に集中しようとした。あんまりうわの空でいたら、頭の中を探られかねない。

その日の午後、武器庫で武器担当官の最新作である女兵士用の超軽量の剣を試していると、ブルンズが現れた。

「武器を置け。話がある」

どきっとした。誰から、あるいは何から情報が漏れたのだろう？　それとも、制服に隠した吹き矢が見つかったのか？

執務室に向かう途中でブルンズが言った。「ゲファーズ大尉から、駐屯地の外で行う軍事演習について君にあれこれ質問されたと聞いた」

まずい。

「なぜ興味を？」

細心の注意を払って言葉を選ぶ。「防衛の最前線ですから、どれだけ訓練が行き届いているのか知りたかったんです」

「どうしてまた?」

「軍隊の兵士は同等規模の敵軍との戦闘を前提に訓練されますが、少数精鋭部隊や、場合によってはわずかひとりの敵によって、巨大部隊が翻弄されることがあると経験上知っています。そういうケースを想定していないように見えたからです」

「奇襲ということか。あるいはヴァレクのような戦闘能力の高い敵?」

「両方です」

「わが軍もそういう特殊訓練がもっと必要だと?」

「わかりません。それを確かめるためにゲファーズ大尉に質問したんです」

ブルンズは腿を指で叩いている。じっくり考えているときのしぐさだ。「ヴァレクならわが軍を訓練できると思うか?」

「はい」

「だが、信用できるか?」

「はい。わたしたちの安全を確保するためなら何でもするでしょう」

「心配なのは信用できるかどうか、まさにそこなのだ。奴は魔力耐性を持っているから、テオブロマが効かない」

「協力すると約束しました。魔力による強制より拘束力があります」

ブルンズはわたしの表情を探った。「それはよかった」

答えに満足した様子だったので、ほっとした。しかし執務室に到着したとたん恐怖が舞い戻ってきた。来客用の椅子にベン・ムーンが座って待っていたのだ。

「この女は殺せとオーエンに命じられていたはずだが」ベンが言った。

なるほど、ブルンズはオーエンと繋がっていたわけだ。それでいろいろなことの説明がつく。

ブルンズはベンを睨みつけた。「わたしがオーエンに指図される覚えはない」それからこちらを向いた。「オーエンと協力していると知って驚いたかね？」

「いいえ」

「いつわかった？」

「あなたとカーヒル将軍の会話を小耳に挟んだときに、そんな気がした」

「だがカーヒルは、イクシアの侵略に備えてわれわれが戦争準備をしていると信じている」

「ええ。そしてわたしは最高司令官のやり方をある程度知っている。彼はイクシアを手に入れたときと同じ方法でシティアのことも手に入れたいと思っているはずです。なぜオーエンを処刑しなかったのか、そこには理由があるはずだと考えました」

「わたしがイレーナを殺さなかったのも同じ理由からだ」ブルンズがわたしを指さした。

「こんな具合に、ほかとは替えの利かない貴重な人材なのだ」

「この女は信用できない」ベンは言った。

「わたしが操っている」

「ああ、オーエンもそう信じ込んでいたが、それでどうなったかよく考えてみろ」

「オーエンは彼女の仲間をちゃんと隔離しなかった。とはいえ、死者にしてはとてもよくやっているから、まもなくイクシアは彼のものになるだろう」

「なあブルンズ、いっそこの女に全部話して聞かせればいいじゃないか。それがこの女を殺すもうひとつの理由になる。俺たち三人しか本当の計画を知らないからこそ、ここまでうまくやってこられたんだ」

「だめだ。彼女とヴァレクはわたしの切り札だ」

「ヴァレクも生きてるのか？　あんた、どうかしてるぞ……」

「そこまでにしろ、ベン。おまえと兄さんが裏切るようなことがないよう、ふたりはいわばわたしの保険だ」

「どうして俺たちがあんたを裏切る？」

「イクシアとシティア、両方を手に入れるためさ」

ベンが振り払うようなしぐさをした。「俺はどっちもいらないね。負担が多すぎる」

「それならけっこうだが、万が一気が変わったときには、きわめて高い能力を誇るふたりの刺客を送り込むからそのつもりで」

ベンはふんと鼻を鳴らした。「おまえに従うものかね？　そうとも、おまえの目が届かない場所まで行ったとたん、どっかに消えちまうさ」

「イレーナ、言ってやれ」

ヴァレクから教わったあの冷徹な殺し屋の目で、訝《いぶか》しげにこちらを見るベンを見つめ、感情のない冷ややかな声で告げた。「ブルンズ、あなたに命じられれば、ベン・ムーンとオーエン・ムーンを喜んで殺すでしょう」今度ばかりは、口にした真実がお気に入りの朝食のように甘く感じられた。

たちまちその目に恐怖が兆し、ベンは呻いてブルンズに向き直った。「とにかく、こっちは両方殺せと言った。それは覚えておけ。だからここに呼んだのか？　ふたりを捕らえたことを自慢するために？」

「違う。ヴァレクも協力すると確約した。おまえ自身、奴の口からじかにいろいろ聞いたほうがいいと思ったんだ。きっと役に立つはずだ」

「奴を信用できるならな」

「できる」

ブルンズはアメジストフラワー抽出液について説明し、瓶をベンに見せろとわたしに命じた。そのあとわたしたち三人は地下牢に下りた。ベンは臭いと文句たらたらだったが、ブルンズに睨みつけられて黙った。

ヴァレクはどんな質問にも答えた。どの回答も事実だったが、大事なことは上手に省いていた。身も心も消耗しきっていることを考えれば、上出来だ。尋問は二時間続いたものの、ヴァレクが意識をなくしたところで打ち切られた。今夜の脱走は、ヴァレクには体力的に無理なのではと不安になったが、回復を待つ余裕はなかった。ベンまで駐屯地に現れて、いっそう不安要素が増えたけれど、やるしかない。

その晩、ブルンズがベンをもてなす間、わたしはずっとそばに侍《はべ》らされた。長い夕食を耐え、ヴァレクの情報をどう使うかについての長い議論にも耐え、それから〝大人〟はこれから重要なことを話し合うからと、子どもみたいにベッドに追いやられた。

解放されてほっとしながら、わたしはベッドに横たわって計画のおさらいをし、筋書きに漏れや問題はないか探した。ブルンズとベンが話し合いを終え、それぞれの部屋に下がるころには、うまくいかないケースが頭の中にずらりと並んだ。

もう二、三時間待った。真夜中近くに部屋を出てブルンズの暗い執務室を横切り、ドアノブに手をかけた。

「ブルンズは本当にばかだな」ベンの声が闇の奥から響いた。

恐怖で凍りつき、喉で息が詰まった。振り返って言う。「わたしはただ――」

「説明はけっこう。おまえが何をしようとしていたかはどうでもいい。ロリスの魔術をかけられていたにもかかわらず、動けたってことが驚きなんだ。だが、俺はとっくに学んでいた。おまえをけっして見くびってはならないってことを、そして勝手な思い込みは厳禁だってことを」闇の中から姿を現したベンが近づいてくる。

不思議と身体の力が抜けた。

「おまえはテオブロマを口にしていた。なのになぜ魔術が効かないのか？　さて……」

ブルンズの来客用の椅子に座らずにいられなくなる。心が拒む前に身体が従ってしまう。パニックになり、逃げ出すか、大声でわめくか、反撃したいのに、身体が無視する。

「おや、俺の魔力は効いているようだな」ベンはベルトの鞘から短剣を抜き、正面に立った。「このナイフをおまえに百万回ぶっ刺すところをずっと空想してきた」ベンはわたしと目線を合わせ、剣の切っ先で腹部を軽く突いた。恐怖のあまり痛みさえ感じない。「だが、おまえが自分で自分を短冊みたいに切り刻み、最後に喉を掻き切るのを見るほうがはるかに楽しそうだ」ベンはわたしに短剣を差し出した。「取れ」

抵抗できず、柄に右手を伸ばしてつかんだとき、指がベンの手に触れた。その瞬間、強制力が消えた。何百時間というナイフ使いに対する護身術訓練が即座に成果を現し、無意識に左手で相手の手首をつかむ。そのまま前に押すと、ベンがバランスを崩して尻餅をついた。すかさず飛びかかり、ナイフを持ち替えると躊躇なく腹部に突き刺して、切っ先を心臓へと進めた。

残忍で慈悲のかけらもないが、自分と赤ん坊を守るには仕方がなかった。ベンだってそうして、わたしという問題を永久に葬り去ろうとしたのだ。

両手にほとばしる温かな血流に、ベンが最後に吐き出した痛々しい吐息に、死体の下にみるみる広がっていく体液の悪臭に、動転するべき？

もちろん。人の命を奪うことは、たとえどんな状況であれ、辛いものだ。

だが後悔しているかと訊かれれば、答えは否だ。

身体をきれいにしたあと桶に水を満たし、集めて備品戸棚に隠してあった石鹸、タオル、清潔な制服の入った籠をつかむと、それらを地下牢に運んだ。もう失敗する可能性についてぐずぐず悩んでいる場合ではない。今わたしと仲間との間を阻むのは、ふたつの扉と四人の看守。行動する時だ。

「それは何だ？」左側の看守が、大きな荷物を抱えて前に立っているわたしに気づいて尋ねた。

「ブルンズは、朝になる前にこれを囚人たちに洗わせたいそうです」

「今？　真夜中だぞ」

「わたしは命令に口答えはしません」有無を言わせないその口調は、相手にも口答えをするなと告げていた。

「わかったよ。こっちによこせ」

桶と籠を相手に渡した。その間、もうひとりの看守が扉を開けた。

「必ず全部洗わせて」わたしは言った。

「わかった、わかった。俺たちがちゃんと監視する」

わたしは立ち去ったが、そう遠くまでは行かなかった。別のふたり組の看守も、こんな時間にどうしてと文句を言っている。外側の看守たちが荷物を内側のふたりに受け渡す間に、チュニックから吹き矢筒と特別長い針をつけた吹き矢をいくつか取り出した。

最初の矢を一番近くの男に射る。矢は服地を貫いて男の腕に刺さった。男がはっとしたとき、すでに二発目が射られていた。その後次々にほかのふたりにも命中した。キュレアは即効性があるため、彼らは小さく声をあげただけで床に倒れて動かなくなった。よし。

吹き矢筒をチュニックに戻す。これは優れものだ。筒の内側に螺旋溝《らせん》がついているため、わたしのような下手っぴでも命中率が上がる。

鍵を手に、内側の扉を開ける。角灯の光の中に足を踏み出したわたしに、全員が一斉に不安げな顔を向けた。

「脱出の心構えはできてる？」と声をかける。

みんなが破顔一笑し、ジェンコはやったと歓声をあげた。監房から監房へと移動し、ひとりひとり自由にした。ヴァレクに抱きしめられ、目を閉じてつかのま安心感を味わう。

「どうやって？」彼が囁く。

「あとで話す。体力は戻った？」

「ああ」ヴァレクが身体を離した。

「よかった」

「どういう計画だ？」ジェンコが尋ねてきた。

まず桶の水を、それから引っくり返って中身が床にぶちまけられている籠を指さした。

「身体をきれいにして、急いで着替えて。リーフ、あなたとヘイルで制服に零の盾を織りこめる？」

「マーラはどうする？」リーフが尋ねた。

「ジェンコに連れてきてもらう。だからジェンコの制服を最初にお願い」

ジェンコはシャツを脱ぎ捨てた。「マーラはどこに？」

わたしはマーラの居場所を説明した。「リーフのところに連れていくと話して。わたしたちも今ではブルンズの配下にいて、重要な秘密任務で出発するのだと」

リーフはジェンコのサイズの制服を見つけると、シャツに零の盾を埋め込むべく集中した。ヘイルが別の制服を手に取り、ジェンコは身体を洗っている。ジェンコが下着を脱ぎ捨てたとき、わたしは思わず背を向けた。

誰もわたしに質問して時間や体力を無駄にはしなかった。わたしが立てた計画を、みんな無条件に信頼してくれている。胸が熱くなると同時に少し怖くなる。

着替え終わったジェンコに言った。「中央兵舎の入口近くで会いましょう。今夜、一部隊が兵舎の外で夜間訓練を行うことになっている。そこに合流して一緒に外に出るから、その前に」

「了解。武器は？」

「看守のを拝借して」

ジェンコは言われたとおりに看守たちから剣を奪った。

「アーリ、リーフ、ダックスに残りを渡して」

「わたしのは？」ヴァレクがわたしの前に進み出てきた。首や身体から垢《あか》を拭い落としている。大きな痣が肌を覆い、生々しい切り傷から血が染み出している。

ヴァレクのぼろぼろの身体ではなく、目の前の仕事に集中しなければ。わたしはブーツからベンのナイフを取り出して渡した。刃の鋭さに感心し、ヴァレクの目が輝く。

「僕は？」ヘイルが尋ねた。

「兵舎の近くにも武器をいくつか隠してある」わたしは言った。

ジェンコがマーラを連れ出しに立ち去った。

「零の盾は三着分でいいと思う」リーフが言った。「ヘイルと僕は自分でできるし、魔術を使わなければならなくなったら防御壁を下ろす必要がある」

「そうね。時間の短縮になるわ」

「わたしにもひとつ考えがある」

ヴァレクが硬い声で言った。

驚いて振り返る。全員がヴァレクをまじまじと見ている。

「とにかく頼む」とリーフに言う。「説明はあとだ」

なぜヴァレクに零の盾がいるの？　考えても答えが浮かばず、そうこうするうちに全員の準備が整った。

わたしが先頭に立って地下牢を出て、事前に調べておいた、つねに陰になるルートを通っていく。巡回の兵士がいることを除けば、兵舎内は静まり返っていた。目的地に向かう前に武器を手に入れた。

ほかの場所とは打って変わって、中央兵舎では人が動きまわり、明るかった。夜間訓練のために兵士たちが外に集まり、準備をしている。わたしたちは近くで待った。鼓動が速くなり、怖くて手足が震える。ジェンコとマーラはどこ？　もし捕まったら、もう二度と逃げられないだろう。

ヴァレクがわたしの指に指を絡めてきた。ほっとして、その手を握り返す。でもそのときベンのことを思い出した。触れたとたん、ベンの魔力は遮られた。ヴァレクに触れれば、同じように零の盾の防御壁が消えてしまうかも？　わたしは手を離し、怪訝そうにこちらを見たヴァレクに首を振った。脱出したらいろいろと話し合わなければ。隊長が兵士たちに集まれと命じ、列が作られていく。早く、ジェンコ。そろそろ合流しなければ。もしジェンコが現れなかったら？　見切り発車で作戦を続行する？

そうするしかない。赤ん坊のために、ほかの仲間のために。これが最後のチャンスなのだ。

胃がよじれて痛んだが、隠れ場所から出るようにとみんなに身ぶりで指示した。リーフとアーリは動こうとしない。優しき石頭め。

そのときリーフが見当違いの方向に顔を向けた。腕を引っぱろうとして、思い留まる。ジェンコとマーラが物陰から姿を現した。リーフが妻をぎゅっと抱きしめた。

「観光でもしてたのか？」アーリが小声でジェンコに文句をつけた。

ほっとしたのもつかのま、説明する時間も挨拶を交わす暇もなかった。わたしはリーフの肩を叩き、門に向かって行進していく隊を指さした。急いでそこに加わり、最後列に並ぶ。前方の兵士たちは新たに加わった者に気づいてもいないし、気にもしていないように見える。結局のところ、全員シティアの軍服を着ているのだ。マーラもリーフに並んで元気に行進している。

門に近づくにつれ、動悸が激しくなった。兵士を通すため、衛兵が門扉をすでに大きく開けている。あと数分で駐屯地の外だ。

列の先頭が門にさしかかったとき、隊長が叫んだ。「位置につけ」

列が突然ふたつに分かれ、兵士たちが走りだした。門の手前で片方は右側に、もう一方は左側に向かい、それぞれがぐるりと半円を描いていく。最初に反応し、ナイフを抜いたのはヴァレクで、ほかのみんなも次々に武器を構えた。最終的に兵士たちはわたしたちを丸く取り囲んだ。

罠にかかった。囲まれた。奇襲された。この状況をどんな言葉で言い表そうと、ブルンズに計画を見抜かれた理由が何だろうと、どうでもよかった。肝心なのはブルンズの次の動きだ。もちろん、賢い彼は選択肢はひとつと決断した。

死だ。

32
ヴァレク

ヴァレクは慌てるまいと自分を制した。周囲を囲む五十人ほどの兵士をざっと見渡し、それぞれの力量を測り、突破できそうな場所を探した。走って門を抜ければ自由が待っている。アーリ、ジェンコ、リーフに楔形隊形を取るよう身ぶりで指示し、弱い鎖を指さす。肩を並べて立つ三人の十代らしき兵士。きっと友人同士に違いない。

手をさっと上げて〝行け〟の合図を送ったそのとき、あちこちで松明が灯り、その円形の向こう側が照らしだされた。増援部隊が前庭になだれ込み、脱出路を阻んだ。くそっ。

イレーナのほうを見ると、怯えきっているのがわかり、胸が締めつけられた。なぜか情報が漏れ、ブルンズは事前に対策を打っていたのだ。魔力耐性をなくし、代わりに魔力を得るという事態のせいでいつもの自分を見失ってさえいなければ、そもそもマーラの部屋で奇襲を受けることもなかったはずだ。そのうえ、散々殴られていまだにあばらや胸、背中が痛み、頭がぼんやりしていることも不利な点だった。

兵士たちの輪が分かれ、ブルンズが登場した。すでに矢をつがえたクロスボウを構えている。全身から怒りが発散されている。これはまずい。

「どうやって命令に背くことができたのかわからないが、これまでだ」ブルンズは武器をイレーナに向けた。

標的になっているイレーナを押しのけるべく、ヴァレクは飛び出す準備をした。イレーナのためなら喜んで犠牲になる覚悟だった。

「隙があった」イレーナが落ち着いた声で言った。「あなたの命令にはたくさん隙があって、あれこれ自由にできた」

「そう告白すれば、殺されずにすむとでも？」

「わたしが必要なはずよ。オーエンはいずれあなたを裏切る」

「いや、もはやこれまでだ。おまえを生かせば、また別の方法でわたしの努力を無にしようとする」ブルンズの指が引き金を引いた。

ヴァレクがイレーナに飛びついたそのとき、駐屯地を突風が吹き抜けた。ブルンズが撃った矢は大きくそれてダックスの胸を貫き、ダックスは悲鳴をあげて地面に倒れた。驚いたイレーナが駆け寄ろうとしたが、ヴァレクが止めた。

「動くな」ヴァレクは言った。「ブルンズが次の矢を準備している」

またつむじ風が吹きつけ、大きな土埃を巻き上げると同時に松明の多くを消した。雷が光り、続いて轟《とどろ》いた雷鳴が地面を揺るがした。ふたたび目のくらむような稲妻が宙を切り裂き、中央兵舎に火の手が上がる。

「持ち場から離れるな！」ブルンズが嵐の轟音と兵士たちの悲鳴に負けじと大声で命じた。

兵士たちはとりあえず従ったが、それも三つ目の雷が管理棟に落ちるまでのことだった。石壁が砕け散り、その下に立っていた者たちに鋭い破片が降り注いだ。雷は当然ながら豪雨を呼んだ。冷たい雨がざっと降りだし、すべての物と人を一瞬でずぶ濡れにした。あたりは大混乱に陥った。こんなに美しく面白い見世物は久しぶりに見た。だが、のんびり見物している暇はない。ヴァレクが立ち上がらせると、イレーナはすぐさまダックスのもとに走ったが、空を見上げるその目にはすでに生気はなかった。

また雷光が光り、木製の小屋がぱっと燃え上がった。

抵抗するイレーナを、横たわる友人から無理やり引き離す。今すぐ動かないと、残りの六人の命もない。お腹の赤ん坊を入れれば七人だ。

リーフは左腕をマーラの身体にまわして抱き寄せ、右手には剣をつかんでいた。マーラは混乱している様子だが、ブルンズの洗脳をリーフへの愛が凌駕《りようが》したようだ。アーリとジェンコは近くでかがみ、誰か近づいてきたらすぐに戦えるように身構えている。ヘイルの姿が見えないが、捜している時間はなかった。

「楔形隊形」ヴァレクは命じた。「門に向かえ」

アーリ、ジェンコ、リーフが楔形を作り、マーラ、ヴァレク、イレーナが一直線に並んでそれに続いた。十代と思しき三人の少年が駆け寄ってきた。ジェンコとアーリが剣を振り上げたが、少年たちは丸腰だと示すように挙げた両手を振った。

「こっちです」真ん中の少年が言った。「ついてきてください」

ジェンコはうかがうようにヴァレクを見た。

「フィスクに遣わされたんです」

だとすれば……。「行け！」

三人は、なぜか荒天の影響を受けていない狭い隙間に彼らを誘導した。雨も降っていないし、稲妻も届かない細道だ。それは混乱の中をくねくねと続き、はたして最初からそういう隙間があったのか、それともこちらの動きに合わせて隙間ができているのか、判断がつかなかった。いずれにせよ、出口は近づきつつあった。

ほかの兵士たちと違い、門を守る衛兵たちは嵐に屈せず持ち場を守っていた。門の前に置いた木製の柵の前にずらりと立ち、それぞれがクロスボウを構えている。

向こうにはこちらが見えていないらしく、一団は速度を落とした。イレーナが吹き矢筒を取り出す。多少役には立つだろうが、全員を無力化することはできない。

案内役のひとりが叫んだ。「こいつらには僕らを止める度胸はないですよ！」

ジェンコが少年のほうに向き直り、大声を出したらこちらの位置がわかってしまうと叱ろうとしたそのとき、近くでビシャンと水がぶつかる大きな音がした。ヴァレクにも、目の前の光景がなかなか理解できなかった。巨大な水の球が空から降ってきて、門の前にいる衛兵たちを次々にのしていく。

　そうか、ゾハヴだ！　きょうだいたちとフィスクが助けに来てくれたのだ！　ジーザンが嵐を操り、ストームダンス族が凪の道を作ってくれたに違いない。

　まもなく門の前の衛兵はいなくなり、一同は駐屯地の外に駆けだした。できるだけそこから遠く離れ、身を隠せる安全な場所を見つけなければならない。ヴァレクは暗い森を走りながら記憶をたぐり寄せて候補地を探そうとしたが、倒れずにいるだけで精いっぱいだった。いつも責任者として人を導いてきたせいで、依然として案内役の少年たちに率いられていることさえわかっていなかったのだ。

　夜を徹して進み続けた。濡れた服が肌に張りつき、冷気が骨の髄まで染み入る。ふと気づくと、アーリの腕が肩にまわされ、自分を支えてくれていた。夜明け近くに洞窟に入り、とたんに全員地面にへたり込んだ。直後にフィスク、ゾハヴ、ジーザン、ティーガン、ストームダンス族の助っ人ヘリが現れた。

　みな笑い合い、抱き合い、背中を叩き合った。それから互いの紹介が始まった。ヴァレクがゾハヴとジーザンを実の妹と弟だと告げると、イレーナは驚いて、怪訝そうに彼を見た。ヴァレクは声は出さずに〝あとで〟と言った。

「おかげで命拾いしたよ」ヴァレクはフィスクに言った。「ありがとう」

「牢獄破りを除けば、城塞にいたときにあなたと話し合ったいくつかの救出案を組み合わせただけのことです。それに、協力者がたくさんいた」フィスクは双子やティーガン、ストームダンス族のヘリを指し示した。

「今夜がそのときだとどうしてわかった?」

「駐屯地に忍び込ませた仲間がいるんです。彼らは零の盾のペンダントをつけているので、魔力の影響を受けませんでした。ブルンズがイレーナをある男に尾行させているのに気づき、彼らもその男をつけていたんです。男の行動から今夜何かが起きると察し、計画を実行する準備を進めたというわけです」

イレーナが悔しそうに鼻を鳴らした。「それでわたしは、なんて賢いんだろうとひとり悦に入っていたおばかさん、ってわけ」

「おまえのおかげで僕らは牢から出られたんだ」リーフが言う。

「そしてまんまと待ち伏せに遭った」

「でも、結局うまくいったじゃないか」ジェンコがなだめる。

「でもダックスを失った」イレーナの声が震えた。「ヘイルも」

ヴァレクはイレーナを抱き寄せた。

ジェンコはうなだれた。「残念だよ、イレーナ。ダックスはいい奴で、俺も好きだった。ヘイルについては救出方法を考えよう」

全員がダックスのことを追悼し、沈黙が降りた。

「誰にとってもきつい夜だった」フィスクが言った。「別の洞窟に寝袋、毛布、備品が置いてあります」

彼らは野営の準備をした。ヴァレクも手伝おうとしたが、ジェンコに寝袋へ押し戻された。「休んでください、ボス。半分死んでるように見えますよ」

「だが――」

「ほとんど死んでたときに比べたら回復しましたが、全快にはほど遠い」

イレーナが現れてヴァレクに寄り添い、毛布を掛けると、ヴァレクの抗議もやんだ。イレーナは彼の肩に頭をもたせかけ、ヴァレクはその身体に腕をまわした。

「いろいろ教えてもらうことがありそうね。まだほかにも何か隠してるの？」

「ああ。だが別に隠しているわけじゃない。今は説明する気力がないだけだ」

「わかった。休息をとったら話し合いましょう」

だがヴァレクはまだ休む気になれなかった。「ジェンコ」通りかかった部下を呼び止める。「監視の順番を決めなければ」

「もうやってますよ、ボス」

「それならよかった」しかしヴァレクの頭の中ではこれまでの出来事がいまだにぐるぐる巡っていた。それに、ブルンズのシティア乗っ取りの一件はまだ終わったわけではない。

いや、むしろ始まったばかりだ。なのに、止める方法が思いつかない。

鬱々と悩みながらも、いつしか眠りに落ちていた。

警戒を促す叫び声ではっと目覚めた。何か起きたとわかる前に、ヴァレクはナイフを手に飛び起きた。武装した兵士たちがいきなり洞窟内になだれ込んできた。隠れ場所が見つかったのだ。

イレーナも隣で立ち上がり、悪態をついてチュニックから吹き矢筒を取り出した。アーリとジェンコは正面から突っ込んでいく。ふたりの剣が最初の数人を薙ぎ倒した。ゾハヴとジーザンはヘリとティーガンを連れて洞窟の奥に退いた。こんなに狭い場所では、魔術を使うのは困難だった。

フィスクもアーリとジェンコの横で戦っている。マーラは焚き火のそばで縮こまり、フィスクの三人の仲間は兵士に石を投げている。戦況は五分五分というところだったが、それも援軍が到着するまでのことだった。

倒れた兵士から剣を拝借し、ヴァレクは新たに到着した兵士たちを迎えうった。見張りは誰だったんだろうと考えるうちに、リーフの姿がないことに気づいた。頭の片隅で義理の兄のことを心配しながらも、敵が目の前に現れるとそちらに集中した。

最初の敵については、相手が突いてきた剣を横っ飛びになってよけたあと、懐に飛び込んで腹を刺した。華麗な剣さばきなど求めている余裕はなかった。最初の兵士が倒れるのも待たずに二人目に取りかかる。隙をつくこと、スピード、攻撃の強さが勝利の鍵だ。だが、今はペースを維持しているものの、これだけ負傷していればそのうち動きが鈍くなるとどこかでわかっていた。

金属のぶつかる音、悲鳴、血の匂いがまもなくヴァレクの感覚を支配し、やがて戦闘は延々と終わらない小競り合いと化した。

何分経ったのか、いや何時間経ったのか、しだいにこちらが優勢になってきた。ところがそのとき、ロリスがイレーナを捕らえたことに気づいた。奴はいつ現れた？　どうやってイレーナを捕まえた？　怒りと不安で気も狂わんばかりとなり、倒れた兵士たちを跳び越えながらふたりのあとを追った。

ロリスはイレーナの首にナイフを押しつけ、洞窟の出口に向かっている。この奇襲は失敗に終わると踏んだに違いない。

「それ以上近づいたら女の喉を掻き切るぞ」ロリスがヴァレクに告げる。イレーナの身体を盾にして、その背後に立っている。

なぜイレーナはロリスのナイフを叩き落とさないのか？　護身術の訓練で何度も練習したはずだ。彼女は手に何かを持っているように見えた。イレーナと目が合ったとき、合点がいった。怒りと無力感が瞳で燃えている。ヴァレクは足を止めた。

「賢明だ」ロリスは言った。「イレーナを零の盾で守っておかなかったのは、残念ながら賢明ではなかったがな」

「逃がさないで」イレーナが言った。「どのみちこいつはわたしを殺すくそ。」

「黙れ」ロリスはさらに数歩後ずさりした。

洞窟内を見回す。アーリとジェンコは近くで待機しており、ヴァレクは一瞬だけ眉を吊り上げ、それからロリスに意識を戻した。

剣の柄を指で軽く叩きながら相手との距離を目測する。

「おまえ、生きてここから出られると思うなよ」ジェンコが叫んだ。

ロリスがジェンコに目をやる。その一瞬の隙にヴァレクはナイフをさっとロリスに投げた。切っ先が左目を貫き、ロリスが悲鳴をあげて腕を振りまわす。すかさず近づいたヴァレクがその手からナイフを叩き落とし、イレーナを自由にした。ところがロリスは懲りずにヴァレクに体当たりしてともに床に倒れながら、イレーナにわめいた。「飲め！」

ヴァレクがロリスと格闘する間、ジェンコが声をあげた。すでにイレーナはアメジストフラワーの抽出液のガラス瓶を口に傾けていた。

「やめろ！」ヴァレクがなんとか起き上がってイレーナに飛びつき、その手からガラス瓶を叩き落としたものの、唇は紫色に染まっていた。遅すぎたのだ。もうおしまいだ。

イレーナの顔が歪んだ。「まずい」

どうしてそんなに落ち着いているんだ？

「ブドウジャムって昔から大嫌い」イレーナは手の甲で口を拭った。

安堵のあまり気が遠くなりそうになった。「それも話し合わなければならないことのひとつだったのか？」

「そのとおり」

ロリスの呻き声が聞こえ、ナイフを見つけたヴァレクは男の喉を掻き切って、その命に終止符を打った。それからイレーナをきつく抱き寄せて思いきり香りを吸い込み、やがて離した。

洞窟内を見渡して被害状況を確かめる。切り傷、痣、出血はあるものの、全員無事に見える。

「荷物をまとめろ。別の場所に移動しなければ。ここはもう敵に知られてしまった」

しかしすぐに洞窟の外で叫び声があがった。また敵か？

アーリとジェンコとともに武器を手にして洞窟の入口に走った。降り注ぐまばゆい日差しは、中で起きた殺戮《さつりく》とはあまりにもそぐわない。倒れている人に数人がかがみ込んでいる。とたんにヴァレクは思い出した。

リーフ。

義理の兄はクロスボウの矢で射られ、胸の中心より数センチ離れた場所から矢柄が突き出していた。身体の下に血溜まりができている。ヴァレクはリーフの横にひざまずいて脈を診た。弱い。くそ、何てことだ。

イレーナとマーラの悲鳴でリーフが意識を取り戻したようだ。弱々しく目が開き、マーラを見る。彼女はリーフの横にしゃがみ、その手を両手で握った。涙が顔を濡らしている。

「知らせようと……したんだ……」リーフはあえいだ。「……ごめん」

「だめよ」イレーナも兄の横にがくりとひざまずき、声を絞り出した。「逝っちゃだめ」

「でもどうすることも……できない……マーラ……愛してる」リーフは意識を失った。

イレーナはもどかしげに唸った。「魔力を戻してくれたら代わりに何でもあげるのに」

魔力！「ジーザン、ゾハヴ、ティーガン、ヘリを連れてこい」ヴァレクは近くで所在なさげにしていたジェンコに命じた。

ジェンコは洞窟に突進し、四人を連れて戻った。さっそく彼らに回復魔術を使えるかどうか尋ねた。

「いや、ごめん」ジーザンが言う。

ヘリも残念そうに首を振った。「ストームダンス族にその力はないの」

眉根を寄せているティーガンは辛そうな表情だ。「一度、リスを治そうとしたことがあるんだけど、逆に殺してしまったんだ」

暗鬱な沈黙が流れた。

「僕らにはできないけど」ジーザンが言った。「あなたならできるかも」

「わたしが……」

「ヴァレクが？　いったいどういうこと？」イレーナがジーザンに詰問する。

かわいそうに、少年は言葉をなくしてイレーナをただ見つめている。

ばかげていた。〝燃え尽き〟を起こすか、誰かを傷つけてしまいかねない。第一、今まで魔術など一度も使ったことがないし、どう使いこなせばいいかもわからない。だが、回復魔術の達人がとても近くにいる。試してみるしかない。さもないと、けっして自分を許せないだろう。

「イレーナ以外、全員洞窟に入れ」みんなが躊躇しているのを見て、もう一度怒鳴る。

「今すぐ！」

誰もが急いで従った。ヴァレクはリーフが零の盾を編み込んだシャツを脱ぎ、遠くに放った。

「ヴァレク……？」イレーナは何か尋ねようとして、すぐに口をつぐんだ。「何をしてほしいか言って」

「自分に魔力があって、リーフを治そうとしていると想像してほしい。傷を治すのにどんなふうに魔力を使うのか、一段階ずつ順に頭に思い描いてほしい。わたしは君の指示に従う。なるべく具体的に頼む」

イレーナは深呼吸した。「頭の中で治療の様子を想像するのね？」

「そうだ。できるだけ映像化してほしい」ヴァレクが握ろうとした手を、イレーナがそっと引いた。

「わたしに触れると魔力が遮断される。準備ができたら言って」

ヴァレクは矢軸を両手でつかんだ。「これを抜いたら始めてくれ」

「わかった。必ず傷を手で押さえておいて」

「了解。一、二、三」リーフの胸から矢を引き抜くと、とたんに血が湧き出した。穴を手で押さえ、心の防御壁を下ろす。

イレーナの指示が頭に流れ込んできた。まず魔力の毛布に手を伸ばす。雷に打たれたかのようにエネルギーがどっと身体にあふれた。全部自分のものにしたいという衝動に駆られる。そうすれば、ブルンズのシティア乗っ取り計画などやすやすと止められるだろう。この力には誰もかなわないはずだ。自分やイレーナや赤ん坊には、誰も危害を加えられない。

「リーフに集中して」

イレーナの声が欲望を裂いた。苦労して細い糸を引き抜き、リーフの傷に送り込む。イレーナの頭の中にある、光る魔力の糸で皮膚や骨を縫い合わせるイメージに自分を重ね合わせる。ヴァレクは何が得意と言って、それは縫い物だった。ほかの暗殺者たちが彼を《国王の裁縫師《キング・ニッター》》と呼んだのも伊達《だて》ではない。傷を一針一針縫うにつれ、イレーナの心の中のイメージが薄れていく。ヴァレクはくり返しふたりの繋がりを強化しなければならなかった。自分が使った魔力を別の魔術師に吸い上げられているかのようだ。変な感じだが、それも当然かもしれない。こんな経験、初めてなのだから。

「ちゃんとできてる。その調子で」イレーナが励ましてくれた。

傷の治療は思った以上に作業が多かった。折れた骨をくっつける。筋肉を縫い合わせて元の場所に戻す。組織を滑らかに伸ばす。破れた血管を修復してふたたび繋げる。

疲労困憊してひと休みしたくなったが、誘惑を退けた。

「血を作って」イレーナが言った。「失血が多すぎる。もっと血を与えないと」

「どうやって?」

「骨の奥よ」イレーナはイメージを見せた。

ヴァレクはふたりの繋がりを保つために毛布からさらに魔力を抽出し、糸を引き出してリーフの骨の奥で造血させた。そして、自分の身体にも少し魔力を加え、体力を回復させた。

「リーフの顔に赤みが戻ってきた」イレーナが言った。「脈も強くなった」

ヴァレクが手をどけると、リーフの胸には黒、紫、緑の痣に囲まれた鮮やかな赤い傷痕が走っていた。

ほっとするのと同時に喜びと誇らしさが胸に広がった。魔力でリーフの命を救ったのだ！　ウィスキーを飲みすぎたときのように、今もまだ全身をエネルギーが駆け巡っている。ヴァレクは自分の傷の修復にも取りかかった。あばらのひびはきれいになり、頭の瘤は消え、打撲も切り傷もみな縫い合わされた。こんなに気分がいいのは本当に久しぶりだ。

「ヴァレク、止めて！」

イレーナのほうを見る。不安と愛と感謝と嫉妬が渦巻いている。そしてあのぐいぐいと引っぱられる感じ。それがヴァレクの魔力を吸い取っていく。まるで自分に穴が開いてそこから漏れ出すように。幸い、毛布に手を伸ばせばいくらでも魔力を引き出せる。

魔力が体内を満たし、それを何層にも何層にも巻きつけて自分を守る。イレーナが大声で止める声も無視する。イレーナの恐怖が神経に障るので、繋がりを断った。これで魔力が漏れることもなくなり、身体に大事に溜めておける。そう、誰にも触らせない。オーエンやベンなど人を傷つけるために魔力を使う者も、これで誰にも危害を加えられない。今や自分が魔力を一手に集めていた。誰とも分け合うつもりはなかった。

33　イレーナ

ヴァレクはあまりにも魔力を集めすぎている。このままでは〝燃え尽き〟になり、自分や近くにいる者を殺してしまう。止めなければならないのに、どうすればいいかわからない。パニックで頭が真っ白になりかけたが、ヴァレクを失うわけにはいかなかった。アーリとジェンコを大声で呼ぶと、洞窟から駆け出てきた。

わずかに身じろぎしたリーフを指さす。「兄を中に入れて。それから双子とティーガンとヘリにすぐに来いと言って！」

ふたりはためらわなかった。永遠とも思える時間が経って、やっと魔術師たちが現れた。

「大変だ」ジーザンが言う。「制御できなくなってる」

ゾハヴが後ずさりした。「避難しなきゃ。ここは危ないわ」

「ヴァレクから魔力を抜き取ることはできない？」四人に尋ねた。

ヘリが両腕を上げると、一陣の風が吹きつけて汗をかいたわたしの額を冷やしてくれた。

「少しなら。でも、なくなった分、もっとたぐり寄せるだけだよ」

双子のほうを見る。「あなたたちは？」

「どうかしてる。わたしたち全員死ぬかもしれないのよ？」ゾハヴが言った。

「確かにどうかしているかもしれない。でも僕らの兄さんだぜ？」

「ヘリが言ったことを聞いたでしょう？　一時しのぎにしかならないわ」

「僕はまだ制御法を学んでいるところだから、ジーザンたちの力を増強する手助けくらいしかできない」ティーガンが言った。

「使えるだけ彼の魔力を使って。残りはわたしがなんとかする」ヴァレクが放り出したシャツを身につけ、身体に押しつける。

ヴァレクは、近づいてくるわたしを睨んだ。シャツに編み込まれた零の盾は、魔力の繭の中にいるとぽっかり開いた穴のように見えるはずだ。空気がどんどん厚みと粘り気を増していき、なかなか近づけない。ヴァレクは魔術師たちにさっと目を向け、またわたしに戻すと、身をかがめて戦闘態勢を取った。目がどんよりしている。わたしだとわかっていないのだ。

仕方なく、零の盾を脱ぎ捨てた。勢いよく魔力が叩きつけてきた。向かい風に耐えるように身構える。わたしはふたりの愛に意識を集中させた。それぞれの胸に刻んだ誓いの傷に、ふたりで過ごしたすべての時間に、わたしの中で育ちつつある赤ん坊に。

ヴァレクがよろめいた。「止められ……ない」

「空に戻して」もう一歩近づく。

「でき……ない」

ヴァレクがぴんときそうなイメージを探す。「魔力をあの灰色の石だと思って。蝶の形に彫り、空に飛ばすの」

ヴァレクが、汗で顔に張りつき目にかかっていた黒髪を払いのける。そうするだけでも苦労して、筋肉が震えている。

「やるの。さもないと全員死ぬ」

そのひと言が彼を目覚めさせたらしく、視線が遠い一点に集中した。わたしは彼のシャツを握り、思わずねじった。もしこれが失敗したら、服に編み込まれた雫の盾を使って魔力の毛布とヴァレクとの繋がりを断たなければならない。でもその瞬間、ヴァレクがすでに集めてしまった魔力が〝燃え尽き〟のように一気に解放されて、わたしたちは死ぬだろう。ヴァレクが魔力を充分に空に戻さない限り。

「うまくいってるぞ」ジーザンが言った。「その調子だ、兄さん!」

ヴァレクは地面にしゃがみ込んだ。両手を拳に握り、痛みで眉をひそめている。わたしも触れられる距離まで近づいた。

彼と目が合う。顔を見れば、疲労困憊し、打ちのめされていることがわかる。「これ以上……無理だ……」

わたしはジーザンを見た。

彼は首を振った。「まだ魔力が蓄積されすぎている。でも毛布との繋がりは切れたよ」

「洞窟に入って」わたしは命じた。躊躇する彼らを見て続ける。「今すぐ」

ゾハヴが弟の手を取り、引っぱった。ヘリは辛そうに顔をしかめたが、ティーガンとともに去った。

みんなの安全が確保できたところで、シャツを投げ捨て、ヴァレクの横にひざまずいた。わたしからロリスの魔力を排除した何かが、ヴァレクに対しても効くかもしれない。わたしが何をしようとしているか気づき、ヴァレクは首を振って逃げようとした。

「危険すぎる」

「あなたをひとりにはしない」

「行け」

「いや」

「イレーナ、待って！」ジーザンが駆け寄ってきた。「弟の僕ならヴァレクと力をひとつにできるかもしれないってリーフが言うんだ。あなたとリーフが以前やったことがあるって」

確かに。「でもあのときはわたしもリーフも魔力の制御ができていた。だけどヴァレクは――」

「思った以上に持ちこたえてる」

「だめだ」ヴァレクが言った。

わたしたちは無視した。

「ねえ、試してみよう」ジーザンが言った。

「わかった。でももしヴァレクがさらに魔力を集め始めたら――」

「繋がりを切る」

「それができなかったら?」

ジーザンはシャツを指さした。「零の盾を使う」

臨時措置だし、それでジーザンの命が助かるとは思えなかったが、うなずいた。何かしら手を打つほかないのだ。ヴァレクは抵抗したが、ジーザンは兄の手を握った。

「魔力を戻して」ヴァレクに指示しながら、空に霊魂を解放するときのことを思い描いた。その瞬間が与えてくれる純粋な喜びも含めて。あの感覚が懐かしい。

永遠とも思える時間、待った。ヴァレクの眉間に深い皺が寄る。

「違う」ジーザンが言った。「僕と一緒に、空に戻すんだ」

また長い時間が過ぎ、ジーザンはがっくりとうなだれたが、まだヴァレクの手を強く握っている。

「そう、その調子」ジーザンがヴァレクを励ます。「もう少しだ」

いざというときのために、わたしはシャツを握りしめていた。ふたりを覆うには小さすぎるとわかってはいたが。

「もう少しだ……」ジーザンの頭が、重すぎて首が支えきれないかのようにうなだれる。

「だめだ」彼が両手を離して引こうとしたが、ヴァレクが離さない。「やめて」ジーザンは目を見開いてわたしを見た。「また魔力を毛布から引き出し始めている」

わたしは零の盾を放り出し、ふたりの手をつかんだ。直接触れればあの遮断効果が効くかもしれない。魔力が腕を伝って急速に流れ込み、わたしを切り裂いた。強力な力がわたしを突き飛ばす。頭の中で痛みが爆発し、パチンと何かが弾ける音が響いた。そしてすべてが闇に消えた。

目覚めたとき、雷にでも打たれたような気分だった。呻き声を漏らすと、ヘリが助け起こしてくれた。

「雷じゃないわ。それは確か。たぶん小規模な〝燃え尽き〟が起きたみたい」とヘリ。

「ヴァレクは？」わたしは尋ねた。

「まだ意識が戻らない」ヘリが指さした。

一メートルほど離れて横たわっているヴァレクに気づくと、駆け寄った。肌が透けるように白く、目のまわりが黒く落ち窪《くぼ》んでいる。わたしは彼の髪を撫で、冷たい頬を指でなぞった。誰かが零の盾のシャツをまた着せてくれていた。よかった。

「どれくらい意識をなくしてた？」

「四時間」

そう長くはないが、ふいに新たな不安が沸き起こり、腹部に手を押し当てる。魔力の爆発で赤ん坊に何か影響は？　何もないことを祈るしかなかった。

周囲を見回すと、そこは小さな木製の建物の中らしい。納屋か何かだろう。「ここはどこ？」

「クリスタル族領のどこかにある無人の丸太小屋。新しい隠れ場所が必要になって、大男さんが見つけてくれたの」

「アーリのこと？」

「そう」

「みんなはどこ？」

「アーリとジェンコは馬を引き取りに行った。フィスクと組合の子どもたちは城塞に戻ったわ。リーフとマーラは別の部屋で双子とティーガンと一緒にいる」ヘリがにやりと笑う。

「夕食を作るとかなんとか、リーフは言ってたけど」

つまり死の淵《ふち》から蘇ったということだ。それもこれもヴァレクのおかげ。脈を診たが、しっかりしている。

「ジーザンは大丈夫?」

「あなたと同じような気分だったみたいだけど、目覚めたのは早かった」

若さゆえか。十歳違えば大きな差だ。

「お茶はいかが?」ヘリが尋ねた。

「お願い。リーフに来てほしいと言ってくれる?」

「わかった」

リーフがお茶を持ってきてくれた。顔色が悪く、やつれてはいるが、お茶の匂いを嗅いでわたしが鼻に皺を寄せると笑みを見せた。

「気分はどう?」兄に尋ねた。

リーフは胸を撫でた。「痛むけど、どうってことない。生きているだけで儲けものだよ。あそこまで死にかけたのは初めてだ」それからヴァレクに目をやる。「新郎付き添い役の役目について、そこまで真剣に考えていてくれたとはね。ヴァレクの能力のこと、知ってたのか?」

「いいえ」わたしはヴァレクのほうを見た。「積もる話をする時間がなくて」

「そのうち目覚めるだろう。引き出す魔力の調整方法がわかってないんだ」リーフはわたしの表情をうかがった。「気分はどう?」

「わからない」赤ん坊について兄に尋ねてみる。

定価：本体907円＋税
ISBN978-4-596-55018-7

「僕にもわからないな。ティーガンに訊いてみるといい。あの子はすごいよ」

リーフがティーガンを連れてくると、喜んで協力するという。彼はわたしをじっと見つめて言った。「心音はふたつとも力強い」

驚くと同時にほっとした。「ありがとう、ティーガン」

ティーガンがにやりと笑う。「いつでも喜んでお役に立つよ。でも、どうして僕の魔力を吸い取ってるの？」

ぎょっとして尋ねる。「わたしが？　今？」

「いや、心配しないで。別に盗んでるわけじゃないから。ただ、あなたを魔力で調べていたとき、ぐいぐい引っぱられてね。でも調べ終わったら、それも止まった」

「赤ん坊がやってるんだと思う？」

ティーガンは肩をすくめた。「わからない」

「わたしの手を握って、どうなるか確かめて」

ティーガンはわたしの手を握ると眉をひそめた。「零の盾みたいに僕の魔力を遮ってる」

わたしの手でやけどでもしたみたいに、ぱっと離した。「ごめん、最悪だ！」

「わかってる。でもこれのおかげで守られてるの」そして、魔力を失ったのも悪いことばかりじゃなかったということだ。

ヴァレクに付き添って丸一日が過ぎた。リーフが次々に回復効果のあるお茶を淹れ、わたしがヴァレクの口にスプーンで少しずつ運んだ。だんだん不安になる。このまま目覚めなかったらどうしよう？　わたしと立場が逆だったとき、ヴァレクも同じ気持ちだったのだろうか？　はらはらしながら待ち続けるより、気を失っているほうがずっとましだ。

三日目の終わりにアーリが全員を広間に呼んだ。わたしたちは暖炉を囲んで話し合いを始めた。

「これ以上ここには留まれない」アーリが切り出した。「ブルンズは警邏隊を送って僕らを捜させているし、ここは駐屯地に近すぎる。何か考えはないか？」

「イクシアに連絡する」ジェンコが提案した。「政治的亡命者として受け入れてくれるかもしれない」

「無理よ」わたしは言った。

「どうして？　最高司令官はシティアの事情を知りたいはずだ」

「もう知ってるわ」わたしはブルンズと最高司令官の計画について話した。「シティアの乗っ取りが完了したら、間違いなくオーエンは最高司令官を殺すでしょうね」

「ちくしょう」ジェンコが唸った。「八方塞がりじゃないか」

さすがジェンコ、今の状況を端的にまとめてくれた。

「奴らを止めなければ」アーリが言う。

「どうやって？」リーフが尋ねた。

「僕らは九人、相手は百万だ」

「十人よ」マーラがリーフを肘で小突いた。

「だめだ。君には絶対に安全な場所にいてもらわないと。君がブルンズに捕まったのを見たとき、心臓が止まりそうになった。あんなの二度とごめんだ」

「あなただって胸を射抜かれて死にかけた。だからその論理でいけば、あなただって絶対に安全な場所にいるべきだわ」マーラの表情からすると、リーフと同様、一歩も引かないつもりらしい。

「断崖近くの海岸に隠れられるわ」ヘリが提案した。「あそこには誰も住んでないし、嵐の季節には誰も来ない」

「隠れる？」ジェンコが疑問を呈した。「そんなの俺たちらしくない」

「どうするのが俺たちらしい？」とアーリ。

「騒動の真っただ中に躍り出て引っかきまわし……」

「捕まって、牢に放り込まれる」ゾハヴがあとを引き取った。「向こうには魔術師、キュレア、テオブロマ、武器、兵士でいっぱいの兵舎があるってこと、忘れた？」

「フィスクとその仲間たちが助けてくれる」ジーザンが反論する。

「それにロリスは死んだ」ジェンコも加勢した。「ほんとによかったよ」

「ベンもね」わたしはジェンコと違って、ベンを殺すしかない状況に追い込まれたことを喜ぶ気にはなれなかった。

「本当か？　連中は今まで何度も死んだふりをしてきた。またあっと驚かされるのは勘弁してほしい」とジェンコ。

「間違いない」

「最高司令官にオーエンのことを警告してみてはどうだろう」アーリが提案する。

「もし最高司令官に近づけたら、そしてオーエンの魔術を防げたら、可能だ」リーフが言った。「で、警告してどうなる？　どのみち最高司令官はシティアを欲しがってるんだ」

「最高司令官はシティアを欲しがってはいない」ヴァレクが戸口に立っていた。

安堵が不安を一気に押し流した。弾かれたように立ち上がり、駆け寄ってぎゅっと抱きしめる。「気分はどう？」

「雪豹と格闘して惨敗した気分だ」

リーフが世話役を買ってでて、ヴァレクを座らせてから食事を配った。リーフは自分の気がすむと、やっとヴァレクに説明を許した。

「最高司令官はシティアを支配したいわけじゃない。だが、邪悪なひとりの、あるいは複数の魔術師がシティアの権力を掌握し、イクシアを侵略することを恐れているんだ。魔術師、キュレア、テオブロマ、ガラスの高感度通信器といった、シティアの持つ資源を考えれば、勝てないとわかっていた。だから《結社》の計画に乗ったんだ」

「最高司令官にシティアを侵略する意思があるかどうかは関係ない」リーフが言う。「いずれにせよシティアは侵略されるんだから」

「侵略すべきでない納得できる理由を提示することで最高司令官がこちら側についてくれるとすれば、関係ある」ヴァレクが反論する。

「でも、どうやって？　こっちは十人しかいないのよ？」ゾハヴが言った。

「今はね」ヴァレクが答える。

ジェンコが背筋を伸ばす。「仲間を増やすつもりですか、ボス？」

「ああ、それを考えていた。《結社》をあっと驚かせる計画もいくつか」

「最高だ」

ヴァレクは全員の顔を見渡し、最後にわたしと目を合わせた。「危険な賭けになる」

「自殺行為だわ」ゾハヴはつぶやいた。

ヴァレクは一同に告げた。「選ぶのは君たちだ。すべてが終わるまで滞在できる安全な隠れ家をフィスクが見つけてくれるだろう」

「俺は乗る」ジェンコが言った。

アーリがうなずく。「僕も」

「僕も」ジーザンが言った。

ゾハヴは弟を睨み、「じゃあ協力する」とあきらめの口調でつぶやいた。

リーフはマーラを見た。「あとで話し合おう」

マーラが愉快そうに鼻を鳴らす。「あなたが行くところにわたしも行く。単純なことよ」

わたしは笑みを押し殺した。

「わたしは隠れるつもりはないわ」とヘリ。

「僕はすでに仲間入りを表明した」ティーガンは言った。

全員がわたしを見る。

「おまえは赤ん坊のことを考えるべきだ」リーフが言った。

「考えてるわ。権力に飢えたふたりの支配者に牛耳られる世界でわが子を育てるなんてごめんよ。それを阻止するためなら何でもする」

「つまり仲間に入るんだな」ジェンコがにっこりした。

「まずは何をしますか、ボス？」アーリが尋ねた。

「おまえとジェンコはこれからもずっと使える隠れ家を探してこい。その間、わたしは計画を練る」

ジェンコはすっくと立ち上がった。「承知しました」

数日後にはヴァレクも回復したが、離れていた間の出来事を話す機会はまだなかった。

アーリとジェンコはストームダンス族領で無人の農場を見つけた。わたしたちは少人数に分かれ、それぞれ異なる道順でそこに向かった。ふたたびキキと合流できてほっとした。中は用途に応じて改装するが、外側は荒廃したままにするつもりだった。馬は、近くの森に偽装した建物を作り、そこに繋いでおくことになる。

最初の夜、ヴァレクとわたしは二階の一番大きな寝室に寝袋を広げた。小さな火鉢に石炭を加え、わずかながら暖を取った。ほかの仲間たちは階下の中央にある暖炉のまわりで寝ている。

話さなければならないことはたくさんあったけれど、まずはお互いをただひたすら確め合った。やがてようやく、鼓動を、そして肌と肌を重ね合って、お互いの人生をがらりと変えた出来事について打ち明けた。

ヴァレクは嵐の盗賊団を追ううちに新たなきょうだいと出会ったこと、そしてヴィンセントの墓で受けたひらめきについて説明した。

「兄たちの死や両親を受け入れることがこんな結果をもたらすとは思ってもみなかった」ヴァレクは言った。「重い肩の荷が下りて、一緒に魔力耐性も消えた」

「わたしの推理が当たっていた。あなたはお兄さんたちが殺されるところを目撃したとき、魂を守るために零の盾を張りつけた。だからその必要がなくなったとたん、それは空に戻ったのよ」

「最悪のタイミングだ」ヴァレクがつぶやく。

「わたしはそうは思わない。リーフやマーラだって同じ気持ちよ」

「魔力を制御できなくなり、全員を殺しかけたんだぞ」

「でも殺さなかった。次回は――」

「次回は絶対にありえない」拗ねた子どもみたいな口調だ。

「いいえ、きっとあるわ。わたしたち、使えるものは何でも使わなきゃ。リーフとジーザンがコントロールの仕方を教えてくれる」

「ちっとも嬉しくない」

子どもみたいなヴァレクは愉快だ。「いい面を見ましょうよ。あなたはご両親と再会でき、新しいきょうだいが三人もできた」

「そして君には姑《しゅうとめ》ができた」

ああ、そうだった。

「ほら、あんまり楽しくなくなってきただろう？　君を両親のところに連れていくと約束までさせられたんだ」

「《結社》と戦うことがそれほど大変じゃないような気がしてきた」冗談めかして言う。

沈黙が下り、その間に考えた。この二カ月でヴァレクの世界は百八十度引っくり返った。最高司令官の信用を失い、わたしと結婚の誓いを立て、赤ん坊ができ、家族と再会し、魔力耐性をなくし、魔力を得た。マーラの部屋でブルンズの部下にやすやすと捕まったのも不思議ではない。普通の人なら、このうちのひとつだけでも混乱してしまうだろう。

「君の番だよ、愛しい人」ヴァレクが言った。「なぜ君が触れると魔力が遮断されるのか？　文句を言っているわけじゃなく、むしろそれなら触れてもらうとありがたい」

赤ん坊は《無》なのではないかという自説を披露する。「でも、ロリスにかけられた魔術が消えたことやティーガンの言葉を総合すると、よくわからなくなってしまって」

「君と繋がったとき、何かが魔力を吸い取っていた」ヴァレクは言った。「ティーガンはそれのことを言ったのかな」

「たぶん。でも、だとしたら、赤ん坊は魔力をどうしたのかな。わたしが魔力を手に入れたわけじゃない。自分には何も起きなかった。たぶんね」

「でも、その魔力を遮断する力はどんどん強くなっているんだろう？」

「ええ」

「赤ん坊が魔力を吸い取って毛布に戻しているとか？」

「かもね」

「君が魔力をなくした原因が赤ん坊なのかどうかは、時間が経てばわかることだ。それまでの間は、君が魔術師に触れると魔力を無効にできる。これから数カ月、その能力は思いのほか役立つかもしれない」

「この子に危害が及ばない限りは」

「もちろんだ」ヴァレクはわたしのお腹に手をあてがった。「これから始まる戦いで大事なのはそこだ。ふたりの赤ん坊を守り、この子が平和な日々を送れるようにすること」

「違うわ。すべての赤ん坊を守り、すべての人が平和な日々を送れるようにすること」

「そんなの不可能だとわかっているはずだ」

「ええ、でもそうなったらすてきだと思わない？」

「そのためなら命を懸けてもいい」

訳者あとがき

〈霊魂の探しびと篇〉第二弾をお届けします！

前作『イレーナ、失われた力』で自分のアイデンティティとも言える魔力を失ってしまったイレーナ。しかも、「妊娠しているかもしれない」という衝撃のひと言で物語は幕を閉じました。本作はまさにその瞬間から始まります。

イクシア城のママ先生の診察を受ける、幸福と不安が半々のイレーナ。折しも、人の身体を麻痺させ、魔術を使えないようにすることができるキュレアを手に入れたイクシア最高司令官は、いよいよシティア攻撃の目論見に本腰を入れ、またシティアでも、イクシアからの攻撃に備え、魔術師を軍隊化する計画を秘かに掲げる陰の有力者が登場します。連絡官として両国の和平にずっと取り組んできたイレーナは、その不穏な空気を払拭するべく奔走するのですが、どうやら最高司令官の背後にはあの邪悪な最強の魔術師、オーエン・ムーンの影がちらついていることがわかり……。はたして、両国で同時に起きている戦争へ向かう動きを、イレーナと仲間たちは止めることができるのか？　そして、イレーナが魔力を失ってしまった原因は？　彼女の魔力は戻るのか？

一方、妊娠の可能性が生まれたことから、イレーナとヴァレクの関係も大きく変化します。最高司令官とイクシアへの忠誠心がアイデンティティの根幹だったヴァレクですが、最高司令官からの絶対的な信頼が揺らぎ、さらにイレーナの存在が動かしがたく大きくなったことで、自分にとって何より大切なのはやはりイレーナだという確信を得ます。そしてヴァレクは大きな決断を……。

イレーナへの愛が揺るぎないものになったとはいえ、ヴァレクの最高司令官への忠誠心が完全に失われたわけではなく、イレーナのことを心配しながらも命令に従って、近頃問題になっている〝嵐の盗賊団〟を退治するために第一軍管区へ向かいます。第一軍管区はヴァレクが生まれ育った故郷です。前作では、彼が故郷を捨てて暗殺者となり、最高司令官に仕えるようになるまでの回想が、第二のストーリーラインとして大きな役割を果たしていましたが、本作では、ヴァレクは偶然にも実際に過去と向き合うことになり、それが彼のやはりアイデンティティに関わる大きな転機に繋がります。

前作もそうでしたが、このヴァレクのパートがとても鮮やかに描写されていて、読んでいてわくわくすると同時に胸にずしんとくる感動をもたらします。そして驚くのは、ある意味、イレーナとヴァレクの立場がこれまでとはまるで逆転してしまうことです。それがどういうことかは、読んでのお楽しみ。とにかく、イレーナ目線の章とヴァレク目線の章

〈それに第三者目線の章もさしはさまれます〉が交互に出てくることからもわかるように、〈霊魂の探しびと篇〉はイレーナとヴァレクのダブル主人公の物語と言っても過言ではないでしょう。

魔力を持つ者と持たない者、魔力を失った者と新たに得た者、力を与える者と跳ね返す者と吸収する者、ひとつの魔力だけを持つ者、魔力を感知する者——相対するさまざまな力の持ち主が存在するところがこの物語の面白さのひとつでもあります。それが各登場人物の性格と相まって、キャラクターがおのおのみんなとても魅力的です。そのことにも少し関係するのですが、イレーナが魔力をなくしてからかわいい愛馬キキとの心の会話がなくなってしまい、ちょっと寂しいですよね。でも、ご心配なく。本作から思いがけない形でそれが再登場します。

もうひとつ各キャラクターを表すものとして、それぞれの口癖があります。たとえば、ヴァレクのイレーナに対する呼びかけ「愛しい人（love）」、フィスクのやはりイレーナに対する呼びかけ「かわいいイレーナ（lovely Irena）」。そして、このシリーズから登場したのがジェンコの「ちくしょう（Holy snow cats!）」です。よく聞く英語の悪態としてHoly cats! というのがあるのですが、ジェンコはそこにsnowを入れて、ただの「猫」ではなく「雪豹」にしてしまったんですね。任務で氷床に行ったときに相当ひどい目にあったようです。ジェンコはがさつに見えますが、いろいろと苦手なものがあるところ（砂と蟻と魔術）や繊細な魔力感知力など、意外とデリケートですよね。
さていよいよ最終話となる第三作目では、両国を乗っ取ろうとする巨悪に対し、イレーナたちは小さな力を結集して、レジスタンスとして立ち向かうことになりそうです。世界の成り行きもさることながら、登場人物それぞれの行く末もとても気になるところです。シリーズの大団円、どうぞご期待ください！

二〇一八年五月

宮崎真紀

訳者紹介　宮崎真紀

英米文学・スペイン文学翻訳家。東京外国語大学スペイン語学科卒。主な訳書にスナイダー『イレーナの帰還』『最果てのイレーナ』『イレーナ、失われた力』、ナルラ『ブラックボックス』(以上、ハーパーBOOKS)などがある。

ハーパーBOOKS

イレーナ、闇の先へ

2018年6月20日発行　第1刷

著　者　マリア・V・スナイダー

訳　者　宮崎真紀《みやざきまき》

発行人　フランク・フォーリー

発行所　株式会社ハーパーコリンズ・ジャパン
東京都千代田区外神田3-16-8
03-5295-8091(営業)
0570-008091(読者サービス係)

印刷・製本　株式会社廣済堂

定価はカバーに表示してあります。
造本には十分注意しておりますが、乱丁(ページ順序の間違い)・落丁(本文の一部抜け落ち)がありました場合は、お取り替えいたします。ご面倒ですが、購入された書店名を明記の上、小社読者サービス係宛ご送付ください。送料小社負担にてお取り替えいたします。ただし、古書店で購入されたものはお取り替えできません。

この書籍の本文は環境対応型の植物油インクを使用して印刷しています。

ISBN978-4-596-55091-0